AS ÉPICAS AVENTURAS DE LYDIA BENNET

KATE RORICK e RACHEL KILEY

AS ÉPICAS AVENTURAS DE LYDIA BENNET

Tradução
Cláudia Mello Belhassof

1ª edição

Rio de Janeiro-RJ / Campinas-SP, 2016

VERUS
EDITORA

Editora: Raïssa Castro
Coordenadora editorial: Ana Paula Gomes
Copidesque: Maria Lúcia A. Maier
Revisão: Raquel de Sena Rodrigues Tersi
Capa e projeto gráfico: André S. Tavares da Silva
Fotos da capa: Cortesia da Pemberley Digital (fotografia garotas)
Cortesia de André S. Tavares da Silva (laptop e diário)
© Anastasia Bobrova/Shutterstock (garota no laptop)

Título original: *The Epic Adventures of Lydia Bennet*

ISBN: 978-85-7686-464-6

Copyright © Pemberly Digital, LLC, 2015
Todos os direitos reservados.
Edição publicada mediante acordo com Touchstone, divisão da Simon & Schuster, Inc.

Tradução © Verus Editora, 2016
Direitos reservados em língua portuguesa, no Brasil, por Verus Editora. Nenhuma parte desta obra pode ser reproduzida ou transmitida por qualquer forma e/ou quaisquer meios (eletrônico ou mecânico, incluindo fotocópia e gravação) ou arquivada em qualquer sistema ou banco de dados sem permissão escrita da editora.

Verus Editora Ltda.
Rua Benedicto Aristides Ribeiro, 41, Jd. Santa Genebra II, Campinas/SP, 13084-753
Fone/Fax: (19) 3249-0001 | www.veruseditora.com.br

CIP-BRASIL. CATALOGAÇÃO NA FONTE
SINDICATO NACIONAL DOS EDITORES DE LIVROS, RJ

R693e

Rorick, Kate
 As épicas aventuras de Lydia Bennet / Kate Rorick, Rachel Kiley ; tradução Cláudia Mello Belhassof. - 1. ed. - Campinas, SP : Verus, 2016.
 23 cm.

 Tradução de: The Epic Adventures of Lydia Bennet
 ISBN 978-85-7686-464-6

 1. Romance americano. I. Kiley, Rachel. II. Belhassof, Cláudia Mello. III. Título.

16-33107
CDD: 813
CDU: 821.111(73)-3

Revisado conforme o novo acordo ortográfico

Para todas as Lydias que existem por aí

1
ORIENTAÇÃO

Existe uma cena no fim de quase todos os filmes feitos para a TV.
    Você conhece: o confronto emocional dramático e exagerado acontece, a imagem vai desaparecendo e, antes de os créditos passarem acelerados com um anúncio do próximo programa, você é obrigado a assistir a um minuto de uma jovem supertraumatizada (e *sempre* é uma mulher), sentada num consultório aconchegante com paredes de madeira e flores secas, com um ph.D. de pernas cruzadas pedindo para ela contar sua história e trabalhar suas questões para poder seguir com a própria vida. Pois é, essa aí.
    Eu sempre odiei essa cena.
    Mas acho que essa é a minha vida. Um filme de baixo orçamento para um canal de TV a cabo que você assiste meio dormindo às três da manhã porque está com ressaca demais para saber o paradeiro do controle remoto.
    Bem ridículo, não é?
    Quer dizer, poderia ser pior. Pelo menos, minha vida tem o benefício inconfundível de ser estrelada pela primeira e única Lydia Bennet, também conhecida como euzinha aqui. Não uma ex-estrela do canal Disney lutando para provar que consegue lidar com um "drama real" para um dia ser "levada a sério" como "atriz".
    Tudo bem, e a terapia — tá bom, a *orientação* — não é tão ruim, no fundo. É até meio legal conversar com alguém sobre a sua vida e saber que a pessoa não vai agir como se você fosse uma criança dramática e burra, nem dar opiniões idiotas quando ela não sabe nada sobre você.
    Pelo menos, não na vida real. Ainda acho que esse é um jeito idiota de encerrar um filme. Porque isso não é o fim. No mínimo, é o começo de um segundo filme.
    Os problemas não são resolvidos só porque você vomita ideias socialmente aprovadas de como consertá-los. Juntar os pedaços é sempre mais difícil e mais complicado do que quebrá-los.
    Eu devia saber. Sou excelente em quebrar coisas.

— Você já teve alguma notícia sobre a sua inscrição na faculdade?
Então é isso. Terapia. Estou nessa. Tipo, agora mesmo.
Dei de ombros.
— Eles me mandaram mais formulários. Ainda estou pensando no assunto.
Minha orientadora, a srta. Winters, me lembra minha irmã mais velha, Jane, em algumas coisas. Por mais gentil e paciente que seja a srta. W, como a Jane, você tem a sensação de que ela poderia quebrar alguém ao meio por olhar atravessado para ela, se quisesse.

Apesar de que a srta. W é menos esquilo saltitante e arco-íris duplos do que a Jane. E ela nunca me ofereceu chá.

Sinto falta da Jane.

A srta. W parece ser muito boa no que faz, e às vezes tem uns insights fantásticos. Foi um desses insights que me fez pensar que eu também posso ser boa em orientação — do lado da orientadora, quero dizer.

Então pensei que, se eu quisesse estudar psicologia, talvez me tornar orientadora ou terapeuta ou qualquer coisa assim, não seria má ideia tentar aprender algumas técnicas com ela. Aprender... copiar bem na cara dela durante as nossas sessões... pode chamar do que quiser. Ela nunca disse nada sobre eu imitá-la, mas às vezes me pergunto se ela me acha maluca. Maluca do tipo *Colega de quarto* (o que significa maluca do tipo *Mulher solteira procura*, para aqueles que não são versados em cópias baratas adolescentes de filmes populares sobre perseguir pessoas e assumir a vida delas). De qualquer maneira, essa seria uma reviravolta divertida.

Talvez eu não devesse comentar isso com ninguém.

— Eu estava muito ocupada me preparando pro curso de verão amanhã e pra mudança da Mary, e com a partida da Lizzie hoje... — Dava para ouvir a srta. Winters na minha cabeça enquanto eu tagarelava (*Entendo. Então são apenas fatores externos que estão te impedindo, não é?*), mas era o melhor que eu podia fazer. — Ainda tenho algumas semanas. Não preciso me preocupar!

É. Curso de verão. Essa é minha maldição. Sabe, eu meio que... não terminei todos os créditos que deveria durante o semestre da primavera. É um saco, mas não é o fim do mundo. Eu tive meus motivos para faltar às aulas. Mas agora tenho que passar o verão fazendo mais duas matérias para poder pedir meu diploma de tecnóloga e me transferir para a Faculdade Central Bay no outono. Ótimas férias de verão para mim.

A srta. Winters rabiscou alguma coisa em seu caderno sem olhar para baixo nem desviar o olhar de mim. Ela continuou me encarando, muito provavelmente tentando ler minha mente ou algum outro vodu de orientador (sério, não estou convencida de que não existe bruxaria por trás disso tudo — e eu *acho bom* aprender isso na faculdade, se houver mesmo). Eu não tinha certeza se devia falar alguma coisa, então simplesmente esperei.

— Lydia, você sabe que não estou aqui para lhe dizer o que fazer. — *Está, sim.* — Mas, por mais desafiadoras que sejam algumas das suas aulas, a próxima etapa do trabalho vai ser ainda mais difícil. E o que vier depois, e o mundo real depois disso. Quero ter certeza de que estou lhe dando as ferramentas necessárias para ter sucesso.

Franzi o nariz. Ela achava que eu não conseguia fazer isso? Ela não era, tipo, paga para acreditar em mim?

— Não é que eu ache que você não seja capaz de fazer isso, porque você é, totalmente. — (Sério? Vodu mental.) — Eu só quero ter certeza de que você entende que está entrando em algo que vai exigir muito mais esforço e preparação do que simplesmente preencher uma ficha de inscrição.

— *Pfff.* Não se preocupe, srta. W. Você e eu sabemos que não tem nada de mais nessa coisa de psicologia/orientação. Está tudo dominado.

— Ah, é? — disse a srta. W, sorrindo. — Então vamos tentar uma coisa. Se você acha que "está tudo dominado", tente se colocar no meu lugar. Se você estivesse agindo como sua própria orientadora, que perguntas faria a si mesma?

— Tipo, como é que o mundo aguentaria uma dose dupla de megafofura sem implodir?

— Alguma coisa assim — respondeu a srta. Winters. — Mas pelo menos tente fazer algumas perguntas que você acha que provocariam respostas que poderiam te ajudar. Ou talvez apenas uma lista de perguntas que ajudariam, do seu jeito específico. Você acha que consegue fazer isso?

— Claro. Listas são minha especialidade. — Eu me corrigi: — Uma das muitas.

— Ótimo. Te vejo no próximo domingo? Com as perguntas?

— Não temos aquela sessão especial na terça? — perguntei.

— É verdade — ela disse, como se tivesse esquecido, mas definitivamente não tinha. Eu normalmente só tinha sessões de orientação aos domingos, mas essa semana estava uma coisa... — Te vejo na terça, então?

Fiz que sim com a cabeça e peguei minhas coisas enquanto a srta. Winters foi abrir a porta para mim. Ela sempre faz isso. Ainda não descobri que tipo de truque psicológico é esse, mas é só uma questão de tempo.

— Ah, Lydia. Se você precisar aparecer de surpresa esta semana, sem marcar, não tenha medo de fazer isso, está bem?

— Eu sei. Obrigada.

— E também pode me mandar uma mensagem. Você tem o meu número.

— Tenho, sim.

Saí para o corredor e ouvi o clique genérico de uma porta se fechando atrás de mim.

É estranho pensar que o curso de verão começa amanhã, já que eu continuo vindo à faculdade para as sessões de orientação toda semana, desde que o semestre da primavera acabou. Parece que está tudo se embolando, sem começo nem fim, e com um intervalo no meio. Acho que é assim que a vida vai ser, depois que eu finalmente acabar a faculdade.

Não que isso vá acontecer tão cedo.

Estou nessa porcaria de faculdade comunitária há três anos. Mais de três, se contarmos o curso de verão que vai começar. Não sou burra nem nada assim; mas a faculdade normalmente é *tão* chata. Minha irmã Lizzie sempre se deu bem com os estudos. Arte e moda, esse tipo de criatividade, são com a Jane. Já o meu talento é... me divertir. Interagir com a humanidade. Socializar, beber, sair. As coisas divertidas. As coisas legais.

Ou era. Não faço isso há algum tempo.

É só que, por ser uma aluna de três anos num curso de dois, literalmente todos os meus amigos já saíram da cidade a esta altura. E, caramba, como é que alguém se diverte sozinho? Isso seria basicamente a definição de ridículo. Se não fosse por isso, com certeza eu estaria por aí pintando o mundo (muito melhor que "pintar o sete"; essa expressão não faz o menor sentido).

É isso. Nada de mais.

Então eu simplesmente preciso voltar a me dedicar. Como o meu pai sempre diz: "Pegar leve". Ir bem nesse último curso de verão, (*finalmente*) me transferir para uma faculdade de verdade, perto da Lizzie, e fazer *novos* amigos maneiros com quem eu possa me divertir — ao mesmo tempo em que provo ser uma universitária responsável/meio que tecnicamente uma adulta.

Esse é o plano, de qualquer maneira. Parece bem fácil, né?

E o primeiro passo é me preparar para as aulas. O que significa ter meu material escolar. Que eu provavelmente deveria ir comprar.

Viu? Responsabilidade. E aí?

2
MATERIAL ESCOLAR

Comprar material escolar é, sem dúvida alguma, a melhor parte de estudar. Qual é a maneira mais fácil de tornar uma matéria megachata, tipo química ou geometria, um pouco mais empolgante? Cadernos com glitter e gatos na capa. Claro! Eu nunca entendi os colegas de turma que simplesmente pegam qualquer caderno liso e a primeira caneta esferográfica barata que veem pela frente e chamam isso de compras bem-sucedidas. Que belo jeito de ser vaquinha de presépio.

Nem a Lizzie é tão básica, e isso já diz muita coisa.

Então levei o carro da Jane — que agora é *meu* (posso sentir saudade da Jane, mas eu adooooooro ter o meu próprio carro!) — pela Main Street e entrei na loja de material escolar/farmácia/pet shop, que me abastece de apontadores em formato de morango e adesivos com cheirinho desde que eu tinha idade suficiente para meus pais pensarem que eu sabia que, só porque uma coisa tem aparência ou cheiro de comida, não significa que é comida. (Palavra-chave: *pensarem*.) É o *único* lugar para fazer compras.

Não, sério. Não tem outro lugar nesta cidade.

Andei pelo corredor, de olho em tudo que me chamava atenção — glitter, glamour, cores fortes, porcarias exclusivas e divertidas que as outras pessoas não vão ter. É assim que eu funciono.

Joguei algumas canetas gel e um estojo lindo na cesta de compras e argumentei que usar canetas de cores diferentes para cada livro que discutirmos na aula de literatura gótica certamente vai manter minhas anotações bem organizadas. E é claro que eu preciso de algo bonito de couro falso para carregá-las.

— Lydia?

Parei e virei em direção à voz inconfundível da minha quarta melhor amiga do ano escolar anterior, Harriet Forrester.

Quer dizer que, talvez, aquela coisa sobre todo mundo que eu conheço ter saído da cidade não seja totalmente verdade.

— Ai, meu Deus! — Ela veio na minha direção, os brincos compridos fazendo barulho entre os cachos marrons brilhosos. Apesar de nunca termos sido superpróximas antes do último ano, conheço a Harriet desde que éramos crianças, correndo para todo lado e brincando de pique no playground.

E eu nunca vi nada em sua aparência remotamente fora do lugar desde então.

Seus braços se apertaram ao redor do meu pescoço.

— Achei que era você! Só que foi difícil ter certeza, com essa cor. — Ela passou os dedos no meu cabelo vermelho desbotado e o analisou. — Ou *falta* de cor.

Acho que, normalmente, ele é mais vivo. Devo ter me esquecido de pintar nas últimas semanas. Ou meses.

— Isso não importa! Como você está? — Ela soltou uma leve arfada e olhou para o corredor. — Você também está fazendo o curso de verão? Consegui meu diploma de tecnóloga na primavera, como todo mundo, mas achei que era uma boa ideia fazer umas aulas fáceis antes de ir para a USC... a Universidade do Sul da Califórnia, não da Carolina do Sul, claro. Me adiantar pra ter tempo para umas atividades extracurriculares, porque Deus sabe que não tivemos nenhuma boa por aqui. — Ela se aproximou, e eu praticamente senti o gosto do seu perfume Marc Jacobs. — Além do mais, meus pais disseram que eu teria que arrumar um *emprego* se não estivesse estudando. Dá pra imaginar? O único lugar que está contratando é aquela cafeteria esquisita perto do campus. Limpar a mesa de calouros e, que os céus me ajudem, de alunos do ensino médio. Dá até arrepio.

Ela não se arrepiou de verdade.

— Minha prima Mary acabou de conseguir um emprego lá — falei.

— Eu não sabia que você tinha uma prima que mora aqui!

Abri a boca para explicar que a Mary, que antes morava a uma hora daqui — e com quem a Harriet tinha encontrado inúmeras vezes ao longo dos anos —, ia morar conosco no verão, agora que os quartos da Jane e da Lizzie estavam mais ou menos vazios (a parte "mais" é que ninguém estava dormindo neles, a parte "menos" é que minha mãe sempre achava um uso extravagante para qualquer centímetro de espaço livre na casa — sua breve tentativa de meditar quando a Lizzie ficou fora por um mês inteiro este ano era prova disso).

— De qualquer maneira, vamos deixar esse tipo de trabalho degradante para aqueles que precisam mais de dinheiro, não é mesmo?

Senti uma pontada de desconforto com suas palavras, sem saber se era um ataque à minha família, que, a esta altura, todo mundo sabe que entrou numa certa crise. Ou se foi apenas uma observação impensada, sem nenhuma segunda intenção.

Como a conversa sobre o meu cabelo.

Ela continuou:

— Então, que aulas você vai fazer? Eu me inscrevi num curso de literatura gótica. Meu irmão fez alguns anos atrás, antes de ser transferido, e disse que é um dez fácil. E você sabe que, se *ele* diz que uma coisa é fácil... Se bem que isso foi antes desse software ridículo que detecta plágio, e eu não consigo imaginar o Zach passando numa matéria sem copiar o trabalho de outra pessoa.

— Também estou nesse curso. Literatura gótica? Com *Drácula* e Edgar Allan Poe, essas coisas?

— Exatamente! — a Harriet ficou radiante. — Vai ser divertido! Não fazemos o mesmo curso desde... bom, acho que nós duas estávamos na turma de história clássica com o McCarthy na primavera, mas nem conta, já que você desapareceu durante a maior parte da segunda metade do semestre.

Pronto. Lá estava.

Eu queria pensar em alguma coisa inteligente para dizer, ou pelo menos mudar de assunto. Mas, em vez disso, simplesmente mordi o lábio, trancando as palavras que não tinham vindo à mente, de qualquer maneira.

— Ah! Mas ninguém te culpa — ela continuou, como se a tensão que sem dúvida irradiava de mim feito um maldito bat-sinal a surpreendesse de alguma forma. — Sinceramente, estou impressionada por você ficar na cidade durante o verão. Se fosse eu, teria feito as malas e terminado o curso a uma ou duas cidades daqui. Ou estados, só pra garantir. — Ela pensou no assunto por um instante. — Se bem que, com a internet *por toda parte*, não faria muita diferença, né?

— Também vou fazer o curso de introdução à psicologia.

Harriet franziu as sobrancelhas. É, belo jeito de mudar de assunto, Lydia.

— Legal — ela finalmente respondeu. — Falando nisso... — Sua mão passou rapidamente por mim, pegando uma coisa na prateleira. — Esse caderno não é a coisa mais preciosa que você já viu? Gatos e lasers! É tão a sua cara!

Definitivamente cabia na minha cota de fofura. Eram lasers, e não glitter, mas nada é perfeito.

Tentei alcançá-lo, mas Harriet imediatamente baixou a mão e o caderno.

— Enfim, foi bom te encontrar, Lyds. Todo mundo queria saber se você estava simplesmente trancada no quarto ou algo assim. Quer dizer, eu falei pra eles que esse não era o seu estilo, mas acho que, se tem uma coisa que nós aprendemos este ano, é que às vezes a gente não conhece as pessoas do jeito que pensa, né? — Ela colocou a fileira brilhante de gatos e lasers embaixo do braço e sorriu. — Te vejo amanhã?

Sem esperar pela resposta, a Harriet girou o punho num aceno rápido e desapareceu no corredor principal.

Isso era sinal de controle. Ter a última palavra, fazer sua saída, sem esperar para ver — nem se importar — com o que a outra pessoa tinha a dizer.

Viu, srta. W? Estou entendendo totalmente esse negócio de psicologia.

Além do mais, fui eu que ensinei isso para a Harriet, quando éramos amigas.

Será que ainda éramos amigas? É, a gente sempre fez essa coisa de quente-e-frio — claro, com um pouco mais de conversa —, mas é assim que deve ser, certo? Amizades entre garotas e tal. É assim que funciona em, tipo, todos os programas de TV. Por outro lado, essa era a primeira vez que interagíamos de verdade desde antes de eu começar a faltar às aulas, e isso não pareceu... amigável. Ela não tinha falado comigo quando eu apareci, e eu não tive notícias dela quando optei por ficar em casa.

Mas, para ser sincera, não tive notícias de ninguém.

3
HORA DA HISTÓRIA

Minha irmã é meio famosa. Bom, famosa na internet. Pouco tempo atrás, decidi que ser famosa na internet não conta como ser realmente famosa. Algumas pessoas poderiam discordar de mim, mas essa é minha opinião, e eu vou ficar com ela.

Tenho que ficar. Espero que você entenda por quê.

Tenho duas irmãs. Jane, a incrível que toma chá, e Lizzie, a irmã do meio, acadêmica e nerd, que gosta muito de usar xadrez. Sou a mais nova. Obviamente, quando meus pais me tiveram, perceberam que haviam atingido a perfeição.

Então, minha irmã é meio famosa na internet. A Lizzie, não a Jane. Apesar de a Jane também ser um pouco. E eu, mas de um jeito diferente agora, acho.

A Lizzie e sua melhor amiga, Charlotte, começaram a fazer um videoblog para um projeto da pós-graduação no ano passado. Ela não é nada boa em coisas como maquiagem, ou videogames, ou ser engraçada, como você deveria ser quando tem um videoblog (tudo bem, isso soa idiota, tenho que começar a chamar de vlog), então simplesmente decidiu se vestir como as pessoas que conhecemos e falar sobre a própria vida.

Na verdade, os vlogs eram bem legais. E eu, a Jane, a Mary e outras pessoas que conhecíamos também participavam. Emprestávamos nosso charme ao charme-bem-inferior da Lizzie.

Muitas pessoas viam os vídeos dela.

E a seguiam no Twitter.

E no Facebook.

Depois começaram a seguir todas as minhas coisas, e as da Jane, e as da Mary e as de todo mundo. Até a minha gatinha, Kitty, tinha seguidores no Twitter.

E aí... eu comecei meus próprios vídeos.

É o tipo de coisa que prende a gente. Você não pensa demais ao compartilhar sua vida com desconhecidos online, porque não pensa neles como desconhecidos online. Começa com apenas algumas pessoas, depois mais um pouco, mais um pouco e, antes que você perceba, é uma rede gigantesca de fãs dizendo como você é linda e maravilhosa e como eles se interessam pela sua vida, te defendendo quando você briga com sua irmã ou quando as pessoas são más com você. São como amigos. E pessoas não famosas na internet têm amigos online, então é totalmente normal.

Só que, quando são muitas pessoas, elas não são suas amigas. Elas não te conhecem, e você não as conhece. São apenas desconhecidos, te observando como se você estivesse num aquário. Só que foi você que se colocou ali, e não pensa em sair, porque nem percebe os muros que te cercam. Na verdade, você só está existindo e se expondo, para a diversão de todos. Dançando quando eles gritam para você dançar.

E você dança. E gira, e roda, e fica presa pela música...

Aí você tropeça.

E todos os aplausos e risos ficam mortalmente silenciosos. E, antes que você perceba, o silêncio se transformou num público provocador que te humilha e não se parece com aquele que você achava que conhecia, resmungando sobre como você merece a retribuição cármica que está prestes a receber. E, conforme você continua tropeçando, conforme continua estragando tudo, não consegue deixar de pensar se você sempre esteve dançando com dois pés esquerdos. Se a diversão deles sempre foi à sua custa, e a única diferença agora é que, por algum motivo, ninguém mais está se divertindo.

Você também não está se divertindo. Nem com eles nem consigo mesma. Com nada. Tudo que você pode fazer é tentar parar de tropeçar. Tentar ficar parada.

Mas eles já viram muito de você. Coisas demais. Todo mundo. E qualquer pessoa que queira fazer isso pelo resto da vida vai poder, porque, como a Harriet disse, é assim que a internet funciona.

Tudo é lembrado. Para sempre.

E as pessoas... elas não têm medo de usar as coisas contra você. De pegar seus momentos mais constrangedores e dizer que você é só aquilo.

Que você só consegue ser aquilo.

A srta. W diz que isso acontece porque assim elas se sentem melhor a respeito de si mesmas. Mas acho que é porque é fácil pensar nas pessoas online como *não* pessoas. Se elas não forem pessoas, nunca poderemos ser como elas. Não vamos cometer os mesmos erros nem cair nas mesmas armadilhas terríveis. Acho que o que eu e a srta. W pensamos não é tão diferente. Tudo tem a ver com um certo distanciamento. Nós contra Eles. Eu contra Você.

Todo mundo na escola contra Lydia Bennet e George Wickham. Quem é George Wickham? Humm. Ele é... bom, eis uma boa pergunta. Posso contar o que sei:

* George Wickham é um cara que minha irmã Lizzie namorou por, tipo, seis segundos.
* Ele era supergostoso, tinha o abdome sarado e era muito legal. *Parecia* muito legal.
* A Lizzie e eu brigamos feio. Seguimos caminhos opostos durante um tempo.
* Meu caminho cruzou o do George acidentalmente.
* Começamos a namorar.
* Não contamos para a Lizzie.
* Ele disse que me amava.
* Eu achei que o amava.
* Fizemos um vídeo. Do tipo que não se quer divulgar.
* Só que ele queria. E tentou vender na internet, usando minha pseudo-fama online. E meus vídeos. E meu rosto. Fotos de nós dois.
* William Darcy, o novo namorado da Lizzie e amigo-de-infância-que--virou-inimigo de George, limpou a bagunça, e ninguém teve notícias do George desde então.
* Não sei por que ele fez isso. O George, quero dizer. Não sei.

Ah, e isso tudo... aconteceu diante das câmeras.

Então aí está a história. Essa é minha versão particular das consequências de televisionar minha vida particular nas mídias sociais. Eu faria uma apresentação no PowerPoint para acompanhar, mas você pode simplesmente procurar no Google para ter uma ideia. Pode até mesmo assistir a todos os meus vídeos. Eles ainda estão online.

Pensei em tirá-los do ar. A Lizzie queria que eu fizesse isso, até se ofereceu para tirar alguns dela — e ela acredita no registro público das coisas. Ela disse que não queria que eu voltasse lá e revivesse essas coisas. Mas eu não tirei. Tirar qualquer coisa do ar — vídeos, tuítes, tudo isso — não mudaria o que aconteceu. O que isso significou.

Mas a questão é: todo mundo sabe. Todo mundo na escola. Todo mundo na cidade. A história toda, até o momento em que o site que estava vendendo o vídeo para qualquer pessoa que tivesse PayPal foi tirado do ar.

Todo mundo sabe.

De qualquer maneira, foi por isso que perdi algumas aulas no último semestre. É por isso que estou fazendo orientação/terapia. É por isso que a Faculdade Central Bay ficou com pena de mim e está deixando que eu envie uma ficha de inscrição tão tardia para a matrícula de outono. (Bom, por isso e porque a srta. W falou bem de mim. E não fez nenhum mal o fato de o Darcy fazer doações para a faculdade há muito tempo e ter ligado "sugerindo" que eles me deixassem mandar a ficha de inscrição.) É por isso que eu não tenho saído com os amigos, e não estou convencida de que ainda tenha amigos com quem sair.

E é por isso que não estou totalmente empolgada para voltar para casa neste momento. Amo minha família, mas eles têm sido muito controladores desde que tudo isso aconteceu. Não de um jeito ruim. Eles só querem garantir que eu esteja *bem*.

O tempo todo.

Às vezes tenho vontade de perguntar como posso ficar bem se eles me tratam como se eu estivesse prestes a desmoronar.

Mas às vezes me pergunto se não estou mesmo prestes a desmoronar.

TROCA DE MENSAGENS COM A LIZZIE

Lizzie: Sua sessão não acabou às 13? São quase 14.
Lydia: Fui sequestrada e traficada para o Canadá. Ops!
Lizzie: Logo imaginei.
Lizzie: Tenho que sair mais cedo do que eu pensava. Me encontra no Crash daqui a 20 minutos?
Lydia: A caminho.
Lizzie: TLTVL
Lydia: Isso parece uma doença. Deixe os acrônimos pros profissionais, sua nerd.

4
LIZZIE

Crash é uma lanchonete vinte e quatro horas muito antiga que fica em frente ao nosso melhor bar local, o Carter's. O nome de verdade não é Crash, mas esse é o único que as pessoas lembram. Pergunte aos moradores da cidade como foi que esse nome surgiu e você vai ouvir várias histórias diferentes. A que contam na lanchonete é que um casal estava discutindo sobre onde almoçar e a esposa foi tão insistente em comer um hambúrguer especial do Crash que puxou o volante para entrar no estacionamento e bateu direto na placa da frente.

Agora tenho idade suficiente para saber que eles provavelmente contam isso para vender mais hambúrgueres, mas, quando eu era criança, parecia a história mais legal do mundo. Eu sempre queria comer um hambúrguer do Crash porque pensava que, se alguém o queria tanto a ponto de arriscar a própria vida por isso, ele devia ser bem épico.

São bonzinhos. Uma vez, a Lizzie encontrou uma perna de gafanhoto no dela.

De qualquer maneira, a placa realmente era meio deitada e nunca foi substituída, e todo mundo começou a mencionar "aquela lanchonete onde alguém bateu na placa", até que acabou sendo mais fácil chamar de "a lanchonete da batida". O que ainda era um grande esforço, por isso virou Crash (batida, em inglês).

A Lizzie estava mexendo no celular numa mesa perto da janela quando cheguei.

— Mensagem de sexo com o DarceFace? — Joguei minha bolsa no banco e me arrastei nele.

— O quê? Não. — A Lizzie corou com a mentira óbvia.

Revirei os olhos. É quase fofo como ela ainda age como uma pré-adolescente apaixonada. Quase.

— Você tem permissão pra mandar mensagens de sexo pro seu *namorado*, bobinha.

— Tá bom, tá bom — ela disse, afastando o celular. — Mas não vou mais fazer isso.

Bzzzz. Seu celular discordou.

Seus olhos fugiram até a tela iluminada, e eu ergui uma sobrancelha, esperando. Como ela não estendeu a mão para o celular (eu bem que vi seus dedos se mexendo), suspirei.

— Pode responder pra ele, não tem nada de mais.

— Não! — Ela pegou o celular e o jogou dentro da bolsa. — Vou ver o Darcy quando chegar em São Francisco mais tarde. Agora vou almoçar com a minha irmã.

A Lizzie tem me tratado de um jeito diferente desde o que aconteceu com o George. Quer dizer, todo mundo está fazendo isso, mas a Lizzie é quem mais dá na cara. Ela tem sido mais atenciosa, mais paciente, mais interessada na minha vida. O que é ótimo, não me entenda mal. Mas, de todo mundo, é ela quem mais se importa com que eu esteja *bem*. Às vezes é um pouco exagerado.

Nós duas brigamos antes de o George cruzar o meu caminho. Discutíamos com muita frequência no início, mas essa briga foi pior do que o tipo de discussão normal entre "irmãs que são superdiferentes e se bicam por coisas idiotas". Acho que nunca ficamos tanto tempo sem nos falar. Eu sei que ela se sente em parte responsável pelo que aconteceu. E, sim, talvez se não tivéssemos brigado, eu não teria ido a Vegas, não teria encontrado o George, não teria transado com ele e... etc. Mas isso não faz com que a culpa seja dela. As escolhas foram do George, e minhas.

Seria ótimo se ela entendesse isso.

Enquanto a garçonete veio, pegou nosso pedido e trouxe nossa comida rápido demais para estar fresca, consegui convencer a Lizzie a pelo menos me falar *sobre* o Darcy, apesar de ela se recusar a falar *com* ele durante o nosso encontro. (Bônus adicional: nós não estávamos falando de mim. Depois de falar de mim durante uma hora com a srta. W, até eu estava meio cansada desse assunto.)

— E aí, o Darcy está pronto para coabitar com você? — provoquei. — Ele estocou a geladeira com sua comida etíope e seus queijos artesanais preferidos?

— Primeiro: quem tem um queijo artesanal preferido? E segundo: não vamos coabitar. Vou cuidar da casa da amiga da dra. Gardiner, lembra?

— Tanto faz, você ainda vai olhar dentro da... geladeira dele. — A Lizzie jogou um canudo em mim. — Tá bom. Vocês estão prontos para morar na mesma cidade? Abrir mão da tensão das mensagens sexuais a distância e das conversas por webcam?

— Sim — ela respondeu, corando de novo. Consigo interpretar a Lizzie como um livro. Não, como um tuíte. E pensar no Darcy a tornava tão adorável que era até nojento. — Mas, hum... já moramos na mesma cidade antes. *Esta* cidade, na verdade.

— É, mas vocês não eram exatamente superapaixonados na época.

Na verdade, tenho quase certeza de que, se os dois tivessem ficado na mesma cidade por mais tempo, o universo teria implodido com as caras feias e as danças visivelmente desconfortáveis.

Mas agora? Ele faz minha irmã feliz. Ela não fala isso, mas qualquer idiota percebe. E Lydia Bennet é bem mais observadora que qualquer pessoa comum. Acho que não vejo a Lizzie sorrir tanto desde que sua professora de ciências a deixou fazer tarefas extracurriculares semanais no oitavo ano. O que é ótimo — eu realmente estava começando a me preocupar se ela não teria rugas prematuras na testa.

— Como foi a orientação? — a Lizzie perguntou. Ah, delícia, falando de mim de novo.

Dei de ombros.

— Acho que a srta. Winters está se sentindo ameaçada porque eu sou uma concorrente e tanto a roubar o emprego dela.

A Lizzie riu, mas não me olhou enquanto empurrava com o garfo a salada no prato. Provavelmente procurando pernas de gafanhoto.

— Acho que ainda vai demorar alguns anos antes de ela precisar se preocupar com isso.

— Foi mais ou menos o que ela disse. Mas tudo bem. Não muda nada. Ela me falou que eu podia aparecer esta semana se algo ficar esquisito na faculdade.

— Você acha que vai?

Dei de ombros de novo.

— Acho que não. Espero que não. Quer dizer, acho que vai ficar tudo bem.

Ela esperou, com os olhos focados em mim.

— Eu só quero que o verão passe logo para eu seguir a minha vida.

— Claro — a Lizzie disse, deixando o garfo de lado. — Mas se alguma coisa ficar muito difícil...

— Eu falo com a srta. Winters. Ou com a Mary, com você, com a Jane, ou com qualquer outra pessoa.

— Não tem problema se isso acontecer. Não vamos nos preocupar.

— Eu sei!

— Tá bom! — a Lizzie levantou as mãos, se rendendo. — Desculpa. Só estou tentando ajudar.

Respirei e me acalmei.

— Eu sei, eu sei. Desculpa — respondi. — Vai dar tudo certo.

— Tenho certeza que sim.

Remexi no resto do meu hambúrguer enquanto a Lizzie terminava sua salada.

— Lydia...

Não levantei o olhar. A Lizzie estava com aquela tensão na voz que eu sabia que significava que ela estava com dificuldade para encontrar as palavras certas para o que queria dizer. As conversas que vinham depois disso eram sempre sérias. Eu estava ficando cansada de seriedade. Seriedade era difícil. Seriedade significava que as coisas não tinham voltado ao normal.

— Não sei como fazer isso.

Ela estava esperando que eu respondesse? Será que ela queria que eu perguntasse o que ela não sabia como fazer? Ei, sabe o que é fascinante? Essa rachadura no meu prato. Parece um pouco o contorno do Kentucky. Ou talvez da Virgínia, ou de Iowa, alguma coisa assim. Nunca prestei muita atenção em geografia.

— Não quero que pense que eu não confio em você, ou que eu acho que você não aguenta ficar sozinha... — Montana, talvez? Um país europeu? Por mais que eu não conheça a geografia americana, conheço menos ainda a europeia. — Mas não sei como ir embora e não me preocupar com você. Sinto que estamos começando a nos entender, mas ainda não sei o que se passa na sua cabeça a maior parte do tempo.

Não, definitivamente Kentucky.

— Sei que é um saco eu perguntar isso, mas preciso que você me diga se vai ficar tudo bem quando eu for embora.

A garçonete escolheu esse momento para aparecer, pegar o prato da Lizzie e o meu Kentucky da mesa, e deixar a conta no lugar deles. Não, não queríamos café nem sobremesa, obrigada por perguntar.

Sem mais nada para me distrair, finalmente encontrei os olhos da minha irmã.

— Lizzie, não vai ficar tudo bem quando você for embora. Vai ficar mais do que bem. Vai ficar ótimo. Eu quero que você seja feliz. Não quero atrapalhar isso.

— Você não...

— Eu sei que não — eu a interrompi. — Porque você vai. Você vai começar a sua vida, começar de verdade, do mesmo jeito que a Jane fez, do mesmo jeito que eu vou fazer daqui a alguns meses. Vou estar na Central Bay mais cedo do que você pensa. Vai. Ficar. Tudo. Bem. Entendeu?

— Tá certo — ela finalmente concordou. — Entendi.

— Ótimo. Suponho que você queira pagar por essa refeição. — Joguei a conta para ela. — E eu vou fazer a única coisa que nunca fazemos aqui. — Olhei para um corredor mal iluminado com uma placa visivelmente torta e provavelmente nunca limpa que dizia "TOALETES", com uma seta apontando para a escuridão.

— Sério? Tem certeza? — A Lizzie fez uma careta, e com bons motivos. Os banheiros do Crash eram conhecidos por ser imundos. O Carter's, um *bar*, recebe muita gente que atravessa a rua depois do jantar e compra uma bebida só para poder usar o banheiro.

— Estou me sentindo aventureira — falei para ela. — Volto num minuto.

Fui até o corredor, driblei uma teia de aranha e empurrei a porta barulhenta.

Abri a torneira, deixando a água correr por um instante para limpar a ferrugem (eca), e molhei as mãos. Só para ter alguma coisa para fazer, eu acho. Eu só precisava fugir. Precisava de um minuto longe dos olhos da Lizzie. Ela está certa; ela ainda não consegue me entender tão bem. Eu não permito. Mas eu sei que isso pode mudar a qualquer momento. E essa não é a hora certa para isso. Falei totalmente sério sobre a Lizzie precisar começar sua vida e sobre eu ficar bem. Ou, pelo menos, eu quero ficar bem. É preciso que ela vá embora para eu poder tentar.

Mas, ao mesmo tempo, por mais irritante que a vigilância da Lizzie possa ser, tem sido constante ao longo dos últimos meses. Parte de mim não consegue deixar de pensar: *Se eu não me sentir incomodada, o que estarei aberta para sentir no lugar?*

Nada, decidi. Bom, isso parece incrivelmente emo. Não é *nada*, mas não são as coisas das quais eu tenho medo, pelo menos. Vou fazer o que eu falei: manter a cabeça baixa, terminar o curso e seguir em frente. As coisas vão ficar bem depois que eu sair desta cidade chata.

Não estou preocupada.

Estou sim.

Mas não vou me permitir sentir isso.

Isso basta, não é? Ter um plano. Seguir esse plano. E... alguma coisa mais. Não sei o quê. Alguma coisa decente e gratificante. Eu me preocupo com isso depois.

Passei os dedos no cabelo. Sorri para o espelho. Ajeitei a blusa.

Um passo de cada vez.

E o próximo passo era me despedir da Lizzie.

Ela estava esperando por mim ao lado do seu carro quando eu saí.

— Você sobreviveu. Deve ser a primeira. Como foi?

— Papel de parede florido descascado. Alguns fantasmas. Mais ou menos o que era de esperar.

— Pobres fantasmas. Eles merecem coisa melhor.

— Você vai embora direto daqui? — perguntei, olhando para a janela do seu carro totalmente lotado.

— Vou. O papai não quer que eu dirija muito tarde.

— Tá bom.

— Me liga amanhã? Depois da aula?

— Tá bom.

— Te vejo em breve. Não diz "tá bom".

Dei um sorrisinho.

— Tá certo.

Ela balançou a cabeça.

— Não vou te encher mais com coisas de irmã superprotetora, mas eu te amo.

— É, eu sei. Também te amo, Lizzie.

Nós nos abraçamos. Ela entrou no carro e foi embora.

Sei que é meio melodramático ver alguém ir embora e pensar em todas as vezes que alguém foi embora e te deixou para trás, mas, enquanto a Lizzie saía do estacionamento, não posso dizer que isso não passou pela minha cabeça. A Lizzie, a Jane, todos os meus amigos da escola, o George... foram muitas partidas. Muitas vezes em que fui deixada para trás. Eu sei que a vida é assim. É verdade. Eu sei. Mas não consigo evitar sentir que, ultimamente, tem sido comum ver as pessoas desaparecendo, se não da minha vida, pelo menos da minha cidade.

Não tenho muita certeza do que isso significa, mas o próximo pensamento que passou pela minha mente não foi que eu queria que todos eles voltassem.

Eu queria ir embora também.

5
JANTAR

— Você chegou! — dei um gritinho quando entrei na casa. A Mary estava ocupada desfazendo sua horrível mala de exército e guardando as coisas na cômoda que era da Jane. Diferentemente do quarto da Lizzie/novo jardim zen da mamãe/aquário/qualquer coisa, minha mãe tinha mantido o quarto da Jane exatamente igual, como um altar dedicado à Etsy.

— Tudo bem, não consigo respirar — a Mary disse, esmagada sob mim. É possível que eu a tenha derrubado no chão. Você não tem como provar nada.

— Estou tão feliz de te ver! — exclamei, ajudando-a a se levantar. (Ela poderia simplesmente ter caído, na empolgação de me ver. Você ainda não tem como provar nada.) — Vamos nos divertir tanto! Festas do pijama de uma noite inteira! Loucuras no Carter's! Fazer você usar roupas coloridas!

— Não estou aqui por causa de festas do pijama nem de roupas coloridas — a Mary respondeu, com o rosto impassível. — Além do mais, achei que você não estava mais fazendo "loucuras" ultimamente.

— Não estou — falei. — Estou estudando o tempo todo. Sou basicamente você, sem... — Olhei para ela de cima a baixo, tentando não me encolher por causa da camiseta surrada do Evanescence e da bermuda cargo. — As partes que são suas. Palavra de escoteiro.

Já fui bandeirante. Ênfase no *fui*. Minha mãe não me fez voltar depois que eu percebi que não podia usar os emblemas como moeda no shopping.

Mas a Mary não está aqui para voltar correndo ao estilo de vida das festas comigo, como ela mesma disse. Ela está aqui porque a cafeteria perto do meu campus (chamada Livros, Grãos e Ervas — a parte das ervas é por causa da floricultura ao lado; muitos universitários confusos acham que significa outra coisa) paga o dobro do que a pizzaria na cidade dela. Então ela vai economizar e trabalhar a distância para a nova empresa da Lizzie, fazendo umas coisas de contabilidade, até eu me formar e podermos dirigir rumo ao pôr do sol.

O pôr do sol, nesse contexto, é um apartamento só nosso perto do campus para mim e, para a Mary, perto da empresa start-up de novas mídias ainda-sem-nome-e-um-pouco-fictícia da Lizzie.

O objetivo é esse. Eu estudo, a Mary cuida da contabilidade da Lizzie, e nós dividimos um apartamento com a Kitty, que vai mandar em todas nós.
— Meninas! Hora do jantar!
E, nesse meio-tempo, minha mãe tem mais uma pessoa para alimentar.

* * *

O jantar é uma daquelas coisas raras que sempre fizemos como uma família, mesmo depois que crescemos. Claro, às vezes o meu pai trabalhava até tarde, e às vezes a Jane, a Lizzie e eu estávamos na rua tendo aulas extracurriculares ou passeando com amigos, mas, sem dúvida, minha mãe sempre fazia uma refeição para a família toda e todo mundo que podia parava o que estava fazendo e sentava para comer. Mesmo quando ela estava doente. Mesmo quando ninguém ia estar em casa no mesmo horário. Ela chamava de "tarefas de mãe", e a Lizzie inevitavelmente falava sobre papéis de gênero antiquados, mas minha mãe simplesmente a mandava calar a boca e esquentar os restos mais tarde se ela não conseguisse estar à mesa na hora em que a comida era servida.

Eu me lembro de três vezes em que minha mãe estava em casa e *não* fez o jantar:

1. Quando nos recusamos a sair da frente da TV durante a cobertura do casamento real.
2. Na semana depois que o meio-que-namorado-na-época-mas-definitivamente-namorado-agora da Jane, o Bing, saiu da cidade, e minha mãe estava convencida de que a Jane nunca se casaria.
3. Na manhã em que ela descobriu sobre mim e o George.

Quando a Lizzie descobriu, ela achou que eu tinha feito o vídeo erótico para atacá-la, que estava provando minha irresponsabilidade e minha falta de visão. Eu entendia por que ela pensava isso. Ainda entendo. Quando meu pai descobriu, simplesmente se sentiu culpado. Culpado por não prestar muita atenção ou não estar mais envolvido em nossa vida.

Eu não sabia como minha mãe reagiria e não tinha certeza de como eu lidaria com isso. Por isso, pedi ao meu pai para contar a ela. Talvez isso tenha sido covardia da minha parte. Mas a srta. W diz que eu tenho que cuidar de mim mesma. Ela também diz coisas sobre como eu tenho que enfrentar meus medos e assumir a responsabilidade pela minha vida, mas todas essas coisas pareciam meio que cancelar umas às outras nesse problema, então decidi que era melhor o meu pai contar para a minha mãe.

Ele ficou na cozinha depois do café da manhã num sábado e esperou minha mãe terminar a limpeza. Simplesmente ficou esperando à mesa. Ele tentou ajudar, mas ela não deixou. Demorou mais, desse jeito.

Eu estava sentada na escada, escutando, como fazíamos quando éramos crianças. Era o lugar perfeito para escutar as coisas que aconteciam na cozinha sem sermos vistas. Mas aí meu pai começou a contar tudo para ela.

Bom, não tudo. Ela ainda não sabia dos vídeos da Lizzie naquele momento (mas agora sabe, e vê-la tentar se entender com o YouTube foi como vê-la ser o primeiro contato de uma invasão alienígena). Mas as coisas sobre mim e o George e... *esse* tudo ele contou.

Mas, no instante em que ouvi a voz da minha mãe tremer quando ela disse "Lydia?", eu sabia que não podia ficar em casa. Foi aí que eu peguei as chaves e dirigi até a casa da Mary. Ficamos sentadas no quintal dos fundos e eu folheei a mesma revista durante horas, enquanto ela lia um livro russo que não parecia nem um pouco cativante como ela parecia achar, mas pelo menos eu não estava em casa.

Então, não sei o que ela disse. Não sei como minha mãe reagiu, naquele momento. Só sei que, quando voltamos para casa naquela noite, a Lizzie estava vasculhando nossa coleção de cardápios de delivery raramente usados, e pedimos comida tailandesa para três. Para mim, a Lizzie e o meu pai, que disse que minha mãe tinha exagerado na faxina e ido dormir mais cedo.

Não consegui dormir naquela noite, então voltei sorrateiramente para o andar de baixo depois que o resto da casa estava escuro e liguei a TV baixinho para ver uma maratona de reality shows ruins. Uma ou duas horas depois, minha mãe atravessou a sala de estar e foi até a cozinha, sem nem olhar para mim. Eu quase achei que ela estava num surto de sonambulismo. Mas, dez minutos depois, ela voltou com duas canecas de chocolate quente, colocou uma na minha frente e se instalou ao meu lado no sofá. Não demorou muito para ela começar a me fazer perguntas sobre o programa, e nós duas nos divertimos muito criticando como as pessoas eram péssimas.

Acho que eu apaguei em algum ponto do quinto episódio, porque, quando o sol nasceu, algumas horas depois, senti dedos passando devagar no meu cabelo e percebi que estava deitada com a cabeça no colo da minha mãe.

O próximo jantar que ela fez incluía todos os meus pratos preferidos. E, desde então, ela não falou mais no George.

Pensando agora, não fui eu que contei para as pessoas. Todo mundo simplesmente descobriu, de um jeito ou de outro.

Sentar à mesa de jantar depois da partida da Lizzie não foi tão estranho quanto imaginei que seria. Mas a ausência da Jane, o jeito desconcertante da Lizzie apresentando o Darcy para a família e o desconforto geral que permeava tudo logo depois da descoberta do vídeo meio que tornaram esquisitos todos os nossos últimos jantares em família.

A Mary me impressionou durante o jantar. Ela ficou sentada olhando direto para baixo, em silêncio, com o cabelo preto protegendo metade do rosto. Ela era como um membro perdido da família Addams, transportada diretamente da TV para a nossa mesa da cozinha.

Eu sabia que o motivo para ela estar sentada daquele jeito era porque ela estava escondendo um livro no colo e lendo para não ouvir a conversa que achava totalmente desinteressante. Acho que meu pai também sabia. Apesar disso, sempre que minha mãe tentava envolvê-la ou pedia sua opinião, ela repetia o que tinha sido falado, sem erro.

— Então, Mary, onde está aquele seu namorado adorável? — minha mãe perguntou, servindo-lhe ervilhas no prato.

A Mary levantou a cabeça. Um pouco. Só um pouco. O suficiente para convencer minha mãe de que ela estava participando.

— Não existe mais. Terminamos. Em janeiro.

Então baixou a cabeça de novo.

— Ah, não! Que tragédia!

Levantou.

— Nem um pouco.

E abaixou. Fim do interrogatório.

Viu? Habilidade perfeita de evitar o assunto bem ali.

E, sim, numa situação diferente, eu estaria morrendo de curiosidade sobre a vida amorosa da Mary, assim como a minha mãe, mas não estava.

Principalmente porque eu já sabia do drama do namorado dela.

No ano passado, a Mary — que nunca gosta de *ninguém* — gostou do Eddie. Eles namoraram. É, a Mary namorou. Aconteceu de verdade. Eu vi.

O Eddie começou uma banda na garagem. Era ele e seu amigo Todd, e os dois tocavam um sintetizador átono e escreviam músicas sobre animais atropelados. Ah, e eles nunca saíam da garagem. Nunca.

Surpreendentemente, o Eddie achou que a Mary estava atrapalhando sua música e terminou com ela.

Ele. Terminou. Com *ela*. Quer dizer, a Mary pode ser calada e emo e gostar de baixos elétricos, mas pelo menos não escreve músicas sobre animais mortos. Até onde eu sei.

De qualquer maneira, ele foi o primeiro namorado da Mary. O primeiro término. Então o fato de ela evitar o assunto do namoro não é surpresa.

Além do mais, é a Mary.

Sem a Lizzie ou a Jane para interrogar sem dó sobre suas perspectivas de reprodução, com a habilidade da Mary de evitar conversas e diante do fato de o meu assunto ser proibido, minha mãe desistiu e começou a falar sobre sua próxima aula de tênis.

Ajudei a tirar a mesa depois que terminamos de comer (e depois que minha mãe enxotou a Mary da cozinha, insistindo que ela ainda é hóspede e não pode ajudar com nada) e, enquanto eu enxaguava meu prato na pia, a conversa finalmente mudou para o ponto de sempre, não importava onde eu estivesse: eu.

— Preparada para as aulas amanhã? — meu pai perguntou, ainda sentado à mesa.

— É a mesma coisa de sempre.

Pelo canto do olho, vi minha mãe hesitar enquanto raspava os restos para um Tupperware. Foi só por um instante, mas eu vi.

— Ãhã, mas são suas últimas aulas nessa faculdade.

Dei de ombros, mesmo percebendo que ninguém estava olhando para mim durante a conversa.

— Claro. Nada de mais.

— Que bom que a sua orientadora está lá, para o caso de acontecer alguma coisa.

— A Lizzie já fez o interrogatório, pai. Não precisa se preocupar com nada.

Minha mãe se movimentava atrás de mim, colocando os pratos na lava-louça. Não é comum ela ficar calada e meu pai falar. É meio irritante. Como se ela estivesse mordendo a língua.

Não sei quando foi que meu pai saiu da mesa, mas senti suas mãos em meus ombros enquanto ele se abaixava e beijava o topo da minha cabeça.

— Nós podemos nos preocupar, docinho. É isso que os pais devem fazer.

Não falei nada dessa vez. O "devem fazer" ficou parado no ar, um lembrete da culpa que eu sabia que ele sentia por achar que não estava cuidando de nós no último ano. Era bobagem ele se sentir culpado, mas eu sabia que, às vezes, sentir culpa não fazia sentido.

Eu o ouvi sair, e ficamos em silêncio por um instante, até minha mãe começar a me contar sobre o telefonema dela para a Jane na última semana. Ela já tinha me contado todos os detalhes no dia em que aconteceu, mas eu fingi que era tudo novo e fascinante. Passei para ela o sabão da lava-louça e me perguntei com quem ela falaria sobre a vida das minhas irmãs quando eu também fosse embora.

Talvez eu devesse lhe comprar um papagaio.

6
A NOITE ANTERIOR

Eu deveria ter vlogado esse momento.

Sentada no meu quarto, me preparando para o primeiro dia de aula, exibindo meu novo material escolar cheio de frescuras (se eu tivesse comprado coisas assim), me perguntando quem estaria na minha turma, que carreiras fracassadas meus professores da faculdade comunitária teriam tentado antes de acabarem ali, que garoto (ou garotos) eu perseguiria durante o verão.

Certamente eu teria vlogado esse momento, se ainda vlogasse.

Pensei no assunto. Peguei o celular, entrei no modo câmera, virei o aparelho e encarei meu rosto. Uma espinha estava nascendo em cima da minha sobrancelha direta. Perfeito. Eu tinha que colocar pasta de dente nela mais tarde.

As pessoas ficavam me mandando mensagens no Twitter pedindo para eu fazer pelo menos um último vlog. Eu vi isso. Levei algumas semanas para decidir que seria melhor desativar as notificações do Twitter e deletar o app do meu celular. Mas, durante esse período, eu vi todo mundo falando como era horrível que o meu último vídeo — antes de tudo desmoronar — era sobre como eu tinha me apaixonado perdidamente por George Wickham, e que eu realmente precisava postar só mais um, pelo menos mais um.

Eles não estavam sendo malvados. Eu sabia disso. Eles tinham pena de mim. Queriam que eu me reerguesse e fosse uma mulher forte e independente, e que mostrasse que eu ficaria bem. Eles queriam um bom final para a minha história.

Eu me sentia frustrada por não conseguir. Eu me sentia frustrada na época e agora, sentada no meu quarto, com o dedo flutuando sobre o botão de gravar.

Não é que eu não seja essa pessoa. Sou Lydia Bennet, oras. Sou incrível e posso fazer qualquer coisa.

Exceto quando não consigo.

Uma batida na minha porta interrompeu minha tentativa fracassada de vlogar.

— Está aberta. — Guardei o celular, cruzando os dedos para que a batida lenta e forte na porta fosse da Mary, e não dos meus pais. Visitas no quarto normalmente significavam conversas sérias, e eu só conseguia aguentar uma dessas por noite.

— Terminei de desfazer a mala. E terminei meu livro.

Definitivamente era a Mary. Graças a Deus.

— Fico feliz que passar um tempo com a sua prima preferida venha em segundo lugar, depois de ler — provoquei.

A Mary deu de ombros e se jogou na minha frente, ao pé da minha cama.

— Não consigo acreditar que você só trouxe uma mala — falei. — Você vai morar aqui, tipo, o verão inteiro. Você nem trouxe seu baixo.

Ela deu de ombros de novo. Juro: se ela conseguisse se comunicar apenas dando de ombros, ela faria isso.

— O resto das minhas coisas está a apenas uma hora de distância. Além do mais, eu só posso usar roupas pretas pra trabalhar.

— Ah, isso vai ser muito difícil pra você. — Como se alguém já tivesse visto a Mary usando roupas coloridas.

— Começo amanhã — disse ela.

— Achei que você ainda tinha uma semana antes de começar.

Ela deu de ombros.

— O gerente ligou hoje de manhã. Alguém pediu demissão, então eles me chamaram pra começar esta semana.

— Bom, espero que isso não atrapalhe seus grandes planos de conseguir o cartão da biblioteca e sentar no closet da Jane o dia todo com a luz apagada.

Ela arqueou as sobrancelhas.

— Por que eu faria isso?

— Todas as janelas da Jane recebem luz do sol direta. Ah! Posso te visitar nos intervalos das aulas. Tenho direito a bebidas de graça, né?

— Me deixa pelo menos passar pela primeira semana antes de colocar meu emprego em risco te oferecendo lattes de graça. — A Mary suspirou. — Mas você pode me visitar, se quiser. — Ela fez uma pausa, mexendo na manga da blusa. — Não sei como as coisas vão funcionar com relação a folgas e a falar com os clientes e tal, mas eu *vou* estar logo ali, então, se você precisar de alguma coisa...

Eu a interrompi com um resmungo.

— Você também, não. Meus pais te mandaram fazer isso? — Ela balançou a cabeça. — A Lizzie? — De novo. Ela abriu a boca, mas eu a atropelei. — Bom, de qualquer maneira, sério, eu estou superbem e vou continuar assim. Todo mundo me perguntando constantemente se estou bem não vai me deixar melhor do que eu já estou. Porque. Eu. Estou. Bem.

A Mary olhou para mim. Esperei que ela desse de ombros, mas ela não fez isso.

— Tá bom.

— Tá bom? — Ela fez que sim com a cabeça, ainda olhando para mim. — Então tá.

— Tenho umas planilhas pra ajeitar para a Lizzie, então vou começar a fazer isso.

— Sério? A Lizzie acabou de ir embora, algumas horas atrás... Ela provavelmente nem chegou lá ainda.

— Mesmo assim. Ela vai precisar das planilhas antes de se reunir com investidores de novo. — A Mary se levantou e foi até a porta. — Boa noite, Lydia.

— Boa noite — gritei, assim que a porta se fechou atrás dela.

Parte de mim sabe que não foi fácil para a Mary fazer esse tipo de oferta. Mas eu simplesmente não aguento mais.

Olhei para o relógio do celular e percebi que ainda tinha tempo para matar antes de poder justificar tentar dormir. Então me arrastei para fora da cama, fui até o computador e sentei na cadeira não-tão-confortável-quanto-eu-gostaria que roubei do quarto da Lizzie depois que ela foi embora. Mexi no mouse para dar uma olhada nos meus e-mails e encontrei o mais recente da Faculdade Central Bay.

Chegou na última sexta-feira. E, quando vi o assunto, "CANDIDATA AO SEMESTRE DE OUTONO DA FACULDADE CENTRAL BAY", pensei: *Ah! É isso? Minha admissão? Será que a minha carteirinha com o RA e o cartão do refeitório vão estar anexados?*

Não.

```
Cara srta. Bennet,
Recebemos seu histórico escolar e as informações para bolsa de
estudos, obrigado. No entanto, percebemos que falta uma parte da
sua ficha de inscrição.
Por favor, preencha os formulários anexos e apresente-os ao
departamento de matrícula até...
```

Verifiquei imediatamente o documento, meio surtada por ter esquecido parte da ficha de inscrição. Minha pulsação lentamente voltou ao normal. Não era tão ruim. Era só um formulário pedindo meu nome, informações sobre minhas condições financeiras, mais ou menos a mesma coisa dos outros formulários. As únicas novidades que eles pediam eram duas cartas de recomendação (argh) e uma redação.

Se a Mary vai trabalhar hoje à noite, eu também posso, decidi. Desde sexta-feira, ela estava me pressionando para fazer isso antes de as aulas começarem. Então peguei as perguntas da redação e as copiei para um documento em branco.

"Conte um incidente ou um momento em que você vivenciou um fracasso. Como isso o/a afetou? Que lições você aprendeu? O que faria de diferente agora?"

O cursor piscava para mim.

Pensando melhor, tenho algumas semanas para trabalhar nisso. É muito mais importante que eu esteja bem descansada para o meu primeiro dia de aula amanhã.

Boa noite.

PERGUNTAS FANTASTICAMENTE INCRÍVEIS E INTELIGENTES DA ORIENTADORA LYDIA PARA A JOVEM TRAUMATIZADA LYDIA

1. Se não fosse a relação orientadora/orientada, você me pegaria? Eu te pegaria?
2. É tão deprimente começar um filme com uma sessão de terapia quanto terminá-lo desse jeito?
3. Como você pode ser tão incrível?
4. Como você se vê daqui a cinco anos?
5. Daqui a dez anos?
6. Daqui a *cem* anos?
7. Por que você escolheu a psicologia como seu foco?
8. Aonde você pensa que estudar psicologia vai te levar?
9. Por que é importante chegar a esse lugar?
10. Quem vai te encontrar lá, se é que alguém vai te encontrar?
11. Por que você simplesmente não fica em casa? Ou por que você não quer isso?
12. Para onde vão todas as outras pessoas?
13. Se você é tão incrível, por que ainda se sente tão sozinha?

7
INTRODUÇÃO À PSICOLOGIA

Acho que nunca me senti tão nervosa e empolgada ao mesmo tempo quanto na manhã em que comecei as aulas no jardim de infância. Minha mãe não trabalhava, então eu nunca fui para o maternal, nem para a creche, nem nada assim. O jardim de infância foi real e verdadeiramente meu primeiro dia de aula.

Eu vomitei na minha tigela de cereal de frutas.

Correção: vomitei o cereal que eu tinha acabado de comer na tigela quase vazia. O que significa que eu literalmente vomitei arco-íris.

Foi assim que eu me senti quando acordei para o meu primeiro dia na faculdade comunitária. Simultaneamente tão nervosa e tão empolgada que achei que sairiam arco-íris da minha boca a qualquer momento.

Só para garantir, pulei o café da manhã e cheguei à aula de introdução à psicologia às 8h42. Dezoito minutos de folga. Eu era a segunda pessoa na sala; nem mesmo o professor (*professor Latham*, lembrei a mim mesma, totalmente comprometida com essa persona de Aluna Preparada) tinha chegado.

O auditório é uma das maiores salas que a faculdade tem, provavelmente com lugar para oitenta pessoas. A maioria das salas de aula comporta vinte ou trinta, no máximo. Esse tamanho é anunciado como um dos benefícios da nossa faculdade comunitária. Sério, está em todos os folhetos. E é algo que eu costumava adorar — não porque tínhamos mais "atenção do professor com o aluno" (e, eca, isso parece nojento, agora que estou falando), mas porque você conhece todo mundo e todo mundo te conhece. E, tá, era mais fácil todo mundo prestar atenção em você — não vou negar! Atenção é legal. Ou pode ser.

Mas esse também é um dos motivos pelos quais foi tão difícil voltar às aulas no último semestre. Agora, estou feliz de frequentar uma aula de psicologia, mas também estou feliz porque vai ser um pouco mais fácil me misturar.

Peguei meu caderno espiral azul e uma caneta-tinteiro na bolsa, tentando ocupar o silêncio da sala. Abri na primeira página e escrevi com cuidado:

Introdução à psicologia, verão de 2013

A maioria dos meus cadernos das aulas anteriores tinham sido preenchidos com as anotações que estivessem no quadro ou no PowerPoint — e desenhos. Muitos desenhos. Fiquei ótima em desenhar coisas em espiral que se transformavam em coisas com mais espirais. Uma pena isso não servir como carreira.

— Caneta maneira.

Levantei a cabeça e vi a única pessoa que tinha chegado à aula antes de mim naquela manhã.

Um cara. Um cara que não era feio. Talvez beirando, tipo, superfofo, possivelmente até bonito.

Ei, eu posso levar a academia a sério, mas ainda tenho olhos.

Ele estava virado na cadeira dele, olhando para mim, algumas fileiras adiante. Será que eu devia sentar mais perto da frente? Será que isso mostraria ao professor Latham uma dedicação à matéria?

— Obrigada — falei, olhando para a caneta-tinteiro do meu pai. Eu roubei da mesa dele; é a caneta mais séria que eu conheço. Uma caneta séria para uma aluna séria.

— Você também recebeu o horário errado?

— Hã? Ah, não — respondi. — Eu só... queria um bom lugar pra sentar.

— Legal. — Ele fez um sinal de positivo com a cabeça. — Eu dei mancada e achei que as aulas começavam uma hora antes.

Ele deu um meio-sorriso. Então, dei um meio-sorriso também.

— Sou novo. Só estou cumprindo algumas matérias pra poder trocar de curso na minha faculdade.

— Faz sentido — comentei.

— E você?

— Eu... — Fui poupada por um monte de gente que entrou na sala nesse momento. Enquanto os recém-chegados se ajeitavam nas cadeiras, se espalhando, conversando, o cara novo continuava com a cadeira virada para mim.

— Sou o Cody — disse ele. — Seria muito cedo pra pedir seu telefone?

Ele deve ter visto meu surto interior, porque levantou as mãos imediatamente.

— Não estou dando em cima de você, eu juro.

— Só pra você saber, quando uma pessoa diz que não está dando em cima de outra, é quase garantido que ela está dando em cima, sim — retruquei.

— Você é a primeira pessoa que eu conheci, e parece saber o que está fazendo — disse ele. Admito que devo ter corado um pouco. Acho que essa coisa de comprometimento com os estudos estava funcionando de verdade para mim.

— É só para o caso de um de nós perder uma aula, ou para comparar nossas anotações. — Ele pegou o celular. — Colegas de estudos, sabe como é?

Hesitei. Por um lado, sim, é totalmente válido pôr a matéria em dia se você faltar à aula. Por outro, eu não queria que o Cody entendesse o fato de eu dar meu telefone para ele como um sinal para ele me chamar para sair. Mas, por outro lado ainda... ele era bem bonitinho.

E, por um lado totalmente diferente, eu com certeza só queria me concentrar na faculdade durante o verão. Mas aparentemente tenho mãos demais, porque, quando ele me ofereceu seu celular, uma delas digitou o número e o devolveu. Malditas mãos.

— Bom... *Lydia* — ele leu e sorriu. — Prazer em te conhecer.

Naquele instante, um homem mais ou menos da idade do meu pai, parecendo relaxado sem fazer esforço, com um colete e uma camisa de manga curta, entrou. Professor Latham.

— Lá vamos nós — o Cody disse, piscando para mim antes de virar de volta na cadeira e tirar seu notebook da mochila, pronto para fazer anotações.

Várias pessoas também pegaram seus notebooks. E eu teria me juntado a elas... se tivesse um notebook. Infelizmente, tenho apenas meu celular para me comunicar e meu computador antigo e herdado para digitar os trabalhos. Sério, ele é tão velho que tem uma torre. E, se você quiser fazer alguma coisa maluca, como ver mais de cinco vídeos seguidos no YouTube, a torre superaquece.

Mas, pensando pelo lado positivo, a Kitty gosta de dormir ali.

— Sou o professor Latham, e este é o curso de introdução à psicologia. Agora, quem quer aprender a manipular pessoas para que elas façam suas vontades?

Todo mundo na sala parou de falar e começou a prestar atenção.

— Ou que tal ser um investigador, rastrear assassinos e fazê-los confessarem seus crimes?

Meus olhos se arregalaram. Sim, eu queria isso. Sem a parte de ter que lidar com assassinos. Mas sim.

— Quantos de vocês querem apenas escutar os problemas de outras pessoas e ajudar a resolvê-los?

Eu imediatamente segurei minha mão para impedi-la de balançar sobre a cabeça como uma idiota.

— Acredite se quiser — disse o professor Latham —, ao estudar a mente humana, você está se abrindo para todas essas possibilidades. Um psicólogo pesquisador tenta direcionar pessoas e estudar os resultados. Um psicólogo forense ajuda a polícia a dissecar crimes e intenções criminais. E um terapeuta psicólogo ajuda as pessoas ouvindo-as e orientando seus processos mentais para chegarem a conclusões úteis.

Onde foi que o professor Latham esteve durante toda a minha vida acadêmica?

Antes, com matemática, história ou qualquer outra matéria, eu simplesmente engolia informações e as regurgitava como uma das bolas de pelo da Kitty, na hora da prova. Aqui, tenho a chance de aprender a ajudar as pessoas *além de* manipulá-las. Onde é que eu assino?

Olhei ao redor da sala. Ninguém mais parecia tão empolgado quanto eu. Mas eles provavelmente estavam aqui para cumprir uma exigência de créditos ou matar seis semanas, não porque tinham achado sua vocação, pensei, me sentindo orgulhosa.

O professor Latham vai me adorar. Assim como a srta. W me adora.

— Neste curso, vamos discutir as diferentes perspectivas da psicologia, como psicanálise, behaviorismo, humanismo, cognição. Vamos dar uma olhada em alguns estudos de grande importância para a psicologia social moderna, como o condicionamento clássico de Pavlov, além do experimento da prisão de Stanford, do experimento de Milgram, do caso Kitty Genovese...

Eu estava anotando na velocidade que a caneta-tinteiro do meu pai permitia. Infelizmente, depois de uns seis minutos de falação, a caneta ficou sem tinta. Enfiei a mão na bolsa para pegar uma das minhas canetas gel confiáveis e foi aí que minha mão roçou no celular. Que estava vibrando.

Como fui classicamente condicionada a olhar o celular todas as vezes que ele toca (algo que eu não tinha notado até Latham chegar a esse ponto da aula), eu não sabia como me impedir.

> Ele gosta do som da própria voz, hein?

Olhei para Cody lá embaixo, nos assentos do auditório, em meio aos outros alunos. Vi na tela de seu computador que ele estava com a janela de mensagens aberta. Mas, para todo mundo, parecia que ele estava apenas fazendo anotações.

Franzi a testa. No entanto, talvez porque eu estava achando a aula muito interessante, senti necessidade de defendê-la.

Comecei a digitar.

> Alguns de nós estão tentando aprender de verdade.

— Bom, neste curso, vocês devem fazer uma redação a cada... Com licença, senhorita? Você, de cabelo vermelho e celular brilhante.

Minha cabeça se levantou. Todos os olhos da turma focaram em mim.

— Sim? — falei, escondendo o celular. Eu tinha acabado de apertar o botão de enviar; vi a mensagem aparecer na janela do Cody três fileiras abaixo, mas ele não se entregou.

— Qual é o seu nome?

— Lydia.

O professor Latham passou o dedo numa lista que estava em sua tribuna.

— Lydia... Bennet?

— Isso — respondi, com a garganta de repente seca. Como se meu corpo soubesse o que isso significava antes da minha mente, porque foi aí que eu ouvi. Os sussurros. *Lydia Bennet. A garota que...?*

— Nada de celular na sala de aula, srta. Bennet — soltou o professor Latham.

— Desculpa — sussurrei enquanto guardava o aparelho.

Ele virou de novo para o quadro, e o primeiro slide apareceu no projetor. A imagem de um cachorro.

— Hoje, vamos começar com Ivan Pavlov...

Mas era tarde demais. O estrago já estava feito. Não só meu professor me considerava uma patricinha que mandava mensagens durante suas explicações, mas, para o restante da turma, eu não era apenas mais uma aluna perdida na sala de aula de oitenta lugares.

Mais uma vez, eu era a infame Lydia Bennet.

8
INTERLÚDIO NA CAFETERIA

— Oi, como foi lá? — a Mary perguntou assim que entrei na Livros, Grãos e Ervas. Ela estava atrás da caixa registradora e, pela primeira vez, vestida adequadamente para o mundo. Seu guarda-roupa preto tinha encontrado sua vocação, afinal.
— Nã-ão — falei. — Não é isso que você deve me dizer.
A Mary suspirou.
— Sério? Já falei isso quarenta vezes nas últimas duas horas.
— O que foi que te orientaram a dizer nas instruções de emprego hoje de manhã?
Seu rosto não se mexeu enquanto ela recitava a fala:
— Bem-vinda à Livros, Grãos e Ervas. Vamos lá, Pioneers. Posso lhe oferecer uma bebida herbal?
A Livros, Grãos e Ervas é famosa por aqui não só por causa do nome, mas porque a proprietária, a sra. B, é meio que superintensa e faz seus funcionários dizerem exatamente a mesma coisa para cada cliente. E não é do jeito "Bem-vindo ao McDonald's, posso anotar seu pedido?". Quando os funcionários não dizem, ela sabe. Ela sempre sabe. Pouquíssimos viram o olhar famoso que ela lança aos (ex-)funcionários depois de sair do seu escritório nos fundos — sabendo, simplesmente *sabendo* que eles fracassaram em suas obrigações —, mas isso praticamente virou lenda.
Ah, e a sra. B é uma ex-aluna antiga da nossa faculdade comunitária e provavelmente tem mais espírito estudantil do que... qualquer ser humano que frequentou uma faculdade comunitária.
Em pouco tempo, as pessoas da faculdade não apareciam só por causa de suas necessidades de cafeína ou florais, mas para ouvir os pobres e patéticos baristas torcerem forçadamente para os nossos Pioneers.
Eu nem sabia que tínhamos um mascote até sentir vontade de tomar um mocaccino.
— Desculpa, mas preciso ver o gesto das mãos — pedi.
— Ah, eu tenho um gesto pra você.

Pigarreei.

A Mary se recusou a olhar nos meus olhos enquanto batia palmas duas vezes e levantava o punho no ar, como a líder de torcida mais deprimida de todos os tempos, e gritava "Vamos lááááááá, Pioneers!" de novo.

Dei uma risadinha.

— Mocaccino, por favor.

— Então, como foi lá? — ela perguntou novamente enquanto criava a delícia cremosa cafeinada que me ajudaria a enfrentar o resto do dia.

— Foi… normal — respondi. E essa foi… uma interessante interpretação da verdade.

A mensagem que o Cody me mandou depois também foi interessante.

Guardei minhas coisas o mais rápido possível assim que a aula terminou. Vi o Cody pelo canto do olho tentando chamar minha atenção, mas o evitei. Eu tinha percorrido metade do corredor quando senti o celular vibrar no bolso traseiro da minha calça jeans. Obviamente, imaginei que era ele. E, para o caso de ele estar atrás de mim no corredor, vendo se eu pegaria o celular e qual seria minha reação, esperei até virar a esquina e atravessar a porta de vidro que conduzia aos degraus da frente, antes mesmo de pensar em pegar o aparelho.

> Desculpa. Aquilo foi totalmente culpa minha. Deixa eu te pagar uma bebida pra compensar?

Não respondi.

Qual deveria ser minha reação? Ainda não tenho certeza.

Por um lado, sim, foi totalmente culpa dele. Por outro, foi legal da parte dele reconhecer a falha e estar disposto a compensar… apesar de que esse seu jeito de agir basicamente confirma que ele quer ser mais que meu colega de estudos. Mas, por outro lado ainda, se ele realmente é um cara legal, não deveria ter confessado para o professor Latham que me escrevera primeiro?

Mais uma vez, temos lados demais.

— Que bom — a Mary disse. — Normal é bom. Melhor do que não ser normal, certo?

— É — concordei, ainda meio que desejando que tivesse sido melhor do que normal. Que meus sonhos de… não sei, brilhar na faculdade uma vez não tivessem começado tão mal.

— E agora você tem aula de literatura gótica, né?

— Segundas, quartas e sextas — respondi. Pelas próximas seis semanas, eu ficaria com a cara enfiada nos livros (não sei por que enfiar a cara num livro, mas a Lizzie falava isso o tempo todo, então deve ser uma boa expressão nerd) três dias por semana, colocando meus créditos em ordem… e, sim, arrasando na faculdade, seja com um início lento ou não. — Vou estar aqui três vezes por semana pra te perturbar e ouvir você bater palmas e torcer pelos Pioneers.

— Ótimo — a Mary entoou. — Tenho certeza que a Violet vai adorar.

— Quem é Violet? — perguntei.

Ela revirou os olhos ao apontar na direção dos fundos da cafeteria, onde ficavam os banheiros. Bem diante deles havia um quadro de avisos onde as pessoas podiam vender sofás ou anunciar aulas de cestaria na sala conjugada. Ali, outra barista colocava um novo aviso.

— Ela é a subgerente, mas vai se mudar pra San Francisco daqui a algumas semanas também — a Mary respondeu.

— Sério? — perguntei. Não era uma completa surpresa. Ninguém da nossa idade fica nesta cidade. Ou vão para San Francisco ou para Los Angeles. Norte ou sul. Só migram de volta quando querem se casar, ter filhos ou coisas esquisitas assim. — Por quê?

A Mary revirou os olhos de um jeito muito barista-não-profissional.

— Ela toca em uma banda. Disse que vai "atrás da sua música".

Minhas sobrancelhas se erguaram exatamente como as da srta. W. A Mary deve ter sido mais queimada pelo Eddie do que eu pensava, já que era não só antinamoro, mas também antibandas.

Mas faz sentido. Quer dizer, ela nem trouxe o baixo. E ela adora aquela coisa.

— Enfim… — a Mary disse enquanto a garota em questão voltava para trás do balcão, perto de onde estávamos conversando. — Violet, essa é a Lydia. Minha prima.

— Oi — Violet disse. — Não vejo absolutamente nenhuma semelhança.

— Não é? — concordei. — Cabelo maneiro.

A Violet tinha um daqueles rostos totalmente vazios — não que ela fosse sem graça, mas tinha feições normais, nada que se destacasse. Isso significava que ela podia fazer o que quisesse com o cabelo que funcionaria. Ela tinha um corte assimétrico radical, tingido de loiro-platinado e pintado de roxo nas pontas, algo que eu não conseguiria fazer nem em um milhão de anos.

— Você é a prima que vai se mudar pra cidade com a Mary?

— Eu mesma. — Fiquei agradavelmente surpresa pelo fato de a Mary ter revelado voluntariamente detalhes pertinentes de sua vida para uma total desconhecida. Talvez a gente consiga tirá-la do armário da Jane em breve.

— Fantástico. Ei, você e a Mary deviam ver a nossa banda tocar. A gente vai fazer um show de despedida na sexta, no Carter's. E um no próximo fim de semana. E talvez outro depois, vamos ver.

— É, talvez — a Mary disse. Eu sabia que ela tinha falado desse jeito por minha causa. Se fosse por ela, teria simplesmente dito não de imediato, porque ir a um bar numa sexta-feira é mais ou menos sua ideia de inferno. Mas ela estava olhando para mim, tentando analisar como eu me sentia em relação à ideia.

Eu descobriria como me sentia em relação a isso mais tarde. Naquele instante, o sino em cima da porta de entrada tocou, e o clichê ambulante de rastafáris brancos confusos entrou.

— Ai, caramba, esses caras... — a Violet soltou. — Muito bem, Mary, se prepara. Aprender a lidar com esses palhaços é parte essencial do treinamento de barista da Livros, Grãos e Ervas.

Entendi isso como minha deixa para pegar meu mocaccino e sair do caminho. Quando comecei a ir em direção a uma mesa aconchegante perto da parte dos livros, ouvi a Violet se dirigir aos recém-chegados.

— Bem-vindos à Livros, Grãos e Ervas. Vamos lá, Pioneers. Não vendemos maconha aqui.

— O-O quê? — gaguejou um dos caras. Seus dreads tinham o cheiro da caixa de areia da Kitty quando passei por eles.

— Não vendemos maconha aqui — a Violet repetiu e, em seguida, sem perder tempo: — Posso lhe oferecer uma bebida herbal?

Eu me ajeitei na mesa, olhando a hora no celular. Eu tinha mais ou menos uma hora antes da próxima aula. Quarenta e cinco minutos, se quisesse chegar cedo na sala e pegar um bom lugar. Dessa vez, acho que vou sentar na fileira da frente. E desligar o celular.

Mesmo assim, com quarenta e cinco minutos para matar, decidi fazer o que a Lizzie faria — me adiantar para ser a pessoa mais inteligente da sala e ler um pouco de psicologia.

Peguei meu livro e abri no capítulo certo. Passamos a maior parte do restante da aula falando sobre behaviorismo e condicionamento clássico. Você sabe, quando alguém associa uma coisa a outra e faz você reagir de certa maneira? (Tipo: eu e o meu celular.) Então, a leitura era principalmente sobre esse cara, o Ivan Pavlov, que tocava uma campainha pouco antes de alimentar seus cães. Ele acabou treinando os cães para salivarem quando ouviam essa campainha, quer eles recebessem comida ou não. (Além do mais, sabe como ele media a quantidade de saliva produzida por eles? Fazia um buraco e colocava um tubo na bochecha dos cães! Eu nunca faria isso com a Kitty.)

O negócio é que, na sala de aula, a lição foi superinteressante. Mas a leitura? Era cheia de números e tabelas sobre quanto os cães salivavam *versus* quando eles não escutavam a campainha tocando, e era *super*tenso e chato.

Isso não seria um problema, mas o professor Latham disse que mais da metade da nossa nota se basearia na nossa interpretação da leitura. Como é que eu posso interpretar a leitura se estou caindo de sono em cima do mocaccino enquanto leio?

Pelo jeito, isso vai ser mais trabalhoso do que eu imaginava.

Fui salva de bater a cabeça pela segunda vez quando meu celular vibrou de novo.

> Eu entendo se vc não quiser falar comigo. Mas não tem que ser uma bebida. Pode ser uma comida. Ou um combo bebida/comida.

Isso me fez sorrir um pouquinho. Ele obviamente estava arrependido de ter me colocado em apuros. E eu *vou* ter que conviver com ele na classe durante o resto do verão. Melhor deixar o passado para trás. Ou alguma coisa assim.

> Vc está supondo que eu quero sair com vc...

Adicionei as informações de contato dele no celular pouco antes de vibrar de novo.

> Espero que vc queira. ;)

Guardei o celular na bolsa sem responder. Pegou pesado cedo demais. Além disso, tenho um parágrafo superchato sobre saliva pavloviana para ler; preciso me concentrar.

E, para completar, detesto carinhas piscando.

9
LITERATURA GÓTICA

— Ai, meu Deus, Lyds, você também está nessa aula? Que... ótimo!

Eu não era a primeira pessoa a chegar à sala de literatura gótica. Nem mesmo a segunda. Quando entrei, havia poucas cadeiras disponíveis.

A culpa é do Pavlov. Se ele e sua medição de saliva não tivessem me dado tanto sono, eu não teria dormido, a Mary não teria precisado me acordar cinco minutos antes do início da aula, e eu não teria que correr pela quadra para chegar na hora. E esse prédio não era fácil de achar. Fica no canto mais distante de tudo — totalmente invisível se você não souber que ele existe ali.

Então, eu não estava só atrasada, mas também estava sem fôlego e meio suada quando entrei na sala de aula e esbarrei na Harriet.

— Hum, sim — comentei, meio envergonhada. — Eu te falei isso ontem. — Ela simplesmente olhou para mim como se a ideia não tivesse sido transferida para seu cérebro. — Hum, essa cadeira está ocupada?

A Harriet olhou para a cadeira ao lado dela, com a bolsa em cima. E fez uma careta.

— Ah... desculpa, estou guardando pra uma pessoa.

— Não tem problema — falei, forçando um sorriso enquanto ia até o outro lado da mesa, onde só havia mais duas cadeiras livres.

Diferentemente do auditório, essa sala de aula era pequena e arrumada ao redor de uma mesa grande, como uma sala de conferências. Só havia uns quinze alunos na sala. Aparentemente, essa seria uma daquelas matérias de "discussão", em que você não faz testes sobre fatos e coisas, e tudo se trata de como você interpreta o material.

Um material muito, muito velho.

Mas eu precisava de uma matéria para cumprir a exigência de inglês antes de ser transferida para a Faculdade Central Bay, e essa era a única com matrícula aberta, então vamos esperar que gótico seja mais fácil de interpretar do que meu livro de psicologia.

— Oi, hum, pessoal? — disse uma aluna minúscula na frente da sala de aula. — Estamos quase todos aqui, mas vou esperar mais um minuto para começar, tudo bem?

Eu estava prestes a perguntar onde estava o instrutor, mas aí eu percebi — a aluna minúscula *era* a instrutora. Percebi isso porque ela sentou à cabeceira da mesa e disse:

— Sou a instrutora de vocês, Natalie.

Natalie. Nunca chamei um professor pelo primeiro nome. Pelo menos, não desde o jardim de infância, em que a turma dos Insetos Azuis era conduzida pela srta. Judy.

A Natalie parece ser mais nova que eu. Quer dizer, eu sei que consigo passar por alguém com vinte e quatro ou vinte e cinco anos, já que essa é a idade que aparecia nas minhas identidades falsas (antes de eu atravessar a fronteira mágica do reino dos vinte e um anos, quando de repente me tornei juridicamente capaz de beber sem dar vexame), mas a garota parece que ainda está no ensino médio. Não ajuda muito o fato de ter mais ou menos o tamanho de sua mochila — que ela esvaziava sobre a mesa.

Excelente. Essa Natalie vai me amar, porque eu tenho todos esses livros também. *Drácula, Frankenstein, Jane Eyre, O morro dos ventos uivantes* e vários do Poe. Eu tinha ganhado todos os livros da Lizzie — ela me deu seus exemplares quando viu o currículo. Eles têm até as anotações dela nas margens, então é como se eu já tivesse minha tutora particular.

Enfiei a mão na bolsa e comecei a empilhar todos os meus livros sobre a mesa também — até perceber que todo mundo me olhava como se eu fosse um ser de outro planeta.

— Ah, Lydia — a Harriet sussurrou por sobre a mesa. — Você não precisa se mostrar. Não estão filmando nada.

Não é totalmente maravilhoso como uma única frase consegue fazer com que você se sinta uma criança de cinco anos de idade que acabou de levar uma bronca dos pais? A Harriet estava me olhando com, tipo, a *mais profunda* das preocupações, e isso me fez ficar ainda mais vermelha.

Deixei a franja cair para a frente, cobrindo metade do rosto, mas dei uma olhada de relance para o resto da sala. Alguns alunos estavam me encarando, mas a maioria não estava, e a Natalie nem tinha desviado o olhar do local onde descarregava uma biblioteca inteira de dentro da mochila, até que a porta se abriu atrás dela.

— Desculpa o atraso — veio uma voz familiar da porta. Bom, familiar há pouco tempo. Tirei o cabelo dos olhos e vi o Cody entrando na sala. — Errei o caminho na quadra.

Seu rosto se iluminou quando me viu. Ele falou um "oi" sem som enquanto vinha para o meu lado da mesa.

— Hum, Cody? — a Harriet disse, pigarreando. Os olhos dela foram até a cadeira ao lado. Aquela que ela estava guardando para alguém. Parece que esse alguém era o Cody.

Mas pelo jeito ele não viu que a cadeira estava guardada, porque hesitou, viu a instrutora pronta para começar a aula e deu de ombros como um pedido de desculpas para a Harriet enquanto sentava ao meu lado.

Tudo isso aconteceu em menos de um segundo. E não significou absolutamente nada. Mesmo assim, ver o rosto da Harriet desabar me fez sentir um pouco melhor. Me processa.

— Bom, agora estamos todos aqui — a Natalie gritou diante da turma. A pilha de livros na frente dela era quase da sua altura, então ela teve que dar um passo para o lado para nos enxergar. — Esses são todos os livros da nossa biblioteca que se qualificam como literatura gótica... todos que têm uma heroína em perigo por causa de um homem sombrio e taciturno e um terror profundo e sinistro escondido no passado, ou uma descoberta científica que deu errado, levando o criador a ser amaldiçoado pela própria criatura.

— Ah, não vamos ter que ler todos eles, vamos? — o Cody perguntou, conquistando algumas risadas, a mais alta vinda da Harriet. — Eu curto essas coisas assustadoras, mas a gente pode ver alguns na Netflix, né?

A Natalie sorriu de um jeito nervoso, e eu percebi... é bem possível que ela não tenha dado uma aula sequer antes. Nunca. (Observação pessoal: confirmar a teoria e informar à srta. W minhas habilidades radicais de observação na próxima sessão.)

— Não, só vamos ler os livros que estão no currículo, tipo os seus. — A Natalie apontou para a pilha comparativamente microscópica à minha frente.

— Ótimo. — O Cody sorriu para mim. — Pelo menos um de nós veio preparado.

Senti que eu estava retribuindo o sorriso.

— Mas você está certo — ela disse —, são muitos livros. Na era vitoriana, a literatura gótica era o gênero de ficção que mais vendia, apesar de os críticos esnobes a desprezarem como "sensacionalista". Mas as coisas populares sempre são assim. Tinha mais livros góticos sendo vendidos naquela época do que livros de vampiros para jovens hoje.

A Natalie riu da própria piada. O resto da turma simplesmente meio que...
piscou.

— Hum, enfim, eu só queria ilustrar o argumento. Esse gênero era enorme, e grande parte sobreviveu, influenciando as histórias até hoje. E também foi influente na época. Até Austen e Dickens tentaram incluir um pouco de gótico nas suas histórias. Alguma ideia do motivo?

— Porque era, tipo, totalmente popular. E os dois gostavam de dinheiro... então seguiram a tendência — a Harriet respondeu.

— Sim — a Natalie admitiu —, mas... pensa mais alto. Alguma ideia?

— Hum... — Levantei a mão. — Eu ainda não li nada — comecei devagar. — Mas as tendências só acontecem em determinado momento, depois desaparecem. E as coisas que duram... meio que exploram uma verdade sobre todo mundo que ainda não tínhamos percebido. Elas dizem algo verdadeiro.

A Natalie deu um largo sorriso.

— Exatamente. E vamos passar as próximas seis semanas descobrindo o quê. Vamos traçar uma linha das origens góticas, passando por *O morro dos ventos uivantes* e *Drácula* até... os romances distópicos modernos, como *Jogos vorazes*. Mas vamos começar pelo início, com Walpole e *O castelo de Otranto*...

Enquanto a Natalie pegava um dos livros diante dela, tagarelando de um jeito cada vez mais empolgado sobre os temas que o escritor Horace Walpole roubou da literatura medieval para criar o primeiro romance gótico, dei uma olhada para as outras pessoas da mesa. A maioria estava fazendo anotações. Exceto duas.

Quer adivinhar quem?

Sim, enquanto o Cody tentava me mandar mais uma piscada (piscadas demais, cara), a Harriet me olhava como se eu fosse um delineador que simplesmente não queria ficar reto, arrasando com seu astral.

Bom, pensei, *adeus à renovação dessa amizade*. Não me inscrevi para ser pega no meio de um triângulo amoroso idiota neste verão, mas, se o olhar da Harriet fosse uma indicação, eu não tinha muita escolha nesse assunto. Acho que, no fim das contas, nossa inimizade disfarçada de amizade continuaria como um drama de TV.

* * *

Para mim, ainda é estranho não ter sinal na faculdade. Nenhum zumbido nos alto-falantes mandando a gente pegar o material e ir para a próxima aula. E, nesta sala, não tem relógio na parede, então ficamos todos meio surpresos quando a Natalie disse:

— Ai, meu Deus, estou falando há uma hora!

Peguei a mochila e enfiei a pilha de livros lá dentro o mais rápido possível.

— Então... — o Cody começou, mas foi interrompido quase imediatamente.

— Cody! — a Harriet gritou, se enroscando nele e meio que o desequilibrando. — Ai, meu Deus, quando foi a última vez que eu te vi? Feriado de primavera?

— Hum, é, acho que sim — ele respondeu. — Bom te ver também, Bola de Pelo.

— Não me chama assim — disse ela, dando um soquinho de leve nele. Depois fez biquinho. — Te mandei mensagem dizendo que estava guardando sua cadeira.

— Desculpa — o Cody falou. — Ei, você conhece a Lydia?

A Harriet simplesmente riu.

— Ah, sim, temos muita história juntas. Todo mundo conhece a Lydia. Certo, Lyds?

— Hum, é — murmurei.

— O Cody estuda com o meu irmão. A gente também tem muita história juntos.

— Verdade — ele confirmou, ficando um pouco vermelho. Depois, dando meio passo para longe dela, virou para mim. — Então, o que você vai fazer agora? Te devo um combo comida/bebida e provavelmente uma humilhação.

— O quê? — a Harriet disse e riu, confusa. — Por quê?

— Desculpa, estou atrasada pro meu próximo compromisso — falei. Eu não tinha outro compromisso, mas estava me sentindo meio oprimida pelo dia. Eu não estava com vontade de beber nem de comer, muito menos de um combo. E admito que estava me perguntando se a srta. W ainda estava no consultório e se eu poderia dar uma passadinha rápida lá. Só para... conferir meus sentimentos, como a srta. W gosta de dizer.

— Tá bom — o Cody aceitou, meio derrotado. — Fica pra próxima.

— Bom, você vai ter que beber alguma coisa comigo — a Harriet disse, puxando-o para longe. — Você já foi ao Carter's? É o único lugar da cidade que tem mais torneiras de chope do que apenas Bud Light. E tem uma promoção de dois por um na abertura do verão.

A Harriet tinha carregado o Cody por metade do caminho até a porta, mas ele virou para trás.

— Te vejo na quarta, então?

— Quarta — respondi.

— Tchau, Lyds! — ela gritou enquanto eles desapareciam no corredor.

Esperei. Contei até dez. Peguei minha mochila e saí.

Mas parece que não esperei o suficiente. Porque, quando virei a esquina, ouvi os dois na outra ponta do corredor.

E o som se propaga muito bem naquele corredor. Tenho que avisar à Mary sobre a acústica.

— ... nunca ligou — a Harriet o acusou. — Mas eu te perdoo.

— Legal. É bom ter uma amiga na cidade — o Cody respondeu.

— Certo — ela comentou. — "Amiga".

— Falando nisso, qual é o lance com a sua amiga Lydia? — ele perguntou.

— Como assim?

— Ela é, não sei... interessante.

A Harriet bufou.

— Ah, sim, ela é interessante. Tudo é um grande drama na vida dela.

— Por quê? — Ele pareceu preocupado.

Ela riu.

— Sei lá. Porque ela acha que é *famosa*.

10
SONHO

Tenho um sonho que se repete de vez em quando. Não é o tipo de sonho maluco de andar num unicórnio ou de um polvo roxo comer o meu pé. É mais como uma lembrança de algo que nunca aconteceu.

É um daqueles sonhos em que você acorda e acha que tudo é de verdade. Tudo parece real. Meus lençóis. O sol na janela. O corpo quente nas minhas costas.

— Ly-di-a...

Viro de lado. Não o vejo logo de cara. Eu o sinto. A proximidade do seu hálito. Seu calor, como o de um cobertor elétrico, me cobrindo e me deixando em segurança. Depois ele entra no foco. Os olhos muito azuis. O sorriso sonolento. A sarda esquisita no ombro, pela qual eu falei que ele devia consultar um médico, mas adoro em segredo porque é a parte dele que não é perfeita. Ele brinca com o colar que comprou para mim, aquele que eu ainda não consegui tirar, mesmo agora.

— Oi, boneca.

Quando acordo, digo a mim mesma que eu devia saber nesse momento que era um sonho, que esse não era ele de verdade, nem eu de verdade. Ele nunca me chamou de boneca, não como chamava as outras garotas. Ele dizia que eu era mais que isso para ele. Mas, no sonho, ele me chama assim. E eu não percebo isso até o sonho acabar.

— Oi — respondo, com a voz ecoando de um jeito estranho. Como se eu não estivesse ali, mas no quarto ao lado.

— Não te vejo há um tempo.

— Eu sei. Desculpa. É culpa minha. Eu ando...

Mas por que eu não o tenho visto? Não lembro.

— Tudo bem — ele diz. — Eu te perdoo.

— Mas estamos juntos agora — digo, sorrindo quando ele beija meu rosto e ajeita meu cabelo atrás da orelha. Sinto até seu pé roçando na batata da minha perna. — Tudo que eu quero é ficar sozinha com você.

— Mas não estamos sozinhos — ele diz, rindo. — Nunca estamos sozinhos.

— O que você quer dizer?

— Todo mundo vai poder ver.

Ele aponta com a cabeça para trás de mim. Eu me viro, e tudo no meu corpo congela.

A câmera está sobre o tripé, simplesmente... nos encarando. Como o computador naquele filme espacial que a Charlotte gosta tanto e tentou me fazer ver. A luz vermelha no topo brilha, pulsando um pouco. Gravando tudo.

Como quando nós...

É mais ou menos nessa hora que eu acordo. Aquele corpo quente nas minhas costas se dissolve e é substituído por um corpo coberto de pelos, ronronando. A luz vermelha que pisca na câmera se transforma na hora digital vermelha do meu despertador. O George não está aqui. Estou bem.

Estou em segurança.

Então, por que tudo que eu quero é me encolher embaixo das cobertas e fingir que não existo?

11
DISTANCIAMENTO

— Então, como estão as coisas? Ainda é a estrela da aula de psicologia?
— Ãhã — falei, concordando com a cabeça, esperando que meu sorriso não pareça superfalso. — Está tudo ótimo.

Eu estava sentada diante da srta. W de novo, duas semanas depois. Após meu primeiro dia de aula, fui até o consultório dela, mas a pessoa que estava na mesa me disse que ela havia saído para almoçar. Então, fui até o meu carro e peguei o celular, pensando um milhão de vezes em mandar uma mensagem, como meu eu surtado queria. Quando ela me deu o número do celular e me disse para mandar mensagem se eu ficasse ansiosa com as aulas, pensei que ela estava exagerando. Achei que tinha superado esse... pânico esquisito.

Não estou acostumada a sentir pânico — não quando se trata do que as outras pessoas estão falando de mim. Porque, por favor, se elas estão falando de mim, significa que eu as marquei de algum jeito — e isso é tudo que eu sempre quis. Que vocês se lembrem da Ly! Di! A!

Mas não mandei. A mensagem, quero dizer. Eu me acalmei. Dirigindo para casa, aumentei o volume do rádio, cantei alto o suficiente para os carros que paravam ao meu lado no sinal vermelho curtirem minha imitação perfeita da Taylor Swift (por nada) e me senti melhor quando cheguei em casa e encontrei minha mãe na cozinha, colocando cobertura de verdade em cupcakes de verdade para comemorar meu primeiro dia de aula.

Como ela fazia quando éramos crianças.

Depois de alguns cupcakes, decidi que eu estava bem o suficiente para esperar minha consulta especial de terça-feira com a srta. W. Porque, em comparação com os cupcakes da minha mãe, qualquer coisa que Harriet Forrester pudesse dizer meio que desaparece no meio do nada.

Decidi que não é um problema a Harriet informar ao Cody sobre o meu passado. Alguém acabaria fazendo isso, de qualquer maneira. Além do mais, ele deve ter escutado meu sobrenome quando o professor Latham gritou comigo de um jeito superinjusto. O Google não é mais apenas uma ferramenta para perseguir alguém — ele pertence a todas as massas que tenham um mínimo de curiosidade.

Nem é um problema o fato de eu ter provocado uma primeira impressão ruim em um dos professores (estranhamente, a Natalie parece gostar de mim. Apesar de ela não ser a professora que eu queria impressionar, vou aceitar o que conseguir). Primeiras impressões são apenas isso... primeiras. Não são as últimas nem as mais profundas. Apenas uma gafe inicial. E de jeito nenhum são um indicador do que a pessoa é. Confie em mim, tenho muita experiência vendo minha irmã Lizzie aprender essa lição de vida.

Segundas chances são o segredo. E eu estava totalmente certa de que alguém que tinha dedicado a vida a estudar a mente humana entenderia isso.

Foi isso que eu contei à srta. W na sessão do dia seguinte. Ou, pelo menos, foi isso que eu tive a intenção de contar.

Mas algo esquisito aconteceu.

— Foi tudo ótimo — eu dissera. — Sério, a melhor aula do mundo.

Não sei por que eu fiz isso. Talvez a gente ainda tenha uma aula de psicologia sobre compensação exagerada. Mas, naquele momento, com tudo o que a srta. W tinha me falado na sessão anterior, com todo mundo querendo que eu me saísse bem... eu também só queria me sair bem. Então, quando ela me olhou com aquela expressão paciente ensaiada, eu simplesmente falei o que ela queria escutar.

Ou o que eu queria que ela escutasse.

— E os outros alunos? — ela perguntara com delicadeza.

— Não tem muita gente que eu conheça na turma. — Dei de ombros, sem mentir, mas não exatamente dizendo a verdade.

Depois disso, conversamos sobre as perguntas que eu escrevera para mim mesma como se eu fosse minha própria terapeuta, sobre a ficha de inscrição na Faculdade Central Bay e como os experimentos de Pavlov, na verdade, eram sobre o sistema digestivo e que ele meio que caiu no behaviorismo. E minha hora acabou.

Sei que eu não devia mentir para minha orientadora. É meio que um desperdício dos recursos da faculdade, certo? E do meu tempo também, eu acho. Falei a mim mesma que contaria a verdade na próxima sessão. Além do mais, a coisa toda provavelmente já teria acabado até lá. Eu não seria a garota que manda mensagens durante a aula; seria a garota que leu tudo e tem todas as respostas. E a Harriet teria dado ao Cody todos os detalhes sórdidos sobre a minha vida, e ele provavelmente não pensaria mais em comprar um combo comida/bebida para a Garota Dramática e me deixaria em paz. Tudo voltaria a ser exatamente o verão de trabalho árduo que eu planejara.

Só que não.

* * *

Foi a aula de psicologia naquela quarta-feira que estragou tudo. Ou estragou ainda mais.

Fiz a leitura. Duas vezes, porque estava em outro idioma maldito.

Por que os cientistas não podem se expressar de um jeito normal? Tipo: "Fizemos isso, pensamos que ia provocar aquilo, mas acabou gerando outra coisa, e isso significa algo diferente". Em vez disso, eles só falam de hipóteses, objetivos, resultados, "corolário e efeitos causais, conforme vemos nesse gráfico de dados díspares com quatrocentos pontos".

Sinto muito, cientistas, mas, segundo meus vinte e um anos de experiência, a natureza humana não pode ser reduzida a pontos de dados.

Mas, apesar da minha determinação de entender totalmente o texto (uma tarefa ainda pior, considerando que passei metade do tempo tentando fazer meu computador velho se conectar à internet para poder procurar no Google a definição de uma a cada três palavras), isso não serviu para nada. Porque, naquela quarta-feira, ao discutir o texto, o professor Latham não me chamou nem uma vez.

Levantei a mão. Uma dezena de vezes. Mas ele chamava sempre outra pessoa. E são fatores contingenciais (obrigada, dicionário online) totalmente válidos. É uma turma grande, com vários alunos. Além disso, sento algumas fileiras para trás, e as luzes são mais fracas, por isso é possível que ele não tenha me visto. Sem contar que tivemos que seguir para a experiência de Milgram, então adeus, Pavlov.

Mesmo assim, não consegui evitar me sentir uma idiota, com a mão levantada, mas ignorada o tempo todo. E, de algum jeito, não consegui ignorar a vozinha irritante no fundo da minha mente (a voz sempre parece a da Lizzie, falando nisso), que dizia: "Ele já formou uma imagem sobre você".

E aí comecei a ter o sonho de novo.

Eu não o tinha havia meses. Não desde logo depois que tudo aconteceu com o site. A srta. W me disse, muito tempo atrás, que sonhos como esse são normais — afinal, minha mente ainda estava tentando processar tudo.

Mas é tão ridículo e idiota sonhar com o George agora! Achei que eu já tinha superado essa fase. Mas é como se eu estivesse tentando deixar esse capítulo da minha vida para trás, e uma parte minúscula do meu cérebro não quisesse deixar tudo de lado.

Mas acabei não falando sobre isso na próxima sessão de terapia também. Porque eu simplesmente faltei à sessão.

Antes que você se decepcione, eu tinha uma desculpa totalmente legítima. Tudo porque minha mãe fazia aula de tênis.

— E aí o instrutor disse que eu tinha o melhor backhand que ele já viu no clube e perguntou como era possível eu nunca ter jogado antes — dissera minha mãe, com o braço apoiado numa tipoia. — E, no próximo saque, acontece isso! Nunca me senti tão envergonhada na vida!

Minha mãe contou essa tragédia para nós no café da manhã, no dia seguinte ao acontecimento. Tenho quase certeza de que a peguei ensaiando a execução no espelho uns quinze minutos antes, mas eu sabia que deveria parecer superinteressada e horrorizada.

— Sua vergonha foi por causa do saque, ou porque o professor de tênis do clube por acaso é excepcionalmente bonito? — perguntara meu pai com um sorrisinho cínico.

— Ah, para com isso. — Ela dera um soquinho no ombro dele com a mão boa. — Mas a tragédia maior é que o seu pai não quer me deixar dirigir até eu ir ao médico. Já falei para ele que é só uma dorzinha no cotovelo...

— É, e o amassado no para-choque da frente era só um caso de síndrome da perna agitada — retrucara ele, desaparecendo atrás do jornal.

— Temos uma consulta amanhã, mas preciso fazer umas coisas na rua hoje à tarde...

— Eu te levo, mãe — eu dissera. — Não tem problema.

— Tem certeza? — perguntara ela, com os olhos indo até os do meu pai.

— Tenho.

E, assim, eu faltei e levei minha mãe até a mercearia e a trouxe de volta. Eu tinha certeza de que um dos dois sabia da minha sessão de terapia, mas nenhum deles falou nada. Mandei uma mensagem para a srta. W, e ela disse que tudo bem. E eu escapei mais uma semana.

* * *

E aqui estou eu, duas semanas depois. A srta. W não sabe do meu sonho, nem da Harriet, nem do Cody, e passou duas semanas achando que eu estava arrasando na aula de psicologia.

— Tenho que admitir, Lydia, estou impressionada — disse a srta. W com um sorrisinho. — Eu me lembro das minhas primeiras aulas... todos aqueles estudos de caso, e a linguagem científica era impenetrável.

— Bom, não é fácil — admiti. — Mas estou conseguindo. Acabei de entregar um trabalho. Sobre a experiência de Milgram. E arrasei.

Isso, pelo menos, era verdade. Ou eu esperava que fosse. Escrevi e reescrevi esse trabalho só para garantir que estava sem erros. Citei o texto. Usei *notas de rodapé*. O que significa que finalmente eu tive que descobrir o que *são* notas de rodapé. Se isso não chamar a atenção do professor Latham, não sei o que vai chamar.

— Ótimo! Isso me faz pensar que você está bem preparada para ser transferida para a Central Bay — observou ela. — Mas o mais importante: como você se sente com isso?

— Você realmente acabou de me perguntar "como você se sente com isso"?

— Sim, e zombar da pergunta não a torna menos válida — disse ela.

Fui evasiva.

— Eu me sinto... bem, eu acho.

— Você pode elaborar mais?

— Eu... sei que não é a *norma* me sair bem numa aula, mas é isso que eu quero fazer, então eu não devia ser pelo menos um *pouco* boa nisso?

— Claro — retrucou a srta. W com delicadeza. — Mas estou sentindo um certo comportamento defensivo.

— Só não estou acostumada com isso, eu acho — comentei.

Ela me olhou.

— Lydia, você sabe que, quando se formar aqui, nossas sessões de terapia vão acabar.

Levantei a cabeça de repente.

— Vão?

— A terapia na faculdade só está disponível para alunos. Sem contar que você vai se mudar.

— É... — falei, sem saber exatamente aonde ela queria chegar.

— Então, eu queria aproveitar ao máximo o tempo que temos. Se tiver alguma coisa que você queira discutir...

Foi estranho, mas eu não tinha pensado em acabar a terapia. Pensei no fim das aulas e em me mudar para a cidade com a Mary, mas nunca no fim dessas sessões de domingo.

Eu deveria ter usado melhor o meu tempo. A srta. W estava certa. Não sei por que eu não estava contando a verdade para ela. Sobre o professor Latham estar me ignorando claramente. Sobre eu estar ficando vesga com as leituras. Sobre a Harriet e o Cody. Sobre a volta dos meus sonhos. Basicamente, sobre nada.

Mas, se a srta. Winters e eu só vamos ter mais umas duas semanas juntas, acho que quero que ela pense que fez um bom trabalho.

— Sinceramente, estou ótima. — Dei de ombros, assumindo minha melhor postura de "Sou a Lydia, suas vacas, e não dou a mínima". — Estou totalmente preparada para me mudar pra San Francisco. Só essas duas matérias e eu posso ir.

Se a srta. W suspeitava de alguma coisa, não falou. Ela simplesmente manteve o rosto neutro.

— Duas matérias e a ficha de inscrição — emendou ela.

— Certo. Que está quase pronta.

— Quase? — Ela levantou a sobrancelha. Uma coisa que a srta. W não faz é julgar. É uma das regras essenciais de ser terapeuta. Mas aquela sobrancelha me pareceu crítica. — O prazo não é...

— Ainda tenho um tempinho. Só estou dando os toques finais. Quero ter certeza que está perfeita antes de mandar. — A sobrancelha continuou levantada. — Está basicamente pronta. Só estou colocando os pingos nos is e os traços nos tês.

Pelo menos é meio verdade. A maior parte da ficha de inscrição está pronta. Nome, data de nascimento, número do seguro social — eu até achei dois professores da escola que não pensam que eu sou uma causa totalmente perdida e escreveram cartas de recomendação. Só aquelas perguntas irritantes da redação é que estão me perturbando.

"Conte um incidente ou um momento em que você vivenciou um fracasso."

Bom, não vai ser agora. Posso estar disfarçando um pouco, mas realmente estou me saindo bem. Talvez não tão maravilhosamente quanto estou fazendo parecer, mas estou conseguindo. Tenho duas disciplinas para passar e sair daqui. E ainda tenho mais umas semanas até terminar o prazo da ficha de inscrição. Tenho um alarme de lembrete no celular. E escrevi na minha agenda — que, por acaso, é de dois anos atrás, então também coloquei num post-it e colei no monitor do computador. Não tenho por que me preocupar.

E foi exatamente isso que eu falei para a srta. W.

— Não se preocupe comigo, srta. W. Estou bem.

A experiência de Milgram
Por Lydia Bennet

Resuma a experiência.

A experiência de Milgram foi um experimento de comportamento psicológico realizado na década de 1960, mais ou menos na mesma época em que os criminosos de guerra nazistas estavam sendo julgados por suas ações no Holocausto. Isso é relevante, porque o dr. Stanley Milgram queria ver se era possível as pessoas estarem dispostas a fazer coisas terríveis simplesmente porque receberam ordens de alguém no comando, como um chefe ou uma figura de autoridade. Portanto, o dr. Milgram criou uma experiência em que um voluntário recebia ordem de ensinar um conjunto de palavras básicas para outro voluntário, que ficava do outro lado de uma parede. Se a pessoa que aprendia as palavras errasse uma, o voluntário que ensinava teria que administrar um choque elétrico no voluntário aprendiz, para "ajudá-lo" a aprender. A cada palavra errada, a voltagem dos choques aumentava.

Um supervisor usando jaleco branco observava o professor voluntário, para garantir que a experiência fosse realizada de maneira adequada.

O que eles não contaram ao professor voluntário foi que o outro voluntário era apenas um ator. E ele não estava recebendo os choques, só estava fingindo que sentia cada vez mais dor. Mas isso não importava, porque o professor voluntário *pensava* que estava dando choques na outra pessoa.[1]

Se o professor voluntário quisesse parar ou questionasse o que estava acontecendo, o supervisor de jaleco branco o mandava continuar. E eles faziam isso até o momento de administrar um choque fortíssimo de quatrocentos e cinquenta volts na outra pessoa, que provavelmente seria fatal.[2]

Essa experiência também foi realizada diversas vezes desde Milgram, em várias culturas diferentes, com resultados consistentes.

---

1. A pessoa também dizia a ele que tinha problemas cardíacos, por isso a experiência poderia matá-la. Se fosse de verdade.
2. Mais uma vez, se fosse de verdade.

Que conclusões podemos tirar desse experimento?

Obedecemos às pessoas que têm autoridade sobre nós — ou àquelas que parecem ter. Afinal, aquele jaleco branco não estava sendo usado por alguém graduado em medicina, apenas por alguém que estava sendo pago para representar aquele papel. Mas o jaleco branco transmitia conhecimento — e, quando em dúvida, confiamos nas pessoas que sabem mais do que nós.

Obediência e confiança andam juntas — quando se vê numa situação em que tem menos experiência, você automaticamente confia na pessoa que parece ter mais experiência. Ou simplesmente na pessoa que fala mais alto. Esse efeito não precisa de experimentos clínicos para ser demonstrado. Pode ser observado todos os dias: meu pai confia no mecânico para consertar seu carro e não causar nenhum dano proposital a ele nem ao carro. Confiamos que o policial que orienta o trânsito no meio da rua vai fazer isso de um jeito justo e seguro. Eu confio que meus amigos vão pensar no meu bem-estar quando saímos e não vão me obrigar a comer picles, que são nojentos. Nós confiamos nas pessoas. Mas confiamos ainda mais nas pessoas que precisam de nós.

O pesquisador precisava do professor para dar choques na outra pessoa. Era isso que eles estavam pedindo. Somos condicionados a fazer o que nos pedem — ainda mais em situações de pressão, nas quais a pessoa que pede parece ter o controle.

O fato de esse experimento ter sido realizado muitas vezes em diferentes situações — algumas das pessoas testadas tinham níveis mais altos de instrução acadêmica, alguns eram pobres etc. — e de os resultados continuarem consistentes ao longo dos anos prova que esse não é um condicionamento restrito a uma classe social ou a uma época. Isso está muito mais próximo da natureza humana — e um tipo de natureza humana que todos temos de combater para nos tornarmos pessoas melhores.

Nessa situação, qual seria a sua reação?

Tenho experiência suficiente em desafiar a autoridade, de modo que eu diria ao pesquisador para parar e me recusaria a dar choques na outra pessoa. Porque, por favor. Se você não quer machucar outra pessoa, não machuque. Simples assim.

C. Bom resumo, mas análise e conclusão fracas.

12
CONFRONTO

— Com licença, professor Latham? — falei, me aproximando da frente da sala com cuidado.

A turma tinha sido dispensada, e ele estava guardando suas coisas. Senti que o Cody ainda estava na sala, guardando seu material devagar, se perguntando se deveria me esperar. Até que um outro cara da turma disse:

— Ei, Cody, você recebeu as notas de segunda-feira? — E ele saiu. Ótimo. Eu não precisava de plateia para isso.

— Sim, srta... Bennet? — disse o professor Latham, levantando rapidamente o olhar.

— Eu queria perguntar sobre a minha nota.

Nunca fiz isso. Antes do último semestre, nunca me importei com as notas — mas isso é porque eu nunca me esforcei de verdade na escola. Aí, a Mary me deu umas aulas de história, e eu me esforcei e me esforcei, e acabei recebendo um A-! Mas isso foi na aula de história, em que existem respostas certas e erradas definidas. Nunca precisei que explicassem minhas notas.

— Estou na sala dos professores toda terça de manhã, se você quiser discutir sua nota.

Ele fechou a pasta e foi em direção à porta. Parei na frente dele.

— Não vou estar aqui na terça, e eu simplesmente... tirei C? — falei, estendendo o trabalho para ele. E ali estava, em caneta vermelha com um círculo ao redor. C. Tipo, cagou.

Ele suspirou profundamente, mas depois deixou a pasta de lado e pegou o trabalho da minha mão. Olhou para o papel durante três segundos antes de devolvê-lo.

— É isso mesmo. Foi um trabalho nota C.

— Mas... eu me dediquei tanto... — Minha voz ficou fraca e baixa. Odeio quando minha voz fica baixa.

Mas o modo como o professor Latham mal olhava para mim e para o trabalho me fez sentir ainda mais baixa. Então eu me endireitei e fingi que sabia do que estava falando.

Ah, está bem. Eu fingi que era a Lizzie.

— Professor Latham, estou planejando me transferir para uma faculdade de quatro anos e estudar psicologia para me tornar terapeuta. Então, se puder me dizer onde errei, eu realmente agradeço pela orientação.

Ele parou e olhou para mim — e realmente me viu, dessa vez.

— Seu resumo estava bom. Seu tom é um pouco informal demais para o assunto, e você precisa incluir mais dados reais na sua análise, em vez de tentar unir os conceitos de obediência e confiança, mas seu maior problema é a resposta à última pergunta.

Olhei para o papel. "Se você não quer machucar outra pessoa, não machuque. Simples assim."

— O que tem de errado?

— É uma falácia.

— Não é, não — falei. — Eu não daria um choque numa pessoa por não conhecer as palavras básicas!

— Você gosta de pensar assim. Todos gostamos de pensar isso de nós mesmos, mas esse é o motivo da experiência. Declarar definitivamente que você desafiaria a figura de autoridade é um completo húbris.

Tudo bem, eu teria que procurar a palavra "húbris" mais tarde no dicionário para saber o sentido exato, mas entendi a ideia. Mesmo assim, argumentei.

— Mas a pessoa de jaleco não estava com uma arma na cabeça da outra pessoa. Ela simplesmente dizia para o outro continuar.

— Ele não precisava de uma arma. Você acha que alguém *queria* dar choque no outro? Não reconhecer o efeito que alguém com autoridade tem sobre suas ações me diz que você não entendeu de verdade a experiência.

— Entendi, sim — insisti. — Mas você perguntou o que *eu* faria, e é isso que eu faria. Não gosto de machucar as pessoas.

— Ninguém gosta — argumentou o professor Latham, num tom condescendente, como quando a Lizzie tenta me explicar alguma coisa que ela acha que eu não sei. Quando ela faz isso, me irrita muito. Quando meu professor fez isso... pareceu diferente. — Você sinceramente acha que ia querer esse tipo de confronto? Ou você concordaria... sem se importar com o seu desconforto?

Fiz uma pausa. Considerando o nervosismo que revirava meu estômago nesse momento, quando eu estava apenas perguntando ao professor sobre uma nota... talvez eu não fizesse isso. Talvez eu simplesmente fizesse o que parecia mais fácil. Com muita frequência, eu faço o que é mais fácil.

Porque eu não defendi meu ponto de vista quando o George me desafiou a "provar o meu amor" por ele.

— Se você vai passar boa parte da próxima década estudando psicologia, precisa aprender não só a escrever mais cientificamente, mas também a pensar de um jeito analítico sobre o assunto e como você se relaciona com ele. — O professor Latham olhou de relance para o relógio. — Bom, se for só isso, tenho mais uma aula para dar.

— Sim... obrigada — falei distraída. Mas aí, quando ele foi em direção aos degraus... — O que você quer dizer com "boa parte de uma década"? Devo ter créditos suficientes para me transferir para a próxima faculdade como aluna do segundo semestre. Isso e a especialização somam, tipo, no máximo quatro anos.

— Sim, mas, se você está fazendo introdução à psicologia agora, definitivamente vai ficar para trás nas aulas necessárias para o diploma de graduação. Você provavelmente vai ter que fazer matérias do primeiro ano. Além do mais, se quiser estudar psicologia clínica, você pode até precisar fazer um doutorado. Isso é muito tempo. — Ele deu um sorriso sofrido. — Confie em mim.

Em seguida saiu, e de repente eu estava sozinha no meio do auditório. Sozinha com um trabalho nota C e me sentindo atropelada por um caminhão.

* * *

— Então, como você se sente em relação a morar com outra pessoa? — a Mary perguntou, colocando um mocaccino diante de mim e um café preto para ela.

Eu quase derramei minha bebida.

— O quê?

— Andei procurando na internet, e de jeito nenhum vamos conseguir pagar sozinhas um apartamento de um quarto em San Francisco. O que você acha de procurarmos outras pessoas pra dividir?

— Ah — falei, meus batimentos voltando devagar ao ritmo mais ou menos normal. — Tudo bem, eu acho. Se bem que eu não consigo te imaginar sugerindo dividir o apartamento com outros seres humanos. Em quem você estava pensando? Na Violet?

— Não — ela respondeu, confusa. — Por que você pensou nela?

— Bom, você a conhece, e ela está se mudando pra San Francisco também — supus. — Você não gosta dela?

— Não! — a Mary disse. — Quer dizer, ela é legal, eu acho. Pra alguém que é basicamente minha chefe. Mas ela vai morar com a banda, e eu não quero morar com pessoas que tocam instrumentos o tempo todo. Você quer?

Ah. A banda de novo.

— Bom... eu meio que vou fazer isso, supondo que o seu baixo vai pra cidade.

— Isso é diferente de morar com uma *banda*. Não vou ganhar a vida com isso. Não é exatamente prático. Ainda não acredito que a Violet vai tentar viver de música, sem um plano B.

— Ouvi meu nome? — A Violet se aproximou da nossa mesa, carregando jarros de leite e um novo pacote de sachês de açúcar para abastecer o setor de condimentos.

A Mary parecia ter sido pega fazendo... alguma coisa, então a resposta sobrou para mim.

— Só estamos conversando sobre a mudança pra cidade. Você sabe quando vai?

A Violet deu de ombros.

— Daqui a algumas semanas, talvez. Queremos fazer muitos shows de despedida, e não posso deixar a sra. B na mão até ela contratar alguém pra me substituir. Tem certeza que não quer o cargo de subgerente? — Ela olhou para a Mary ao falar isso.

Minha prima escondeu o rosto com metade do cabelo.

— Tenho. Tem um emprego esperando por mim, lembra?

— Quando é que vocês vão? — a Violet perguntou.

Dessa vez, a Mary assumiu a resposta quando eu fiquei meio sem fala.

— Depois que a Lydia terminar as aulas aqui.

— Certo — a Violet comentou. — Você vai pra Central Bay... É uma ótima faculdade, parabéns por ter sido aceita.

— Eu... — Hesitei. — Não fui exatamente "aceita". Quer dizer, minha terapeuta e o Darcy, o namorado da minha irmã, cobraram favores por mim, mas ainda tenho que fazer umas coisas para cumprir algumas exigências.

— Tipo esses cursos? — a Violet perguntou.

— Exatamente — respondi. E escrever a redação da ficha de inscrição que está parada na minha mesa de estudos em casa, como um Grilo Falante muito crítico. — Depois disso, tem muita coisa também. Tipo, anos de faculdade.

Olhei de relance e vi que a Mary me observava de um jeito esquisito. Mas ela não disse nada.

— Ah, confie em mim, eu sei — a Violet disse. — Eu me formei em psicologia na UNA; seguir o caminho da pós-graduação simplesmente não era pra mim.

— Na UNA? — perguntei.

— Universidade Nova Amsterdã, em Nova York. Cara, eu adorava aquilo lá, e vou continuar pagando a faculdade pelo resto da vida. A menos que a banda vire um sucesso, é claro. — Ela parecia sonhadora, provavelmente imaginando a vida de estrela do rock. — Estou torcendo pra isso. Mas valeu a pena. O currículo é espetacular; aprendi muito.

— E por que você parou? — perguntei.

— Porque uma das principais coisas que aprendi foi que eu não queria continuar. A psicologia me ajudou a me tornar uma compositora melhor... entrar em contato com as minhas emoções, sabe? O que move as pessoas?

Fazia sentido, eu acho.

— Se você não estivesse com tudo certo pra Central Bay, eu diria pra você dar uma olhada na UNA. Mas o mais importante é que você devia ver o nosso próximo show de despedida.

Ela sorriu enquanto colocava a mão no bolso traseiro — nada fácil, considerando todas as coisas que ela estava carregando — e pegava um panfleto.

— Hoje à noite, no Carter's — disse ela com orgulho. E se virou para a Mary. — Sei que você não pôde ir ao último, mas esse vai ser maravilhoso.

Não é que a Mary não *pudesse* ir ao último. No fim de semana passado, ela passou a noite de sexta-feira no computador, fazendo orçamentos para a empresa ainda-sem-nome da Lizzie. Eu sei porque passei a noite de sexta no quarto ao lado, tentando ler *Frankenstein*. Quem diria que o monstro do Frankenstein era tão falante? Nos filmes, ele mal rosna.

Portanto, ir ao Carter's não teria estragado alguma coisa empolgante.

Abri a boca, curiosa para perguntar por que esse show de despedida seria diferente do *último* show de despedida, mas a Mary me interrompeu.

— Ei, Violet, ainda tenho, tipo, sete minutos de intervalo, então...

— Desculpa. — Ela balançou a cabeça. — Curta seu café.

Ela se afastou e, no instante em que fez isso, os ombros da Mary relaxaram. É estranho. A Mary é uma funcionária boa demais para ter medo da supervisora. Ainda mais de uma supervisora tão legal, simpática e de cabelo roxo como a Violet.

Mas talvez a Mary não estivesse tensa por causa da Violet. Porque a próxima coisa que ela me disse foi...

— Qual o problema?

Desviei do assunto.

— Por quê?

— Você está meio distraída desde que entrou aqui. E, quando você falou da faculdade... pareceu meio esquisita.

— Eu estou bem — respondi, sabendo que eu parecia totalmente bem. Porque eu estava ficando muito boa em fingir que estava.

— Não está, não. Eu nunca vi você ficar triste com a decisão de ir pra Central Bay.

— Eu não estava triste — neguei. — Só estava... Meu professor me falou uma coisa hoje que me fez pensar, só isso.

— Pensar? — a Mary perguntou. — Tipo *repensar*? Você não vai dar pra trás, né? Temos um plano, e eu preciso...

— Não! — respondi imediatamente. — Desculpa. Tirei C no trabalho, e isso me deixou arrasada.

— Seu trabalho sobre a experiência de Milgram? Você se dedicou tanto! — ela disse, irritada, e isso me fez sorrir. Ela me defenderia para todos os professores de psicologia do mundo, mesmo que meu trabalho fosse nota C.

— Eu sei. É muito chato.

— Bota chato nisso.

Dei de ombros.

— Acho que vou ter que reforçar meus estudos. Tenho que fazer um trabalho enorme sobre as cinco etapas do luto esta semana.

— Em qual etapa você está agora, por causa do trabalho sobre Milgram? — a Mary perguntou, quase sorrindo de novo.

— Negação. Óbvio.

Ela bufou no café.

— Talvez eu pudesse te ajudar a estudar — ofereceu.

— Isso não faz parte da sua formação, como a matemática — falei, balançando a cabeça. — Você nunca fez psicologia.

— É, mas eu posso ler o livro e te fazer perguntas.

— Enquanto você está trabalhando aqui e na empresa da Lizzie quando chega em casa? Você está planejando desistir de dormir?

— Foi só uma ideia — disse ela, meio grossa. Eu me acalmei na hora, com medo de tê-la insultado. Para alguém que normalmente é tão dura, ela tem um eu interior surpreendentemente sentimental.

— Eu sei. Eu só... não quero fazer isso com você. Esse problema é meu.

— Tá bom — a Mary aceitou.

— Mas talvez a Violet pudesse me dar umas aulas.

— A Violet? — ela repetiu, surpresa. — Por quê?

— Hum... porque ela se formou em psicologia? — Vamos lá, Mary, acompanhe meu raciocínio. — Por que você fica tão nervosa com ela?

— Eu não fico — a Mary respondeu. — Só que ela é minha chefe, então é esquisito ela querer conversar comigo... e convidar a gente pros shows de "despedida". Todos os quarenta. Não que eu queira ir, é claro. A nenhum deles.

— Claro — comentei, tão fria quanto a Mary. — Sabe, a Violet só vai ser sua chefe por mais algumas semanas, e eu só vou pedir umas aulas. Ela é formada em psicologia. E pareceu gostar muito disso. Quer dizer, ela estudou em Nova York. Isso provoca um "uau".

— É, uau — a Mary disse. — Ela estudou em Nova York... no lugar mais caro do planeta... e está usando o diploma pra escrever músicas.

Ela fez uma pausa e mexeu a xícara de café sobre o pires.

— Sabe, você é muito contra a banda da Violet pra alguém que nunca a ouviu tocar — observei. — Posso apostar que eles são muito bons. Pelo menos as letras que ela escreve.

— É... não são ruins — ela murmurou.

— O quê? — perguntei, sem ter certeza de que tinha ouvido bem. — Você já escutou?

— A sra. B deixa a Violet vender os CDs na caixa registradora. Ela me deu um... pro caso de alguém estar interessado e eu poder ajudar a vender.

— E eles são bons?

— Muito bons — a Mary cedeu. — Só o baixista que podia ter umas aulas de ritmo. Mas tenho que admitir que a Violet é... demais.

— Apesar de ela só usar o diploma pra escrever músicas?

— Fala um pouco mais alto, pra Violet poder te escutar — a Mary ironizou, depois baixou a voz. — Acho que eu não devia sugerir isso, mas... e se a gente for no show de hoje?

Virei de repente.

— O quê?

A Mary sugerindo irmos a um evento social? A banda da Violet deve ser bem mais que "mais ou menos" para ela chegar a esse ponto.

— Escuta — disse ela, respirando fundo. — Você está trabalhando muito. Talvez precise de uma noite sem psicologia pra ajudar a clarear sua mente e conseguir trabalhar em todas as outras noites com psicologia.

Olhei para a Mary. Depois, ao redor da cafeteria. Não encontrei nenhuma câmera escondida.

— Estamos no filme *Sexta-feira muito louca?* — perguntei. — Trocamos de corpo e eu não percebi?

— Estou falando de uma noite, não de todas. Uma noite de sexta, duas bebidas e uma banda decente. E... você viu, por algum motivo ela foi muito insistente, então, se eu tiver que ir em algum momento, prefiro fazer isso logo e que você vá comigo. E, se você for a um dos shows da Violet, isso vai pesar muito, já que quer que ela te dê aulas.

Encarei o resto de espuma no fundo da minha xícara. Eu ainda estava meio arrasada por causa da nota — e pelo que o professor Latham me disse sobre o tempo que eu devo ficar na faculdade. Porque é muito tempo — e, embora eu tenha recursos financeiros para os créditos restantes, não tenho recursos para a faculdade toda. Isso me assusta. Quer dizer, achei que isso acabaria quando eu tivesse vinte e cinco anos. Não previ ficar até os trinta na faculdade. Eu mal tinha saído da adolescência.

E como é que eu vou conseguir ser uma aluna séria nos próximos seis a oito *anos* se não conseguir deixar de ir a festas nas três semanas antes do início do semestre?

E, sim, há uma parte de mim, grande e ansiosa, que tem um certo medo de sair. Pessoas que eu conheço vão estar lá... e pessoas que eu não conheço. Mas a única coisa que elas têm em comum é o que sabem sobre mim. Graças à minha irmã, estrela das mídias sociais. E às minhas atividades na internet.

Eu simplesmente não quero ser julgada de novo.

— Minha folga está quase acabando — a Mary disse, terminando o café com um gole enorme. — Então... não acredito que estou dizendo isso, mas... hoje à noite? No Carter's?

Por algum motivo, a Mary realmente queria ir — apesar de parecer ter muita dificuldade para admitir. E isso era prova suficiente de que ela precisava de uma companhia desinibida.

Esse deve ter sido o momento da virada, porque, de alguma forma, palavras que eu tinha a intenção de não dizer nunca mais (pelo menos nas seis semanas em que eu estava na faculdade neste verão) saíram da minha boca:

— Hoje à noite. No Carter's.

13
SÓ UMA NOITE

— Uhuuu! Carter's! — gritei quando paramos no estacionamento atrás do bar. A Mary puxou o freio de mão e virou para me olhar de cara feia. — O que foi? Estou sem prática e tentando entrar no espírito da noite.

A cara feia continuou.

— Uhu... — tentei, dessa vez com um soquinho no ar ao estilo Livros, Grãos e Ervas. Isso provocou um sorriso nela.

Quando falamos para os meus pais que sairíamos naquela noite, eles nem piscaram. Eu meio que esperava mais rugas de preocupação. Em vez disso, eles simplesmente continuaram sentados, de mãos dadas, no escritório do meu pai.

— Isso é bom, querida — disse a minha mãe.

Ela devia estar um pouco distraída, porque nem pareceu me olhar. Se tivesse olhado, teria percebido que eu estava diferente.

Desenterrei meu delineador roxo metálico e meu top com estampa de oncinha, que usei sob uma jaqueta de couro preta. Pensei durante trinta e sete minutos se deveria usá-la, mas é a única roupa digna de banda de rock que eu tinha. Quer dizer, a Mary está acostumada com a estética preto e cinza. Uma de nós tinha que estar visível para o barman, e ela é basicamente uma sombra.

Mas, quando me olhei no espelho, não me senti usando uma roupa de lycra e maquiagem de farmácia. Eu estava indo para a batalha usando a armadura da Lydia, vestindo meu velho eu do lado de fora para ajudar a estabilizar meu novo eu, mais instável.

E acho que foi uma boa decisão, porque, no instante em que paramos no estacionamento do Carter's, meu estômago começou a revirar como se eu tivesse dado umas dez cambalhotas. Por isso meu "uhuuu!" como tentativa de disfarçar essas reviravoltas.

Saímos do carro e contornamos o prédio até a frente do Carter's.

— Caramba — a Mary disse.

"Caramba" estava correto. A fila saía porta afora e percorria meio quarteirão. Nunca vi aquele lugar tão lotado, e eu era frequentadora assídua do Carter's durante a Semana da Natação.

Eeeeeee sinto outro momento de reviravolta no estômago. Pensar na Semana da Natação. E em quem eu conheci durante aquela semana no Carter's.

Claro que ele estava a fim da minha irmã Lizzie naquela época. Então realmente não olhou para mim. E, como a Lizzie estava a fim dele, eu também não olhei para ele. Só me lembro de pensar: *Ele é lindo. E é legal e cavalheiro, cobrindo o banco molhado do bar com a jaqueta para a minha irmã sentar. Como foi que a Lizzie teve tanta sorte?*

Aí, meses depois, ele olhou na minha direção. E eu comecei a pensar: *Como foi que eu tive tanta sorte?*

A lembrança nebulosa fez com que eu me sentisse idiota de estar ali parada, encarando a fila em frente ao Carter's com meu top de oncinha e meu delineador roxo.

Droga, isso é exatamente o que eu não queria que acontecesse. Eu não vim aqui para relembrar. Vim aqui para tirar as teias de aranha relacionadas à faculdade, me libertar por uma noite de sexta, duas bebidas e uma banda relativamente decente. Nada mais, nada menos.

Agarrei a mão da Mary.

— Vem — falei, marchando em direção ao segurança na porta. — Oi, Mike — soltei com indiferença enquanto passava rapidamente por ele. Ou tentava.

— Meu nome é Chris — disse ele, barrando minha entrada.

— Chris, isso. Desculpa, você parece o Mike.

— Não tem nenhum Mike que trabalha aqui.

— Tá certo, então, Chris — falei, jogando o cabelo para trás e atingindo a Mary no rosto por acidente. (Foi mal, Mary.) — Quanto?

— A entrada é dez pratas. A fila é lá atrás.

— Quanto tempo de fila, se eu te der vinte? — perguntei.

O Chris nem olhou para mim.

— São dez dólares por pessoa, então a fila seria a mesma.

A Mary escondeu o rosto com as mãos.

— Lydia...

— Tenho um bom carma com entradas, espera — sussurrei para ela. Ou pelo menos tinha. Eu me empertiguei, procurei nos bolsos e virei de novo para o Chris. — Que tal... — contei disfarçadamente o dinheiro — trinta dólares?

— Isso é uma ofensa.

— Vamos lá, trinta pratas por, tipo... trinta minutos? Só queremos ouvir as primeiras músicas da banda. A Violet é amiga da Mary e...

— Mary... — O Chris verificou a prancheta. — Mary Bennet?

— Hum... sim? — ela disse.

— Você e sua convidada estão na lista. — Ele soltou a corda (sério, a quem o Carter queria enganar com uma corda de veludo?) e nos deixou passar.

— Viu? — falei quando entramos. — Consegui do mesmo jeito.

Estava tão lotado lá dentro quanto lá fora, mas com o grude úmido de muita gente encurralada num espaço apertado. Abrimos caminho pela multidão em direção aos fundos, e encontramos, por milagre, uma mesa alta com dois bancos perto da parede, cujos ocupantes estavam em processo de vestir o casaco. Só posso assumir que o Deus Cármico dos Bares (Matthew McConaughey) intercedeu por nós, porque nos aproximamos e pegamos a mesa no instante em que as outras pessoas se afastaram.

— Graças a Deus — a Mary disse, praticamente se jogando na mesa.

— Eu sei! Nunca vi este lugar assim. — Eu sabia que a Mary sabia o que eu estava pensando. A banda da Violet devia ser mais do que apenas decente.

— Acho que nem consigo atravessar o salão até o bar — ela reclamou.

— Eu vou, tenho as manhas.

— Tipo as manhas que você teve com Chris, o segurança?

— Exatamente — afirmei enquanto mergulhava na multidão. O negócio é que eu tenho excelentes habilidades de gerenciamento de multidões, e isso se aplica muito bem à vida diária.

No ano passado, fui visitar a Jane quando ela morava em Los Angeles, e ela me levou a todos os locais turísticos que eu queria visitar: a Calçada da Fama (achei que eu estava a minutos de conseguir minha própria estrela), o Teatro Grauman's, para ver se meus pés eram maiores que os da Marilyn Monroe (sério, os pés de todas as pessoas são maiores que os da Marilyn Monroe). Estávamos voltando para o carro quando percebemos que havia um lançamento de filme no ArcLight — que acontece a cada cinco minutos em Los Angeles, a Jane me contou. Mas, em vez de andar quatro quarteirões para contornar a multidão e chegar ao estacionamento, agarrei a mão da Jane, nos abaixamos e mergulhamos no meio das pessoas, chegando ao carro em tempo recorde.

Atribuo isso aos meus movimentos no Just Dance. Consigo antecipar as mudanças. (Essa habilidade também é ótima para os shoppings em época de Natal.)

Abri espaço rapidamente entre a multidão e estava na metade do caminho até o Carter e sua extensa coleção de cervejas artesanais quando me encolhi para a direita em vez da esquerda e acabei esbarrando no Cody.

— Lydia — ele falou, abrindo um sorriso. — O que você está fazendo aqui?

E na Harriet.

— Ai, meu Deus, Lydia — ela disse, jogando os cachos castanhos com tanta força que beirou à agressão. Em seguida sorriu de um jeito tenso. — Nunca pensei que você viria ao Carter's!

— Sério? — perguntei, com um sorriso tão tenso quanto o dela. — Por que não?

— Hum... — O sorriso dela hesitou. — Esse top é uma graça, sempre achei que fica lindo em você.

— Obrigada. Bom, tenho que pegar uns drinques, então... — Deixei a frase no ar enquanto voltava para a multidão. Achei que tinha escutado a risada aguda da Harriet, mas não tive certeza.

Meu Deus, é estranho quando você era amiga de alguém e, de repente, fica claro que vocês nunca foram amigas. Por que a Harriet começou a sair comigo no ano passado? Por tédio? Por causa dos meus vídeos? Para conseguir uma carona até Vegas no Ano-Novo?

Cheguei até o bar e me espremi entre dois caras que discutiam tipos de cervejas locais. Pedi minhas cervejas, paguei e dei uma olhada rápida por sobre o ombro para o Cody e a Harriet. Ela estava falando alguma coisa, mas o Cody não estava prestando atenção, porque estava olhando diretamente para mim.

Nossos olhares se encontraram. Ai, droga. Sem querer, eu tinha lhe dado o sinal verde não verbal para se aproximar e falar comigo.

Ele também deve ser habilidoso em se esquivar em meio a multidões, porque estava ao meu lado assim que conseguiu se espremer entre as pessoas.

— Me desculpa pela Harriet.

— Você não tem que pedir desculpas por ela. — Você também não tem que sair com ela.

— Eu ia te chamar pra vir ao show, mas você ficou falando com o Latham. E, de qualquer maneira, a Harriet disse que você não ia querer vir ao Carter's — ele explicou.

— A Harriet te falou o motivo? — perguntei. Eu estava cansada de contornar os assuntos, e nem tinha dado o primeiro gole na cerveja.

— Ela... falou umas coisas...

— Cody. — Isso o obrigou a olhar para mim. — A Harriet não sabe de tudo. Seus olhos brilharam.

— É, achei que ela não sabia, mesmo. Sempre tem alguma coisa por trás da história. Que eu adoraria ouvir em algum momento, se você quiser me contar.

Definitivamente eu não queria ter essa conversa. Pelo menos, não agora.

— Está tentando me analisar? — Dei meu sorriso paquerador. — Não estamos na aula de psicologia.

— Falando nisso, você tirou uma nota muito ruim no trabalho?

Congelei.

— Nota ruim...?

— Deve ter sido ruim, pra fazer uma garota como você atacar o Latham depois da aula.

Simplesmente dei de ombros. Não preciso compartilhar meu C decepcionante com mais ninguém.

— O que você quer dizer com "uma garota como eu"?

— Alguém que geralmente é mais... tranquila com as coisas. Pelo menos foi uma nota suficiente pra passar?

Fiz que sim com a cabeça.

— É isso que importa. É uma faculdade comunitária, Lydia. Ninguém vai se importar. Relaxa.

Mas e se eu não quiser relaxar? E se *eu* quiser me importar?

Confesso que isso está ficando cada vez mais difícil a cada aula. Especialmente sabendo que eu tenho que me importar com esse assunto por tanto tempo.

Ele deve ter percebido, pelo meu rosto, como eu estava me sentindo, porque...

— Ai, merda, fiz a mesma coisa de novo. — Ele balançou a cabeça. — Peguei pesado com você. Me desculpa. Deixa eu pagar suas cervejas pra compensar.

Minhas cervejas chegaram, e tinha uma fila de pessoas atrás de nós, esperando para ter acesso ao bar.

— Já paguei — respondi. — E você não pode ficar se oferecendo pra me pagar bebidas quando achar que fez alguma coisa errada. Não deve ser divertido ficar o tempo todo devendo bebidas pra alguém.

— É um jeito bem fraco de tentar compensar por ter falado besteira, mas é tudo que eu tenho. — Ele deixou a lateral da mão roçar no meu braço, se apoiando no bar. — Quer ficar em pé com a gente? Temos uma boa visão do palco.

Peguei as cervejas e apontei para o local onde a Mary defendia o meu banco com um olhar mortal e com seus coturnos.

— Obrigada, mas temos uma mesa.

— Uau, como você conseguiu isso?

— Sou Lydia Bennet. Tenho um carma de bar naturalmente positivo. Bom show.

Eu o deixei parado no bar com a boca ligeiramente aberta. A volta até a mesa foi mais fácil, porque todo o tráfego humano ia para o bar, não na direção contrária, então consegui chegar até a Mary derrubando o mínimo de cerveja.

— Obrigada — disse ela, tirando os pés do meu assento e tomando um gole de cerveja. — Com quem você estava conversando?

— Quem? — ecoei, de um jeito casual. — Ah, o Cody? Ele está na minha turma de psicologia. Nas duas turmas, na verdade.

— Sei. E ele é amigo da Harriet?

— Amigo do irmão dela, eu acho.

Segui o olhar da Mary até onde o Cody e a Harriet estavam, no meio da multidão. Ele não estava olhando para mim dessa vez, mas estava falando no ouvido dela — naquele sussurro gritado que precisamos usar no meio de muita gente. Ela dava risadinhas com o que ele dizia.

— Eles parecem bem próximos.

— Tanto faz, a banda já vai começar — falei, atraindo a atenção da Mary de volta para o palco.

A Violet e os membros da banda tinham aparecido e estavam afinando os instrumentos. O murmúrio da multidão mudou imediatamente da conversa de bar normal e preguiçosa para "ohhhh, alguma coisa vai acontecer".

A Violet disse alguma coisa para a baterista e se virou para a multidão.

— Violet! — gritei.

Estávamos perto o suficiente para ela me escutar, e sua mão protegeu os olhos das luzes do palco para ela poder ver a multidão.

— Acena — sussurrei para a Mary. Ela deixou a franja cair diante do rosto, mas levantou a mão num gesto rápido. — Caramba, eu tenho que fazer tudo? — perguntei, pegando a mão da Mary de novo e acenando, e fazendo o mesmo com a minha: as maiores fãs do mundo.

— Oi! — a Violet acenou de volta, com o rosto se abrindo num largo sorriso quando nos viu.

Ela parecia diferente no palco. Primeiro, ela não estava no uniforme de barista: calça jeans preta, boné e avental. Mas não eram só as roupas de roqueira nem a guitarra pendurada no corpo. Era algo no jeito como ela se portava. Dominando totalmente o palco.

— Olá, Carter's! — ela soltou um grito de guerra no microfone. A multidão gritou em resposta. — Somos os Mechanics... Vamos lá! — E eles começaram a primeira música. Superalto e super-rápido, bem do jeito que eu gosto, mas com uma vibe totalmente pop.

— Uau — gritei acima da música. — Eles são bons!

— Não é? — a Mary gritou de volta.

Enquanto eu curtia o rock com o resto da multidão, levantando as mãos e acompanhando o ritmo (da cadeira, porque de jeito nenhum eu tiraria a bunda do assento), a Mary se balançava do jeito dela... que consistia em olhar atentamente para o palco e mal mexer a cabeça no ritmo da música. Mas dava para perceber que ela estava curtindo muito. E isso é bom sinal. O Eddie e suas músicas sobre animais atropelados não roubaram tudo dela.

A Violet e a banda terminaram o número de abertura e foram direto para a segunda música. Era mais lenta e mais profunda, mas eu também gostei.

A música mais tranquila fez a multidão bater menos cabeça e permitiu que alguém chegasse até nós com mais facilidade. Era Chris, o segurança.

— Isso é pra vocês — disse ele.

Na bandeja, duas cervejas. Só tínhamos bebido metade da nossa, então foi uma surpresa. Também foi surpresa a ideia de um garçom no Carter's.

— Tá bom... — falei desconfiada. — Hum, obrigada. Isso é pra se desculpar por ter barrado a gente na entrada?

O Chris tinha um olhar que poderia provocar desejo na Mary.

— Não são minhas. São dele.

Ele apontou para a multidão, onde o Cody nos observava pelo canto do olho. Quando nos viu olhando na sua direção, levantou a cerveja, fazendo um brinde.

— Ele me agarrou na porta e me deu uma quantia obscena de dinheiro pra trazer isso pra vocês. E pra dizer o seguinte. — Ele pigarreou e pareceu que preferia fazer qualquer outra coisa, exceto aquilo. — Ele disse que está feliz por te dever uma bebida.

Levantei uma sobrancelha e olhei de novo para o Cody por sobre o ombro do Chris.

— Tá bom. Você pode falar pra ele que...

— Não. — Ele levantou a mão. — Não sou um telegrama falado. Se quiser falar alguma coisa pro seu namorado, vai até lá e fala.

E, com isso, o Chris colocou a bandeja embaixo do braço e voltou a ser miserável na porta.

A Mary olhou da cerveja pela metade para a nova, cheia.

— Alguma coisa que eu precise saber?

Tomei um gole da nova cerveja, apesar de a antiga estar bem ali, e deixei meu olhar voltar até o Cody.

— Por enquanto, não.

A banda tocou durante uma hora sem parar, e a Mary e eu dançamos (cada uma do seu jeito), simplesmente bebendo e curtindo.

Meu Deus, há quanto tempo eu não curtia? Deixava de lado o que todo mundo dizia e simplesmente vivia o momento? Era fantástico esquecer totalmente as aulas de psicologia e literatura gótica, a srta. W, a ficha de inscrição da faculdade, minhas irmãs, o apartamento e... simplesmente respirar, sabe?

A Mary estava certa. Eu precisava disso.

Quando a banda fez um intervalo, as roupas da Violet estavam grudadas no corpo, e ela havia bebido duas garrafas de água, tirado camadas de camisetas e arrebentado uma corda da guitarra.

— Bom, pessoal! Vamos consertar nossos instrumentos, secar o corpo, e já voltamos! — a Violet anunciou, antes de a banda acenar para a multidão e sair do palco. Todos eles precisavam de um gás, assim como a Violet, pelo jeito que o baixista saiu apressado do palco e correu para os fundos do bar. Mas, apesar de estar morta de cansaço, a Violet procurou na multidão, nos encontrou e acenou para a Mary.

— Eu sei que você acha a Violet uma chefe chata, mas ela é superlegal — falei.

— Não acho que ela é chata — a Mary protestou. — Mas...

— Mas o quê...?

— Não sei. Ela é minha chefe. E eu nunca tive uma chefe que quisesse sair quando não estávamos no trabalho. E ela... ela é a Violet. Tipo, tão legal que é estranho. Até convidou a gente pra ir no camarim.

Uma voz muito aguda vibrou nos meus ouvidos.

Pode ter sido a minha.

— Vamos até o camarim?!? — gritei.

— Bom, podemos. — A Mary pareceu pensar no assunto por um segundo, mas depois balançou a cabeça. — Mas teríamos que desistir da nossa mesa...

— Mary, eu nunca estive no camarim de um show de rock, e você não vai me negar isso! — Agarrei a mão da Mary e a puxei pela multidão, em direção aos fundos do bar.

Só que, na verdade, o camarim era apenas a despensa da cozinha do Carter's, perto da sala refrigerada, que devia estar ligada no máximo. Fiquei muito, muito feliz de estar de jaqueta, apesar de isso nos obrigar a abandonar nossa mesa milagrosa.

Entramos na sala e ficamos paradas ao lado de caixas de asas de frango congeladas, sem ninguém nos notar.

Isso porque a Violet e o baixista estavam discutindo, aos berros.

— Isso é mentira... Você começou no um, quando eu disse pra você começar no três! — gritou o baixista.

— Duke, nós sempre começamos no um. Sempre. Você não pode simplesmente me dizer pra começar no três, cinco segundos antes...

— Sempre fica uma merda quando a gente começa no um! Se você fosse música de verdade, saberia que...

— E, se você fosse profissional, teria tocado a música e trabalhado isso nos ensaios!

— Só porque eu não quero que a música fique uma merda, *eu* não sou profissional? — o Duke indagou. — Quer saber, princesa? Que se dane.

E, com isso, ele saiu em disparada, me dando uma ombrada a caminho da porta dos fundos.

— Ei! — gritei. — Isso não foi legal, Duke!

E aí todo mundo olhou para nós. As duas pessoas que estavam paradas ao lado das asas temperadas de frango.

— Oi, Mary, Lydia — a Violet disse, distraída. — Desculpa, hum, as coisas estão um pouco... confusas neste momento.

— Entendo perfeitamente — a Mary disse, se afastando das asas de frango. — Vem, Lydia. — Mas, quando saímos da despensa, a baterista, que eu me lembro de ter sido apresentada no palco como Genevieve, se aproximou da Violet.

— Que babaca. O que a gente vai fazer agora? — ela perguntou.

— O Duke vai voltar — a Violet respondeu. — Ele só está dando uma de estrela. Como sempre.

— Antes de termos que voltar pra lá? — A Genevieve apontou o polegar na direção do corredor que dava para o palco. Atrás da Mary e de mim, ouvimos o início de um burburinho em tom baixo, que logo virou um coro.

— *Mechanics! Mechanics!*

— Uau — a Violet disse. — Merda. Gen, vai lá fora e traz o Duke. Quando ele escutar isso, vai se acalmar. Tenho que consertar minha corda de sol.

A Mary me puxou.

— Lydia, *vamos*. A gente não devia estar aqui.

Mas, bem naquele segundo, a Gen passou correndo por nós.

— Ele não está lá.

— Ele não está lá fora fumando uma daquelas cigarrilhas idiotas? — a Violet levantou a cabeça.

— Não. E o carro também não está.

Seus olhos se arregalaram.

— Ele levou o carro? O meu carro? Merda. Merda, merda, merda. — Ela começou a andar de um lado para o outro no ritmo do coro, que ficava cada vez mais alto. — O que a gente vai fazer? Não podemos aparecer lá sem um baixista.

— A Mary pode fazer isso.

Todos os olhares voaram para mim. O mais rápido foi o da Mary.

— A Mary? — a Violet perguntou.

— Ela toca baixo.

— Não, tipo, no palco! — minha prima disse, ficando pálida. Bom, *mais* pálida.

— Mas ela é muito boa. E ela sabe todas as suas músicas. Ela ouviu o CD.

— É verdade, você ouviu! — a Violet retrucou, vindo em nossa direção e agarrando a Mary pelo cotovelo.

— Mas... eu não... Não, isso não é uma boa ideia — a Mary protestou, com a voz tremendo um pouco.

— Nós só temos três músicas no bis — a Violet disse, com os olhos grudados nos da Mary. — E todos os acordes são superfáceis e no ritmo quatro/quatro. Não é nada de mais... Você vai conseguir acompanhar fácil. É só hoje à noite. Pra salvar a nossa pele.

— Eu... ééé... tá — a Mary gemeu.

A Violet a apertou num abraço de urso, enquanto o restante da banda as contornava.

— Gen, mostra pra ela a playlist. Jones, pega o baixo do Duke, vê se está afinado e dá pra Mary. Vem, pessoal, temos noventa segundos antes de a multidão surtar.

Fiquei dando pulinhos e batendo palmas de alegria. A Mary me lançou um olhar de puro pavor, mas fiz um supersinal de positivo para ela.

— Vou lá pegar um lugar legal. Merda pra você, Mary!

— Não quero merd... — Eu a ouvi dizer antes de ser engolida pelo resto dos Mechanics, e me espremi para voltar ao salão.

Conforme esperávamos, nossa mesa milagrosa tinha sido ocupada por dois irmãos de fraternidade que se cumprimentavam pela sorte. Mas tudo bem; eu queria estar no meio da multidão para ver isso. Queria um bom lugar para testemunhar a estreia da Mary.

Menos de um minuto depois, a Violet e os membros da banda surgiram dos fundos... com a Mary. Que, para dizer a verdade, não parecia assustada como um cervo iluminado por faróis. Ela parecia um cervo recém-atropelado, morrendo de medo.

A multidão rugiu quando eles apareceram. Mas de jeito nenhum conseguiu abafar meus gritos.

— UHUUUUUUUUUUUU, MAAAAAAAAARYYYYYYY!!!!!!!

Pela expressão, tenho certeza de que ela me escutou.

— Vocês querem mais? — a Violet disse no microfone. — Cuidado com o que vocês desejam... Um, dois, três, quatro!

E começaram a música. No primeiro minuto, mais ou menos, a Mary parecia estar brincando de pique, observando a Violet e o Jones (o outro guitarrista) para obter pistas, mas, em pouco tempo, ela relaxou no palco. Começou a ouvir a música que ela estava tocando.

Dez segundos depois, a Mary estava com um sorriso maluco no rosto.

Era como ver o pé-grande.

Peguei meu celular. Por que eu não filmei isso desde o início? Eu o levantei, liguei e... nada.

— Droga! — eu me xinguei. — Acabou a bateria.

Em seguida, vi outro celular no público. O da Harriet. Ela estava em pé ao lado do Cody e, irritantemente, tirando uma selfie com ele no meio do momento especial da Mary.

Mas isso me deu uma ideia.

Abri caminho na multidão e fui até eles. A Harriet simplesmente me olhou, me ignorou e virou para ver a banda. Mas não importa, porque ela não era meu alvo.

— Ei, Cody, me empresta seu celular? O meu apagou.

Ele virou para mim, piscou duas vezes e me entregou o aparelho.

— Pra que você precisa? — ele gritou no meu ouvido.

— A minha prima... — falei, apontando. — Olha!

Ele viu a Mary na parte de trás da banda, tocando baixo.

— Maneiro! — ele disse. — Você precisa filmar isso.

Levantei o celular dele e apertei o botão de filmar. Segurar o celular com firmeza sobre as mãos levantadas das outras pessoas da festa enquanto você mesma se mexia no ritmo da música não é fácil, mas eu tenho habilidades.

— Ah, olha a Mary! — a Harriet disse do outro lado do Cody, de repente lembrando que a minha prima existia e tentando chamar a atenção de volta para ela. — Você vai colocar ela na internet de novo, Lydia? Era tãããão engraçado quando ela não queria aparecer na filmagem...

— Não — falei, calando-a. — Isso é só pra mim. E pra ela.

O maxilar da Harriet se fechou com força, e sua voz ficou enjoada e doce.

— Ei, Cody, eu adoraria mais uma cerveja.

— Ah, legal. Eu também. — Ele pegou uma nota no bolso. — Obrigado.

A Harriet não teve escolha, a não ser sair batendo pé até o bar, nos deixando na multidão, dançando ao ritmo da música, enquanto a banda mudava para uma canção mais lenta e suave.

— Você está sendo meio babaca com ela — falei.

— Ela está sendo meio babaca com você — ele respondeu. — Eu sei que ela te largou em Vegas e tudo o mais.

Tentei não deixar o pânico gelado chegar ao meu estômago. Vegas. É, no último Ano-Novo, a Harriet e eu fomos a Vegas. Deveríamos sair juntas, mas ela e outras pessoas me abandonaram. E eu acabei encontrando George Wickham.

Entre outros acontecimentos.

Mas o único jeito pelo qual o Cody poderia saber disso era se ele tivesse visto meus vídeos do ano passado. Essas coisas incômodas ficam recontando a história para todo mundo que quiser ouvir.

— Talvez você não devesse ter trazido a Harriet hoje, então.

— Talvez — ele admitiu. — Ela é legal. Mas eu não tive coragem de chamar a pessoa que eu queria.

— Que pena — retruquei.

— O que você acha que essa pessoa teria dito?

— Essa pessoa teria te mandado passear. — Pelo canto do olho, vi que ele abriu um sorriso.

Ele se aproximou do meu ouvido.

— Eu gosto de você, Lydia.

Senti um leve toque da mão dele nas minhas costas.

— Ainda não tenho certeza se gosto de você — respondi. — Mas estou começando a me interessar.

* * *

Depois que a banda terminou o bis, eles saíram do palco como se tivessem sido declarados vencedores da Batalha de Ser Foda. Deixei o Cody me mandar o vídeo por e-mail, mas depois fui até o camarim para ficar com a Mary antes que ele pudesse fazer ou dizer alguma coisa a mais.

Tudo bem. Ele tinha que levar a Harriet para casa. Além do mais, não sei como eu me sentia em relação ao que ele me disse. Tudo que sei é que a noite foi fantástica, com uma energia sensacional que deixou tudo ainda melhor. Assim, deixei para pensar nessas coisas mais tarde.

— Foi demais! — falei, agarrando a Mary num abraço de urso. — Ecaaaa, você está toda suada. Mas eu não me importo. — E a abracei de novo.

— É, Mary, você salvou a nossa pele de verdade — a Violet disse, com um largo sorriso. — Não foi, pessoal?

A Genevieve e o Jones fizeram que sim com a cabeça, apertando a mão da Mary.

— Você foi bem, Bennet — a Gen disse, enquanto o Jones piscava para ela. O que me fez sorrir como uma idiota, porque a Mary estava corada.

— É, tá bom, pessoal, dá um tempo pra ela — a Violet pediu, enxotando todo mundo. — Agora, hum, detesto perguntar isso, mas... eles vão levar o equipamento na van pra casa deles, mas é meio apertado. Você se incomoda de salvar minha pele mais uma vez e me dar uma carona pra casa?

Nós nos espremos no carro da Mary mais ou menos uma hora depois, após brincar de roadie e ajudar o Jones e a Genevieve a carregarem todo o equipamento da banda na van. Na verdade, era uma minivan. Modelo da metade da década de 90. Nunca diga que a vida de uma banda de rock não é totalmente maneira.

Acenamos para eles quando saíram, depois entramos no carro da Mary.

Estávamos todas superagitadas depois do show. Até a Violet, que disse que estava acordada desde as quatro para abrir a cafeteria naquele dia, estava cheia de adrenalina. Conversamos sobre nada e sobre tudo, até pararmos na frente de um prédio de apartamentos perto da faculdade comunitária.

— Muito obrigada pela carona — a Violet disse, abrindo a porta traseira, já com uma perna fora do carro. — E, Mary, mais uma vez, obrigada por hoje. Eu não esperava alguém que realmente soubesse tocar. Você acompanhou todas as mudanças, e em cima da hora.

— Obrigada — a Mary murmurou, ajeitando o cabelo atrás da orelha. — Eu... Não foi tão ruim assim.

— Que ótimo — a Violet sorriu. — Fiquei muito feliz por vocês terem ido.

E, com isso, ela se jogou para a frente e quase estrangulou a Mary com um abraço em volta do banco do motorista.

— Te vejo segunda no trabalho!

Esperamos no carro até ela acenar para nós da porta do prédio e depois entrar.

— Nhoim... — falei. — Você fez amizade com a sua chefe. Nada mal pra uma noite de sexta, duas cervejas e uma banda decente.

— Cala a boca — a Mary disse, revirando os olhos.

— E você arrasou no palco.

— Tanto faz — ela resmungou, tentando disfarçar o sorriso ao mudar a marcha do carro.

— Tenho um vídeo, vou provar pra você.

Peguei meu celular e liguei no carregador do carro da Mary. Esperei impacientemente que o pobre aparelho cansado acendesse e fizesse o download do e-mail do Cody com o vídeo.

Ele finalmente conseguiu abrir a tela inicial e apitou.
Mas não era o vídeo. Era outra coisa.

Lembrete: Prazo da ficha de inscrição pra Faculdade Central Bay! Meia-noite.

Congelei. Cada gota de líquido do meu corpo evaporou. O prazo tinha terminado. O prazo da minha ficha de inscrição. Não, não tinha terminado — tinha passado *muito*. Olhei de relance para o relógio na tela. Passava muito da meia-noite. Meu celular tinha apagado, e eu tinha perdido o aviso de alarme.

— O que foi? — a Mary perguntou, enquanto virava na rua principal da nossa pequena cidade. — O vídeo ficou péssimo? Estou nojenta de suor?

— Não — falei rapidamente. — Ainda não baixou. Eu... eu te mostro amanhã.

A Mary deu de ombros e continuou dirigindo, murmurando uma das músicas dos Mechanics.

Merda.

14
ESPIRAL

Nunca fui capaz de fazer meu cabelo ficar cacheado. Ele sempre é muito liso. Às vezes eu o provoco com potes inteiros de mousse, consigo fazê-lo parecer meio desgrenhado, mas nunca fazer cachos. Nunca.

Escolhi esse assunto para me concentrar porque a alternativa é SURTAR.

E eu já fiz isso. O fim de semana todo.

Quando a Mary e eu chegamos em casa na sexta, depois do show, entramos sorrateiramente pela porta da frente — *shh*, pais dormindo! — e subimos para os quartos. A Mary desabou imediatamente, depois do fluxo de adrenalina.

Eu não. Porque, dã.

Em vez disso, passei a madrugada toda verificando freneticamente se isso não era uma péssima piada cósmica.

Não. O dia de hoje estava marcado na minha agenda de dois anos atrás.

E o post-it no meu computador também tinha a data de hoje.

E a data indicada na ficha de inscrição era hoje. Se bem que, como já passava da meia-noite, é mais correto dizer "ontem", certo?

Não que isso importe.

Só consegui dormir depois de criar um plano. Eu ligaria para o departamento de matrículas da Central Bay de manhã, e simplesmente explicaria que meus post-its não funcionaram e que meu celular morreu. Então pediria uma prorrogação. Para mim. Nada de mais, certo?

Era meio demais, sim. Porque o departamento de matrículas não abria aos sábados.

Nem aos domingos.

Então que diabos eu poderia fazer o fim de semana todo? Cuidar obsessivamente do meu cabelo.

E, quando a mousse acabou, fiquei obcecada para saber se devia comprar aquelas capas de unha que parecem esmalte para a Kitty, depois fui para o Twitter e li todos os tuítes da Ke$ha no último ano.

Talvez eu devesse pintar meu cabelo de ruivo. Está desbotado demais.

Sério, como é que o departamento de matrículas pode fechar aos sábados? Faculdades não fecham aos sábados. Já fui a algumas festas de faculdade, e as de sábado são as melhores. Se eu trabalhasse no departamento de matrículas, estar lá nos fins de semana seria um bônus.

Até a minha faculdade — minha *faculdade comunitária* — abre nos fins de semana. Eu sei porque tive que ir lá no domingo. Para a sessão de terapia.

Eu podia ter faltado. Talvez eu devesse ter faltado. Mas, se eu fizesse isso, a srta. W saberia na hora que alguma coisa tinha acontecido. E, sim, as tendências intuitivas dela também poderiam levá-la a descobrir que alguma coisa tinha acontecido, mas seu treinamento de terapeuta falhou nesse momento.

Porque ela não tinha a menor ideia.

Eu devo ser uma ótima atriz. Quer dizer, não fui convocada como munchkin principal no elenco da peça *O mágico de Oz* no quinto ano sem ter *algum* talento — eu era a menina mais alta da turma.

— E aí, como foi seu trabalho? — ela perguntou, quando estávamos sentadas.

— Trabalho?

— Sobre a experiência de Milgram.

— Ah. Esse. — Meu Deus, parece que eu fiz esse trabalho há um século. E uma nota C já não parecia mais o fim do mundo. Nada como uma perspectiva, hein? — Foi bom.

— Bom?

— Já falei, o professor me adora. — Dei de ombros, cruzando os braços sobre o peito.

Achei que a vi semicerrar os olhos por uma fração de segundo, mas devo ter imaginado, porque ela continuou imediatamente:

— Que bom saber disso. Mas...

— Srta. W, nós realmente precisamos falar das minhas notas? Não venho pra terapia só pra você ter certeza que estou fazendo o dever de casa.

— Tá certo — disse ela, a voz fazendo aquela coisa calma que normalmente me tranquiliza de verdade, mas dessa vez só me deixou mais desconfortável. — Na última vez, conversamos sobre como você vai fazer a transição para a Central Bay. Você me pareceu muito otimista em relação a isso.

— E estou. — Ãhã, positiva. Porque isso *vai* acontecer. Assim que a porcaria do departamento de matrículas abrir de manhã. POR QUE ELES NÃO ABREM NO FIM DE SEMANA???

— E você está igualmente otimista em relação a sair de casa?
— Dã.
— Humm — disse a srta. W, anotando alguma coisa no caderno, o que me deixou ainda mais desconfortável. — Estou falando isso porque, às vezes, alunos com tanta empolgação quanto você para dar o próximo passo... acham a transição mais difícil do que eles esperavam.
— Não vai ser problema. Quer dizer, estou muito pronta — falei. — E não deveria? Estou na faculdade comunitária há tempo demais. Não vou perder isso. Não vou ficar estressada por causa do estacionamento do campus nem por causa do tom esquisito de amarelo nos corredores. Não vou nem sentir falta de você.
A srta. W se sentou um pouco mais reta.
— De mim? — ela perguntou, com a voz totalmente neutra.
— Da terapia — corrigi, mas a expressão dela não mudou. — Quer dizer, estou bem. Sinceramente, eu sinto que vir aqui hoje foi meio que uma perda de tempo. Minhas aulas estão bem; minha vida está bem; as coisas estão tão normais agora que chegam a ser entediantes. Já falamos de tudo, e como só temos, tipo, mais duas sessões depois de hoje, por que me preocupar? Arranca o band-aid de uma vez.
— Essa escolha de palavras é interessante — disse a srta. W, deixando o caderno de lado. — Então você acha que está... curada, por falta de um termo melhor?
— Talvez. Mas, se eu estiver, não é uma coisa boa? E você pode colocar uma etiqueta de estrela dourada ao lado do meu nome e ser a pessoa que me consertou.
A srta. W se inclinou para a frente, apoiando os antebraços nos joelhos e entrelaçando os dedos diante de si. Em seguida me olhou diretamente nos olhos.
— Lydia, o trabalho que fazemos aqui não é para "consertar" você. Nem é para você se consertar. É para explorar seus sentimentos e como esses sentimentos influenciam suas ações. Depois, podemos criar métodos que te ajudem a encontrar equilíbrio entre os sentimentos e as ações. Isso faz sentido?
Fiz que sim com a cabeça.
— É um processo de aprendizado. E, apesar de eu saber que você pensa que, já que temos tão pouco tempo, qualquer esforço que fizermos será inútil, espero que você considere vir às próximas sessões. Mesmo que não queira falar sobre nada.

Simplesmente fiz que sim com a cabeça de novo.

Comprei mais um pote de mousse no caminho para casa.

Pelo site da faculdade, eu sabia que o departamento de matrículas abria às oito da manhã. Programei o despertador para quinze para as sete, para poder tomar um café, preparar o que eu queria dizer, saber que tom de voz usar para parecer meiga, arrependida e responsável, mas totalmente derrubada pelo prazo, já que só havia recebido o formulário algumas semanas atrás. A moça das matrículas entenderia perfeitamente. E ficaria tudo bem.

Acordei às cinco da manhã.

A Kitty me olhou como se eu tivesse criado uma segunda cabeça, ligeiramente menos adorável. Ela costuma fazer isso, mas dessa vez parecia um pouco mais crítica. Joguei um brinquedo barulhento enrolado em erva de gato e a observei rolar no chão para tentar agarrá-lo.

Eu sei como ela se sente.

Quatro xícaras de café, uma chuveirada, três roupas, muitas leituras inúteis na internet e uma última tentativa de cachear meu cabelo (nada feito) depois, o relógio do meu celular marcou oito horas.

Respirei fundo três vezes. E disquei.

Trim.

Trim.

Secretária eletrônica.

Sério. Secretária eletrônica. É quase como se o departamento de matrículas não soubesse que tem uma aluna em potencial no telefone com a vida despedaçada e pudesse demorar para abrir o departamento hoje de manhã.

Foram necessárias mais três ligações antes de alguém finalmente atender, às 8h04.

— Departamento de matrículas da Faculdade Central Bay — atendeu uma mulher com a voz cansada.

— Oi, meu nome é Lydia Bennet e eu sou aluna do semestre de outono.

— Aguarde um instante, vou me conectar ao computador. — Ouvi barulhos. Isso era uma verdadeira tortura. Dava para imaginá-la. Meia-idade, vestindo uma combinação de cores terríveis, tirando o casaco, jogando-o sobre o encosto da cadeira, depois ajeitando-o e tirando os pelos de gato. Em seguida, finalmente ligando o computador ainda mais velho que o meu e cantarolando para si mesma enquanto o esperava iniciar.

Bom, essa parte eu não precisei imaginar. Escutei o zumbido.

Mas não ajudou.

— Qual é mesmo seu nome?

Falei para ela. E, enquanto ela o digitava, contei a história toda, fazendo-a parecer o mais sofrida e fantástica possível. Contei que eles *já tinham* a maior parte da minha ficha de inscrição nos arquivos. Que eu não me perdoava por ter perdido o formulário original, e que fiquei *muito* agradecida por eles o terem mandado por e-mail. Mas, em razão do pouco tempo para preenchê-lo e de eu estar terminando minhas exigências de crédito e trabalhando numa cafeteria — tá, essa parte eu inventei, mas eles nunca verificariam, e épocas desesperadas exigem uma mentira branca de vez em quando —, eu não tinha percebido que perdera o prazo para entregá-lo, e será que eles poderiam me dar uma extensão de prazo? Bem pequena?

— Sinto muito, mas não podemos.

Tenho certeza de que o chão desabou sob os meus pés. Foi isso que eu senti. Tive que olhar para baixo para confirmar se ele ainda estava ali.

— Mas... nem uma semana? Uns dois dias?

Eu a ouvi suspirar.

— Existe um número limitado de vagas por transferência disponíveis todo ano. E normalmente os interessados entregam a papelada toda até a primavera. Nós já lhe demos uma extensão de prazo até a última sexta-feira por causa da... qualidade das suas recomendações — disse ela, e eu sabia que ela havia chegado à parte do meu arquivo que mencionava o Darcy. — No entanto, o processo de inscrição está oficialmente encerrado desde o último fim de semana. O semestre de outono começa daqui a um mês. Nós não podemos mais parar as máquinas.

— Mas... você não pode me inserir? — Procurei palavras da Lizzie no meu cérebro em pânico. — Tenho certeza que vou ser um ativo vital para o campus e uma aluna extraordinária.

— Se nós inseríssemos você, teríamos que fazer isso com todos. E não temos tanto espaço. Agora, se você tivesse entrado em contato antes para falar do atraso...

— Vocês não abriram no fim de semana! — Dava para perceber a atitude defensiva na minha voz, e eu odiei. A mulher das matrículas também odiou, porque, quando falou a seguir, foi basicamente como se um balde de água fria tivesse caído na minha cabeça.

— O que eu quis dizer é que, se você tivesse nos avisado que a ficha de inscrição ia atrasar, talvez pudéssemos ajudá-la.

— Eu não sabia que a ficha de inscrição ia atrasar, porque não percebi que o prazo era tão curto... — Respirei fundo. Três. Em seguida, simplesmente deixei toda a mentira de lado. — Eu estraguei tudo. Sei disso. Mas existe alguma coisa que eu possa fazer pra consertar? Se tiver, por favor, me fala.

Houve uma longa pausa. Cruzei os dedos.

— Se você puder me mandar os formulários que faltam preenchidos agora mesmo, talvez eu consiga entrar no sistema e "te inserir", como você mesma disse.

— Agora? — perguntei. — Nem mesmo um dia...?

— Agora mesmo. Senão... você pode se inscrever para o próximo semestre, embora existam muito menos vagas para transferência na primavera.

— Não, eu... entendi. Vou enviar agora mesmo — falei e agradeci, antes de desligar.

Fiquei encarando o telefone durante um tempo. Não sei quanto, mas só levantei o olhar porque a Kitty estava arranhando a porta para sair. Eu deveria correr até o computador, enviar os formulários por e-mail para o departamento de matrículas e respirar, aliviada.

Mas não dava para fazer isso.

Porque a redação não estava pronta. E, agora, nunca estaria.

Por que diabos eu não fiz a redação no fim de semana, em vez de ficar obcecada com meu cabelo idiota? Usei três frascos de mousse! Por que eu simplesmente não sentei a bunda na cadeira do computador e escrevi? Qualquer coisa. Sabe qual seria um momento ideal de fracasso sobre o qual escrever?

Aquele momento em que eu perdi o prazo de entrega da ficha de inscrição para a faculdade.

E não era apenas uma faculdade. Era uma *boa* faculdade. Onde eu não seria uma incompetente.

Só que eu sou incompetente. O tempo todo.

Desperdicei o fim de semana. Que droga, desperdicei as últimas três semanas. Por que eu simplesmente não escrevi a porcaria da redação?

Por que eu não consegui escrever a redação?

Tudo isso latejava no meu cérebro enquanto eu abria a porta para a Kitty e encontrava a Mary parada bem ali, com a mão levantada para bater.

— O que você está fazendo?

— Bom dia? — a Mary disse, baixando a mão.

— Você estava ouvindo atrás da porta?

— Não. Você estava falando?

Forcei o pânico a descer de volta para o estômago, de onde tinha subido até a garganta.

— Só, tipo, falando com a Kitty. Coisas idiotas.

— Certo. Bom, só podia ser. Se você estava falando com uma gata.

— Tanto faz. Você precisa de alguma coisa? — perguntei, me apoiando na porta. — Vou me atrasar pra aula.

— Eu estava pensando se você poderia me dar uma carona.

— Uma carona? — perguntei, atravessando o quarto para pegar minha mochila, pesada de livros e anotações. Eu só queria jogá-la do outro lado do quarto. — Você sai mais tarde do trabalho do que eu da faculdade.

— É, mas a Violet disse que pode me trazer depois do trabalho. Ela não mora longe da gente. Você leva o carro pra casa. Assim podemos economizar na gasolina. Talvez a gente pudesse pagar por um apartamento com três pessoas, em vez de quatro.

Tive que abafar uma risada histérica. *Meu Deus, Mary,* pensei, *se você soubesse...*

O que a Mary diria quando eu contasse para ela? O que ela faria?

Eu deveria ter contado naquele momento. Deveria ter vomitado tudo e a deixado saber que *A Lydia Fez Tudo de Novo*. Eu tinha ferrado não só a minha vida, mas a dela também.

Mas não contei.

— Tudo bem — falei em vez disso, jogando a mochila sobre o ombro. — Eu dirijo.

15
ROTINA

Segunda-feira

— Quando falamos sobre motivação, além do impulso primário que temos de sobreviver, falamos basicamente de duas coisas.

Tem uma coisa esquisita que acontece quando tudo desaba. Já aconteceu comigo, então eu sei. Seu corpo, aquele normal com o qual você vive todos os dias, meio que começa a existir separado de você. Você ainda está ali, é claro. Ainda por perto. Mas tudo acontece no piloto automático, te fazendo viver cada dia enquanto você... negocia.

— Motivação intrínseca, ou seja, interna, é o desejo de fazer alguma coisa porque ela te agrada por si só.

Por exemplo, enquanto eu dirigia até a faculdade naquela manhã e deixava a Mary no trabalho, não lembro de virar nas esquinas corretas nem de parar no estacionamento. Meu corpo simplesmente fez isso por mim. Porque minha mente estava cheia, tentando processar que diabos eu ia fazer agora.

Eu me lembro de ter dito a mim mesma que eu não podia chorar. Não na frente da Mary. Então não chorei. Desliguei essa parte. O piloto automático cuidou do resto.

— E motivação extrínseca é o desejo de agir por causa das consequências resultantes. Recompensa ou punição.

E o professor Latham? Sei que ele estava falando. Sei que ele colocava um slide atrás do outro no PowerPoint. Mas eu não sabia dizer o que havia neles, apesar de copiar cada palavra.

Se não é importante, não entra. O piloto automático cuida.

E eu preciso do piloto automático hoje. Porque tudo que está acontecendo na minha mente não passa de um ruído entorpecente.

Meu Deus, eu comprei um suéter com as cores da Central Bay. Que diabos vou fazer com essa porcaria, agora? Você colocou a carroça na frente dos burros, Lydia.

E não é que eu não fui aceita. Esse "quase" teria sido melhor, de algum jeito. Eu poderia dizer: *Ah, puxa, você tentou ao máximo; vamos dar um jeito depois, mas, por enquanto, aproveita seu frozen iogurte e se joga.* Além do mais, todo mundo falaria isso também. Que, dessa vez, eu realmente tentei ao máximo. Mas...

Não é assim. Porque, com a recomendação do Darcy, eu praticamente tinha uma vaga garantida. Era *minha*. Eu simplesmente... não a peguei. Só tentei tentar. E isso não foi o suficiente.

Por quê? Quer dizer, eu queria a vaga. Era a única coisa que eu queria. Ir para San Francisco com a Mary. Ter um plano de vida, ajudar pessoas. *Ter uma resposta real* quando alguém perguntasse: "E aí, Lydia, quais são seus planos para o futuro?"

... Mas, se eu queria tanto, por que não peguei a vaga?

Sabe, por que eu *preciso* escrever uma porcaria de redação para me matricular, afinal? Quem se importa com meus fracassos? Sabe o que daria uma redação muito mais interessante? Meus sucessos. Eles são mais legais e muito mais raros. As faculdades não *querem* pessoas bem-sucedidas?

Mas o fracasso... quem quer encarar os próprios fracassos? Quem quer que outras pessoas os leiam, como base para saber se você vai ser aceito numa faculdade?

Eram essas perguntas que não saíam da minha cabeça quando senti meu celular vibrar no bolso, me tirando temporariamente do piloto automático.

> Vc está bem?

Levantei o olhar. Três fileiras à frente, o Cody estava com o computador aberto, de costas para mim. Dava para ver a caixa do programa de mensagens aberta na tela, piscando.

Digitei uma resposta:

> Estou. Pq?

Esperei.

> Vc parece meio aérea. Se divertiu demais no fim de semana? ;)

Fiquei tão surpresa que não me importei com a carinha piscando. De todas as pessoas, como é que o Cody percebeu que tem alguma coisa errada? A Mary certamente não percebeu. Ela estava no seu papel normal de não conversar, hoje, com a cabeça enterrada num livro de Neil Gaiman. E meus pais mal nos olharam quando passamos pela cozinha. Minha mãe simplesmente nos obrigou a comer, como sempre, e meu pai, que não tinha ido trabalhar por algum motivo, nos disse por trás do jornal que era melhor "correrem para não se atrasarem".

Mas o Cody não estava aéreo. Estranho. E interessante.

> É, fim de semana longo. Só isso. Como foi o seu?

Esperei. Ele se endireitou na cadeira, surpreso quando minha mensagem pulou na sua tela.

> Nada tão divertido quanto a noite de sexta...

Sorri. Só um pouco, e pela primeira vez desde a noite de sexta que ele mencionou. Foi muito, muito bom deixar meu cérebro fazer alguma coisa diferente, mesmo que só por um segundo.

Um segundo muito curto.

— Srta. Bennet, como eu já disse... — começou o professor Latham, interrompendo meu foco no celular e me fazendo levantar o olhar.

E fazendo todo mundo olhar para mim também.

Mas, desta vez, simplesmente dei de ombros. Eu não me importava que eles me olhassem. O piloto automático tinha voltado.

— Ãhã, nada de celular — falei e imediatamente o guardei. Tanto faz. — Já entendi.

Quarta-feira

— Bem-vindo à Livros, Grãos e Ervas. Vamos lá, Pioneers. Não vendemos maconha aqui; posso lhe oferecer uma bebida herbal?

A Mary encarava com o olhar morto um maconheiro vestido com poncho, parado na fila à minha frente. Mesmo que os olhos vidrados e a magreza estranha do cara não o entregassem, o colar de maconha o fazia. Belo estereótipo, mano.

— Hein...?

— Não. Vendemos. Maconha. Aqui — a Mary repetiu, garantindo que cada sílaba entrasse no cérebro do maconheiro. Revirei os olhos. Ela percebeu e revirou os olhos para mim. — Posso lhe oferecer uma bebida herbal?

— Hum... só um minuto — disse ele.

A Mary olhou para mim, atrás do cara.

— Mocaccino?

— Obrigada.

Ela se afastou para preparar meu drinque, deixando o maconheiro parado no balcão. Balançando um pouco.

Sabe o que é ótimo no piloto automático? Você está tão ocupada se importando com uma coisa enorme que para de se importar com todas as outras coisas insignificantes.

Tipo regras.

— Oi — falei baixinho para ele. — Você quer comprar?

Ele me olhou, meio desconfiado, mas sua paranoia alimentada pelas drogas perdeu para o desejo de mais drogas.

— Quero. Você tem?

— Eu não, mas...

Apontei com a cabeça para a Mary, que estava mexendo na máquina de espuma como se fosse barista há muito mais do que um mês.

— Mas ela disse... — Ele parecia muito confuso. Pobre maconheiro. Talvez um pouco de café o animasse.

— Você só precisa saber pedir. — Eu me aproximei dele, como uma conspiradora num filme de espiões. — Pede um café pequeno, puro. E coloca vinte dólares no pote de gorjetas.

— E aí...

— E aí... ela vai te dar o café.

Os olhos injetados de sangue do maconheiro se arregalaram.

— Ahhh... ela vai me dar o "café". Entendi.

A Mary voltou, com meu mocaccino na mão.

— Aqui está.

— Obrigada — agradeci e fui para o setor de condimentos. Eu não precisava de mais açúcar na minha bebida açucarada, só queria ver tudo.

— Quero um café pequeno, *puro* — pediu o maconheiro, enquanto depositava, cheio de confiança, duas notas de dez no pote de gorjetas sobre o balcão.

A Mary olhou para ele, para o pote de gorjetas, e de novo para ele.

— Está bem — disse ela, desconfiada. — Um café pequeno.

Ela foi servir o café, e o maconheiro olhou ao redor como se tivesse acabado de ganhar na loteria. Mas ela voltou apenas com o café e entregou a ele.

— É 1,25 — disse.

— Eu... tenho que pagar por isso também?
— Ãhã. É assim que funciona.
— Mas está aqui dentro, certo? O... "café"?

Apática como sempre, a Mary respirou mais fundo que nunca antes de responder:

— Sim. Eu vi você colocar aí dentro. É 1,25.

— Tudo bem... — O maconheiro, parecendo meio perdido, enfiou a mão no bolso de novo e entregou o restante do dinheiro. Depois pegou o café e saiu correndo porta afora com o contrabando enquanto eu observava com um sorriso cínico.

— Eu vi isso — a voz da Violet veio de trás de mim. Ela estava segurando um esfregão, depois de ter limpado um líquido que havia sido derramado debaixo de uma mesa.

— Viu o quê? — perguntei inocentemente. — Ah, que sem querer eu dei para aquele cara a impressão de que tinha maconha no café dele? Ops.

A Violet engoliu um sorriso.

— Ele vai voltar aqui, exigindo saber por que não ficou chapado.

— Ah, por favor — respondi. — Você acha que ele *consegue* encontrar o caminho de volta pra cá?

Naquele momento, o maconheiro ainda estava parado do lado de fora da cafeteria, dando um passo para a direita, depois dois passos para a esquerda, provavelmente tentando lembrar onde tinha estacionado o carro.

— Faz sentido — a Violet disse. — Mas pare de enganar maconheiros.

— Ei, talvez ele consiga ficar chapado só porque está esperando isso. Condicionamento operante, sabia? — falei enquanto me dirigia à minha mesa de sempre. Pelo menos eu estava aprendendo *alguma coisa* na aula de psicologia. Apesar de ser inútil.

— Acho que condicionamento operante não é a metodologia correta — a Violet refletiu, vindo até a minha mesa. — Talvez teoria da expectativa.

— Será? Ainda não chegamos tão longe no curso. — Ou talvez a gente tenha chegado. Mas, nas duas últimas aulas, tem sido um pouco difícil dar alguma importância ao que o professor Latham estava dizendo. Hoje, eu mal fiz anotações. Praticamente só desenhei no caderno.

Desenhei vários pôneis. Eu me pergunto se isso teria algum significado para Freud ou Jung. Podia apenas significar que um dia eu tive um pônei.

Sinto saudade do sr. Wuffles.

— Eu ficaria feliz de te falar sobre ela — a Violet disse, assim que eu sentei. — A Mary mencionou que você talvez precise de umas aulas particulares de psicologia. Posso te ajudar. Ainda tenho todas as anotações das minhas aulas na UNA.

— Ah — falei, sentindo meu estômago cair até os sapatos. — Hum, acho que estou bem.

A testa da Violet se enrugou.

— Tem certeza? Ela disse que você se esforçou muito num trabalho, mas...

— É. Mas está tudo bem agora. Eu falei com o professor. — A campainha sobre a porta soou quando alguém entrou. — E eu estou recebendo ajuda. Cody!

Ao ouvir seu nome, o Cody olhou ao redor da cafeteria e me encontrou. Acenei para chamá-lo.

— Oi, Lydia — ele disse, meio surpreso.

— O Cody e eu somos colegas de turma. Estou cuidando desse assunto de psicologia.

— Tá bom — a Violet aceitou, virando para sorrir para o Cody. — Eu só queria dizer que, se você precisar de ajuda...

— Não, está tudo sob controle. Mas muito obrigada pela oferta. Muito legal.

A Violet e seu esfregão voltaram para trás do balcão.

— Ai, meu Deus, você acabou de me salvar — soltei quando ele sentou na minha frente.

Ele olhou para o local onde a Violet estava ajudando a Mary a fazer bebidas.

— Não gosta de conversar com as baristas?

— É só... minha prima tentando me ajudar. Excesso de interesse, sabe?

— Oh-oh — o Cody disse. — Eu sei o que está acontecendo.

— Sabe?

— Na metade do curso, toda a empolgação que você tinha no início acabou — ele declarou, sorrindo para mim. — Agora você está vendo o esforço real. Eu não faria isso se não fosse obrigado. Não é?

— Eu... acho que não — respondi. Antes, eu estava animada com os cursos, porque seriam interessantes e me levariam para onde eu queria ir. Agora... não vou para esse lugar. E isso os torna muito menos interessantes.

— Agora você está começando a ouvir aquela vozinha na sua cabeça, que diz: *Que belo dia de verão. Por que eu vou pra aula de literatura gótica e não pra praia?*

— Bom, você tem algum conselho pra fazer essa vozinha calar a boca? — perguntei. — Sabe, uma motivação extrínseca pra contrabalançar a falta de motivação intrínseca?

— Na minha opinião? Escuta a voz.

— Ah, sério? — retruquei. — As vozes na sua cabeça têm tanto impacto sobre você?

— Eu simplesmente respeito o ocasional dia da saúde mental. — Ele se aproximou de mim. — Quer dizer, depois de tudo que você passou neste ano, você não merece uma folga?

Pensei no assunto. Lá fora estava um dia lindo. Um dia digno de praia. Até mesmo minha palidez parecia, pela primeira vez, pálida demais. E eu poderia apostar que o Cody tinha um corpo digno de praia sob aquela camiseta comum. Mas desviei o olhar e vi a Mary atrás do balcão. Ela olhou para mim de relance. A Violet deve ter contado a ela sobre meu colega de estudos.

Expectativas. Ela as tinha. E eu também, mais ou menos. Apesar de não saber mais quais eram.

Acho que eu ainda me importo. Apenas o suficiente.

— Boa tentativa — falei. — Mas vou pra aula.

— Eu tinha que tentar. — O Cody se levantou e pegou a mochila. — Então vamos?

Sexta-feira

Mais pôneis na aula de psicologia. Entreguei mais um trabalho. Esse era sobre motivação. Mas para o inferno se eu tenho alguma. Também vou receber nota C nesse. Acho que o professor Latham não dá outra nota além de C, pelo menos não para mim. Então, por que me matar pelo trabalho? Não tenho ninguém para impressionar, só preciso ser aprovada. Não preciso me sair bem, nem arrasar. Só... passar por isso.

Desejei estar fazendo literalmente qualquer outra coisa.

Literatura gótica era mais interessante. Não por causa da matéria, mas porque o Cody sentava ao meu lado. E seu joelho batia ocasionalmente no meu. Ou nossos cotovelos se encontravam.

E a Harriet, é claro, estava na nossa frente.

Sei que eu falei que não queria fazer parte de um triângulo amoroso tenso nesse verão, mas, se a Harriet ainda pensa que faz parte dessa geometria, as últimas aulas de literatura gótica devem ter assassinado essa ideia.

Não foi só porque na quarta — e hoje — entramos na sala juntos, sentamos um ao lado do outro e rimos de alguns assuntos. Ela já tinha visto isso. Mas, quando ele se inclinou para perto e me falou alguma coisa enquanto a Natalie estava falando, posso ter dado mais ouvido a ele do que à lição sobre o Poe.

É, não sou fã do Poe, de qualquer maneira. O escritor de histórias sombrias e tortuosas é esquisito, pálido e deprimido na vida real. Que novidade.

O Poe poderia ter ouvido um pouco de música sobre o poder feminino e passado um dia na praia.

A Mary também, pensando melhor.

Mas, de qualquer maneira, depois da aula de quarta, a Harriet se aproximou do Cody, tentou jogar o cabelo, fofocar sobre a aula, e não aconteceu nada. Ele simplesmente disse "Pronta pra ir, Lydia?", e fomos juntos até nossos carros, com a Harriet nos seguindo, odiando totalmente cada passo que dava. O Cody e eu ficamos parados perto dos carros no estacionamento, e a Harriet meio que ficou parada ao nosso lado, tentando entrar na conversa. Por fim, ela abraçou o caderno e disse um "Tchau, pessoal!" meio sem graça e foi até o próprio carro.

Quando ela partiu, eu quase senti pena.

Quase.

E hoje, depois da aula, ela nem tentou falar com ele. Ela simplesmente se afastou, numa derrota antecipada.

Eu esperava que os boatos sobre a Lydia Bennet Burra Piranha Vagabunda voltassem na segunda-feira. Mas, de novo... parei de me importar.

No entanto, depois da aula de hoje, o Cody e eu não saímos juntos, porque a Natalie me puxou e pediu para falar comigo.

— Quer que eu espere? — ele perguntou.

— Não, não precisa. Te vejo na segunda — respondi e virei para a Natalie. Eu estava meio cansada do Cody, admito.

— Está tudo bem? Você estava quieta demais na aula — a Natalie disse assim que as portas se fecharam e ficamos sozinhas. Na verdade, eu não tinha estado tão quieta e me senti um pouco culpada por isso. Só não conversei sobre o Poe nem falei com a turma. — Eu estava esperando que você falasse alguma coisa sobre a leitura.

— A leitura?

— "O coração revelador" — a Natalie esclareceu.

— Ah, isso — falei. — Eu, hum, não consegui ler ontem. Eu ia ler na Livros, Grãos e Ervas entre uma aula e outra, mas deixei o livro em casa. Além do mais, o Cody estava lá pra me distrair, então eu não ia conseguir ler muito, de qualquer maneira.

— Poxa, que pena. Eu sempre gosto de ouvir suas ideias.

— É mesmo?

— É — a Natalie confirmou, rindo. — Por que tanta surpresa?

Dei de ombros, sem conseguir pensar numa resposta inteligente. Mas o modo como ela me olhava, como se a aula realmente fosse *importante* e eu a tivesse decepcionado, só fez com que eu me sentisse estranhamente culpada.

E eu não quero me sentir culpada.

— Bom... se você tiver alguma ideia, pode compartilhar na segunda — a Natalie continuou.

— Ãhã, então tá, te vejo na segunda! — falei com a animação própria que alguém dispensado da faculdade sente numa tarde de sexta de verão, e caminhei em direção à porta.

Conforme eu o instruí, o Cody não esperou por mim. Assim, coloquei os óculos escuros, atravessei o campus com a trilha sonora de uma música poderosa na cabeça, entrei no carro e dirigi até em casa.

Quando cheguei lá, as músicas poderosas tinham morrido, dando lugar ao silêncio.

— Mãe? Pai? — chamei. Meus pais não estavam em casa, aparentemente. Eu não tinha a menor ideia de onde eles estavam ou do que poderiam estar fazendo (eca, cérebro, não pensa essas coisas), mas ter a casa só para mim era raro. Eu podia caçar restos na geladeira. Podia ver novelas. Podia mexer nos velhos materiais de artesanato da Jane e usar suas tesouras especiais para cortar uma borda decorativa em todos os papéis sobre a mesa de trabalho do meu pai.

Em vez disso, subi a escada e vasculhei o chão até encontrar meu livrão do Poe.

Uau, eu realmente estava me sentindo culpada.

Como é que o Cody é a única pessoa que percebeu que eu estou "aérea", e a Natalie é a única pessoa que se importou com isso? Abri o livro e fui até "O coração revelador".

Ah, olha, uma história sobre alguém destruído pela culpa e tentando disfarçar. Vou ter *ótimas* ideias para a aula.

Joguei a história de lado antes de chegar na metade. Era supercurta, e eu podia ler no domingo. Além do mais, era um dia de verão bonito demais para a vibe de filme de terror. A menos que esse filme fosse *Eu sei o que vocês fizeram no verão passado*. Ah, e eu não via esse filme há algum tempo.

Eu estava vendo uma versão pirata do Ryan Phillippe vintage no celular quando uma batida na porta me fez dar um pulo.

— Lydia? — a voz da Mary veio do corredor.

— Oi — gritei, sem sair da posição largada na cama. A Mary colocou a cabeça no vão da porta. — Você chegou cedo.

Ela entrou e sentou na cama. Cruzou as mãos diante de si. Oh-oh. Essa era a Mary séria. As diferenças entre a Mary séria e a Mary normal eram difíceis de identificar, mas sou treinada nessas coisas.

A Mary séria significava que ela queria ter uma conversa séria. E isso provocou um arrepio na minha coluna.

Será que ela sabia?

— A Violet disse que você recusou as aulas dela — a Mary comentou.

— Ah, isso — falei, respirando com um pouco mais de facilidade. — É, foi muito legal ela oferecer, mas estou bem.

— Está? — ela perguntou. — Porque na semana passada você estava surtando com a nota c do seu trabalho.

— É, mas o trabalho que eu entreguei esta semana está muito melhor — menti. Mas eu minto muito bem. Na última semana, praticamente me tornei profissional. — É incrível você estar cuidando de mim, mas está tudo sob controle, prima.

A Mary me observou por um instante, mas depois deu de ombros.

— Então você não precisa de ajuda? Porque eu ia me oferecer pra te ajudar a estudar, fazer perguntas sobre o livro, se você quisesse.

— Essa é sua ideia de uma noite de sexta divertida? — perguntei.

— Não. E, como você disse que não precisa, não vou oferecer.

— Ótimo. A gente devia fazer alguma coisa muito melhor. Ah! Vamos ao cinema. Quero muito ver aquele filme do grupo *a cappella* feminino que mata zumbis.

— Por mais... profundamente horrorizada que eu esteja com a ideia de um filme de zumbis e garotas cantoras, podemos adiar até amanhã? — a Mary perguntou. — Como você não precisa estudar, a Violet perguntou se eu poderia substituir o baixista no ensaio do Mechanics.

— Substituir? Ai, meu Deus, você vai fazer parte de uma banda? — dei um gritinho.

— Não, só estou substituindo — ela disse, cruzando os braços sobre o peito daquele jeito que significa que não tem espaço para questionar. Pelo menos não na mente dela. — Parece que o Duke está faltando aos ensaios, apesar de eles terem shows programados. Eles ainda não decidiram se vão substituí-lo de vez... Ele é um dos criadores da banda, mas, enquanto isso... eles ainda precisam ensaiar.

— Uau. Essa é a justificativa perfeita pra você ter buscado o seu baixo na casa da sua mãe ontem.

— Não importa — a Mary revirou os olhos. — Você quer ir? Tenho certeza que a Violet não vai se importar se você for.

Pensei no convite, mas a ideia de ficar sozinha sentada no sofá de uma garagem ouvindo uma banda me parecia muito... Mary para mim.

— Você sabe que eu sou a sua primeira groupie, mas acho que vou recusar dessa vez.

— Tem certeza? — a Mary perguntou.

— Tenho. Divirta-se.

— Tá bom. Mas, amanhã, garotas matando zumbis cantores, certo?

— Garotas cantoras matando zumbis, mas você quase acertou.

A Mary acenou de leve para mim enquanto ia até a porta.

E me deixou sozinha de novo. Ninguém além de mim e da Kitty. E do Poe no chão. E do Ryan Phillippe no celular. Mas nenhum desses dois caras me interessava de verdade, nesse momento.

Ainda não sou muito boa em ser eu mesma. Isso é algo sobre o que a srta. W e eu costumávamos conversar muito. Minha necessidade de atenção misturada ao meu desejo de independência. Então eu ia tentar. Eu ia comprar um frozen iogurte sozinha ou dirigir sozinha até a praia e simplesmente ficar olhando as ondas. Descobrir como era não ter outra pessoa para me distrair de mim mesma.

Eu devia usar esse tempo, pensei. Fazer uns exercícios respiratórios, fazer feng shui no meu quarto. Tentar me concentrar no que vou fazer quando me formar — e, é claro, tenho evitado contar para todo mundo o que aconteceu. Eles vão ficar tão decepcionados comigo, e com raiva, e eu...

Meu celular apitou. Cody.

> Não deu pra te perguntar depois da aula, mas o que vc vai fazer no fim de semana?

Olhei ao redor do quarto. A minha gata, o Poe e o feng shui enquanto eu tentava entender a minha vida não eram mais as únicas opções.

> Vc vai me levar pra sair. Hoje à noite.

16
CERVEJA E CONVERSA

Eu estava totalmente disposta a me encontrar com o Cody em qualquer lugar, mas ele insistiu em me pegar em casa, como se estivéssemos no ensino médio. Por sorte, já que meus pais pareciam ter abandonado a casa e a Mary estava tocando baixo com os novos amigos, ele não teve que enfrentar o constrangimento familiar.

Além do mais, não era um encontro. Era... cerveja e conversa. Só isso.

— E aí, o que te apetece? — ele perguntou quando entrei no carro. Ele estava usando uma camisa social com as mangas dobradas, e o cabelo cor de areia estava penteado daquele jeito bagunçado que os caras fazem quando estão tentando parecer mais casuais do que são de fato. É fofo quando eles se esforçam.

— O que me apetece? — perguntei.

— Aonde você quer ir? Não conheço a cidade muito bem...

— Você já está aqui há quase um mês.

— E ainda não consegui entrar no esquema. Conhecer os lugares que só os moradores conhecem.

— Você já foi ao Carter's.

— É...

— Então você está no esquema. — Eu ri. — Não tem cidade suficiente pra existir mais do que um lugar legal pra ir.

Ele colocou o carro na marcha.

— Carter's, então.

Felizmente, o Carter's não estava apresentando mais um show de despedida naquela noite, então não precisamos lidar com fila, corda de veludo e disfarce. Na verdade, como era verão e a faculdade não estava funcionando normalmente, o lugar estava mais morto do que nos últimos tempos.

Efeito colateral das minhas recentes ausências, você sabe, da vida.

Passamos deslizando pelo Chris, que estava na porta, verificando as identidades. Ele olhou para mim e para minha identidade, mas, desde que deixei de ser obrigada a usar uma falsa, considero as suspeitas de barmen e seguranças um elogio.

A parte de dentro do Carter's era aconchegante e amigável, como voltar para casa. Só que melhor, porque essa casa não tinha um quarto bagunçado, um monte de dever de casa me esperando e apenas a companhia da Kitty. Em vez disso, tinha pessoas conversando, o canal de filmes transmitindo alguma coisa da década de 80 na TV e todo tipo de cerveja fermentada num raio de oitenta quilômetros.

O Cody foi até o bar para pegar o pedido enquanto eu encontrava um lugar para sentarmos. Sem um palco armado, o Carter tinha voltado todas as mesas e jogos para a posição normal — a mesa de sinuca que está sempre ocupada por aqueles dois caras que acham que conhecem alguns truques, o jogo de Just Dance, a reprodução vintage dos Asteroids.

— Sabia que tinha um fliperama aqui? — o Cody perguntou ao se juntar a mim na mesa, com duas cervejas na mão. — A Harriet me contou.

— Ãhã — falei. — Graças a Deus eles se livraram daquilo.

— Por quê? — ele perguntou. — Não dá pra misturar com álcool?

Dei de ombros. Por que não contar? Quem se importa, certo?

— É. Mas também, na última vez que joguei fliperama aqui, eu estava com um cara, nós exageramos, e eu quase fui expulsa do bar.

Sua sobrancelha se ergueu.

— Eu não sabia que fliperama era tão perigoso.

— Ah, é. Imagina como é terrível para as bolinhas — expliquei.

— Aposto que você tem um milhão de histórias como essa — ele disse, fazendo um sinal de positivo com a cabeça.

— Como? — perguntei.

— Divertidas — ele respondeu. — Coisas malucas acontecendo. Você sabe.

Inclinei a cabeça para o lado, meio que sorrindo.

— Você está esperando que alguma coisa maluca aconteça?

— Num encontro com você? Não tenho dúvida.

— Ah — falei, e meu rosto ficou supersério. — Cody, isso não é um encontro.

— Não? — ele indagou. — Tenho quase certeza que você me chamou para um encontro. Tenho a mensagem para provar.

— Não é um encontro-encontro. É um encontro de *estudos*. Estou totalmente focada nos estudos, você sabe.

— Ah... entendo — o Cody comentou, sorrindo. — Então, o que vamos estudar? Psicologia? Literatura gótica? A Ly-di-a?

— Não — neguei, me sentindo um pouco preocupada por algum motivo. Talvez eu não tivesse bebido cerveja suficiente para ser o assunto. Tomei um gole. Dos grandes.

Quer dizer, eu não saía com um cara desde o George. Talvez isso estivesse me deixando nervosa.

No entanto, o básico da introdução a encontros é: "pergunte sobre a outra pessoa". Talvez isso também valesse para um encontro de estudos.

— O assunto de hoje é Cody Qualquer-Que-Seja-Seu-Sobrenome.

— Me pergunte qualquer coisa. Sou um livro aberto.

— Bom, vamos começar com seu sobrenome.

Ele jogou a cabeça para trás, rindo, e eu ri um pouco também.

* * *

Bebemos nossa cerveja. Conversamos. O sobrenome do Cody, na verdade, é James.

— Totalmente bobo, não? — ele perguntou.

— Não é totalmente bobo — respondi. — Só um pouco bobo.

— Mas não é algo que vai se destacar numa prateleira.

— Prateleira?

— É, eu... quero ser escritor. Estou estudando composição e redação de ficção — ele disse com timidez, mas não timidez de verdade. Era falsa modéstia, mas eu estava disposta a deixar passar. Beber algumas cervejas faz isso com a gente. — Escrevi um conto para a newsletter da minha fraternidade... só uma coisinha — continuou. — Mas acabou ficando muito bom, e todo mundo gostou de verdade. Então eu pensei que sempre fui bom em contar histórias, sabe? Só preciso encontrar uma história pra contar e... *bum*... tenho uma carreira.

Então o Cody é um gênio. Alguém parecido com a minha irmã Lizzie. Quer dizer, eu sempre soube que ele era mais inteligente do que o aluno de curso de verão mediano, mas minha experiência com garotos se limitava a atletas. A equipe de vôlei de praia. Nadadores. Até um patinador artístico (não durou muito). Então era meio intimidador sair com um cara que um dia quer ter o nome estampado na lombada de um livro. O que significa que era estranhamente reconfortante o fato de ele estar numa fraternidade.

— Foi por isso que eu mudei de curso. E é por isso que estou fazendo cursos de verão pra cumprir as exigências de créditos.

— O que era antes? — perguntei. — Seu curso, quero dizer.

Ele esfregou a mão na nuca e murmurou:

— *Fcês.*
— Como é? O que você disse?
Ele suspirou.
— Francês.
— *Francês?* — repeti e caí na gargalhada.
— É, eu sei — ele disse, dando uma risadinha.
— Que tipo de pessoa faz faculdade de francês? Onde é que você vai usar francês, a não ser na França... e no Canadá?
— É, eu comecei a perceber isso. Tive aulas de francês no ensino médio; tenho o Google Translate; já fui para Montreal, vi muitos filmes franceses de arte, alguns tristes... e achei que eu era brilhante. — Ele se levantou. — Mais uma rodada?

* * *

Mais cerveja, mais conversa. Não sei como aconteceu, mas, quando levantei o olhar, o bar estava mais vazio do que antes. E, quando olhei para baixo, o número de copos sobre a mesa me disse que eu tinha passado muito do meu limite de duas bebidas.

Mas não me importei. O que, provavelmente, era resultado desses copos vazios. Mas foi meio que maravilhoso. Maravilhoso rir de coisas que eu não consigo lembrar depois que aconteceram. Maravilhoso deixar de usar a coleira que estava ao redor do meu pescoço. Maravilhoso bater cabeça no ritmo da música que vinha do Just Dance enquanto as pessoas jogavam.

Maravilhoso não ter que me preocupar com o que estava acontecendo com Lydia Bennet, pela primeira vez.

— Então, me fala de você — o Cody disse. Não sei se ele bebeu tantas cervejas quanto eu, mas meu risômetro estava bem mais alto que o dele.

— Tipo, minhas esperanças e meus sonhos? — perguntei, tomando mais um gole.

— Não, mais tipo... sua melhor história. — Ele sorriu para mim. O cara fofo tem um sorriso fofo. Maravilhoso. — Todo mundo tem uma melhor história. Alguma coisa... ousada, diferente. Empolgante. Você provavelmente tem umas vinte.

Deixei meu olhar passear pelo resto do bar, pensando.

— Que tal... quando eu tirei a pontuação máxima no Just Dance?

Ele olhou por sobre o ombro para a máquina de Just Dance, que tinha acabado de ser desocupada, em toda sua glória de néon piscante.

— A pontuação máxima é sua? Quando foi que isso aconteceu?

— Agora mesmo — falei, segurando a mão dele e puxando-o para se levantar.

Vi o Chris, agora em pé atrás do bar. Acho que, quando fica tarde, os seguranças não têm muita segurança para fazer.

— Ei, Chris, me arruma umas moedas de vinte e cinco centavos? — perguntei, segurando uma nota de cinco.

O Chris suspirou profundamente, algo que eu estava começando a pensar que era normal.

— A última chamada pra bebida é daqui a quinze minutos, pessoal.

— Tempo suficiente pra destruir todos os recordes no Just Dance — falei.

— Just Dance, é? — ele disse. — Vamos ver.

Peguei as moedas que ele colocou no bar e fui dançando até a máquina.

— Tudo bem — falei, enfiando as moedas na máquina. O quadro de pontuação apareceu na tela. — Essa é a pessoa com a pontuação máxima: CCH. É ela que LBB tem que destruir.

A mão do Cody flutuou sobre o botão de início.

— CCH não vai saber qual foi o caminhão que o atropelou. Pronta?

Fiz que sim com a cabeça, e ele apertou o botão.

— Vai!

A música começou, os passos de dança aparecendo rápida e furiosamente. Minha irmã Lizzie acha que ela é boa no Just Dance. Eu sou boa *de verdade*. Mesmo, considerando meu voto de não-diversão/só-estudos, eu ainda me mantinha em forma usando nosso jogo em casa como pausa mental quando precisava. O jogo do Carter's? Nenhum problema. O truque é se soltar. A Lizzie nunca se solta.

Dancei. Pulei, virei, saltei, balancei os quadris, desci e subi e até consegui fazer uma ponta de balé. Eu estava arrebanhando pontos quase no mesmo ritmo que o computador conseguia dá-los. E estava solta. Tudo parecia mais leve, como se a única coisa com a qual eu precisasse me preocupar fosse o próximo passo.

— Você está quase lá! — o Cody disse atrás de mim.

Movi os pés o mais rápido possível. A máquina piscava como uma luz estroboscópica. Só faltavam mais algumas centenas de pontos... algumas dezenas... e aí...

A máquina apagou.

— O... o quê? — Apertei o botão de iniciar. Todos os outros botões. Nada.

— Não. Nãããããããão!!!

— O que aconteceu? — o Cody perguntou.

— Não sei. Eu quebrei a máquina? — É totalmente possível que minha dança fantástica tenha sido demais para a pobre máquina, acostumada a clientes medíocres que vivem derramando cerveja na plataforma enquanto tentam dançar o básico.

— Hum — o Chris disse, com a porta dos fundos balançando atrás de si. — A máquina deve ter surtado. Ela faz isso às vezes.

— Não... Você quer dizer que eu perdi o jogo todo? — gritei. — Eu estava quase ganhando!

Ele simplesmente deu de ombros.

— Desculpa. Talvez na próxima.

— Espera um pouco... — falei, semicerrando os olhos. O Chris dando de ombros, a sobrancelha erguida quando eu falei que quebraria o recorde, o sorriso levemente suspeito no rosto dele naquele momento... — Chris! Você é CCH! Você tinha a pontuação máxima!

Ele olhou para mim, para o Cody e de novo para a máquina.

— Última chamada.

— Seu trapaceiro! — gritei atrás dele enquanto ele saía porta afora. — Eu te pego na próxima! Te desafio na dança!

Mas ele já tinha ido embora.

— Bom... — o Cody disse, aparecendo atrás de mim. — É uma boa história.

— Mas não é a *melhor* história. Fala sério! Você me viu? Eu estava arrasando no jogo, tipo... — Girei, fazendo o passo duplo e o chute, e...

O salão começou a girar comigo.

— Ei — o Cody disse, se aproximando para me estabilizar, com as mãos na minha cintura.

— *Ei* mesmo.

— Sabe do que você precisa?

— Que o Chris admita a derrota para os meus movimentos fluidos?

— Eu estava pensando em comida.

— Última chamada. A cozinha já fechou — falei. *Por que a cozinha fechou?*, pensei. *Que tipo de crueldade é essa com os bêbados?*

— Bom, eu tenho um resto de pizza na minha casa... — o Cody prosseguiu, mas aí eu vi uma placa.

Uma placa quebrada, onde alguém tinha batido muito tempo atrás.

— Ai, meu Deus, o Crash! — gritei, segurando o braço do Cody.

— O quê? Do que você está falando? — o Cody perguntou, me olhando como se eu fosse uma bêbada alucinada.

Acho que, para os não iniciados, posso ter parecido meio maluca.

— O Crash — falei, apontando através da janela. — A lanchonete.

Ele olhou para o local, franzindo a testa.

— Está... hum...

— Limpo? Estruturalmente sólido?

— Eu ia perguntar se está aberto.

— Está sempre aberto — afirmei, acenando para afastar suas objeções. — Vem. Era você mesmo que queria entrar no esq... no escu... no esquema da cidade.

* * *

Depois de um bom café da manhã, o mundo parece girar menos. Tudo ainda está borrado, mas já não parece tanto que ele vai me jogar para fora do seu eixo com a força da sua velocidade.

O quê? Eu li O pequeno príncipe. Sempre me preocupei que o garotinho caísse de um planeta tão pequeno, por isso pesquisei algumas coisas.

Mas, quando minha cabeça clareou, nem a luz fluorescente do Crash me incomodou. Nem a garçonete entediada, que só precisava lidar com a gente e um casal de alunos de teatro do ensino médio que tinham a missão de beber café até o amanhecer.

— Quer dizer, é verão, gente — falei para o Cody. — Vão pegar uma cor. Por favor.

Ele abafou o riso, observando os alunos de teatro.

— Ah, zoar os outros... Me traz tantas memórias.

— Como você era no ensino médio? — perguntei.

— Bem popular. Conselho estudantil durante a semana, festas na floresta no fim de semana. E você? — ele perguntou.

Abri a boca para responder, mas ele levantou a mão.

— Não, deixa eu adivinhar. Festeira? Superlinda e engraçada.

— Hum... sim, mas... — Tinha mais. Eu era mais do que isso, não era?

— Minha última namorada fazia teatro — o Cody comentou, alisando o queixo. — Ela se mudou pra Los Angeles depois do primeiro ano. Pra tentar atuar.

O modo como ele revirou os olhos fez meu estômago dar cambalhotas.

— Você realmente quer falar nos nossos ex? — perguntei. — Isso é meio deprê.

— Não, tem razão — ele disse. — Além do mais, a Mindy não é nem um pouco melhor do que o seu ex.

Fiquei calada. Eu sabia que ele já tinha visto os vídeos. Eles eram o elefante na sala de estar.

— Ele devia ser muito babaca — o Cody disse com delicadeza.

Olhei para o meu prato, que, infelizmente, não tinha rachaduras com a forma do Kentucky.

— Não foi bem assim — falei com suavidade.

— Você pode me contar — ele disse, usando o mesmo tom que eu.

Mas não contei. Eu não conseguia. Simplesmente dei de ombros.

— Hoje foi divertido demais pra falar sobre essas coisas todas.

— Tá bom — ele aceitou, levantando as mãos. — Mas quero que você saiba que nem todos os caras...

— É — falei. — Eu sei. — Endireitei os ombros e abri um largo sorriso. Voltei a ser a Lydia. Voltei a ser divertida. — Está pronto pra ir? Estamos quase ficando mais tempo que o casal do teatro, e eu não quero ferir o ego dos dois.

— Claro — o Cody concordou. — Vou só dar um pulo no banheiro.

— Hum... é melhor você não fazer isso.

* * *

Atravessamos a rua de volta ao Carter's para usar o banheiro deles (fizemos o Chris abrir a porta para nós; não importa, ele estava me devendo uma) e fomos embora. Quando paramos em frente à minha casa, vi o carro da Mary estacionado atrás do carro dos meus pais. Todo mundo em segurança e dormindo enquanto o céu ficava cada vez mais claro atrás da casa.

— Então... — o Cody começou, se aproximando.

— Então... — respondi, sem me mexer.

— Eu... acho que te vejo na segunda — ele falou e me olhou. Especificamente para a minha boca.

Revirei os olhos. Eu o puxei na minha direção e senti o sabor de cerveja, café e spray bucal que ele deve ter usado no banheiro do Carter's.

Eu sabia que não *tinha* que beijá-lo. Mas, em algum momento, você tem que tirar o cara do sofrimento.

— Uau — ele disse, quando finalmente o soltei.

— É — falei. — Considerando um primeiro beijo, eu diria que esse ficou acima da média.

— É verdade. — Ele expirou, depois franziu a testa. — Espera, você quer dizer que foi bom ou ruim, porque tecnicamente, no golfe, acima da média...

— Cody — falei. — Te vejo na segunda.

Desci do carro e dei tchau para ele, que foi embora antes de eu chegar à porta da frente. Decidi que tudo bem. Se meus pais ou a Mary estivessem esperando do outro lado, eu não queria que eles vissem a evidência da minha noite num Corolla prateado dirigido por um cara.

Mas, quando fui em direção à casa, eu meio que desejei que ele tivesse esperado, por mais um segundo ou dois, assim eu poderia olhar para trás e ver minha noite maravilhosa. Em vez disso, enquanto a porta se fechava atrás de mim, fui inundada pelo silêncio da casa. Um silêncio que rapidamente se encheu de vozes, me perguntando como eu tinha conseguido estragar tudo, me dizendo exatamente o que eu tinha feito de errado. E me perguntando por que eu tinha saído com o Cody, em vez de fazer feng shui no meu quarto.

Mas eu não ia pensar nisso agora. Não, eu me recusava. Porque eu ainda tinha um pouco da animação do álcool e um tipo fabuloso de cansaço da adrenalina que eu não sentia há algum tempo e que só me dava vontade de cair na cama.

17
A SEGUIR...

— Lydia?

Alguém estava batendo no meu cérebro. Não... estava batendo na porta. De qualquer maneira, não foi legal.

— O quê? — gemi e imediatamente coloquei a cabeça embaixo do travesseiro. Pensei que, depois daquele café preto e de uma comida gordurosa, eu conseguiria cochilar quase sem ressaca. Mas nãããããão...

Meu corpo estava desacostumado a se divertir e a ser um ser humano normal, eu acho.

A porta gemeu ao abrir — preciso colocar WD-40 nessa porta —, e a voz da Mary surgiu do outro lado do meu travesseiro.

— Lydia? Você está bem?

Vamos lá, respira. Respira. Segura a onda e... um, dois, três...

— Estou ótima — respondi, jogando a coberta para o lado e tentando com muito esforço não me encolher por causa do sol.

— Tem certeza? Você não me parece ótima.

— Pode ser que eu esteja ficando doente — falei, tossindo para provocar pena.

— Você já estava dormindo quando eu cheguei ontem à noite — a Mary disse, dando um passo de volta para a porta. Porque, por mais que seja discreta em relação à maioria das coisas, ela é estranhamente germofóbica. Ei, isso a impediu de olhar para mim com muita atenção. Mesmo assim, levei um minuto para lembrar que tinha enchido minha cama de travesseiros ontem à noite, para o caso de alguém aparecer no meu quarto.

Sim, eu sei que tenho vinte e um anos e sou adulta e blá-blá-blá, mas velhos hábitos são difíceis de largar.

— É — falei, tossindo de novo, desta vez para deixar a voz mais limpa. — Quando você chegou, afinal?

— Tarde. Tipo meia-noite — a Mary disse. — Mas olhei o horário do filme.

— Filme? Ah, sim, claro — falei. A ideia de uma sala escura era atraente, mas rosnados altos de zumbis não. — Não sei se estou a fim de ir ao cinema hoje. Talvez eu deva... dormir um pouco.

Ela me observou, parecendo que ia dizer alguma coisa. Mas só deu de ombros.

— Tá bom. Tem certeza?

— Ãhã — respondi. — Amanhã?

— Você não tem terapia amanhã? — ela perguntou.

Eu tinha. E meu trabalho semanal de psicologia, e provavelmente eu deveria ler aquele Poe. Também precisava ler *Drácula*. Ah, e descobrir o que fazer da vida.

Mas, cara, eu não dava a mínima para nada disso.

— Não tem problema. A srta. W não se importa — falei.

Mas a Mary continuou me observando.

— Vamos ver como você se sente amanhã. Acho que você não quer tomar café da manhã, certo? Sua mãe fez ovos mais do que moles.

Meu estômago revirou um bocado.

— Não, estou bem.

— Então tá — a Mary disse, me observando enquanto voltava para a porta, usando a manga da blusa para segurar a maçaneta. Ela definitivamente desinfetaria o corpo todo, depois disso. — Venho ver como você está mais tarde. Ou, sei lá, te mando uma mensagem.

— Do andar de baixo?

— Ãhã. Então é isso, melhoras. — E a porta se fechou fazendo barulho depois que ela saiu.

Puxei o edredom de volta sobre a cabeça, depois o tirei de novo. O ar embaixo dos lençóis estava com cheiro de cerveja velha — nada bom para meu estômago enjoado.

Mas o silêncio estranho também não é.

Não tenho nada para fazer. Não, isso não é verdade — tenho muita coisa para fazer. Só não me importo com nenhuma delas. Não que eu esteja jogando tudo para o alto ou evitando. Eu só... não me importo. Com nada. Nem com o dever de casa. Nem com o que aconteceu com o Cody na noite passada. Nem com o que vai acontecer a seguir.

E isso é o mais estranho.

Eu sempre me importo. Tá, eu nem sempre me importo com as aulas, mas sempre gostei de ir para a faculdade. Vestir uma roupa nova e estilosa, sair com os amigos e ver qual era o drama para fofocar. Quando ganhei meu primeiro smartphone, a parte mais empolgante foi o calendário. Sim, o calendário. Porque eu podia enchê-lo de festas, sextas mais ou menos livres com frozen iogurte, aniversários e me animar com o que viesse a seguir.

Sou Lydia Bennet. Sempre aguardo ansiosamente pelo amanhã. Mesmo quando eu não tinha um plano para o futuro. Mesmo quando o George foi embora e parecia que o mundo estava desabando ao meu redor. Metade do que me ajudou a sair do buraco naquela época foi saber que o amanhã não podia ser pior do que o hoje.

Mas agora... não há nada.

Não tenho nada para esperar.

... Iúpi.

TROCA DE MENSAGENS COM A SRTA. W

Lydia: Oi, srta. W. Desculpa, não vou poder ir à nossa sessão.
Srta. Winters: Que pena. Está tudo bem?
Lydia: Ah, sim. Só preciso levar minha mãe para alguns lugares de novo, por causa do cotovelo dela.
Srta. Winters: Tudo bem. Acho que seria uma boa ideia marcarmos uma sessão no meio da semana. Tenho horário na quarta e na quinta.
Lydia: Vou dar uma olhada na minha agenda e te retorno. Obrigada, srta. W, você é muito gentil de me deixar faltar à sessão. Tchaaau!

18
MANDA VER

Tudo bem, eu nunca vou dizer isso em voz alta, mas a vida é *muito mais fácil* quando você simplesmente não se importa. Entrar na sala dois segundos antes do início da aula? Não me importo. Professor e alunos te olhando como se você fosse a comida chinesa ruim que eles esqueceram no fundo da geladeira? Não me importo. Sua prima/melhor amiga te observando sair com o cara com quem você escapou/se agarrou na cafeteria? Não me importo.

Mas a citada prima/melhor amiga pode se importar um pouco com você.

— Qual é o lance com o Cody? — a Mary me perguntou. — Vocês estão namorando?

Era quarta-feira, e ela tinha me encurralado naquele momento do dia em que meus poderes de fuga estão numa situação meio enfraquecida — durante a carona matinal. Quando tenho que prestar atenção às esquinas e aos sinais (o piloto automático não está mais ligado, mas quem se importa?) e não tenho a vantagem de afastar as pessoas com um contato visual, é difícil não ficar vulnerável a um ataque da Honestidade ao Volante.

Sério, se eu não tivesse que dar carona para a Mary, poderia ter faltado à aula hoje. Ou a semana toda.

— Não — respondi, provavelmente parecendo um pouco na defensiva. — Só estamos saindo. Colegas de estudo. Você sabe.

— Vocês não estavam estudando na cafeteria na segunda-feira — ela disse. Tudo bem, pode ser que eu tenha sentado perto dele, flertado um pouco por baixo da mesa, mas achei que estávamos sendo muito discretos. Parece que não.

Tanto faz. Não me importo.

— Não estamos namorando — respondi. — E também não estamos *não* namorando. Só saindo.

Pelo canto do olho, vi a boca da Mary se espremer numa linha rígida.

— Tá bem, legal. Acho que seria bom você querer namorar de novo.

Ai, meu Deus, essa seria "aquela conversa"? Não a conversa sobre sexo, que aconteceu quando eu tinha nove anos e minha mãe me mostrou, suando, o que acontecia entre homens e mulheres usando minha coleção de Meus Queridos Pôneis. Ela poderia ter virado profissional na conversa, depois de três filhas, mas, pelo que a Jane e a Lizzie me contaram, os pôneis tinham sido um avanço.

Não, a conversa que a Mary teria comigo era do tipo: "Que legal você estar saindo de novo!" Aquela em que te elogiam por você ser forte para continuar vivendo. E tudo bem, mas o problema é que eu não estava preparada para conversar sobre isso logo de manhã.

Mas a Mary me pegou desprevenida mais uma vez.

— Você acha uma boa ideia namorar alguém agora?

— Por que não?

Ela suspirou.

— Porque vamos nos mudar logo mais. Você está se esforçando tanto pra ser transferida de faculdade, eu não quero que ele... te distraia, só isso.

Eu quase disse: "Me distrair do quê?" — maldita Honestidade ao Volante. Mas paramos no estacionamento em frente à Livros, Grãos e Ervas, e isso chamou minha atenção e me deu tempo para responder.

— Ele não é uma distração. Quer dizer, tocar na banda da Violet é uma distração pra você?

— Não — a Mary respondeu. — E eu não estou tocando na banda.

— Não oficialmente, dã, mas você ensaia com eles e...

— Eles só têm mais um show de despedida, amanhã. E o Duke vai tocar. Então eu nem sou mais a baixista reserva.

— Ah — falei baixinho. — Que pena. Eu sei que você gostava de tocar com eles.

— Tudo bem. Eu não ia ser a baixista deles de verdade. Só estava ajudando por um tempo. — E deu de ombros. — Mas você está certa. Tenho coisa demais pra fazer pra pensar em tocar numa banda de rock.

Ela disse "banda de rock" como a maioria das pessoas diz "presilha de cabelo" — com uma descrença total de que uma coisa tão ridícula ainda exista.

— Mas estou preparada pra quando formos embora daqui — a Mary disse. — Só faço um bocado de espressos duplos enquanto trabalho nas coisas da Lizzie à noite.

— Certo — falei, sendo invadida pela culpa. A Mary lida com tudo dando de ombros e simplesmente vai lá e faz. Eu não tinha me dado conta de que ela também estava sob pressão.

Não, vá embora, culpa. Não me importo. Não me importo.

— De qualquer maneira, te vejo depois da aula de psicologia — a Mary disse.

Ela saiu do carro e acenou um tchau.

E me deixou com um peso no peito.

Droga, por uma fração de segundo, eu estava me importando de novo.

※ ※ ※

Quando você desliza pela vida fácil de não se importar, tudo parece acontecer ao mesmo tempo. Dias da semana, aulas, horas. O episódio do programa de TV ao qual você está assistindo. É tudo a mesma coisa. Então é difícil alguma coisa se destacar.

Tudo está simplesmente... bem.

O único momento agradável era o que eu passava com o Cody. Ele provavelmente me mandaria uma mensagem durante a aula de psicologia e me faria rir abafado de alguma coisa enquanto o professor Latham falava do assunto do próximo trabalho. No qual vou tirar nota C.

Ou quando ficávamos na cafeteria, com a Mary nos observando. Mas, por outro lado, tudo que eu tinha a fazer era dizer que a Violet provavelmente precisava de alguma coisa, e a Mary saía para ver o que era. Nada de mais.

Mesmo a aula de literatura gótica — na qual o Cody deveria prestar muita atenção, já que ele quer se formar em redação — era uma chance de tirar a poeira das minhas habilidades de paquera. E daí se a Mary achava que ele era uma distração? Ele era — e uma distração era a única coisa que me mantinha seguindo em frente, nesse momento. Apesar de eu ter lido "O coração revelador" — principalmente porque era supercurto e a Kitty gastou a bateria do meu celular me fazendo tocar barulhos do mar a noite toda para ela — e de eu estar totalmente preparada para dar ideias pela Natalie, eu ainda estava muito mais interessada no joelho do Cody pressionado contra o meu do que em iniciar a discussão sobre *Drácula*.

Não me importar me libertou. Não me importar me permitiu respirar aliviada. E não me importar significava que, se você quisesse ser babaca comigo, como a Harriet foi no banheiro, eu suportaria.

Foi depois da aula de literatura gótica. Os mocacinos tinham me atingido no meio da aula, e eu precisava fazer xixi durante os últimos vinte minutos. Quando saí do reservado, a Harriet estava parada na frente do espelho, reaplicando a maquiagem já perfeita.

— Ah, oi — falei.

Eu tinha duas opções. Infelizmente, a opção de sair de imediato envolvia ser porca e não lavar as mãos, então tive que engolir essa.

Quando me aproximei dos espelhos e abri a torneira, ela manteve o olhar travado no próprio reflexo enquanto passava uma camada de gloss labial cor de pêssego.

— Ah, uau, seu novo brinquedinho te deixou sair sozinha? — ela disse. — Ele devia ser mais cuidadoso. Nunca se sabe o que Lydia Bennet vai aprontar.

Eu poderia ter ficado triste. Poderia ter assumido uma atitude defensiva. Em vez disso, fui superior — não literalmente, porque a Harriet tem os ombros de um jogador de rúgbi — e fiquei em silêncio.

— Faz um favor pra todo mundo e trepa *antes* de vir pra aula, tá? É meio perturbador quando vocês ficam se esfregando na mesa.

Certo, em primeiro lugar, eu não transei com o Cody. Nós mal nos beijamos. Mas um pouco de paquera não é crime, mesmo no meio da aula.

E, em segundo... bom, não dá para ser superior o tempo todo; há um limite para tudo.

— Você devia tomar cuidado com esse tom de gloss — falei. — Não combina muito bem com verde.

— Tanto faz — a Harriet retrucou. — Estou muito melhor sem ele. Quer dizer, se eu soubesse que o Cody gostava de garotas prejudicadas, podia ter contado pra ele daquela vez em que eu fui assaltada no shopping.

— Ele não gosta de garotas prejudicadas.

Ela me olhou com o tipo de pena que me irritou.

— Fala sério. Ele te contou o que está estudando, certo?

Semicerrei os olhos.

— E daí? O que isso tem a ver?

A Harriet deu um pequeno sorriso para seu reflexo.

— Você já se perguntou o que ele quer de você?

Dei o sorriso mais doce que consegui.

— Só sei que ele não quer nada de você.

Ela ficou tão vermelha sob a base que eu achei que ela precisava de mais uma camada.

— Não importa — ela disse, endireitando os ombros e virando de novo para o espelho. — Mal posso esperar pra sair dessa cidade idiota. Ir pra Los Angeles e pra USC, onde eu me encaixo.

Ela jogou a maquiagem na bolsa, colocando-a sobre o ombro enquanto passava por mim e ia em direção à porta.

— Harriet. Você não foi assaltada. Você deixou a sacola de compras cair no meio da loja e *achou* que tinha sido roubada. Eles guardaram pra você nos achados e perdidos, com seu nome no recibo e tudo.

— Como você sabe disso? — ela perguntou, chocada.

Bufei.

— *Todo mundo* sabe disso.

Ela respirou fundo pelo nariz, de um jeito ofendido. Depois, abriu a porta com o quadril e saiu.

E me deixou sozinha, com a torneira aberta ecoando nos azulejos.

A Harriet não percebeu, mas tinha conseguido girar a faca que a Mary acidentalmente enfiou em mim naquela manhã. Ela estava pronta para deixar a cidade e ir para Los Angeles. A Mary estava pronta para se mudar para San Francisco.

E eu? Eu não vou a lugar nenhum.

Tudo bem, talvez eu me importasse um pouco com isso.

* * *

Se eu achava que encontraria conforto em casa, estava enganada.

Eu estava cumprindo minha rotina normal de quinta-feira. Que, duas semanas atrás, seria reler meu livro de psicologia e garantir que o entendia. Agora, era ver sitcoms da década de 90 na Netflix. Pensei que estivesse sozinha em casa, mas, de repente, minha mãe apareceu na sala de estar.

De camisola.

À uma da tarde.

— Mãe? — falei. — Achei que você tinha saído.

Minha mãe costuma ser a primeira a acordar. Quase todos os dias, o café da manhã já está pronto e servido e o chão da sala de estar já foi aspirado quando alguém entra na fila do chuveiro. Eu simplesmente achei que tivesse perdido o café da manhã porque acordei muito tarde. E a aspiração do chão, porque a Kitty não estava por ali.

— Lydia! Eu poderia dizer a mesma coisa sobre você — ela disse, ajeitando o roupão ao redor do pescoço e arrumando, alucinada, o cabelo de quem acabou de acordar. — Você não tem aula?

— Hoje não.

— Mesmo assim — ela estremeceu. — Achei que você estivesse na rua, estudando ou trabalhando numa das suas redações.

Dei de ombros.

— Só estou curtindo uma preguiça hoje.

— Está com fome, querida? Quer que eu faça alguma coisa para você?

Mostrei minha tigela de cereais.

— Estou bem, obrigada.

— Isso não é um café da manhã de verdade — ela disse enquanto ia para a cozinha. Dava para ouvi-la batendo panelas e pegando a tábua de corte. Saí do sofá e segui os sons.

— Mãe, você está se sentindo bem?

— Claro! — ela respondeu, e uma chaleira de água pousou no fogão, fazendo barulho. Ela ligou o queimador no máximo. — Por que você está perguntando isso?

— Hum, porque você está de camisola no meio do dia.

Ela me olhou de cima a baixo. Sim, eu ainda estava de pijama, mas o problema não era esse.

— Bom, talvez eu quisesse curtir uma preguiça também — ela disse. — Às vezes é bom ter uma folga de todo o trabalho que eu faço aqui. Uma manhã para dormir até um pouco mais tarde.

— Tudo bem. — Desculpa. Não quis cutucar a ferida.

— Francamente. Eu durmo até tarde uma vez e tenho que passar por um interrogatório! O que você acha que eu fazia antes de ter que cuidar de vocês?

— Eu... não sei. — Eu nunca tinha pensado na minha mãe antes de nós.

— Eu me divertia, era isso — ela revelou, sorrindo para mim. — Seu pai e eu voltávamos tarde pra casa, dormíamos até tarde. Agora que você vai se mudar em breve, achei que eu poderia tentar isso de novo.

Aquela faca — a que a Mary enfiou e a Harriet girou? Minha mãe basicamente a estava rodando como um bastão.

— Você está animada pra Mary e eu irmos embora, é?

— Querida, você não está? — ela perguntou. — Você deve estar muito entediada, sentada aqui, vendo televisão. Se eu fosse você, estaria ansiosa para sair de casa e começar uma vida nova. Pessoas novas, lugares novos...

— É, não, você está certa — concordei. — Não estou com tanta fome. Acho que vou tomar banho.

— Tudo bem, docinho. — A água tinha começado a ferver. — O almoço vai estar pronto assim que você acabar de se vestir!

Nada como perceber que até seus pais querem que você vá embora para te dar vontade de se esconder no quarto.

E eu fiz isso mais ou menos pelas seis horas seguintes.

Mas, olha, eu fiz a leitura de psicologia. E vi mais sitcoms da década de 90 no celular.

Eu estava afundando num coma de tédio, temendo a sexta-feira e as aulas que viriam com ela, quando ouvi uma batida na porta.

— Ei... — a Mary disse, com uma quantidade suspeita de delineador. — Você não está pronta.

— Pra quê? — perguntei.

— O último show dos Mechanics? — Ela atravessou o quarto. — Você falou que ia comigo.

— Falei? — Um efeito colateral de não se importar e deixar tudo embolar é que você esquece totalmente quando promete coisas.

— Você não está doente de novo, né? — a Mary perguntou, se afastando lentamente em direção à porta.

— Não! — respondi, sentando. — Estou super a fim de ir. Eu só... achei que você tinha desistido, considerando o Duke e tudo o mais.

— Não sei — a Mary disse, arrastando o dedão do pé no carpete. — Achei que eu devia ir de qualquer jeito. Dar uma força pra Violet. E pra Gen e o Jones. Mas, se você não quiser ir, não precisa. Vou entender se você tiver que trabalhar.

— Não — neguei, saltando da cama tão rápido que assustei a Kitty e ela foi parar no corredor. Comecei a escolher uma roupa. Alguma coisa colorida, estilosa e divertida. — Estou dentro.

— Tem certeza? Como eu disse, eu vou entender...

— Mary, por favor. Lydia Bennet está sempre pronta pra uma festa.

19
ÚLTIMO ÚLTIMO SHOW

De alguma forma, a fila no Carter's estava ainda mais longa do que no último show dos Mechanics. Era como se o fato de que eles já tivessem feito uma dúzia de "shows de despedida" nesse verão escapasse totalmente de todo mundo.

Por outro lado, não havia nada mais para fazer aqui.

Havia outro cara com jeito de segurança andando de um lado para o outro da fila enquanto o Chris, como sempre, protegia a entrada. Uau, eles contrataram mais ajudantes? A banda da Violet provavelmente era o maior negócio que o Carter's já vira.

Cortamos caminho até a entrada, demos nosso nome, mostramos nossas identidades, a rotina toda, até que o Chris acenou para que a gente entrasse. Ainda bem que a Mary estava ocupada olhando para o celular, senão teria percebido o comentário dele sobre me ver muito ultimamente.

Poxa, Chris. Discrição.

— Mandando mensagem pra Violet? — perguntei, me encolhendo, enquanto meus olhos se ajustavam ao salão meio escuro.

— Não — a Mary respondeu, ficando na ponta dos pés e vasculhando a multidão de pessoas emboladas antes de o show começar. Seus olhos travaram num ponto, e eu segui seu olhar.

— Denny! — soltei um gritinho, meio que correndo, meio que pulando na direção do garoto que vinha até nós, e joguei os braços ao redor dele. — A Mary não me disse que você vinha!

Denny Reyes era ex-colega de trabalho da Mary na pizzaria e, pelo que eu sabia, seu único amigo. Além de mim, é claro. E, agora, da Violet.

Estive um pouco interessada nele antes do George, mas não era algo que tinha chance de dar certo.

— Eu não tinha certeza se ia conseguir — ele respondeu, acenando amigavelmente com a cabeça e dando um sorriso para a Mary. Ele respeitava muito mais os limites dela do que eu. — O Josh e eu tínhamos planos, mas ele foi chamado pra trabalhar em cima da hora, então... aqui estou eu!

Josh, também conhecido como namorado do Denny. É, ele tinha uma desculpa muito válida para não cair vítima da minha fofura irresistível.

Mesmo assim, quando o Denny e a Mary começaram a trabalhar juntos, nós três saíamos muito quando eu fui visitá-la no último outono. Mas, como eu estava mais perto de casa desde, hum, o George, eu não o via há séculos.

— Por onde você anda? — ele indagou. — Eu te mandei, tipo, umas trinta mensagens no Facebook, tentando manter contato.

Eu sabia que ele sabia de tudo que tinha acontecido, e nunca me preocupei com o que ele pensaria — depois de passar do estágio inicial de me preocupar com o que literalmente o mundo inteiro, incluindo a Kitty, pensaria —, mas comunicação era só mais uma coisa que tinha ficado de lado nos últimos meses. Especialmente nas mídias sociais, onde tudo só parecia um lembrete constante do passado.

— *Pfff*, Facebook — zombei. — Quem usa isso hoje em dia? — Todo mundo. — Bom, estamos todos aqui agora. E você não vai se arrepender nem um pouco de ter vindo. Você não só vai ter a oportunidade de ficar com a gente, o que é supermegamaravilhoso, mas a banda é boa de verdade.

— Falando nisso... — a Mary finalmente se manifestou. — Devíamos pegar umas bebidas e procurar um lugar pra ficar antes que o show comece.

— Bebidas, claro — o Denny concordou. — Mas temos tempo. O cara na porta disse que uma outra banda vai tocar antes.

— Uau, um número de abertura — falei. O Carter's realmente estava apostando todas as fichas. Eu não conhecia nenhuma outra banda local de cabeça, mas, se eles são bons o suficiente para abrir o show dos Mechanics, essa noite prometia ser muito boa.

O Denny começou a abrir caminho na multidão até o bar. Posso ser boa em me agachar e abrir caminho em grandes grupos, mas ter um cara alto para dispersar a multidão é sempre uma opção melhor. Menos chance de um idiota derramar bebida em você. Além do mais, eu me sentia um pouco como Moisés abrindo o mar Vermelho (a Jane teve uma fase de *Príncipe do Egito* — já vi esse filme um milhão de vezes).

Especialmente a parte em que o mar volta a desabar sobre os egípcios. Porque, de repente, a poucos passos do nosso destino, o Denny parou, eu o atropelei, e a Mary me atropelou.

Ele virou, com uma expressão estranha no rosto.

— Quer saber, acho que a gente não precisa de bebida agora.

— Do que você está falando? Vamos começar essa fes...

Quando tentei ultrapassá-lo e pedir uma cerveja deliciosa, vi o que o fez parar.

Virei e encarei os dois.

— Pensando bem, não queremos ficar *superbêbados* pro show, certo? — Segurei a mão da Mary de novo, com a intenção de arrastá-la para longe antes que ela visse o que eu e o Denny tínhamos visto, mas foi um esforço inútil, porque deu para escutarmos uma conversa que acontecia no bar:

— Não, *você* escuta, bro. Eu sou o talento. Eu não devia ter que pagar por essa merda.

Se o blazer azul-claro e o cabelo escuro cheio de gel não fossem suficientes, eu ainda teria reconhecido a voz anasalada. E é claro que a Mary também reconheceu.

— Eddie? — ela resmungou, colocando a mão sobre a boca depois que o nome escapuliu.

Sim. Eddie.

Aquele Eddie que abandonou-a-Mary-porque-ela-ficava-no-caminho-da--sua-música-sobre-animais-atropelados.

Maravilhaaaaa.

Ele virou ao ouvir o próprio nome, e seu rosto se iluminou quando ele nos reconheceu.

— Mary Bennet — ele disse. — Que rosto adorável pra ver antes do nosso primeiro show hoje.

— Você vai tocar? — soltei, surpresa. Eu sabia que a Mary tinha ouvido a banda tocando na garagem do Eddie, mas, até onde eu sabia, ninguém mais tinha conhecimento disso. Eles eram praticamente os unicórnios das bandas. Bom, exceto pelo fato de que ninguém conhecia nem se importava com sua possível existência. E, segundo a opinião geral, eles eram péssimos.

— É isso aí. — O Eddie deu um sorriso cínico. — O pai do Todd conhece alguém, que conhece outras pessoas, que nos deram essa chance. Achei que já estava mais do que na hora de parar de ser egoísta e compartilhar nossas músicas com o resto do mundo. Não é mesmo?

O Eddie inclinou a cabeça na direção do garoto mais pálido que eu já vi na vida, parecendo quase transparente sob a luz vagabunda do bar. Seu cabelo laranja sem graça praticamente me fez parecer morena.

O cara, que imaginei ser o Todd, fez um sinal com a cabeça, se recusando a olhar para qualquer um de nós. Ele olhava direto para a frente, simplesmente... encarando. Com esses dois, qualquer pôster de banda apresentando a imagem deles certamente se encaixaria naquela vibração de pop indie que eles pareciam buscar.

— Vocês querem beber alguma coisa? Nós não pagamos, já que somos talentos e tal — o Eddie ofereceu, provocando um "nada disso" grosseiro do Carter enquanto ele servia o copo de outra pessoa. — Podemos compartilhar o amor com nossos maiores fãs, que vieram nos dar apoio.

— Na verdade, estamos aqui por causa dos Mechanics — a Mary corrigiu.

— Certo — ele disse, sorrindo sem acreditar.

— É, os amigos da Mary tocam lá — acrescentei, apoiando-a. A última coisa que a gente precisava era do ex esquisito da Mary achando que ela estava aqui por causa dele. Cara, o que aconteceu com a noite de festa?

Felizmente, percebi que essa situação poderia ser bem melhor com a ajuda da — sim, você adivinhou — cerveja. Virei de novo para o bar e fiz o pedido de sempre para nós três ("Sim, Carter, eu sei que a cerveja não é de graça"), enquanto a Mary e o Denny continuaram desviando da conversa dos conhecidos inesperados. Na verdade, só do Eddie, porque o Todd não conseguiu nem abrir a boca nem alterar sua linha de visão.

O Carter me deu as bebidas, que eu coloquei no meu cartão com a instrução de deixar a conta em aberto. Vi a Mary me olhar de lado, e eu sabia que ela estava questionando a ideia de eu pagar pelas bebidas de todo mundo. Mas, ei, eu não preciso mais economizar para a mudança, certo?

Bebe, Lydia.

Passei as cervejas restantes para o Denny e a Mary, que pareceram aliviados de ter alguma coisa para distraí-los brevemente dessa reviravolta infeliz nos acontecimentos. Pobre Denny, dava para perceber que ele estava procurando uma oportunidade para sugerir casualmente que nos separássemos, mas o Eddie estava tagarelando sobre o "processo" deles e o fato de que ele não revisa suas letras — ele simplesmente escreve as palavras que o atropelam como um gnu selvagem. Eu me perguntei se seria mais fácil levá-lo a sério se ele deixasse de lado aquelas armações de óculos hipster. Ou, pelo menos, se colocasse lente neles.

E pobre Mary. Eu odiaria ter que conversar com meu ex numa noite que deveria ser divertida. Mesmo que o ex estivesse mais do lado irritante do espectro do que do lado quase criminoso e explorador.

Eu tinha decidido atrapalhar a conversa, insistindo que devíamos caçar uma mesa em outro lugar, não importa o quanto isso parecesse constrangedor ou invasivo, quando a Violet apareceu.

— Mary! — ela exclamou. — Achei que você não vinha. Estamos roubando muito seu tempo ultimamente. Oi, Lydia!

— Oi — a Mary disse, num misto de alívio e apreensão. — O que você está fazendo aqui fora? A multidão não vai te agarrar?

A Violet apontou para o gorro que escondia todo seu cabelo.

— É só deixar o cabelo escondido que eles não me reconhecem. É meio mágico.

O Eddie tossiu alto na mão, observando a Mary.

— Ah. Violet, esse é nosso amigo, Denny. — Ela apontou para o único cara nesse círculo bizarro do qual a gente gostava de verdade. — E esse é o Eddie, e... o Todd. — É, animado certamente não era a palavra para descrever o tom da Mary. — Parece que eles vão abrir o show de vocês hoje.

— Ah, sim! — a Violet exclamou. — Desculpa, como é mesmo o nome de vocês?

— Eddie. Todd. — Foi o Eddie que falou, é claro. Eu estava começando a pensar que o Todd era mudo ou estava escondendo várias fileiras de dentes minúsculos e afiados por trás dos lábios, e que nunca abria a boca para manter seu segredo em segurança.

— Não, tipo, o nome da banda de vocês — ela esclareceu.

— Não acreditamos em nomes. Isso tira a atenção da música.

— Ãhã. — Dava para ver a confusão da Violet e a risada abafada do Denny, apesar de eu estar mais concentrada na Mary, que revirava os olhos. E isso se tornou mais uma expressão do tipo cervo-diante-dos-faróis depois da pergunta seguinte da Violet: — Então, como você conheceu a Mary e a Lydia?

Olhei para trás e fiz um sinal para o Carter que significava que eu precisava de mais uma bebida. Sim, já. Essa vai ser uma loooonga noite.

— A Mary e eu tínhamos um lance. — O Eddie falou a última palavra com um tom fanhoso, desenhando cada letra. Esse garoto sempre foi esquisito, mas eu *não* me lembrava de ele ser tão irritante. Eu nunca teria ficado tão animada pela Mary quando eles começaram a namorar se ele fosse assim. Certo? Grande parte daquele ano é um borrão.

— Durante, tipo, um segundo — a Mary interrompeu rapidamente.

— Verdade — ele concordou. — Foi aquela atração magnética entre músicos. Poderosa como um acorde dissonante, mas, quando você decide progredir, tem que deixar de lado.

Não conheço termos musicais, mas, pela expressão no rosto da Mary e da Violet, acho que foi uma coisa bem babaca de se dizer. No mínimo, pareceu bizarro, hipster e pretensioso.

— Bom, a sua... banda perdeu a oportunidade de ter uma baixista foda — a Violet disse finalmente, lançando um sorriso para a Mary.

— Ah, não, não. Não usamos baixo. Usamos sintetizador.

— Ambos — a Mary acrescentou.

— Certo — a Violet comentou.

Troquei olhares com o Denny. Estávamos basicamente fazendo papel de plateia de duas pessoas para a improvisação mais desconfortável do mundo. Plateia de três pessoas. Todd. Uau, ele era mais fácil de esquecer do que a Mary.

— Bom, é muito legal vocês abrirem o nosso show. Estamos chamando de "não, sério, é nosso último show de verdade" antes de *finalmente* irmos pra San Francisco — a Violet disse, depois virou para nós. — O Carter apostou todas as fichas numa quinta-feira porque temos um show amanhã na cidade. Então a gente realmente vai embora. Prometo.

— Uau, isso é o máximo! O show, quero dizer. Onde é? — o Denny comentou, tentando ajudar a conduzir a conversa para longe do Eddie. Apesar de o Eddie ter puxado a conversa de volta.

— É, eu e o Todd pensamos em San Fran — o Eddie disse, voltando a conversa para si mesmo de novo. Ele era muito bom nisso. Na verdade, eu me pergunto se isso faz parte do motivo para a Mary ter gostado dele. Ela odeia falar de si mesma. — Mas a cidade está um pouco acabada. Acho que vamos direto pra Cidade dos Anjos.

— Los Angeles. — A Violet fez que sim com a cabeça. — Legal. Vocês têm alguma coisa agendada?

— Bom, sabe, a gente não vai ainda — o Eddie recuou. — O irmão do Todd está por aí cuidando dos próprios negócios, então pensamos: Ei, deixa o cara fazer o trabalho pesado, a gente fica aqui e melhora a nossa arte e, assim que ele se der bem, vamos na cola dele...

— Uau, parece que vocês realmente pensaram nisso.

— Tem que ter um plano. — O Eddie bateu com a ponta do dedo indicador na têmpora. — Eu sou o cérebro, o Todd tem os contatos, e nós dois somos um talento muito, muito bom.

— Ãhã — a Mary murmurou dentro da cerveja antes de tomar mais um gole. Observei os olhos da Violet dispararem até a minha prima e depois voltarem ao Eddie.

— Ei — ela disse. — Vocês não vão se aquecer ou...?

— Nah. Nós gostamos de fazer um som puro. — Ele balançou os dedos. — Ser um artista performático é ser meio selvagem e dar a cara a tapa, entendeu?

— Uma escolha ousada.

As luzes já baixas diminuíram ainda mais, e o palco se iluminou.

— E essa, pessoal, é a nossa deixa — o Eddie disse. — Todd.

Juro que os olhos do Todd não mudaram de direção nem um pouco enquanto ele seguia o Eddie até o palco. Pensando bem, tenho quase certeza de que ele nem piscou.

Talvez ele tivesse verdadeiramente se unido à música. Ou ao sintetizador. Carter, mais uma cerveja, por favor?

Ninguém disse nada por um instante enquanto os dois seguiam para o palco.

— Então esse é o seu ex? — a Violet finalmente quebrou o silêncio, com a voz mal conseguindo disfarçar que ela estava se divertindo. — Quer dizer, eu sei que te contei como minha última namorada ficou esquisita quando decidiu curtir um lance vegano-hippie-comunitário-cult, mas esse cara leva a "excentricidade" a outro nível.

Peguei a próxima cerveja com o Carter enquanto a Mary se remexia e dava de ombros, desconfortavelmente.

— Ele era bonitinho e fazia parte de uma banda — ela resmungou.

— Ah, isso basta pra você? — a Violet provocou, e eu juro que, mesmo com a iluminação ruim, dava para ver a Mary ficar um pouco mais vermelha.

— Ele não era... *assim* quando a gente namorava — a Mary continuou. — Ele ficou mais babaca.

— Bem mais babaca — o Denny confirmou.

— Ah — a Violet disse. — É, eu entendo. É mais ou menos nesse ponto que estamos com o Duke, agora.

— O Duke? Você está dizendo que ele costumava ser menos chato? — perguntei. Ele me parecia bem idiota.

A Violet deu um sorriso meio triste.

— Ele foi legal por um tempo. Sempre foi meio esquentadinho, mas nem sempre foi... — Ela fez uma pausa, mordendo o lábio enquanto pensava. — Bom, ele costumava ser chamado de Justin, seu nome de verdade, se isso é alguma indicação de até que ponto chegamos. É um saco ele ter deixado o sucesso subir à cabeça.

— Bom, se ele começar a tentar fazer vocês o chamarem de Imperador, eu por acaso conheço outra baixista que aceita superbem ser chamada pelo próprio nome — falei.

Sim, eu estava empurrando minha prima para ela não-muito-sutilmente. Me processa. A Mary tem talento; eu sei que ela gosta de tocar com esses caras, apesar de não querer admitir... então, alguém tem que falar o óbvio.

— É uma pena não podermos ter dois baixistas — a Violet disse, sorrindo para a Mary.

— Bom... — deixei a palavra no ar, apontando com a cabeça para o palco.

O Eddie e o Todd tinham finalmente conseguido chegar até a frente e estavam conectando os instrumentos — não apenas dois sintetizadores, mas dois sintetizadores *idênticos*. E, sem nenhuma apresentação (se bem que como é possível apresentar uma banda sem nome?), começaram a tocar a primeira música.

Eu nunca tinha ouvido o som de um meteoro caindo na Terra e arrasando uma vila inteira, mas, se fosse possível traduzir isso em música, imagino que o resultado seria esse.

Na verdade, apaga isso, você não precisaria traduzir isso em música. É só isso mesmo.

— Não é um argumento convincente para se ter dois instrumentos. — A Violet se encolheu. — Mas é um ótimo argumento pro aquecimento. Então vou juntar o pessoal e fazer isso.

— Prazer em te conhecer — o Denny disse.

— Idem. Posso dizer que você é o meu preferido das três pessoas que eu conheci até agora hoje à noite — ela brincou. — Ah, já ia esquecendo. Tem uma mesa reservada lá na frente pra vocês. Se estiver ocupada, chama o Chris pra gritar com eles.

— Achei que você não sabia que nós vínhamos — a Mary comentou.

— É, bom, mas eu esperava que viessem — a Violet disse. — Vejo vocês depois do show?

Ela se espremeu entre as pessoas, e nós pegamos outra rodada de bebidas antes de fazer a mesma coisa. Aí, percebendo que o bar tinha ficado ainda mais cheio, pegamos uma rodada extra para não ter que abrir caminho de volta tão cedo.

Para vocês que estão jogando em casa:

Denny: rodadas 2 e 3

Mary: rodadas 2 e 3

Lydia: rodadas 4 e 5

Mas cerveja não é considerada bebida alcoólica, então por que contar?

Finalmente conseguimos chegar à mesa reservada. Prós: ninguém tinha ignorado a placa e tentado sentar ali, então não precisamos chamar o Chris. Além disso, era literalmente ao lado do palco. Contras: era muito mais longe do bar do que eu queria... e estávamos na primeira fileira para o show do Eddie e do Todd. Sem dúvida, foi por isso que a Mary pegou a cadeira que a deixava virada de costas para o palco para conversar conosco.

— Então, agora que paramos com essa palhaçada de desviar do assunto, me contem tudo! — o Denny disse. — Não acredito que vocês vão embora desse fim de mundo.

— Você nem mora aqui — comentei, enquanto meu coração latejava com o rumo que a conversa estava tomando.

— Esta cidade, a minha cidade... — Ele fez um gesto de desprezo. — Tudo nesta região é igual. Só rezo pra um dia ir embora daqui também.

Sabe aqueles caminhões de cimento que não param de girar para a mistura não secar enquanto é transportada?

É, tenho certeza de que um deles estava andando pelo meu estômago.

— Bom, estamos procurando uma terceira pessoa pra dividir o apartamento, se você quiser — a Mary sugeriu.

— Rá. Bem que eu queria. Talvez um dia — ele lamentou. — De qualquer maneira, sério, me contem todos os planos. Quero saber de tudo.

Fiquei muito feliz pela Mary realmente gostar do Denny, porque isso significava que ela conversava de verdade, e que eu não precisava falar. Primeiro, porque a última coisa que eu queria numa noite divertida era ser constantemente lembrada de todas as coisas que eu havia planejado, mas não seria capaz de realizar. E segundo porque eu estava tão tonta que fiquei preocupada de tentar entrar na conversa e deixar a verdade escapar.

Talvez cerveja seja considerada bebida alcoólica.

E talvez eu não devesse ter perdido o jantar.

E talvez não devesse ter estragado a minha vida.

Lá vamos nós de novo.

Em vez de abafar totalmente a Mary e o Denny, o que poderia resultar em ter que escutar a guerra galáctica que era a "música" do duo de sintetizadores do Eddie e do Todd, bolei um plano totalmente infalível durante a conversa deles.

"San Francisco." Um gole.

"Lizzie." Um gole.

"Faculdade." Um gole.

"Planos." Um gole.

"Futuro." Um gole.

"Um", "o", "de", "e", "mas" — um gole.

Acho que você pode chamar de jogo de beber, mas eu preferia chamar de Método Milagroso Lydia Bennet para Lidar com o Fato de Inevitavelmente Decepcionar Todo Mundo Mais Uma Vez.

Ei, funcionou. O álcool também.

Quando a Mary estava contando a um Denny surpreendentemente intrigado os prós e os contras de diversos bairros de San Francisco, eu estava muito menos tensa e um pouco mais tonta, mas o caminhão de cimento que passeava pelos meus órgãos internos tinha desistido, e isso era legal.

— Quer dizer que a Violet também vai se mudar pra San Francisco? — o Denny perguntou.

— É, a banda vai gravar. Focar num público maior, essas coisas — a Mary respondeu.

— Sei. Bom, é legal vocês se mudarem para o mesmo lugar.

— Nós não vamos... quer dizer, não é bem assim, é só uma coincidência estranha — a Mary gaguejou.

— Então é uma coincidência legal — o Denny corrigiu. — Você vai ter com quem sair.

— Já tenho a Lydia — ela disse.

E o caminhão voltou à vida.

Acho que o Denny disse alguma coisa sobre a Mary sair com a Violet, mas eu tinha parado de prestar atenção.

Porque era isso que estava acontecendo, não era? Eu estava deixando a Mary na mão financeiramente e em termos de ter uma colega de apartamento que ela sabia que não ia canibalizá-la durante a noite, mas também a estava deixando na mão como amiga. É, ela poderia sair com a Violet, mas... ela me *conhecia*. Era diferente. E eu tinha puxado esse tapete debaixo dela.

Só que ela ainda não sabia.

— Hum, então, sobre isso... — a Mary começou.

— Já volto — anunciei, empurrando abruptamente minha cadeira para trás. — Acabei de lembrar que combinei de ligar pro Cody sobre um trabalho. Alguém quer mais uma bebida?

Olhei para a mesa. Os dois estavam no primeiro drinque da rodada dupla, enquanto minhas duas garrafas de cerveja já estavam vazias.

— Acho que não precisamos — a Mary disse. — Está tudo bem?

— Sim! Totalmente! — Esperei que minha voz não soasse tão aguda quanto estava na minha cabeça. — Eu volto antes da banda.

Não esperei pela resposta e fui direto para o bar. Mesmo me sentindo um pouco zonza, eu me abaixei e desviei como uma profissional, chegando ao Carter em tempo recorde.

— Mesma coisa? — ele perguntou quando me viu.

Eu realmente queria sair durante um segundo, respirar ar puro e não estava com vontade de virar uma cerveja, então pedi um shot de tequila. A bebida das festas, certo? Como transformamos isso numa festa? Tenho que sacudir essa culpa idiota antes de a banda aparecer (a de verdade) e não conheço um jeito melhor de fazer isso do que com álcool.

Virei o shot de uma vez e deixei o líquido queimar enquanto deslizava pela minha garganta. A sensação foi boa. Não me importar é bom. Não estar emocionalmente envolvida é bom. Deixar minhas emoções irem embora e decidir não tê-las é bom. Mas todo mundo tem que sentir *alguma coisa*, e se essa coisa para mim é o álcool, bem, isso é... bom.

A nítida falta de cheiro de corpos suados e colônia vagabunda quando saí também era boa. O ar estava fresco, como se fosse chover a qualquer momento. Não havia a música ruim e alta da banda do Eddie. Nenhuma sensação de abafamento numa multidão que se espremia. Nenhuma Mary explicando o futuro que não teríamos.

Sentei, encolhida num cantinho, do outro lado da fila dos fãs dos Mechanics.

Sentei, e minha decisão de evitar tudo que estava se provando inevitável naquela noite caiu comigo.

Tenho que contar para a Mary. Tenho que contar para a Mary, para os meus pais, para a Lizzie, para a Jane e para a srta. W. Eu estraguei tudo, e o tempo está se esgotando para eu contar a eles antes de chegarmos até aquele estágio constrangedor de "Ah, o carro está carregado? Ótimo. Hum, não, não vou levar nada. Haha, é, isso é estranho. Na verdade, sabe o que é ainda mais estranho?" da coisa toda.

De repente, tudo que eu estava evitando nos últimos dez dias me atingiu de uma só vez.

Quando é que eu devo contar para eles? E como? E o que vou dizer quando eles perguntarem o que eu vou fazer em seguida? Vou me inscrever para ser transferida na primavera? Será que eu ainda quero me formar em psicologia? Minhas notas são tão medíocres, e eram assim mesmo quando eu *estava* me esforçando ao máximo. E, se eu não consigo nem tirar uma nota acima de C — se eu não consigo nem escrever uma redação idiota para a ficha de inscrição —, como posso me formar em psicologia? Na pós-graduação? Em tudo que vem depois? Como posso ajudar alguém?

Fiquei sentada ali, bombardeada por todas essas perguntas, até minha cabeça doer com o esforço mental. E, sim, talvez um pouco por causa do álcool.

Um milhão de perguntas e nenhuma resposta.

Bom, nenhuma resposta, exceto "hoje não", e outra cerveja esperando por mim lá dentro, no bar.

— Ei — surgiu uma voz, assustando minha mente (cada vez mais tonta).

Levantei o olhar rápido o suficiente para perceber que o estacionamento estava girando. Era alguma novidade que eles tinham colocado no show dos Mechanics?

Droga. O show.

— Você não pode sentar aqui. — Finalmente percebi que a voz que falava comigo era do outro segurança, que estava trabalhando com o Chris mais cedo. Olhei para o crachá dele com os olhos apertados, tentando entender as letras e conseguindo ler "Scnnholh". — Tem que levantar.

— Só estou respirando um pouco de ar fresco — murmurei, me firmando antes de começar o esforço para tentar, você sabe, me levantar.

— É. Você não pode fazer isso — o provavelmente-não-Scnnholh-de-verdade repetiu. — A polícia aparece, acha que os bêbados estão passeando no estacionamento, e pega mal.

— Estou em pé — falei. Era meio verdade. Eu acho. Em algum nível, em algum momento nos cinco segundos seguintes, eu estava totalmente de pé.

Voltei para o bar, esperando não ter perdido grande parte do show e que a Mary não estivesse com raiva. Não que isso importasse de verdade, considerando como ela ficaria com raiva de mim para todo o sempre amém depois que descobrisse a verdade. Mas, já que eu revelaria tudo no futuro próximo, hoje à noite eu aproveitaria a festa. Eu precisava de mais uns drinques.

Senti esse novo segurança colocar o braço na minha frente e bloquear minha entrada no Carter's. Não vi. Mas deve ter sido isso.

— A fila é ali. — Ele apontou com a cabeça para um grupo de uma dúzia (tudo bem, algum número entre três e vinte) de pessoas que ainda estavam esperando para entrar.

— Sério? — perguntei, chocada. — Eu estava lá dentro. Você me viu.

— É, depois você saiu.

— E você não vai me deixar entrar?

Ele me deu seu melhor olhar de "Você é surda?", e meus ombros caíram, ou talvez já estivessem caídos. Pensando bem, eu nem tinha certeza se eles ainda estavam grudados no corpo. Membros são partes esquisitas.

Era quase hilário. Eu não conseguia entrar na faculdade e agora não conseguia nem entrar num *bar* idiota.

Balancei a cabeça devagar, muito irritada comigo mesma. Tentei pensar nas opções que eu tinha, quando o Chris colocou a cabeça para fora da porta.

— Deixa ela entrar — ele disse. — Ela está com a banda.
— Ela está bêbada — o Scnnholh respondeu.
— Melhor bêbada lá dentro com os amigos do que andando aí fora sozinha. — Pelo menos o Chris tinha um pouco de bom senso. Decidi que ele estava meio perdoado por me ferrar no Just Dance. Além do mais, talvez o carma tivesse pena de mim se eu perdoasse alguém que errou comigo depois que todo mundo descobrisse quanto eu tinha ferrado tudo.

Sorri em agradecimento para o Chris, passei espremida por ele e pelo Scnnholh e voltei para dentro do Carter's.

O show dos Mechanics estava no auge, mas eu não tinha ideia de há quanto tempo eles estavam tocando. Voltei para a nossa mesa, pegando uma bebida abandonada pela metade no balcão quando passei. Eu não estava com paciência para esperar o Carter; afinal, quem se importa de quem é o drinque que estou bebendo? Eu me aproximei do palco e vi flashes do cabelo da Violet e das baquetas metálicas da Gen, do baixo adesivado do Duke e... bom, tenho certeza de que o Jones estava no palco em algum lugar, meio que misturado aos outros — é, acho que vi uma pontinha da camisa branca —, e finalmente cheguei à mesa, onde tinha deixado a Mary e o Denny.

— Tudo bem? — o Denny gritou acima da música.

Fiz que sim com a cabeça e tomei um gole.

A Mary franziu a testa para mim.

— Você perdeu, tipo, metade do show. O que aconteceu?

— Já falei, eu precisava falar com o Cody.

Ela revirou os olhos.

— Certo. O Cody.

E, num piscar de olhos, senti minha atitude mudar de preocupada com a possibilidade de a Mary ficar chateada comigo para irritada por causa disso.

— O que isso significa?

— Achei que você queria vir ao show pra ficar com a gente, só isso.

— Eu estou aqui, não estou?

— Está? — ela disparou de volta. Entendi por que ela estava chateada, e eu também sabia que ela pararia se eu parasse. Mas, de algum jeito, minha irritação comigo mesma se misturou com uma irritação injustificada com ela por estar irritada comigo pelos mesmos motivos pelos quais eu estava irritada comigo mesma.

— Eu não *tinha* que sair hoje à noite, né? Mas saí. Porque *você* me pediu.

A Mary levantou um ombro e virou de novo para o show, mas eu já estava furiosa. Tarde demais.

Eu me aproximei dela, para obrigá-la a prestar atenção em mim, e não na música.

— Olha, desculpa por não estar aqui durante todo o show. Desculpa porque a noite não foi superdivertida como a gente queria. Desculpa se eu estava lá fora, *falando sobre os meus trabalhos de faculdade* — a mentira não me abalou enquanto saía pela boca — em vez de estar aqui, ouvindo você tagarelar sobre o nível de segurança de um bairro a cinco quilômetros do trabalho da Lizzie. Mas, tudo bem, pode ficar com raiva porque eu não consigo fazer tudo exatamente de acordo com um plano semi-imaginário.

— Esquece — ela disse.

— Esquece o quê? Que você está chateada comigo por uma coisa idiota? Por eu ter "ferrado tudo"? — Tá bom, talvez eu estivesse misturando as coisas na minha cabeça agora. Mas, como eu disse, eu estava tonta e numa onda que, aparentemente, não podia ser interrompida. — Lydia festeira. Lydia que desaparece. Lydia pior prima. É isso que eu faço, certo? É por isso que você está chateada? Porque eu não correspondo às suas expectativas, nem mesmo por uma noite? Talvez eu simplesmente abandone a faculdade e faça alguma coisa "frívola e imatura", como a sua melhor amiga Violet. — Joguei na cara da Mary algo que ela disse uma vez sobre correr atrás de escrever músicas, antes de ela começar a sair com o pessoal da banda.

Alguma coisa estalou na Mary quando eu falei isso. Seus olhos brilharam e dispararam para a Violet se balançando no palco, antes de ela me agarrar pelo braço e me afastar dali.

Ei. Calma aí. Garota bêbada andando.

Ela parou na entrada do corredor para os fundos — com privacidade suficiente apenas para ela poder gritar acima da música, e começou a fazer isso.

Sim. A Mary gritou.

— Qual o problema com você hoje?

Dei de ombros.

— Esquece o Cody por um segundo. Esquece fugir e desaparecer e, sinceramente, me deixar meio preocupada com você. Por que você enfiou a Violet nisso tudo?

Dei de ombros.

— Lydia, sério, o que está acontecendo? Essa não é você. Não é a pessoa que eu passei a conhecer nos últimos tempos.

Não dei de ombros. Mas também não falei. Eu não sabia o que dizer. Tive medo do que poderia dizer.

— Você está "doente" o tempo todo, está faltando à terapia. E não pense que eu não percebi que você bebeu três vezes mais do que eu e o Denny hoje. Não sei o que você está pensando, mas você não pode fazer essas merdas quando a gente se mudar, tá? Não quando estiver dividindo o apartamento comigo, não como universitária séria...

— Ah, que bom, porque eu não vou!

Simplesmente saiu de mim, e eu não podia recuar.

Não diante do bar todo.

A Mary e eu estávamos gritando porque o som da banda estava muito alto, mas aí a música terminou de repente, e as coisas ficaram um pouco silenciosas demais, com exceção da minha voz, que ainda estava bem alta.

Senti uma dúzia de pares de olhos voltados na nossa direção. Mais. Era aquele dia da aula de psicologia de novo, só que...

Eu me importava?

Sério, eu me importava?

Eu nem sabia dizer.

Mas talvez fosse porque eu me recusava a olhar para o único par de olhos que realmente importava. Os da Mary.

Eu os sentia. Mas não queria olhar.

Por trás da confusão, ouvi a Violet pigarrear no microfone.

— Ainda temos mais algumas músicas pra vocês... — e continuou, como se nada tivesse acontecido.

Mas tudo tinha acontecido.

20
CHUVA

Os limpadores do para-brisa gemeram de um lado para o outro durante muito tempo. A chuva estava constante o suficiente para embaçar a janela, mas não o suficiente para abafar o som.

Saímos do bar quase imediatamente, largando o Denny. Tenho certeza de que ele vai entender. Espero que entenda.

A Mary não disse nada durante todo o caminho até em casa. Nem eu. Só consegui olhar de relance para ela quando paramos na entrada de carros.

Ela não olhou para mim, mas eu vi seu maxilar se mexendo. Mastigando as palavras que ela decidira não cuspir ainda.

E, de repente, me senti sóbria.

Queria não ter me sentido assim.

— Você está falando sério? — ela finalmente perguntou, com a voz baixa e controlada. Seus olhos ainda estavam observando a chuva batendo e sendo empurrada.

— Estou.

Ela inspirou fundo, e essa poderia muito bem ter sido a primeira respiração de nós duas no último minuto. Depois levantou a mão e virou a chave na ignição, interrompendo todos os sons, exceto o da chuva. Batendo no carro repetidas vezes. Como um milhão de pessoas querendo chamar sua atenção ao mesmo tempo.

Por que você fez isso, Lydia?
O que a Mary vai dizer?
O que todo mundo vai pensar?
Você tem alguma coisa a dizer em sua defesa?
Você não aprendeu nada?
Pocpocpocpocpocpocpocpocpocpocpoc.

— Então é... — a Mary começou, interrompendo as vozes falsas dentro da minha cabeça. — É isso? Nada de faculdade, nada de transferência?

Fiz que sim com a cabeça, apesar de saber que ela não estava olhando para mim.

Pocpocpocpocpocpocpocpocpocpocpoc, preenchendo o silêncio.

— Desculpa, Mary, eu sei que você esperou e planejou tudo... — As palavras saíram da minha boca de uma vez, só para serem interrompidas por uma balançada de cabeça dela.

— Tudo bem.

— Não, não está tudo bem. Eu te prometi...

— Tudo bem. É isso aí. — Ela suspirou. — Tenho certeza que você fez o seu melhor.

Fiquei sentada ali, sem saber como responder. Não sei exatamente como pensei que seria essa revelação — nunca me permiti pensar tanto —, mas eu sabia que não era assim.

— Vamos entrar antes que a chuva piore.

Chuva. Certo. Fiz que sim com a cabeça.

— Tem um guarda-chuva na porta. — Antes de eu fechar a boca, a Mary estendeu a mão para baixo, pegou o guarda-chuva de bolinhas cor-de-rosa e o jogou no meu colo. A porta do carro dela abriu e fechou com a mesma velocidade, deixando-a do lado de fora.

Eu a segui, abrindo o guarda-chuva e fazendo a curta caminhada entre o início da entrada de carros e os degraus da frente. A Mary estava atrapalhada com as chaves, escorregadias por causa da chuva, com as roupas pingando água por todo o capacho.

Ela tirou o All Star ensopado sem dizer uma palavra e os deixou perto da porta. Esperei que ela subisse as escadas primeiro, sozinha. Ela obviamente não queria falar comigo. Não que eu a culpasse.

Decidi ir até a cozinha e pegar água antes de subir. As luzes estavam apagadas na casa toda, então me mexi sem fazer barulho, para não acordar meus pais. Eu ia contar para eles. Eu sabia que tinha que fazer isso. Mas podia esperar até de manhã. Um confronto bizarro era suficiente para uma noite.

— Ahhh! — gritei quando acendi a luz da cozinha. — Pai! Meu Deus, você me assustou.

Meu pai estava sentado à mesa. No escuro. Como uma estátua assustadora.

— Desculpa, querida — ele murmurou.

— O que você está fazendo? Já é, tipo, meia-noite. — Peguei um copo no armário, e um pensamento indesejado invadiu minha mente. — Você não estava me esperando, né?

A ideia de que meus pais talvez ainda não confiassem em mim não era agradável. Quer dizer, era superválida, óbvio. Mas doía do mesmo jeito. Eu sabia que tinha sido irresponsável nos últimos tempos; a Mary sabia, mas *eles* não sabiam. Ainda.

— Não, claro que não — ele respondeu.

Sentei diante dele e o observei massageando a têmpora. Percebi que seus olhos estavam vermelhos, e ele parecia cansado.

— Está... tudo bem? — Eu não tinha certeza se queria perguntar.

Ele levantou o olhar de repente, como se percebesse de verdade que eu estava ali.

— Ah. Está tudo ótimo, querida — seu tom mudou conforme ele me tranquilizava. — Só não consegui dormir e não queria acordar a sua mãe. — Ele sorriu para mim, e eu tentei acreditar. — Como foi o show?

Dei de ombros.

— A amiga da Mary é uma boa cantora.

— Ótimo. Ótimo. Fico feliz de você estar saindo de novo. — Engoli minha culpa. Acho que eles não tinham percebido minhas escapadas, no fim das contas.

Ele ficou calado, e eu pensei em contar para ele naquele instante. Arrancar o band-aid de uma vez. Mas olhei de novo para ele e vi como era genuíno o sorriso em seu rosto. Então decidi que nós dois deveríamos ter umas horas de sono antes de eu abrir a lata de minhocas.

Era essa a sensação. Um monte de minhocas se arrastando no meu estômago, me deixando enjoada com a ideia de deixar o resto da família saber que eu tinha estragado tudo. Pensei que contar para a Mary seria mais fácil, mas acabou me colocando num clima de expectativa, antes de todo mundo saber.

Amanhã.

Amanhã.

— Está tarde, docinho. Não vai para a cama? — meu pai perguntou.

— Ãhã — respondi, empurrando a cadeira para trás enquanto me levantava. — Vou subir agora. Você...?

— Acho que vou ficar aqui mais uns minutinhos.

Envolvi os braços ao redor do seu pescoço e o abracei.

— Quer que eu deixe a luz acesa?

— Não, não precisa. Não quero acordar a sua mãe — ele repetiu. Desliguei o interruptor e fui para a escada.

Um minuto depois, cheguei ao segundo andar e vi que a luz do banheiro estava acesa e a porta aberta. Vi a sombra da Mary se movendo e entrei.

Ela estava em pé diante da pia, espremendo o cabelo ensopado com uma toalha. Seus olhos captaram os meus no espelho, sem surpresa, e ela não desviou o olhar.

— Você vai mesmo assim? — perguntei.

— Tenho que ir — ela respondeu. — Já tenho um emprego me esperando. Não posso ficar aqui sem fazer nada.

— Eu entendo se você estiver com raiva de mim.

— Não estou.

— Por quê?

Um suspiro.

— Simplesmente não estou.

A Mary deixou a toalha de lado e virou para me encarar, finalmente.

— Era por isso que você ficava me dizendo para sair com a Violet? Pra eu conhecer alguém na cidade e você não se sentir culpada por me abandonar?

Ela não perguntou isso de um jeito áspero, mas me pegou de surpresa.

— Não, claro que não. — Eu nem tinha pensado nisso. E, para ser sincera, não sabia por que a Mary tinha pensado nisso.

Ela me analisou, e eu me vi analisando-a também. Eu não tinha ideia do que se passava em sua mente. Essa coisa toda era... estranha. Mais estranha do que eu pensara. Menos explosiva do que eu pensara. Menos... qualquer coisa, na verdade. Parecia sem graça. Vazia. E confusa.

— Tudo bem — ela disse finalmente.

— Tudo bem?

— É. Tudo bem — ela repetiu. — Olha, estou cansada, vou pra cama. Conta pros seus pais amanhã, tá? Você tem algumas coisas pra resolver. Todos nós temos.

— Vou contar — prometi.

Ela passou por mim e foi para o antigo quarto da Jane.

— Mary — chamei, fazendo-a parar. — Estamos numa boa?

— Sim, Lydia. Estamos ótimas.

Fiquei parada na porta do banheiro enquanto a Mary entrava no quarto e fechava a porta. Amanhã ia ser um saco. Hoje foi um saco. A maioria das coisas tinha sido um saco, ultimamente. E, já que coisas sendo um saco estavam se tornando uma constante em minha vida, isso acabou sendo "ótimo". E era o máximo de "ótimo" que poderia acontecer.

Então, sério, acho que amanhã vai ser ótimo. Tudo vai ser ótimo. Perfeitamente ótimo.

21
A PRÉ-MERDA

Não contei para os meus pais no dia seguinte. A única coisa que fiz foi levar a Mary de carro até a Livros, Grãos e Ervas para seu último turno.

Não existe nenhum motivo para ela continuar aqui, como ela disse. A Mary não está esperando que eu me forme, então por que passar mais duas semanas aqui quando ela poderia estar em outro lugar? Na última semana, mais ou menos, ela passou algumas horas por dia depois do expediente na cafeteria falando com a Lizzie pelo telefone, então ela obviamente é mais necessária lá do que aqui, servindo mocaccinos.

Depois de deixar a Mary, eu... não fiz nada. Não fui para a aula, não fui para casa e apertei a Kitty. Não entrei na internet e acessei o mapa do campus da Central Bay para me torturar. De novo. Simplesmente fiquei dirigindo sem destino, até parar na praia.

Falei a mim mesma que estava me preparando para contar aos meus pais.

Na realidade, eu só dormi ao sol.

Achei que seria mais fácil, agora que a Mary sabia de tudo. Mas não foi. Simplesmente... foi um saco.

Quando acordei, eu estava com fome, então dirigi de volta até a cidade e comprei um hambúrguer no Crash. Depois, meu carro não quis ligar.

Não, sério. Era só mais uma coisa para somar à pilha de coisas ruins. Eu poderia ter chamado um táxi. Mas decidi ir ao banheiro antes. Atravessei a rua.

Bom, seria grosseria usar o banheiro do Carter's e não pedir uma bebida, certo? E eu ia precisar de um pouco de coragem para falar com os meus pais.

Estava escuro quando cheguei em casa. Mas isso não significava que as pessoas não estavam andando de um lado para o outro. Especificamente a Mary, que estava do lado de fora, tentando espremer todos os seus pertences dentro da traseira do carro.

— Lydia! — ela disse, quando o táxi parou. — O que aconteceu com o seu carro?

— Não quis ligar — respondi, um pouco tonta quando saí.

A Mary veio na minha direção e ficou muito perto do meu rosto. Em close-up total.

— Você está... você está *bêbada*?

— Não muito — falei e derrubei as chaves. Quando me abaixei para pegá-las, as coisas meio que começaram a girar.

— Merda... Por isso que você veio de táxi.

— Não estou tão mal. — Voltei a ficar de pé. E não levei nem três segundos para me inclinar sobre a cerca-viva para vomitar.

Aqueles hambúrgueres idiotas do Crash.

— Ai, droga — a Mary disse, se aproximando para me ajudar. — Tudo bem, tudo bem, vamos te limpar.

— Meus pais...

— Não estão em casa. Eles tinham alguma coisa no clube. — Ela pegou minha manga e a usou para limpar minha boca. Depois me levou para dentro de casa.

Eu me senti idiotamente aliviada. Eu não teria que conversar com os meus pais agora.

— O meu carro não queria ligar mesmo — enrolei a língua.

— Ãhã — a Mary disse enquanto trocava minhas roupas e me colocava na cama. — Eu te falo pra resolver suas coisas — tenho quase certeza de que a escutei murmurar — e você faz isso?

— Desculpa — falei.

— Tá — ela respondeu. — Não sei por que esperei algo diferente. — Eu a ouvi suspirar. — Droga, como é que eu posso ir embora agora?

Você tem que ir, pensei. *A Lizzie precisa de você. Você tem que ir, e eu tenho que ficar*. Eu não queria atrapalhar a vida dela.

Foi isso que pensei, mas não foi isso que eu disse.

— Ninguém quer que você fique. Simplesmente... vai logo — falei, enrolando as palavras enquanto o sono me tomava.

E ela fez isso.

Mary foi embora de manhã. Quando acordei, ela já tinha ido embora.

Não sei se ela vai voltar a falar comigo.

22
A MERDA TOTAL

Eu gostaria de pensar que esse é o fundo do meu poço. Que eu nunca mais vou fazer alguma coisa que me faça sentir assim. Não a sensação de beber/vomitar/ressaca-matinal-do-inferno (repete duas vezes, agora!), mas a outra sensação. A de eu-fiz-merda-e-não-sei-como-corrigir.

Mas, infelizmente, o fundo do poço não era agora. Ele viria hoje mais tarde.

— Não acredito que a Mary teve que ir tão cedo... Parece que ela acabou de chegar! — minha mãe disse naquele dia no café da manhã. Eu estava tentando comer uns ovos, mas não estava dando muito certo.

— É, bom... ela teve que aproveitar aquela oportunidade de apartamento, você sabe — menti. A Mary ia ficar no sofá da Lizzie até encontrar um lugar para ficar no longo prazo. Mas, como ela não ia ganhar uma fortuna (até a empresa da Lizzie conseguir que umas pessoas ricas investissem nela) e eu não estaria mais lá para ajudar com uma parte do meu empréstimo estudantil, ela provavelmente acabaria alugando um armário numa casa com outras dez pessoas.

De novo: desculpa, Mary.

— Bom, pelo menos você já vai ter um lugar preparado quando se mudar para lá. — Minha mãe colocou um omelete no prato e o deslizou para o meu pai, sob o jornal que ele estava lendo. — A Mary vem para a sua formatura, certo? Espero que sim, pois assim vocês podem voltar de carro juntas. Não gosto da ideia daquele carro velho fazendo essa viagem longa.

Esse é o ponto em que eu poderia ter confessado tudo. Poderia ter falado "Mãe, pai, tenho que contar uma coisa pra vocês". E eu quase fiz isso.

— Sobre isso. Na verdade...

— Mas é claro que você vai *ter* que levar seu carro — minha mãe continuou. — Você tem que ir para o campus de algum jeito.

Meu pai me olhou por cima do jornal e em seguida o deixou de lado.

— Mas primeiro temos que consertá-lo. Liguei para o reboque hoje cedo. Seu carro já está na oficina. Vai ficar ótimo. É com isso que você está preocupada, docinho?

— É, o carro é um problema, mas... — falei, empurrando os ovos no prato.

— Bom, considere resolvido — meu pai disse, garfando um pedaço de omelete, mas ainda me olhando. — Em pouco tempo, você vai ter coisas muito mais interessantes para se preocupar.

— E nós não vamos ter mais nada com que nos preocupar. — Minha mãe sorriu para o meu pai, que franziu a testa para ela.

Mãe, pai, tenho que contar uma coisa para vocês.

— Certo — falei. E deixei assim.

* * *

Se eu ia amarelar para contar a verdade aos meus pais, acho que eu teria que fazer outra coisa com meu sábado. Por sorte, tenho experiência com isso.

LISTA DE COISAS QUE LYDIA BENNET NORMALMENTE FARIA PARA EVITAR OS PAIS NUM SÁBADO NORMAL

1. Fazer compras no shopping.
2. Tuitar.
3. Gravar um vídeo.
4. Picar o jornal do meu pai para fazer papel machê.
5. Passar glitter em alguma coisa.
6. Cortar as unhas da Kitty.
7. Fazer curativos nos arranhões provocados pela Kitty.
8. Praticar beijo de língua com a versão de pelúcia do sr. Wuffles. (Observação: essa prática parou depois do meu primeiro beijo de língua, no oitavo ano. O sr. Wuffles de pelúcia não era concorrência.)
9. Sair com as irmãs.
10. Ser expulsa do quarto das irmãs.
11. Criar looks arrasadores para qualquer festa que fosse acontecer naquela noite.
12. Responder às mensagens de um cara.

Infelizmente, a maioria dos itens não se aplica mais ou não são coisas que eu realmente queria fazer (em especial cortar as unhas da Kitty — ela percebe quando o cortador de unha está se aproximando), exceto, talvez, o último.

Recebi uma mensagem do Cody:

> Oi, o que aconteceu com vc ontem?

> Nada. Perdi alguma coisa na aula?

> Não. Mas te passo minhas anotações, se vc quiser.

> Meu Deus, estou entediada.

> Posso consertar isso. ;)

Você pode estar pensando que, considerando como a noite passada terminou — e a noite anterior —, sair era a última coisa de que eu precisava. E eu concordo totalmente. A última coisa de que eu precisava.

A única coisa que eu queria.

> Me pega às 8.

✱ ✱ ✱

— Ai, meu Deus, estou tãããããããããão feliz de sair!

Virei os ombros para trás no instante em que entramos no Carter's. Eu estava cansada de andar na ponta dos pés em casa. Passar pelo quarto vazio da Mary/Jane é tipo "um bom jeito de ser lembrada do seu fracasso total na vida, Lydia".

Eu não precisava ser lembrada. Só precisava me divertir. De novo.

— Uau, está lotado — o Cody disse quando entrou no bar atrás de mim.

— Dã, hoje é sábado.

— Certo. — Ele fez que sim com a cabeça. — Só quero garantir que a gente vai conseguir uma mesa. Mas, você sabe, se for maluquice demais pra você, sempre podemos ir pra minha casa...

— Cody. Nada é maluquice demais pra Lydia Bennet. — Apontei para a área das mesas. — Viu? Acabou de liberar uma.

— Ah, legal. Vou segurar pra gente. Você pega as bebidas?

Ele foi até a mesa antes que eu conseguisse dizer alguma coisa. Tá bom, então.

Abri caminho com os cotovelos até o bar, sabendo que devia ficar perto da passagem porque em três... dois... um...

— Chris! — falei, quando o segurança atravessou a passagem para começar suas tarefas de barman. — Meu adversário. Nos encontramos de novo.

— Lydia. O que posso fazer por você?

Fiz nosso pedido.

— Então — ele começou, abrindo nossas garrafas de cervejas artesanais. — Terceira noite seguida?

— Hum, é, acho que sim — falei, franzindo um pouco a testa. — Isso é um problema? Está com medo de eu bater seu recorde no Just Dance? *De novo?*

— Não. — O Chris balançou a cabeça. — Mas... o que você está fazendo, Lydia?

A pergunta apagou qualquer traço de sorriso do meu rosto.

— Só estou me divertindo, Chris. — E eu ia fazer isso. Mesmo que isso me matasse.

— Ãhã — ele comentou e deslizou as cervejas sobre o bar na minha direção.

Peguei o dinheiro no bolso (de jeito nenhum eu abriria uma conta, já que o Chris estava me julgando) e voltei para a mesa.

— Cara, uma garota que me chama pra sair e paga a cerveja. Acho que estou curtindo esse lance de feminismo — o Cody disse, levantando o copo para mim antes de tomar um longo gole. Eu meio que brindei com ele e tomei um gole menor.

O gosto estava estranho.

Não de um jeito "ai, meu Deus, alguém batizou minha bebida", mas de um jeito "isso não é nem de perto tão saboroso quanto eu queria que fosse". Tipo, alguma coisa amarga na minha língua estava atrapalhando minha bebida deliciosa.

Ou alguma coisa amarga no meu cérebro.

Era como se houvesse um eco na minha cabeça. Coisas que eu conseguia ouvir, mas não absorver totalmente, decidiram, todas ao mesmo tempo, que agora era o momento de se arrastarem até o meu cérebro.

— Eu sabia que tinha alguma coisa interessante em você no instante em que nos conhecemos — o Cody disse.

— Hummm... — respondi, tomando mais um gole de cerveja. Talvez esse estivesse melhor... Não. Droga. — O que você quer dizer?

— Ah, agora você está querendo um elogio.

Foi aí que escutei o primeiro eco. E tinha a voz da Mary.

Não sei por que esperei algo diferente.

Senti tanta raiva quando ela disse isso. Raiva porque ela estava indo embora, raiva porque ela falou isso. Mas eu estava cansada demais. Não porque estava bêbada e quase dormindo, mas porque... eu também não sei por que esperei algo diferente de mim mesma.

Mas eu fiz isso. Esperei mais de mim.

Por que eu parei de agir assim? Por que eu simplesmente... desisti?

— Não quero dar uma de psicanalista — o Cody continuava falando. — Mas você tem um pouco de jogadora, né?

— Jogadora? — questionei, me concentrando de novo no cara que estava comigo. Sim, num encontro. Eu estava num encontro. Preste atenção nele. Não no refrão da minha prima na cabeça. — Tudo bem, você vai ter que esclarecer isso aí e, não, não estou querendo elogios. Se quisesse, chamaria sua atenção para os meus belos olhos. — Pisquei os cílios para ele, que riu.

— Você é determinada. Determinada a ser você mesma. A se divertir. A não deixar as merdas do passado te derrubarem.

Eu era? Então por que tinha desistido?

Foi aí que escutei a segunda voz.

E essa era do meu pai.

É com isso que você está preocupada, docinho?

Eu estava preocupada. Com alguma coisa. Achei que era por não ter entrado na faculdade e por ter que contar aos meus pais, à Lizzie e a todo mundo, e por não saber o que eu faria com o resto da minha vida. Mas será que era isso que *realmente* estava me incomodando?

Naquele segundo, com uma cerveja amarga revirando no estômago, eu teria que dizer não. Porque o que estava me preocupando era o Cody pensar que eu só estava determinada a me divertir. Não importava como.

E, sim, talvez eu tenha vindo aqui por esse motivo hoje à noite, mas... vozes idiotas na minha cabeça estavam atrapalhando isso com questões morais e perguntas.

— Não acho que eu seja assim.

O Cody se aproximou, com um interesse genuíno no rosto.

— Não é? Então... o passado às vezes te derruba?

— Humm... — falei, sem saber como responder a isso. — Ah, olha! A mesa de sinuca está livre. Vamos jogar!

Eu me levantei com um pulo, puxando o Cody do banco. Ele não teve chance de reagir.

Fiquei mais do que contente de me esforçar mais uma vez para ignorar as vozes na minha cabeça. E funcionou. Por um tempo.

Jogamos três rodadas de sinuca, porque só tínhamos moedas para isso (ei, eu gastei todo meu dinheiro naquelas cervejas). Mas, no fim, eu me sentia bem melhor. Talvez fosse o fato de eu não ter relado na bola oito como o Cody fez — duas vezes (ele ficou tãããããão vermelho na segunda vez). Ou talvez fossem as cervejas que ele teve que comprar para mim depois de cada rodada e que estavam com sabor cada vez menos amargo. Mas, quando fomos obrigados a entregar a mesa para as próximas pessoas com moedas, eu estava com o rosto rosado e rindo.

— Uhuuu! — comemorei, corada por causa da vitória e das cervejas.

Incrivelmente, meu carma de bar ainda valia, e nossa mesa ainda estava desocupada — ou tinha sido desocupada de novo, porque o lugar havia esvaziado um pouco.

— É... — o Cody resmungou. — Você tem mais habilidade do que eu pra segurar o taco. Não é um choque.

Franzi a testa.

— O que você quer dizer com isso?

— Nada — ele recuou. — Você vai me perguntar o que eu quis dizer a noite toda?

— Só quando você falar coisas esquisitas.

— Acho que é justo — ele piscou. — Eu não quis ser o cara que fala coisas ambíguas pra você, como outros fizeram.

Não precisei perguntar o que ele quis dizer com isso.

— Eu... realmente não quero falar do meu ex. Não é importante.

— Eu sei, mas... isso deve estar na sua mente, certo? Sair com alguém novo sempre é difícil, traz lembranças ruins à tona.

Simplesmente fiquei olhando para o Cody. Olhando de verdade, pela primeira vez durante toda a noite. Talvez pela primeira vez desde que nos conhecemos. Seu corpo estava inclinado para a frente, daquele jeito que a srta. W faz quando está tentando extrair alguma coisa de mim. A única diferença é que a srta. W é minha terapeuta. Nossa relação serve para irmos fundo nas coisas.

Meu relacionamento com o Cody é... não é isso.

Você sabe o que ele está estudando, certo?

A voz da Harriet se meteu na minha cabeça.

— Mas, pra você, deve ser ainda mais estranho, porque foi tudo filmado. Você é famosa principalmente por ter um namorado ruim. Qual era o nome dele? George?

Eu me encolhi. Quem é esse cara? Por que ele está aqui comigo?

— É meio estranho pra mim também — ele confessou, quando eu fiquei calada. — Se é que isso ajuda. Namorar uma garota com esse passado.

E aí... eu comecei a realmente escutar o que o Cody estava dizendo.

— Você pode me contar como foi. É... seguro. Sou um cara legal, sabia?

Essa é a questão sobre os caras realmente legais. Eles não te dizem que são legais. Quando nos conhecemos, o Cody disse que não estava me paquerando ao pedir meu número. As carinhas piscantes que vieram em seguida negaram isso. E tudo que o Cody estava dizendo, toda a curiosidade, estava começando a me deixar desconfortável.

Estava ficando idiotamente óbvio que esse era o Pior Encontro do Mundo. E Lydia Bennet não gosta de encontros ruins.

— É, eu falei que não queria falar nisso, então não vamos falar nisso. — Assumi uma expressão de megera, algo que toda garota precisa ter no repertório, se já não tiver.

— Vamos lá, Lyds...

— Eu disse não. Você devia se acostumar com isso.

E aí eu saltei do banco e fui em direção à porta da frente.

Meu Deus, pensei, inspirando o ar fresco da noite, *quando foi que eu fiquei tão... fraca? Tão distraída por tudo a ponto de permitir que eu me perdesse em um pouco de atenção masculina?* Não sou essa pessoa. Sou alguém que consegue ficar de pé sozinha e cuidar de mim.

Sou Lydia Bennet, caramba.

E cansei de ser uma tonta.

Ou foi o que pensei.

— Que é isso, Lydia? — A voz do Cody veio por trás de mim, seguida pelo barulho da porta do Carter's se fechando depois que ele saiu. — Você simplesmente vai embora?

— Eu te falei que não queria ter aquele tipo de conversa, mas você continuou.

— Você precisa falar sobre isso com alguém.

— Mas não preciso falar sobre isso com você. — Cruzei os braços sobre o peito. — Só porque tem olhos grandes e uma voz suave, acha que eu vou revelar todos os meus segredos pra você?

— Vamos lá... Eu sei que você ficou magoada, Lydia.

— Certo... e essa é *a única coisa* que você sabe de mim — rebati.

— Do que você está falando? — ele disse. — Você está bêbada.

— Não estou, não — retruquei. O efeito das cervejas que eu tinha tomado estava sumindo rapidamente, e as coisas estavam ficando muito claras. — Você não sabe nada de mim. E nunca quis saber. Você só queria os detalhes sórdidos sobre o meu ex: "Deve ser estranho voltar ao Carter's, Lydia" ou "Minha ex não é melhor do que o seu ex", e agora mesmo você estava numa onda de "Como era ser reconhecida? Deve ser estranho. Ainda mais sendo famosa por ter um namorado ruim"...

— Você não pode ficar com raiva de mim por ter te pesquisado na internet — o Cody disse. — Você deixou todas essas coisas lá.

— É, e, no instante em que você descobriu, começou a salivar. Como um dos cachorros do Pavlov — falei. — Agora não sei se você está interessado em mim porque gosta de garotas prejudicadas ou se acha que, como eu fiz um vídeo erótico, devo ser uma trepada interessante. E não quero descobrir.

Seus olhos ficaram supersombrios. E assustadores. Como eu nunca tinha visto.

— Que merda está acontecendo? — ele disse. — Achei que você gostasse de mim. Eu te levo pra sair, sou um cara legal! E você me dá o fora?

— É, eu te dou o fora. Porque você não dá a mínima pra mim. Você só quer contar pros seus amigos da fraternidade que namorou aquela garota maluca da internet no verão e, talvez, escrever uma história sobre ela para a próxima aula de redação. Mas quer saber? A minha vida não é a sua história, seu babaca.

Ele baixou o olhar e depois o desviou, mas só por uma fração de segundo. E eu prestei atenção suficiente na aula de psicologia — e nas minhas sessões com a srta. Winters — para saber o que isso significava.

Uma última voz na minha cabeça. Do Cody.

Só preciso encontrar uma história pra contar e... bum.

— Ah, então é isso que você pensa de mim? — ele soltou, mentindo, totalmente pego em flagrante. — Você acha que, como foi usada antes, eu vou te usar também? Meu Deus, assume a responsabilidade pelo que você fez. Você é exatamente como a minha ex... sempre se fazendo de vítima. As coisas sempre aconteciam *com* ela, nunca eram culpa dela.

— Ah, mas eu acho que a culpa é totalmente minha — falei.

Ele inclinou a cabeça para o lado.

— Por ter saído com você — esclareci.

Seus olhos ficaram sombrios. Mas, desta vez, ele não estava apenas assustador. Estava com raiva. E eu vi — um segundo antes dele. Ele ia me atacar, ia tentar me agarrar — e que diabos eu ia fazer para impedir? Eu não tinha spray de pimenta nem meu próprio carro aqui. Mas podia gritar. Respirei fundo e...

— Ei! — gritou uma voz do outro lado da porta do Carter's.

O Chris estava parado ali, seu corpo enorme de segurança bloqueando a luz do outro lado.

— Lydia. Eu estava te procurando. A máquina do Just Dance está livre — ele disse, com os olhos fixos em mim. — Está tudo bem?

— Está tudo bem, cara... — o Cody respondeu, mas o Chris o interrompeu.

— Eu não te conheço. Não estava falando com você. — Ele manteve os olhos em mim. — Quer voltar lá pra dentro? Batalha de dança?

— Ãhã — concordei, me afastando do Cody. — Acho que é uma boa ideia.

Enquanto eu ia rapidamente em direção ao Chris, ouvi o Cody murmurando "vaca maluca" bem baixinho enquanto ia para o carro, entrava e cantava pneus ao sair do estacionamento. Sim, essa sou eu. A vaca maluca que decidiu se defender. A vaca maluca que estava cansada de ser tonta. A vaca maluca que nem pensou em colocar o spray de pimenta na bolsa antes dessa farsa de encontro.

A vaca maluca que estava um pouco mais abalada neste momento do que deixava transparecer.

— Ei, Chris — falei, seguindo-o para dentro do bar. — Obrigada, mas... estou um pouco cansada pra uma batalha de dança agora. Acho... que vou pra casa.

Ele fez que sim.

— Quer que eu ligue pra alguém?

Balancei a cabeça e mostrei o celular.

— Não, não precisa. Eu ligo.

— Tá bom — o Chris disse, me levando para a despensa, também conhecida como camarim.

Fiz um sinal de positivo com a cabeça.

— Obrigada. Por, hum... tudo.

Na minha experiência, seguranças não são muito bons em demonstrar emoções. Então, se ele sentiu alguma coisa por ter acabado de salvar a minha pele, só corou um pouco e murmurou algo sobre ter que voltar para o bar antes de se afastar.

Eu não sabia que minha mão estava tremendo até sentar e começar a olhar meus contatos. Eu não tinha dinheiro suficiente para um táxi. Mesmo que meu carro estivesse aqui, ele não estava funcionando — ainda estava na oficina. E eu não tinha um milhão de amigos na cidade. A Mary tinha ido embora. Não havia muitas opções de quem chamar.

E, por uma fração de segundo — menos do que uma batida do coração —, quis ligar para o George.

Sim, o George. Porque houve épocas em que ele teria me abraçado até eu me sentir segura. E, depois que eu me sentisse segura, ele me fazia rir da situação.

Mas eu sabia que ele não atenderia. Eu tinha ligado para esse número até ele ser desligado.

Eu odiava o fato de estar pensando nele agora. E odiava a sensação de vazio no peito sempre que fazia isso. Eu sabia o que era melhor. Minha cabeça sabia, pelo menos.

Então, em vez disso, liguei para um homem — o único homem — em quem eu sabia que podia confiar.

— Oi, pai. É a Lydia. Hum... preciso que você venha me buscar.

151

23
CONFESSANDO TUDO

A viagem para casa foi silenciosa. Meu pai tinha saído de casa tão rápido que ainda estava de roupão de banho azul e chinelos. Ele parou em frente ao Carter's e, se eu não estivesse na porta da frente esperando por ele, tenho certeza de que ele teria entrado correndo desse jeito mesmo.

Muito tempo se passou até ele dizer alguma coisa.

— Não sabíamos que você tinha saído.

— Eu sei.

— Quando o telefone tocou, sua mãe ficou assustada.

— Desculpa.

Seguimos mais um pouco.

— Sabe, você não precisa sair sem avisar. Você é adulta; nós confiamos em você.

— É — falei, remexendo as mãos. — Eu só não queria que vocês pensassem que eu estava sendo irresponsável.

— Por que pensaríamos isso?

Ele falou isso tão baixinho que eu mal escutei. E eu não sabia como responder.

— Eu estraguei tudo — soltei finalmente, no mesmo tom de voz. — Não vou pra Central Bay. Perdi o prazo de entrega da ficha de inscrição.

Meu pai estava em silêncio quando entrou na nossa rua. Depois, ele suspirou.

— Bom. Eu achei que podia ser alguma coisa assim. Com a partida da Mary e tudo o mais.

— Sinto muito.

— É — ele disse, estacionando o carro na entrada. — Imagino que sim.

Sua voz estava tão baixa, tão resignada, que me fez sentir pior.

— Sei que você deve estar triste... — comecei, mas outro suspiro do meu pai me interrompeu.

— Eu poderia estar — disse ele, cansado. — Mas qual seria o objetivo disso? A vida... a vida é muito curta.

Ele abriu a porta do carro e saiu. Eu o segui.

— Vá dormir um pouco, Lydia — disse ele, me deixando na porta da frente. — Eu falo com a sua mãe. Conversamos de manhã.

Observei meu pai, encolhido enquanto voltava para o quarto deles. Pela primeira vez, ele me pareceu velho. Tipo, velho como um vovô com pelos na orelha. Um velho cansado. E, com minha última merda, dava para ver que eu tinha colocado mais peso sobre ele.

Subi e me joguei na cama, assustando a Kitty, que estava dormindo. Ela sibilou para mim. Mas eu entendi — eu também queria sibilar para mim.

※ ※ ※

Não era só para os meus pais que eu tinha que confessar tudo. Eu devia uma explicação para outras pessoas.

Sentei no consultório da srta. W, retorcendo os dedos, depois de vomitar minhas entranhas, esperando seu choque, seu pavor, seu... qualquer coisa que os terapeutas dizem quando se decepcionam com você.

Mas a srta. W desafiou minhas expectativas.

— Ah, Lydia. Eu sabia.

Meus olhos se ergueram de repente.

— Você sabia? Como?

— Você começou a agir de um jeito meio... defensivo na época do prazo da ficha de inscrição. Depois faltou a mais uma sessão e... — Ela suspirou. — Mas estou muito feliz por ter me contado.

— Finalmente — acrescentei. E esperei.

E esperei.

— Então...? — perguntei.

Ela piscou para mim.

— Então o quê?

— Você não quer saber como eu me sinto com tudo isso?

— Está bem. — Ela sorriu. — Vou entrar na brincadeira. Como você se sente com tudo isso?

— Como se... — Procurei as palavras. — Como se tivesse desperdiçado seu tempo.

— Meu tempo?

— Por todos esses meses, tentamos ajeitar a minha vida. Mas nada mudou.

A srta. Winters se inclinou para a frente. Ela até olhou de relance para o caderno de notas.

— O que não mudou?

— *Eu*. Ainda sou *ela*. A que estraga tudo. A ímã de babacas. A garota traumatizada com um vídeo erótico. — Funguei, tentando afastar a impressão de que eu ia chorar. Eu não chorava havia meses. E *nunca* chorei na terapia. — Achei que ela já tivesse ido embora.

A srta. Winters inspirou fundo, depois expirou devagar.

— Para começar, o fato de o Cody ter sido... nada cavalheiro é culpa dele, não sua.

Tive que me impedir de revirar os olhos. Ela dissera a mesma coisa sobre o George, um milhão de anos atrás. Não sei se acreditei — nem na época nem agora. As pessoas fazem o que você permite que elas façam, não é?

— Segundo, você não tem como apagar o passado. E acho que não quer isso de verdade.

Lancei um olhar para ela por baixo da franja.

— Se você quisesse — ela continuou —, acho que teria tirado os vídeos da internet.

Tudo bem, faz sentido.

— Eu também não queria que você mudasse completamente — disse a srta. W. — Você só precisa encontrar um jeito de conciliar sua antiga imagem com seus novos objetivos. Integrar a velha Lydia com a nova.

Eu meio que... dei um sorriso cínico quando ouvi isso. Ela quer que eu seja um híbrido bizarro de Lydia? Duas personalidades em um só corpo? Quer dizer, personalidades múltiplas *parecem* divertidas naqueles filmes feitos para a TV, mas provavelmente são um pouco menos divertidas no mundo real.

— Mesmo assim — ponderei, um pouco envergonhada. — Eu tinha um objetivo... um plano totalmente viável, e você e o Darcy pediram favores por mim... E, no instante em que as coisas ficaram difíceis, eu simplesmente desisti. E eu nem sei se ainda quero estudar psicologia... e acho que isso é bom, porque não vou ter essa chance.

— Humm — a srta. Winters disse. — Vamos deixar a transferência e o estudo de psicologia de lado por um segundo. Sabe o que eu acho interessante? Que você *não* desistiu.

Bufei. Era a única resposta adequada.

— Não mesmo — ela insistiu. — Você poderia ter parado de ir às aulas. Parado de entregar os trabalhos. Mas continuou. Talvez com um pouco menos de entusiasmo que antes, mas... você continuou.

Pensei por um segundo, e... é verdade — tirando a última sexta-feira, fiz todos os meus trabalhos e fui a todas as aulas. Apesar de haver momentos em que eu *realmente* não queria fazer isso.

— Isso é perseverança. E não é algo que se possa ensinar. É algo que você tem. — Ela sorriu para mim. — E você tem intuição... foi assim que percebeu que o Cody era uma influência negativa antes de se envolver mais com ele. Juntando essas duas coisas, não tenho dúvida de que você vai ser bem-sucedida em qualquer coisa que decidir fazer.

— Não se eu continuar com notas C em psicologia.

A srta. Winters se recostou na cadeira, apoiando os braços abertos no apoio. Como alguém da nobreza. A terapeuta benevolente da realeza.

— Lydia, esta é nossa última sessão. Você tem provas finais esta semana e depois tudo vai acabar. Então, quero lhe dar uma última tarefa.

— Tudo bem... — aceitei, cética. — Porque dever de casa é algo que vai me animar muito.

Ela riu um pouco.

— Seja gentil consigo mesma. Quando receber seu diploma de tecnóloga, dê um jeito de comemorar. Sei que parece uma coisa pequena agora, mas isso merece reconhecimento.

Essas palavras ficaram comigo durante muito tempo depois de eu sair pela última vez da sala da srta. W.

Quer dizer, ser "gentil" comigo mesma? Eu tinha a clara impressão de que havia passado as últimas semanas sendo mole demais comigo. Desistir da vida nunca me pareceu o caminho mais difícil. E como é que eu poderia comemorar meu diploma de tecnóloga quando não tinha a menor ideia do que fazer com ele e nenhuma ideia do que viria a seguir?

Por outro lado, não era exatamente gentil me dar esporro pelos meus fracassos. E era eu quem estava fazendo isso — não meus pais, nem mesmo a Mary.

Eu esperava mais. Fui eu que me decepcionei comigo.

Mas uma tarefa da srta. W costuma valer a pena.

Ser gentil comigo mesma. Comemorar. Nunca pensei que alguém teria que dizer a Lydia Bennet quando e por que celebrar, mas foi isso que aconteceu.

Acho que algumas coisas mudaram.

Mas, antes disso, tenho que passar nas provas finais.

Drácula, de Bram Stoker
(ou: Sério, os vitorianos eram péssimos)

Drácula não é um livro muito bom. Pronto, falei. Apesar de não ter "inventado" os vampiros, ele é famoso por popularizá-los na cultura e na literatura. Então, se quisermos, podemos culpar Bram Stoker por *Crepúsculo*, mas acho que temos que culpar mais o fim da década de 90 e sua fascinação por glitter corporal. Mas o maior problema de *Drácula* não é ser um romance epistolar, escrito como um amontoado de cartas e folhas de diário, que o torna difícil de acompanhar (e, sério, quem escreve páginas de diário que descrevem com perfeição eventos e conversas de um jeito linear? Ninguém!). É que Drácula não é um vilão muito bom, porque ele não é mau. Ele é só um cara reclamão.

Quando conhecemos Drácula, Jonathan Harker está indo para seu castelo na Transilvânia (que agora se chama Romênia — eu pesquisei) porque ele é advogado em Londres e Drácula está comprando uma casa em algum lugar e precisa preencher uma papelada. Depois, Drácula não o deixa ir embora e não assina os papéis, e Jonathan conhece "as irmãs", que são um trio de mulheres que querem consumi-lo, e Drácula simplesmente o deixa lá para ser consumido. Porque, agora que ele estava com a papelada para sua nova residência resolvida e tinha visto uma foto da noiva de Jonathan, Mina, Drácula não precisa mais dele.

Vamos descartar, por um segundo, a lição de moral apresentada aqui, na qual a pessoa mordida por Drácula se torna sensual e lasciva. Apresentar a sensualidade como uma coisa ruim (Mulheres fazem sexo? Que horror! Alguém descobre o que tem nos sais aromáticos!) é apenas algo que os caras vitorianos tinham que fazer, porque não conseguiam aceitar que as mulheres fossem maravilhosas. E isso vale até hoje, então obrigada, vitorianos.

Em vez disso, vamos nos concentrar no que Drácula faz com Jonathan. Ele o aprisiona. Jonathan não pode ser seduzido por Drácula e não vai ficar maluco como Renfield, então Drac o tranca. Para servir de alimento para as irmãs ou para definhar. Meio passivo para um vampiro megamalvado, não acha? Primeiro golpe contra ser um vilão decente.

Drácula vai para Londres — depois de devorar um navio repleto de marinheiros no caminho (exceto o capitão, que está amarrado ao timão, e *como foi que ele escreveu o diário de bordo enquanto estava amarrado lá?*) —, mata uma garota chamada Lucy e persegue a noiva de Jonathan, Mina (de novo, nos bastidores — malvado passivo).

Quando Mina está sob a influência de Drácula, ela fica num estado onírico e começa a sentir empatia por ele. Nos filmes, isso é apresentado como sedução, como "amor". E Drácula pode despertar uma parte que está faltando da vítima.

Mas a questão é que *Drácula* não é sobre isso. Mina e Lucy podem pensar que querem o que ele tem — que ele pode alimentar a "fome" delas —, que ele as está libertando disso. Mas, na verdade, elas estão sendo escravizadas por isso. E é triste. Porque aposto que, se alguém perguntasse por que ele fazia isso, Drácula não seria capaz de responder nada além de que isso é a única coisa que ele pode fazer. Pelo menos no filme ele tinha Winona Ryder, uma esposa que ele amava, estava buscando e queria vingar. No livro, ele é apenas uma coisa que nunca pode ser saciada. E reclama disso. Como se fosse a coisa mais terrível do mundo. Mais terrível que ter câncer ou não ter wi-fi.

Porque *é claro* que ele não faria essas coisas se não fosse obrigado a isso. Se ele não precisasse sugar o sangue das pessoas, todo mundo ficaria feliz e encheria a cara de cerveja. Mas o negócio é o seguinte: ele *não* tem que fazer isso. Sério. Ele não precisa existir desse jeito — se ele realmente se sentisse mal por suas atitudes, poderia parar. Sim, minha teoria pode ser falha, porque isso resultaria na morte de Drácula, mas ele é uma criatura paranormal que não deveria existir, para começar, então isso seria apenas a restauração da ordem natural. Além do mais, isso é ficção. Mas, se ele não fosse sobrenatural, se não fosse um vampiro — se fosse só um cara que não consegue enxergar além dos próprios desejos e necessidades —, você não precisaria dele. As pessoas só fazem com você o que você permite.

Se eu pudesse, gostaria de conversar com Lucy e Mina por um instante. Meninas: parem de procurar coisas empolgantes. Eu entendo, de verdade. Vocês olham ao redor e às vezes se perguntam: *É só isso? Tem que ter mais coisas.* E aí aparece um cara que diz que é louco por você, mas isso o deixa maluco e o faz agir desse jeito. E é empolgante e assustador, mas, no fim das contas, esse tipo de drama só vai sugar você — no caso de vocês duas, literalmente.

Vocês têm homens decentes que querem ter uma vida com vocês. Lucy, você tem três! Escolha um! Pessoalmente, eu escolheria o caubói, muito mais legal do que os ingleses afetados. Eles não vão tentar controlá-la (além do "você é minha esposa, então, por favor, faça o que estou pedindo nesta época antiga em que as mulheres não votam" de sempre) e não vão tentar usá-las para seus próprios fins. Não percam tempo com malucos como Drácula. Evitem isso completamente: não o convidem para entrar.

Fale comigo depois da aula! – Natalie

24
ADEUS A TUDO ISSO

— Com licença, Natalie? — Era sexta-feira. Fiquei para trás enquanto todo mundo arrumava suas coisas, esperando, remexendo no meu estojo. Voltei a remexer de novo. Voltei a me importar.

Não era ruim, claro. Mas, quando sua professora escreve "Fale comigo depois da aula!" (incluindo o ponto de exclamação) bem quando você voltou a se importar com suas notas de novo, isso inspira um certo surto.

— Lydia? — Natalie piscou para mim enquanto colocava a mochila gigantesca nos ombros minúsculos.

— Você queria falar comigo? — perguntei, mostrando o trabalho. Quando ela devolveu os trabalhos no início da aula, todo mundo fez o de sempre e mostrou as notas para os outros. Exceto eu. Não só porque meu trabalho não *tinha* uma nota, mas porque eu não tinha mais ninguém a quem mostrar. Na segunda-feira, o Cody tinha chegado atrasado de propósito e sentado não ao meu lado, mas na cadeira vazia ao lado da Harriet.

Ou, pelo menos, ele tentou sentar ao lado da Harriet.

— Desculpa, estou guardando a cadeira para uma pessoa — ela dissera, colocando a bolsa ali antes que ele sentasse.

Isso deixou o Cody com a opção de sentar ao meu lado (e você pode apostar o que quiser que eu também coloquei a bolsa na cadeira imediatamente) ou ir para a outra cadeira vazia nos fundos, perto do armário de vassouras.

Enquanto ele seguia para o armário de vassouras, a Harriet me olhou com um sorriso minúsculo. Ela não sabia de nada do que acontecera no fim de semana, tenho certeza. Ela só sabia que ele era babaca.

Foi muito fácil evitar o Cody na aula de psicologia, já que ele estava três fileiras à frente. Eu o vi jogar paciência no computador enquanto o restante de nós copiava um turbilhão de notas, revendo o que ia cair na prova final. Nenhuma mensagem apareceu no meu celular.

Já vai tarde. Sei que as últimas semanas de corpo mole foram culpa minha, mas tenho que dar algum crédito ao Cody — é bem mais fácil desistir quando tem outra pessoa desistindo também.

Mas, assim que sorri para a Harriet, o rosto dela ficou sério de novo, e ela voltou a se concentrar nas unhas.

Isso foi na segunda-feira. Na quarta, entregamos os trabalhos finais. Hoje era a última aula. A Natalie passou a maior parte do tempo falando de temas conclusivos na literatura gótica e do que ela esperava que tivéssemos aprendido nas aulas. A maioria das pessoas olhava para o celular ou desenhava.

Mas eu? Passei a hora inteira me preocupando com o "Fale comigo depois da aula!" no meu trabalho.

— Ah, sim! — O rosto da Natalie se iluminou quando me aproximei. — Obrigada por esperar.

— Ãhã — falei, antes de começar o discurso que preparei durante toda a aula. — Escuta, eu sei que os meus trabalhos não têm sido muito focados ultimamente nem atendido a certos padrões, mas eu me esforcei muito nessa redação, li o livro e o guia de estudos. Se você quiser que eu reescreva pra conseguir uma nota para passar, ou que eu faça mais um trabalho para ter créditos extras, eu posso...

— Lydia, do que você está falando? — ela perguntou. — Eu só queria te dizer pessoalmente que gostei muito do seu trabalho final.

— Você... gostou? — indaguei, sentindo arrepios de alívio percorrendo meu corpo todo. Ou talvez fosse descrença. Na última hora, tive medo de não ter conseguido uma nota para passar no trabalho final — o que significaria que eu não teria uma nota para passar no curso. O que significaria que eu não me formaria. O que significaria que não sou apenas um fracasso por não ir para a Central Bay, mas sou um grande fracasso espetacular de derrota épica.

Para evitar esse destino, sim, eu faria créditos extras. Mas, pelo jeito, eu não precisaria.

— É claro que eu gostei! Por que você acha que eu te dei um A? — a Natalie respondeu.

— Deu? — Virei o trabalho, procurando a nota. Não, não estava ali.

— Ah! Eu não escrevi no trabalho? — ela disse, pegando-o da minha mão, puxando uma caneta com rapidez e colocando um "A" grande e gordo no alto da página. — Desculpa. Posso te contar um segredo? — Ela se aproximou. — Esse foi o primeiro curso que eu dei.

— Tá brincando — falei, tentando manter o rosto o mais sério possível.

— É. — Natalie deu uma risadinha. — Mas provavelmente foi por isso que eu gostei tanto do seu trabalho. Não vi nada melhor. Você me deu a sua opinião diretamente e apresentou seus argumentos. Foi revigorante, depois de dez trabalhos sobre como Drácula incorpora os medos do século dezenove relacionados ao colonialismo.

— É mesmo? — Eu achava que qualquer pessoa que ensinava literatura gótica adoraria coisas entediantes sobre colonialismo, mas quem sou eu?

— Sim, e eu adorei o fato de você querer dar conselhos às personagens. E não foram conselhos ruins, diga-se de passagem. — Ela começou a ir em direção à porta, e eu a segui até o corredor. — Eu mesma já fui uma dessas garotas e poderia ter aproveitado uma boa conversa naquela época.

Minha cabeça se ergueu de repente ao ouvir isso. A pequena Natalie tinha um passado selvagem com um garoto malvado? Só espero que não tenha sido um vampiro (se bem que isso explicaria o fato de ela ensinar literatura gótica).

— Bom, fico feliz de você ter gostado — falei. — É engraçado, nas redações do curso de psicologia, o professor não gostava quando eu dava minha opinião pessoal.

— Quem era seu professor? — a Natalie perguntou enquanto saíamos pela porta da frente e ficávamos cegas com a luz do sol. — O professor Latham?

Fiz que sim com a cabeça.

— Ah, sim. Dizem na sala dos professores que ele se agarra ao livro-texto, e só isso. Para facilitar na hora de dar notas em provas e trabalhos.

— É, descobri isso a tempo para a prova final. Hoje de manhã.

Eu tinha passado a semana toda estudando feito louca. Fiz resumos — e nem usei canetas com glitter. Quando sentei para fazer a prova, eu sabia quase todas as respostas — ou, quando não sabia tudo, sabia o suficiente para chutar bem. Acho que posso ter interrompido o fluxo de notas C com um B.

— Que bom. Mas é uma pena que o Latham não estivesse testando suas habilidades de análise. Porque acho que você poderia ter poupado um bocado de sofrimento para a Lucy e a Mina. E para a cabeça delas.

Eu me despedi da Natalie e fui para o estacionamento. Um "A" bem grande e vermelho no meu trabalho acrescentou um pulinho aos meus passos. E o que ela falou também. Sobre eu ser boa em análise. Como foi que a srta. W chamou? Intuição?

Cheguei até a pensar que a psicologia talvez *fosse* um caminho para mim.

Eu estava tão desanimada com a psicologia desde que soube quanto tempo levaria para conseguir o(s) diploma(s). E desde que soube que tinha perdido o prazo. Desistir significava desistir *disso*, e eu não havia me importado, porque o curso não era epicamente maravilhoso. Mas agora...

Talvez eu não seja tão ruim nisso, afinal.

Que pena que estraguei minha chance.

* * *

A formatura na faculdade comunitária não é como a formatura numa faculdade normal. Pelo menos a minha não foi. Não tem chapéus e becas, nada de discursos, nenhuma cerimônia. Não para a sessão de verão. O que recebemos foi uma carta por e-mail com as notas finais (A em literatura gótica... e B- em psicologia) e uma oferta para comprar uma cópia do meu diploma de tecnóloga com capa de couro falso por apenas 59,99 dólares.

Talvez eu devesse comprar. Provavelmente seja meu único diploma, e a srta. W me falou para comemorar a formatura. Apesar de eu não ter certeza se couro falso pode ser considerado parte de uma comemoração.

Mas, por causa do meu erro colossal, minha mãe não quis deixar a ocasião passar em branco. Assim, a família se arrumou e foi jantar fora.

Minha mãe, meu pai, eu e a Lizzie, que tinha vindo para a formatura.

Só a Lizzie. Mais ninguém.

— Você deve estar muito aliviada — a Lizzie disse, depois que os garçons colocaram uma fatia de bolo com "Parabéns!" rabiscado com calda de chocolate no prato diante de mim. Admito que fiquei meio decepcionada. Eu esperava que os garçons cantassem. — Por finalmente acabar tudo. Eu fiquei.

— Ah, sim — falei, plantando um sorriso falso. — Superaliviada.

— Lizzie, na próxima vez que você vier dirigindo de San Francisco, diga ao seu *lindíssimo* William Darcy que eu espero que ele venha junto — minha mãe disse, garfando casualmente um pedaço do meu bolo de parabéns. — Não gosto que você dirija na estrada sozinha, numa viagem longa desse jeito.

— Pode deixar — a Lizzie respondeu. Ela estava muito mais tranquila com minha mãe metendo o nariz na vida amorosa dela, agora que tinha uma vida amorosa para alguém xeretar. — Ele queria vir, mas aconteceu alguma coisa com o projeto Domino que ele precisava corrigir.

— Além de tudo, isso aqui não é importante — falei, sussurrando. Eu sabia que, se minha mãe escutasse, ficaria magoada. Claro que ela não preparou uma refeição elaborada e passou o dia todo na cozinha, mas ela está muito mais envolvida nessa comemoração do que eu, neste momento. Está na terceira taça de vinho. E, para a minha mãe, isso é como tomar uma garrafa de uísque.

— Claro que é importante — a Lizzie disse, também em voz baixa. — Você... você tem alguma ideia do que quer fazer agora? Você ainda pode se inscrever para o semestre de primavera na Central Bay. O Darcy ficaria feliz de ligar de novo pra lá...

— Humm — falei, sem querer dizer nada. A verdade é que eu não sabia se queria ir para a Central Bay. Na minha mente, lá seria sempre o lugar onde eu fracassara. Mas também é a única faculdade em que os Darcy têm um prédio com o nome deles (acho que é um pagode), então entrar em qualquer outra faculdade sem a ajuda do namorado super-rico da minha irmã não é exatamente provável. No fundo, fiquei feliz porque o Darcy teve problemas de inteligência artificial com seu app mais recente e teve que faltar ao jantar, porque como é que você pede desculpas a alguém por não ter aproveitado a ajuda que essa pessoa te deu?

Mas a Lizzie estava me encarando, então tomei um gole de água e mudei o assunto para a única coisa que consegui pensar. Que não era muito melhor do que o assunto que estávamos abordando antes.

— Como está a Mary?

— Ótima! — a Lizzie disse, mas depois diminuiu o entusiasmo. — Quer dizer, bem. Ela agilizou uma boa parte do meu trabalho... a parte financeira que eu não tenho a menor ideia de como fazer. E está me ajudando a pedir as licenças para as microempresas e a encontrar um espaço para o escritório.

— Espaço para o escritório? O Darce não podia te emprestar uma sala na Pemberley Digital?

— Bom, podia, mas somos uma empresa separada. Até agora, estamos trabalhando no meu apartamento. Que nem é meu de verdade. Além do mais, a Mary está dormindo lá, então não deve ser muito divertido para ela trabalhar no mesmo lugar onde dorme.

— E onde você dorme — falei.

— Acho... que você devia dar uma ligada pra Mary. Ela provavelmente ia gostar muito de ter notícias de você — a Lizzie disse, esperançosa.

— Humm — falei de novo.

— Estou muito feliz por você estar aqui, Lizzie — meu pai disse, felizmente atraindo a atenção da minha irmã para si. — Apesar de ser por tão pouco tempo. Espero que você consiga colocar algum juízo...

Talvez eu quisesse ligar para a Mary. Mas, se ela não veio para a minha não cerimônia de formatura, está muito claro que não quer saber de mim. E tudo bem. Ela agora tem uma nova vida importante, e eu... tenho um bolo de parabéns.

Se bem que nem isso.

— Ah, querido — minha mãe interrompeu o que meu pai estava sussurrando para a Lizzie, embolando um pouco as palavras. — Você pode chamar o garçom? Acho que devíamos pedir mais uma fatia de bolo para a Lydia.

Olhei para o meu prato. O "parabéns!" de chocolate estava espalhado e desbotado. O bolo? Tinha sumido completamente.

Minha mãe limpou um pouco de cobertura do canto da boca.

— Pelo jeito, você está com mais fome do que parecia, docinho.

※ ※ ※

Voltamos para casa tarde o suficiente para impedir que a Lizzie me fizesse mais perguntas inquisidoras. Quando entramos em casa, meu pai colocou minha mãe cheia-de-bolo-e-vinho na cama e foi sentar no escritório para... fazer coisas de escritório, eu acho. A Lizzie tinha acordado supercedo para dirigir até aqui, então meio que caiu imediatamente em seu antigo quarto/sala de meditação da minha mãe/aquário/qualquer coisa. E isso me deixou sozinha.

Eu tinha passado muito tempo sozinha nesse verão — mas essa era a primeira vez que parecia um vazio.

Não há mais nada na minha agenda. Nenhuma sessão de domingo com a srta. Winters. Nenhuma aula na segunda, na quarta e na sexta. Nenhuma data para me mudar com a Mary para a cidade ou me inscrever para as disciplinas. Pode ser que eu tenha uma consulta com o dentista em algum momento de outubro, mas é só isso.

A Lizzie perguntara e eu ignorara, mas, na realidade, era a única coisa que eu estava pensando. *O que vou fazer agora?*

Eu poderia trabalhar. Havia uma vaga na Livros, Grãos e Ervas, deixada pela Mary. E pela Violet. Eu podia muito bem ser uma garçonete que ganha salário mínimo na cafeteria do meu antigo campus — porque essa não é a coisa mais deprimente do mundo.

Eu poderia tentar vender minhas coisas na internet — mas, apesar de minha noção de moda ser epicamente maravilhosa, acho que não existem muitas pessoas que poderiam entender o meu estilo. Além do mais, quem quer ser parecida com Lydia Bennet? A irmã Bennet fracassada com-diploma-de-tecnóloga, sem-carreira-planejada, ainda-morando-na-casa-dos-pais (pronto, falei)?

Nessas horas, eu realmente queria ter um computador melhor.

Não, sério, porque eu poderia me conectar à internet e me animar com blogs ou filmes piratas, e não me preocupar por uma semana ou três — e não ficar vesga (isso não é muito atraente) por encarar a tela do celular. Mas, do jeito que estava, meu computador mal conseguia abrir meus e-mails, e era isso que eu o estava forçando a fazer neste momento.

No instante em que consegui, glitter e gatos choveram na tela.

Levei um segundo para perceber que o computador não tinha explodido e que eu estava, na verdade, vendo um cartão eletrônico. Tipo, o cartão eletrônico mais perfeito do mundo.

Só podia ser de uma pessoa.

Parabéns pela formatura, Lydia!
Tentei te ligar algumas vezes e te mandei um presente, mas
só vai chegar aí daqui a alguns dias. Mas queria que você
soubesse HOJE que estou muito orgulhosa de você.
Sinto mais saudade do que você possa imaginar!
Com amor, Jane

Só a Jane para encontrar o cartão eletrônico com mais gatos e glitter de todos os tempos, porque o presente que ela mandou vai demorar para chegar e ela não conseguiu falar comigo por telefone.

Falando nisso, por que ela não conseguiu falar comigo por telefone? Revirei os olhos quando vi. Morto de novo. Tenho que melhorar nessa coisa de recarregá-lo depois das sessões de ruído branco da Kitty.

Eu o liguei na tomada e esperei acender a tela.

Cinco mensagens de voz da Jane. E uma de...

Ricky Collins. O cara esquisito que morava do outro lado da rua quando éramos crianças e estudava com a Lizzie. E que toda hora dava um jeito de voltar para nossa vida.

— Saudações, srta. Bennet! Espero que esta mensagem a encontre com boa saúde e animada. No entanto, eu quis ligar pessoalmente e lamentar, em nome da Collins & Collins, Winnipeg, por suas... circunstâncias infelizes. Como alguém íntimo da sua família, considero uma honra cuidar dos Bennet, se uma situação como essa se apresentar. Sendo assim, tenho prazer em lhe oferecer um cargo aqui, se você decidir visitar a magnífica província de Manitoba. Claro, você não tem nenhuma qualificação, mas sempre precisamos de pessoas que comecem de baixo e subam até cargos intermediários. Na verdade, temos pensado em contratar uma mulher-sanduíche. Meus funcionários sugerem que isso não seria benéfico para nós, mas pretendo trazer as melhores técnicas de marketing dos Estados Unidos para esta nação gloriosa. Como estão suas habilidades giratórias? De qualquer maneira, se você quiser fazer parte da nossa notável empresa, por favor, sinta-se à vontade para ligar para minha assistente no...

A mensagem continuou quando afastei o celular do ouvido e o encarei por alguns minutos. O maldito Ricky Collins tinha me oferecido um emprego. De mulher-sanduíche. No Canadá. Do jeito mais irritante possível.

Agora eu sei por que a Lizzie o recusou no ano passado, pensei, rindo.

Depois continuei rindo. Porque, por favor — Ricky Collins! Ele acha que tem que cuidar de mim! E isso é estranhamente meigo, ou meigamente estranho, não sei direito. Ai, meu Deus, espere até eu contar isso para a Lizzie, ou para a Mary, ou...

Ou para a Jane.

Meu Deus, como eu sinto falta da Jane. A Lizzie ficaria totalmente irritada com a proposta do Ricky, a Mary daria de ombros e perguntaria se havia benefícios. E a Jane... a Jane simplesmente diria que foi simpático o Ricky oferecer, e depois riria comigo.

Sinto mais saudade do que você possa imaginar!

Ah, Jane. Também sinto saudade de você.

Então por que não visitá-la?, sussurrou uma vozinha na minha cabeça. Não tenho nada na minha agenda. E tenho um pouco de dinheiro guardado. Sabe aqueles vídeos que eu nunca tirei do ar porque representam um relacionamento doloroso e mantê-los na internet parecia melhor do que mentir sobre isso? É, eles têm propaganda. E, aparentemente, algumas pessoas ainda assistem.

A srta. Winters me falou para comemorar minha conquista. Não consigo pensar numa comemoração melhor do que visitar a Jane em Nova York.

E quem sabe? Talvez algumas pessoas e lugares novos sejam exatamente o que eu preciso para descobrir o que fazer da vida.

Dormi planejando minha aventura. O que vestir, quem visitar, o que fazer na Big Apple.

Nova York não vai saber o que a atropelou.

25
CENTRO DO UNIVERSO

Nova York! Pessoas correndo alucinadas de um lado para o outro! Outdoors gigantescos! Um cara fazendo xixi na escada rolante!

E isso tudo foi antes de eu sair do aeroporto.

— Lydia! — Ouvi uma voz doce e aguda.

Alguém estava acenando loucamente para mim e segurando um cartaz com o nome BENNET impresso, decorado com adesivos brilhantes de unicórnios. Jane.

— É tão bom te ver! — ela gemeu enquanto jogava os braços ao meu redor.

— Você também! — gemi de volta.

— Oi, Lydia. — Uma voz tímida e um aceno surgiram no meu campo de visão.

— Bing! — gritei e fiquei na ponta dos pés para abraçá-lo também. Ele pareceu surpreso. E faz sentido. Apesar de eu e o namorado da Jane sempre nos darmos decentemente — exceto naquela vez que ele saiu da cidade sem contar para ninguém e partiu o coração da minha irmã durante alguns meses antes de perceber que estava sendo um idiota maluco e implorou para ela voltar —, nunca estivemos na fase dos abraços. Mas, ei, se ele estava disposto a seguir minha irmã até Nova York para ela fazer carreira enquanto os dois cuidavam do relacionamento, ele tinha entrado para a zona do abraço no meu caderninho.

— Bom te ver, Lydia — o Bing disse, com a respiração meio tensa. Opaaa. Soltei seu pescoço. — Você só trouxe isso? — ele perguntou, apontando para a mala de bordo aos meus pés.

Bufei.

— Não. Tive que despachar as outras.

Ele olhou de relance para a Jane.

— Lydia, quantas malas você trouxe? — ela perguntou com doçura.

— Só três — respondi. O quê? Eu nunca tinha ido a Nova York e não sabia como me vestir. Preciso de todas as minhas roupas mais legais à mão, e todas as minhas roupas são absurdamente legais.

Se alguém entenderia isso, esse alguém era a Jane.

— Tudo bem — ela disse, sorrindo depois de um instante. — Vamos pegar suas malas. Nova York te espera!

* * *

Esse é o jeito de entrar numa megacidade.

Carro de luxo? Sim.

Garrafinhas de água nos apoios de copo se você estiver com sede? Sim.

Teto solar para eu poder me levantar enquanto passamos pelas ruas procurando pontos turísticos? Bom, o teto solar estava ali, mas o motorista gritou comigo no instante em que tentei me levantar. (Além do mais, não era exatamente um teto *solar*, considerando que já era noite quando cheguei.)

Mas as luzes eram fortes, e os pontos turísticos não me decepcionaram.

— O que é aquilo? — perguntei.

— É o local da Feira Mundial de 1964 — a Jane respondeu.

— E aquilo?

— É onde o New York Mets joga.

— E aquilo?

— Aquilo... acho que é um asilo.

— Então, Lydia, como estão todos? — o Bing perguntou, do outro lado da Jane. — Seus pais?

— Estão bem — falei. — Você sabe. Normal.

Apesar de eu achar que "normal" para minha mãe e meu pai havia mudado recentemente, porque, antes de eu viajar, alguma coisa parecia... estranha.

A questão é: eu achava que meus pais seriam totalmente contra a minha ida a Nova York. E eu estava certa, em parte.

— Já era hora de você acordar — meu pai disse quando desci a escada na manhã seguinte ao meu jantar de formatura. — Você nem viu sua irmã.

— A Lizzie já foi embora? — Eu me joguei no meu lugar à mesa, ainda sem acordar completamente.

— Ela precisava voltar, meu amor — minha mãe falou.

— Ainda não sei por que ela teve que ir antes do amanhecer — meu pai resmungou. — Eu queria ter tido pelo menos uma chance de conversar com ela.

— Querido, ela tinha uma reunião importante e uma longa viagem. Falei que ela não precisava esperar uma coisa boba como o café da manhã — minha mãe disse enquanto colocava uma xícara de café muito, muito doce na minha frente. — Ainda mais porque eu fiz um belo lanche para ela comer na estrada.

— Mesmo assim — meu pai retrucou, depois voltou a atenção para mim. — Acho que você merecia dormir um pouco mais no primeiro dia depois da sua formatura — emendou, piscando para mim.

— Na verdade, não foi isso — falei, respirando fundo. — Fiquei acordada até tarde planejando minha viagem a Nova York.

Meus pais levantaram o olhar do café da manhã enquanto eu apresentava meu plano. Achei um voo muito barato num site de reservas de última hora e já tinha falado com a Jane (são três horas a mais lá, e mesmo assim acabei acordando-a). Eu exploraria a cidade, absorveria um pouco da cultura que todo mundo comenta e visitaria minha irmã, como uma pessoa sensível, responsável e com-diploma-de-tecnóloga faria.

A expressão dos meus pais não mudou por uns bons trinta segundos. Depois, meu pai suspirou.

— Sinto muito, docinho. Essa não é uma boa hora. — Seus ombros caíram enquanto seu olhar foi até a minha mãe. — Eu queria que a sua irmã ainda estivesse aqui, porque temos algumas coisas para discutir sobre o que vai acontecer agora...

Então era isso. Eu tinha me formado, dormido até tarde e agora meu pai achava que era o momento de conversar comigo sobre o futuro e meus planos. Eu já esperava por isso. Quer dizer, fiquei meio magoada, mas eu tinha argumentos preparados (eu estaria com a *Jane*, o melhor argumento que eu poderia inventar) quando...

— O que vai acontecer agora é que a Lydia vai para Nova York! — minha mãe se meteu, com um sorriso animado no rosto. — Acho que é uma ótima ideia.

— Marilyn, isso não pode continuar...

— Tom — disse ela, como um alerta, e isso calou meu pai na hora. Minha mãe nunca chamava meu pai pelo nome. Vivíamos num mundo de "queridos" e "docinhos" e, às vezes, "chuchuzinhos". — É só por um tempo. A Lydia é adulta e pode tomar as próprias decisões, assim como você e eu. Ora, ela até já comprou a passagem, não é, querida?

Na verdade, eu não tinha comprado, pois estava esperando até falar com os meus pais (como uma pessoa sensata, responsável e com-diploma-de-tecnóloga faria), mas pode apostar que fiz que sim com a cabeça como se já tivesse clicado na caixinha de sem-devolução e apertado o botão de comprar.

Discussão: terminada. Desgostoso, meu pai beijou minha cabeça e foi para o escritório resmungando, e minha mãe ficou feliz de me empurrar porta afora para o aeroporto.

E isso me pareceu meio esquisito. Porque ela nem mandou mensagens e presentes para a Jane. Sei que eles estavam empolgados para ficar com a casa só para eles, e que o fato de eu não me mudar para San Francisco com a Mary interrompia essa possibilidade, mas... isso só me deu a sensação de que eu era indesejada. Em qualquer lugar.

Mas não contei isso para a Jane. Estar em Nova York afastava todas essas coisas. Passei seis horas num assento do meio num avião com wi-fi e agora meia hora no carro em ruas congestionadas, então deveria estar me sentindo péssima. Mas não estava. Eu me sentia... renovada. Tudo ao meu redor era novo, e eu era nova para tudo. A cada quarteirão que passávamos, eu sentia mais e mais o peso das últimas seis semanas — expectativas, redações, bolo de parabéns — afastando-se de mim.

Eu podia ser qualquer coisa, aqui. Eu podia ser *qualquer pessoa*.

Eu podia estar em qualquer lugar. Sério, quando paramos diante de um prédio de fachada lisa em algum lugar do Brooklyn, eu poderia estar em Timbuktu.

— Onde estamos? — perguntei. — É aqui que o Bing trabalha como voluntário?

Antes de ir para Nova York, o Bing decidiu que seu caminho não era ser médico de hipocondríacos ricos, mas trabalhar com os necessitados. Mas não pensei que fossem *tão* necessitados.

— Não, sua boba — a Jane sorriu. — Eu moro aqui.

— Você mora aqui?

— O bairro é promissor.

E precisava prometer muito, se os bêbados de meia-idade na esquina significavam alguma coisa.

— É mais bonito por dentro — a Jane disse e fez cara de cachorrinho meigo para o Bing. — Podemos levar as malas. Você já ajudou muito.

— Quatro lances de escada? Tem certeza? — ele perguntou.

— Humm, quatro lances de escada? Tipo, subir a pé? Com todas essas malas? — Olhei para eles alternadamente.

O Bing sorriu.

— Acho que é melhor eu ajudar.

* * *

Depois de muitos degraus e muito ofegar (da minha parte, pelo menos — o excesso de degraus não faz parte da minha rotina diária), finalmente chegamos ao apartamento da Jane.

— Tem certeza que não quer entrar pra tomar um chá? — a Jane perguntou ao Bing, enquanto ele colocava minhas duas malas maiores no chão.

— Vocês devem ter muita coisa pra conversar — ele disse. — Além do mais, o motorista ainda está me esperando lá embaixo.

— Obrigada por ajudar — a Jane sorriu.

— Estou à disposição — ele respondeu e depois, tipo, esperou a Terra parar de girar antes de desviar os olhos dela. — Lydia... espero que você curta a cidade. Vejo vocês duas em breve?

Fiz que sim com a cabeça.

— Pode deixar. Obrigada, Bing!

Ele acenou e desapareceu, descendo a escada.

— Vamos ajeitar suas coisas — a Jane disse, abrindo a porta do apartamento.

Na televisão, os apartamentos de Nova York são sempre lindos e espaçosos — mas parece que isso é mentira absoluta. Bom, não absoluta. O apartamento da Jane é lindo (dã, é *da Jane*), mas espaçoso... não exatamente.

— Opa, desculpa — falei quando bati com uma das malas na parede. Nós duas estávamos andando de lado no corredor estreito em direção ao resto do apartamento.

— Allison, essa é minha irmã, Lydia — a Jane disse quando finalmente chegamos ao espaço um pouco mais amplo da sala de estar.

Meus olhos dispararam pela sala, combinando mentalmente as coisas com as fotos que insistimos que a Jane nos mandasse, e finalmente parei numa garota que parecia ter mais ou menos a idade da minha irmã, encolhida no canto de um sofá listrado preto e branco com um livro nas mãos.

— Lydia! Ah, já ouvi falar muito de você!

O sorriso da Allison ocupou metade do rosto enquanto ela vinha na minha direção e apertava a minha mão. Um daqueles apertos de mão esquisitos com um supercontato visual, no qual minha mão virava recheio de sanduíche entre as duas mãos dela.

— Allison... — comecei. — Você é aquela que trabalha com relações públicas, certo? — Olhei para a Jane em busca de confirmação, mas a Allison fez que sim com a cabeça, entusiasmada.

— Sou eu! A Shea está no quarto dela, estudando... — Ela virou para minha irmã e baixou a voz. — Chocante, eu sei.

Shea é a colega de apartamento universitária. A Jane nunca falou muito de nenhuma das duas — só conversamos sobre trabalho, Bing, trabalho, Bing, e como está a família em casa, é claro —, e eu só sei isso delas. Qualquer outra coisa seria nova e surpreendente, como todo o resto aqui.

— Só vamos deixar as coisas da Lydia no meu quarto rapidinho — a Jane disse.

— Eu ia ver um filme daqui a pouco. Se vocês quiserem ver também... Tem um documentário sobre a família Manson no pay-per-view — ela continuou.

— Não sei... A Lydia provavelmente está muito cansada... — a Jane respondeu. Mas eu conhecia aquele tom. Não era o tom "eu realmente acho que você está cansada", e sim o tom "precisamos conversar".

E conversar, eu sabia, era algo que teria que acontecer mais cedo ou mais tarde. Eu só preferia que fosse mais tarde.

— Na verdade, parece ótimo! — interrompi. — Deixa só eu trocar essas roupas nojentas de avião.

— Você... — a Jane começou.

— Quem pode dizer não para um documentário familiar? — perguntei e comecei a arrastar minhas coisas, passando pela Jane em direção a outro corredor menor. — Qual é o seu?

— O da esquerda.

Fui nessa direção, mas ouvi uma porta se abrir, gemendo do outro lado do corredor atrás de mim.

— Ouvi a Allison dizer que vocês iam ver um filme — uma voz falou baixinho. Virei e vi uma garota que definitivamente poderia ter saído daquele filme de cantoras que matam zumbis aparecer na porta de um dos quartos.

— É — a Jane disse, igualmente baixinho. — Não se preocupe, não vamos fazer barulho, eu sei que você está trabalhando. Shea, essa é a...

— Lydia — ela interrompeu, me olhando de cima a baixo antes de me cumprimentar com a cabeça. — Oi.

— Oi... — respondi.

Ela voltou a atenção para a Jane, lançando um olhar questionador.

— Me manda uma mensagem se estivermos fazendo muito barulho.

— Obrigada — Shea respondeu e, antes de eu sequer conseguir vê-la se mexer, ela já estava fechada novamente no quarto.

— Simpática — murmurei quando entramos no quarto da Jane.

— Ela é ótima — a Jane reagiu. — Só está ocupada. Morar com outras pessoas exige... concessões.

— Ei, eu morei com a Mary o verão todo, você não precisa me lembrar disso — brinquei.

A Mary.

Certo.

Outra coisa na qual eu não queria pensar hoje.

Felizmente, eu não teria que fazer isso. Ainda não.

— Então, e o filme?

26
BEM-VINDA A NOVA YORK

Tive um daqueles momentos de susto quando acordei na manhã seguinte — do tipo em que você fica meio em pânico durante um minuto porque não sabe onde está. E, não, não foi só porque o documentário da Allison acabou sendo sobre um culto assassino em vez de uma família doce e adorável. Ouvi algumas portas se fechando com barulho na cozinha, e eu devia estar tendo um sono mais leve que o normal, porque acordei imediatamente, achando que a Kitty tinha derrubado alguma coisa no meu quarto. Mas aí lembrei que a Kitty não estava lá, porque eu estava dormindo no sofá da Jane, e o outro lado da parede da sala de estar era a cozinha, e era de lá que os sons vinham.

Isso nunca aconteceu. Eu estava acostumada a acordar no nosso sofá, no quarto da Lizzie, no chão da casa de uma amiga ou na cama de um namorado. Nunca fiquei assustada com isso.

Mas acho que eu não acordava em outro lugar que não fosse o meu quarto desde o George.

Parecia uma mudança insignificante — se assustar com ambientes desconhecidos quando você nunca se assustava. Mas alguma coisa me deu medo, no instante em que percebi o que tinha acontecido. Como se meus olhos tivessem ficado castanhos de repente ou meu cotovelo não tivesse mais dobra.

Esse foi o segundo pânico leve nos primeiros instantes acordada hoje de manhã.

O terceiro veio quando um assobio agudo atravessou o apartamento.

Percebi bem rápido que era uma chaleira, mas, pronto, agora eu estava acordada.

Tirei o lençol da Jane de cima de mim e sentei. O assobio parou, graças a Deus, e eu ouvi quem estava no outro cômodo começar a vir em direção a este, pouco tempo depois.

— Oi! Espero que eu não tenha te acordado — a Allison disse, seguindo para o sofá. Eu mal tive tempo de tirar os pés antes de ela sentar na outra ponta.

— Não, eu já estava acordada — menti.

— Você se incomoda se eu ligar a TV? — ela perguntou, já apertando o botão do controle remoto. Fiz que não com a cabeça, quase certa de que ela não estava me olhando enquanto se movimentava com rapidez. — Preciso ver *Meet the Press* enquanto tomo o meu chá. Ah, desculpa, eu devia ter perguntado se você queria, mas achei que você ainda estava dormindo.

— Tudo bem — falei e bocejei. — Posso tomar um banho?

— Ah, claro! As toalhas da Jane são as roxas, na segunda prateleira do armário — ela disse. — Um aviso: a água quente acaba rápido, e tem mais três pessoas, então...

Fiz um sinal de positivo com a cabeça enquanto bocejava de novo, pegando minha nécessaire e uma roupa adequada para o dia, e me apressei até o único banheiro.

Depois de uns vinte minutos e de ficar chateada ao perceber que esqueci meu sabonete de rosto e ter que pegar o da Jane emprestado, me senti bem menos sonolenta e mais preparada para sair e finalmente conhecer a supostamente épica Nova York.

— O que você quer ver primeiro? — a Jane perguntou, me servindo uma xícara de café na cozinha. Ela havia se levantado enquanto eu estava no chuveiro e feito chá para ela e café para mim e para uma Shea apressada que passou pela sala de estar em direção à biblioteca.

— Você quer dizer que não planejou um roteiro?

— Acho que anotei algumas ideias — ela admitiu.

Sorri, sabendo que, se não fosse uma agenda completa, seria apenas pelo fato de a Jane estar superocupada. A Lizzie pode ser nerd, mas a Jane é organizada e está sempre preparada para todas as situações.

— Estou totalmente animada pro que você quiser me mostrar — falei para ela.

— Perfeito! — a Jane sorriu. — Podemos fazer os passeios turísticos hoje e depois te apresentar melhor as redondezas. Que tal?

Fiz que sim com a cabeça.

— Vamos turistar, irmã!

— Tenho que cuidar de alguns e-mails do trabalho antes de sairmos. Me dá dez minutos?

Acenei para ela sair e sentei à mesa da cozinha para terminar o café enquanto ela voltava para o quarto.

Peguei o celular e verifiquei preguiçosamente as mensagens. Nada novo, mas desci até minha última conversa com a Mary e encarei a tela durante alguns segundos, com o polegar pairando sobre o teclado virtual.

Digitei finalmente, depois de pensar em algumas opções:

> Como está San Francisco?

"Estou em Nova York!" não teria uma pergunta envolvida; "E aí?" é geral demais; e "Ei, desculpa por ter estragado tudo, estamos numa boa?" é demais para as nove da manhã.

Droga, nove da manhã. Significa que são seis da manhã na Costa Oeste. A Mary acorda cedo, mas ninguém acorda tão cedo num domingo. Espero que minha mensagem não a acorde e provoque seu mau humor. Não seria uma boa maneira de voltar a falar com ela.

De qualquer forma, provavelmente tenho algumas horas antes de ela talvez decidir responder, e isso significa que tenho algumas horas antes de ficar ansiosa por ela talvez não responder. Hipoteticamente. Nunca fui boa em esperar.

Pelo menos eu passaria o dia distraída com as aventuras com a Jane e não teria que pensar em todas as porcarias que havia deixado temporariamente para trás. Essa viagem não é para isso. É para eu ter uma folga e me recompor. E, pelo menos durante alguns minutos até a Jane terminar suas tarefas de trabalho, também é para superar a Lizzie num jogo de perguntas sobre a cultura pop no celular.

* * *

Dez minutos viraram trinta, que viraram mais vinte quando a Jane recebeu uma ligação do trabalho bem na hora em que estávamos saindo, mas, depois disso, finalmente começamos nosso passeio.

— Mantenha a bolsa na frente e lembre de deixar sempre o zíper fechado — a Jane disse quando empurramos a roleta na estação de metrô. — O metrô fica muito lotado, e você tem que tomar cuidado o tempo todo com o que está à sua volta.

— Você parece a mamãe na primeira vez em que me deixou ir a pé pra escola sozinha — falei, revirando os olhos.

— Estou falando sério! A carteira do Bing já foi roubada duas vezes.

De algum jeito, não fiquei totalmente surpresa ao saber que o namorado da Jane, muito inteligente, mas também com uma aparência um pouco ingênua, tinha sido vítima de roubo no metrô duas vezes. Mas também é meio ridículo, porque todo mundo que conhece o Bing também sabe que, se qualquer desconhecido lhe pedisse dinheiro, haveria chances de ele pegar a carteira e perguntar se a pessoa preferia notas de vinte.

De qualquer maneira, fiz o que a Jane pediu e logo entendi por que é fácil ser roubada. Corpos suados pressionaram o meu enquanto lotávamos o segundo vagão — não de um jeito nojento e asqueroso que já ouvi dizer que acontece no transporte público, só de um jeito "droga, não tem espaço para todo mundo". Absorvi a situação e agarrei a barra de metal acima da cabeça enquanto o metrô tentava me jogar para cima de desconhecidos, agradecendo pelo álcool gel do qual eu faria um uso generoso quando chegássemos acima da terra (sério, a Mary ia surtar). Eu estava em Nova York e faria as coisas do jeito de Nova York. Ei, ninguém disse que Lydia Bennet não estava preparada para uma aventura.

Achei que veríamos a Estátua da Liberdade, faríamos um piquenique no Central Park, subiríamos até o topo do Empire State Building (*no mínimo* pela música do Jay Z, para ser bem sincera) e voltaríamos para a Times Square, para um jantar caro e premiado e um show na Broadway.

Só que não apenas o turismo em Nova York é mais sujo do que eu imaginara, mas também gasta muito mais tempo.

Depois de uma longa viagem de metrô e mais caminhadas do que eu fazia há algum tempo (pelo menos a Jane também tinha me alertado para usar sapatos confortáveis), entramos numa balsa, que nos levou à primeira parada turística, a Estátua da Liberdade.

— Estão tão empolgada pra te levar a todos esses lugares pela primeira vez! — a Jane sussurrou quando estávamos na fila absurdamente longa para subir até o topo da coisa com coroa.

Eu estava questionando se valia a pena, considerando quanto tempo parecia que ainda levaria — por um lado, a Estátua da Liberdade! Ela aparecia em tantos filmes! Por outro, o casal de meia-idade à nossa frente, usando camisetas iguais com I ❤ NY, discutia os possíveis significados do cocô meio sem cor do seu chiweenie já fazia vinte minutos — mas a empolgação da Jane foi suficiente para mim. Se ela queria estar aqui, eu também queria.

Felizmente, apesar de a longa espera na fila ter sido um lugar fácil para me encurralar para falar sobre tudo que acontecera no verão, a Jane sabia que não era a hora, e nós conversamos principalmente sobre o seu emprego (com várias interrupções profissionais por celular/e-mail), o emprego do Bing no centro e que tipo de coisa poderíamos fazer na cidade. Chegar à Estátua da Liberdade aconteceu enquanto conversávamos, e não foi superimpressionante nem subimpressionante. Foi só... impressionante? Mas a Jane estava feliz, e eu estava contente de estar aqui com ela, então tudo bem.

* * *

Finalmente, no cair da tarde e depois de uma parada rápida no Metropolitan Museum of Art, estávamos caminhando pelo Central Park. Meus pés estavam *acabados*, mas pelo menos estavam animados com as coisas para ver. Passamos por músicos, mímicos e crianças jogando moedas numa fonte. Falei para a Jane que eu queria ver *tudo*, mas ela só riu e me disse que o parque era um pouco grande demais para isso, mas talvez eu pudesse voltar num dia da próxima semana enquanto ela estivesse no trabalho e caminhar por lá.

Depois de mais ou menos uma hora andando, eu a convenci de que *um* petisco de carrinho de rua não estragaria o jantar, e compramos dois pretzels caríssimos antes de parar num banco de madeira fofo perto da água.

— Isso não é comida de rua *de verdade*, sabia? — a Jane disse. — É tipo a comida que você consegue num centro de convenções. Existem muitos carrinhos de rua autênticos fora das áreas turísticas. Vamos conhecer alguns enquanto você estiver aqui.

— Comida de rua "de verdade" — falei, zombando dela, e parei de devorar meu pretzel por tempo suficiente para fazer um sinal de aspas no ar. — Você está tão nova-iorquina. — Era verdade. A Jane sempre foi a irmã mais estilosa, mas agora tinha um verniz, como se o fato de andar rapidamente pelas ruas de Nova York tivesse deixado sua superfície brilhante e macia.

— Eu só quero que você experimente as coisas que não pode experimentar em outras cidades! — ela protestou, ainda doce como sempre.

— Claro — falei. — Mal posso esperar pra voltar para casa e começar a empurrar as pessoas para fora das calçadas porque elas não estão andando rápido o suficiente.

Ela me empurrou com o ombro e balançou a cabeça. É estranho que, não importa a nossa idade ou o que acontece, a Jane e eu sempre seguimos a rotina de irmã mais velha e irmã mais nova. É legal de um jeito "algumas coisas nunca mudam", o que é bom, quando as coisas ficam mudando ao seu redor.

— Você está olhando muito pro celular hoje. Esperando alguma coisa? — ela perguntou.

Fiquei confusa por meio segundo até abaixar o olhar e perceber que meu celular realmente estava na minha mão. Acho que eu estava pegando o aparelho subconscientemente o dia todo, esperando para ver se a Mary responderia à minha mensagem.

Por enquanto, nada.

— É mania — respondi.

Na verdade, ninguém tinha mandado nenhuma mensagem nem ligado, exceto a Lizzie, que me deu bronca por não avisar que eu tinha chegado à casa da Jane em segurança. Normalmente, quando eu saio da cidade, recebo uma ligação (ou uma dúzia) da minha mãe para saber se estou bem, mas até agora nada. Mandei uma mensagem para minha mãe de qualquer maneira e me perguntei se isso significava que meus pais agora confiavam em mim, ou se eles realmente estavam animados para ficar sozinhos em casa.

— Falando em celular... — a Jane se levantou, olhando para a tela do seu.

— É do trabalho, tenho que atender.

Antes que eu fizesse que sim com a cabeça, ela havia seguido pelo caminho que usamos para chegar aqui, atendendo educadamente com um "Jane Bennet falando".

Guardei meu celular no bolso, continuei mastigando o pretzel e me permiti admirar um pouco a paisagem. O parque era realmente maravilhoso, apesar de ser um pouco quente no verão e um pouco lotado no fim de semana. Voltei minha atenção para a água, observando as ondas provocadas pela leve brisa. O lugar que encontramos era um pouco fora da trilha, e este provavelmente era o primeiro momento silencioso que tive o dia todo. Deus sabe que normalmente não curto o silêncio, mas talvez seja porque só estou acostumada a isso, já que moro no subúrbio. Numa cidade barulhenta, é até legal.

Naturalmente, eu estava pensando em como o ambiente era tranquilo quando ouvi o som de tênis amassando a grama ali perto e virei bem a tempo de ver um cara de camiseta cinza e calça jeans skinny preta sentar de repente no gramado a poucos passos de distância e abrir o que parecia um caderno de desenhos gigantesco. Meus olhos dispararam entre a água e essa chegada enquanto ele começava a desenhar, tentando não ser muito esquisita em relação a isso, mas me perguntando exatamente por que ele estava sentado tão desconfortavelmente perto.

Pensei no que a Jane tinha me falado mais cedo, quando estávamos ouvindo um homem de meia-idade cantarolando uma música enquanto batia com uma caneca no chão. Não era bom, mas chamava a atenção o suficiente para nos fazer parar ali por um minuto e observar.

— Se você parar, tem que contribuir com alguma coisa — ela disse depois de colocar um dólar na caneca cheia de moedas que o "cantor" mantinha perto dele.

Verifiquei o chão ao redor desse cara mais novo, mas não vi nenhuma caneca. Mas ele tinha tirado o chapéu e colocado no gramado.

Chapéus eram para receber dinheiro, certo? Tenho quase certeza que vi isso em *Law & Order*.

Eu o encarei durante um minuto, pensando nas opções.

— Se você quer dinheiro, não tenho nenhum — falei finalmente.

O cara continuou desenhando durante alguns segundos, depois levantou o olhar de repente, como se tivesse me escutado com atraso.

— Quê? — ele perguntou.

— Você é um daqueles artistas que fazem coisas pra todo mundo olhar e depois pedem dinheiro?

— Eu? Não. — Sua expressão transmitia claramente que ele estava se divertindo, enquanto voltava a desenhar.

Franzi a testa. Eu não queria necessariamente continuar falando com ele, mas parecia superconstrangedor estarmos sentados tão perto e *não* conversarmos. Era assim que as pessoas de Nova York sempre faziam as coisas? Uma cidade tão abarrotada que sentar perto de uma pessoa e não perceber sua existência era uma atitude normal?

Mas o parque não estava abarrotado, e ele tinha sentado ali do mesmo jeito.

E ele também não parecia estar dando em cima de mim, então...

— É tipo um lance esquisito de performance e arte, então? Sentar muito perto de desconhecidos e ver como eles reagem?

Seu sorriso continuou, apesar de ele não olhar para mim, desta vez.

— Estou desenhando essa ponte a tarde toda. Levantei pra esticar as pernas, voltei e você estava sentada aí. Desculpa se te deixei desconfortável. Só estou tentando terminar isso antes do anoitecer.

— Ah — falei, me sentindo meio boba. Isso fazia sentido. — Não, tudo bem.

Ele não disse mais nada, então coloquei a mão no bolso e peguei o celular para tentar me distrair.

Só para vê-lo morrer imediatamente.

Sério, isso está ficando ridículo. Tenho que arrumar um carregador portátil como o da Jane.

Fiquei me remexendo no banco, olhei ao redor para procurar a Jane e finalmente a vi andando de um lado para o outro do caminho ali perto. Ela me lançou um aceno rápido, mas continuou imediatamente o que parecia uma conversar muito intensa.

Então, não, ela não estava voltando para me salvar do constrangimento e do tédio.

Sentei de novo e percebi que meu olhar estava passeando pelo caderno de desenhos do artista que não era de rua.

— Acho que você está desenhando de cabeça pra baixo — falei para ele.

— Pode ser — ele concordou. — É o reflexo, está vendo? — Ele tirou o lápis do papel e apontou com a ponta de borracha para a água, onde vi uma imagem vacilante da ponte refletida ao contrário.

— Você está fazendo um lance de paisagem?

— Não. Só a ponte.

— E o reflexo?

— Só o reflexo.

— Por que você só vai desenhar o reflexo?

Ele abriu a boca, mas a fechou de novo, me olhando de cima a baixo.

— Você faz muitas perguntas.

— Você não dá respostas muito boas — disparei em troca, franzindo a testa.

— Se eu passasse todo tempo conversando, não ia conseguir desenhar muito, né?

— Ei, desculpa por isso. — Levantei o olhar e vi a Jane vindo na minha direção, sem o celular grudado na lateral do rosto.

— Houve um... problema com o tecido.

— Parece terrível — falei, tentando não deixar minha leve chateação aparecer demais.

A Jane olhou para o cara esquisito que desenhava, que, é claro, já tinha voltado à atividade. Mas ela deve ter percebido que estávamos no meio de uma conversa quando voltou, porque, sendo a Jane, ela abaixou a cabeça, numa tentativa de chamar a atenção dele.

— Oi! Sou a Jane, irmã da Lydia.

Ele levantou o olhar muito rapidamente.

— Olá.

— Qual é o seu nome?

Ah, Jane. Eu me levantei de repente e dei o braço a ela.

— Ele não gosta de perguntas.

— Tá bom. — A Jane soltou um grito agudo quando eu a puxei. — Foi muito bom te conhecer!

— Igualmente, Jane — eu o ouvi gritar de bem longe atrás de nós. Parece que já adquiri o hábito de andar rápido dos moradores da cidade.

— Lydia, isso não foi simpático — ela brigou comigo quando diminuímos o passo.

Dei de ombros.

— Eu queria passar mais tempo com a minha irmã. Você já terminou as coisas do trabalho?

Ela me lançou um olhar, e eu imediatamente me senti mal pela cobrança.

— Desculpa por eu ser chamada pra isso a toda hora — ela disse, suspirando. — Quero passar o dia com você, mas...

— Às vezes a vida acontece. Tudo bem. Você vai ficar comigo a semana toda, de qualquer maneira. Então... pra onde vamos agora?

— Bom... O Bing quer nos levar pra jantar daqui a umas duas horas...

— É mesmo? — gemi. — Ahh, é um lugar elegante? Eu sempre quis ir a um restaurante fino na cidade. Pode ser que nem nos filmes?

— Calma — a Jane disse, sorrindo. — Acho que você vai gostar. Só vou dizer isso, porque era pra ser surpresa, mas não quero que você coma mais pretzels antes de chegarmos lá.

— Chega de pretzels — falei. — Prometo.

— Ótimo. — Ela inclinou a cabeça para o céu, além das árvores. — Parece que o sol vai estar se pondo quando sairmos do parque... Quer andar por aí mais um pouco antes de irmos encontrar o Bing?

Ai, que ótimo, andar mais.

Mas minha mente já estava divagando com garrafas de vinho caro e filé mignon — pronunciado por um garçom que parecia ter saído do útero falando francês, obviamente — enquanto a Jane me conduzia por um novo caminho e em direção a uma ponte.

A mesma ponte, percebi, que estávamos observando do banco do parque. Semicerrei os olhos naquela direção e vi a silhueta de um cara vestindo cinza e preto sentada onde o deixamos. Por uma fração de segundo, eu me perguntei se ele teria visto a mim e a Jane atravessando seu reflexo e se acabaríamos fazendo parte de seu desenho esquisito de cabeça para baixo.

27
MUDANÇA DE PLANOS

O jantar com o Bing foi caro e superelegante, bem como eu esperava. E ele insistiu em pagar tudo, bem como eu esperava. E ele e a Jane foram adoráveis a noite toda, bem como eu esperava.

Só que eu também esperava que meu telefone não estivesse morto, para eu poder tirar fotos dos dois com cara de apaixonados e mandá-las para todos da família.

Foi revigorante ver duas pessoas decentes apaixonadas e se dando bem de verdade. O Bing e a Jane eram o casal perfeito. Assim como o Darcy e a Lizzie, do jeito esquisito dos dois.

E eu e a Kitty.

Não que eu não goste de ser solteira. Eu gosto muito, *muito*. Nada de relacionamentos por um tempo. Preciso resolver minha vida primeiro e, obviamente, o que aconteceu com o Cody me revelou que ainda não estou pronta para isso.

Enfim, estou bem, sozinha.

E falei isso para o Bing quando ele tentou se meter na minha sobremesa.

— Você vai comer esse cheesecake todo ou...

— Bing, é a minha primeira viagem a Nova York. Vou comer essa fatia de cheesecake de Nova York. Sozinha. — Ele piscou, chocado com o corte. Mas eu tinha me tornado protetora em relação aos meus doces desde o fiasco do bolo de parabéns.

A Jane tinha se afastado para atender outra ligação. É óbvio que ela adora o trabalho e é uma dádiva de Deus para os empregadores, mas, mesmo assim, seria bom ficar três minutos sem ouvir seu celular tocar.

Mas, quando ela voltou para a mesa, percebi que havia lágrimas em seus olhos.

— O que foi? — perguntei. — O que aconteceu?

Durante um segundo e meio, pensei que algo arrasador tivesse acontecido, tipo, que o Bing tivesse terminado com ela de novo, deixando seu coração numa poça no chão, coberto com farelos de biscoito. Mas aí lembrei que, primeiro, o Bing nunca mais faria isso, nem em um milhão de anos, se quisesse evitar ser assassinado por uma das irmãs Bennet, e, segundo, ele estava ao meu lado enquanto a Jane atendia o telefone.

— A Cecilia quebrou o tornozelo! — a Jane disse enquanto se jogava de volta na cadeira.

— Ah, não! — o Bing exclamou, colocando a mão sobre a da Jane e entregando seu guardanapo para secar os olhos dela.

— Que droga — falei. — Quem é Cecilia?

— Ela trabalha comigo — a Jane respondeu, fungando. — Ela ia pra Miami esta semana no meu lugar, mas agora não tenho ninguém para me substituir. Preciso fazer uma cesta de presentes para ela. Ela gosta de *Doctor Who*... será que eu consigo comprar uma TARDIS a esta hora?

— Explicação, por favor? Sobre Miami, não *Doctor Who*.

O fato é que a Jane deveria ir para Miami esta semana para um desfile de moda. Mas, como liguei em cima da hora e falei que estava vindo, ela convenceu o escritório a mandar a Cecilia no lugar. Mas Cecilia quebrou o tornozelo hoje à tarde, enquanto escalava rochas em Chelsea Piers, então adeus, Miami.

— Como está em cima da hora, eles não têm escolha. Tenho que ir — a Jane disse. — Meu voo é hoje à noite... Desculpa, Lydia. Tudo que eu queria era passar essa semana com você...

— Tudo bem, Jane — falei, tentando ficar calma em relação a tudo. — Eu entendo totalmente.

— Mesmo? — ela perguntou, mordendo o lábio. — São só três dias.

— Quer saber? Você ia passar esses três dias no trabalho a maior parte do tempo, de qualquer maneira. Basicamente, vamos perder três noites de Netflix depois que você voltasse do trabalho tão cansada que não ia querer fazer nada.

A Jane fungou enquanto sorria.

— Obrigada por entender.

— Bom — o Bing disse, chamando o garçom —, se seu voo é hoje à noite, você precisa fazer as malas e ir pro aeroporto.

* * *

— Eu posso escrever uma lista de coisas pra você fazer sozinha — a Jane disse, enquanto jogava roupas numa mala. Se bem que a versão Jane de "jogar roupas" envolvia dobrar tudo direitinho e colocar em compartimentos perfeitamente adequados. — Faço isso no avião e te mando assim que pousar.

— Claro — concordei. — Parece ótimo. — Na realidade, eu estava meio sem palavras.

Tem muitas coisas que eu quero ver, mas não quero fazer isso sozinha. Não que eu tenha medo de me perder na cidade grande e malvada — por favor, Lydia Bennet se adapta rápida e perfeitamente. Só que é mais divertido fazer coisas com outra pessoa. Especificamente, com a Jane. Os pontos turísticos ainda não tinham sido maravilhosos como eu esperava. A melhor parte foi vê-los com a minha irmã mais velha.

Mas eu não ia deixar a Jane saber disso. Ela já estava se sentindo culpada o suficiente.

— Ou, se você quiser companhia, tenho certeza que o Bing ficaria feliz em te levar para o centro com ele. As crianças com quem ele trabalha são adoráveis. E a Allison e a Shea vão estar aqui.

— Ãhã — falei. — Não se preocupe. Vou encontrar alguma coisa pra fazer amanhã. E provavelmente a maior parte vai ser dormir, porque estou esgotada. Fazer turismo é exaustivo.

— Seus pés não vão estar felizes de manhã. Precisei de algumas semanas pra me acostumar — a Jane disse, com um sorriso tímido.

Depois, quando ela fechou a mala, seu sorriso ficou sério.

— Não quero ser estraga-prazeres, mas... — Ela respirou fundo e me encarou com seu melhor "olhar preocupado de irmã mais velha". E, se você conhece a Jane, sabe que não é um bom olhar. — Desculpa por ter que viajar, porque eu queria conversar sobre tudo que aconteceu no verão.

— Tenho certeza que você já sabe de tudo — falei.

— Provavelmente — ela concordou. — Mas isso não significa que não temos nada pra conversar.

— Podemos nos preocupar com isso quando você voltar. — Dei de ombros.

— Está bem.

Pisquei.

Era só isso? Nada da Jane preocupada me pressionando para chegar ao fundo da questão? Sobre o que eu vou fazer agora? Não tenho resposta, claro, mas fiquei surpresa por ela deixar isso de lado com tanta facilidade.

Por outro lado, o Bing estava esperando para levá-la ao aeroporto, então ela provavelmente não tinha tempo para uma conversa franca de horas.

— Você tem falado com a Mary?

— Ãhã. — Depois que a Jane e eu voltamos para casa e ela começou a fazer as malas, corri para pegar o carregador do celular. Assim que meu bebê conseguiu energia, encontrei uma mensagem me esperando:

> Nada mal. Desculpa, trabalhei o dia todo.

É, claro que ela está ocupada. Eu entendo. Mandei outra mensagem em resposta e falei que estava em Nova York.

Os três pontinhos de digitação me torturaram por alguns minutos, até que...

> Bacana. Manda um oi pra Jane.

Eu poderia ter respondido, mas me senti estranhamente distante. Falar com a Mary já é difícil o suficiente; parece que trocar mensagens com ela tem ainda menos emoção. Ou era assim que funcionava agora.

— Acho que é isso — a Jane disse, pegando um chapéu de sol de um cabideiro. Ela se aproximou e me abraçou. Inspirei seu cheiro de Jane. — Sinto muito mesmo por não ficar com você.

— Você vai ficar daqui a três dias. Não se preocupe — falei e dei um dos meus sorrisos mais animados. — Quer dizer, Lydia Bennet solta em Nova York? O que poderia dar errado?

28
SOZINHA

A Jane *não* estava brincando em relação aos meus pés. No instante em que encostaram no chão ao lado de sua cama minúscula hoje de manhã, eles se transformaram de pés normais em tocos inchados.

O latejar deles combinou bem com o da minha cabeça.

Não tinha nada a ver com o vinho da noite passada. Eu mal bebi uma taça. Não, tinha a ver com a equipe de construção que usava uma britadeira na calçada, começando pontualmente às sete da manhã. Acho que vou ter que me acostumar a nunca ter uma boa noite de sono por aqui. Mas, ei, pelos próximos três dias, pelo menos não estou no sofá.

Decidi que o banho poderia esperar, peguei as coisas essenciais (meu celular e o notebook da Jane, que ela disse que eu poderia usar enquanto ela estivesse fora), manquei até a cozinha e fiz uma chaleira de café.

Peguei o celular e abri as notificações.

Eu estava dormindo e não li várias mensagens da Jane ("Acabei de pousar! Dá uma olhada no seu e-mail pra ver a lista!"; "Bom dia! Dormiu bem?"; "Ah, esqueci de uma coisa: tem uma construção no nosso quarteirão. Só pra você saber!"), algumas da Lizzie (sobre pedir ao Darcy para falar com a Central Bay de novo, aff) e... até uma da Mary.

> Já sabe o que vai fazer depois de Nova York?

É... acho que preciso de mais café para responder a isso.

Porque... quais são os meus planos? Agora que estou aqui, cheguei ao fim de qualquer planejamento anterior. Existe um enorme ponto de interrogação que não pode ser ignorado por muito tempo. E, como a Mary fez a pergunta e a Jane está esperando uma conversa quando voltar, eu deveria entrar nessa conversa com algumas ideias.

Ei, eu posso me mudar para Winnipeg e trabalhar como mulher-sanduíche em cima de um metro de neve na maior parte do ano. Plano de carreira épico.

Se havia um argumento para tentar encontrar um caminho para entrar numa faculdade de verdade, era esse.

— Oi. — Uma voz rouca afastou meu olhar do celular e o atraiu para a Shea, que estava entrando no apartamento, parecendo mais sonolenta do que eu me sentia antes do café.

— Esse café tem dona? — ela perguntou, apontando para a chaleira.

— Todo seu — respondi.

Ela colocou a mochila no chão ao lado da mesa antes de vasculhar os armários em busca de uma caneca, e eu percebi que ela estava usando as mesmas roupas de quando a vi rapidamente, ontem à noite.

— Acabei apagando na biblioteca — ela disse, percebendo que eu a estava encarando.

— Eles te esqueceram?

— A biblioteca da faculdade fica aberta a noite toda — ela explicou, servindo café numa caneca branca com uns óculos hipster e um bigode estampados. — Todo mundo tem trabalho demais pra fazer.

— Isso parece péssimo.

— E é. Você escapou de levar um tiro quando perdeu o prazo da transferência.

Ignorei a percepção (totalmente lógica) de que a Jane devia ter contado às colegas de apartamento sobre mim, porque eu não queria saber o que mais ela poderia ter contado. Estamos em Nova York. Sou a Lydia de Nova York, aqui. Olhando para a frente.

— Você se arrepende da pós-graduação? — perguntei.

A Shea balançou o café na caneca.

— Não — ela finalmente respondeu. — Mas entrei direto depois da graduação. Às vezes eu penso que deveria ter dado um tempo pra respirar. Mas não fiz isso, então... mais estudos. — Ela pegou a mochila do chão e foi para o quarto.

Então temos um voto para terminar a faculdade e um voto contra.

Talvez seja hora de eu mesma fazer umas pesquisas.

Abri o notebook da Jane e digitei "empregos legais sem diploma universitário" na ferramenta de busca.

Higienista bucal... eca, não... *Cosmetologista...* eu seria excelente, mas passo... *Repórter de tribunal!...* té-di-o... *Mecânico de refrigeração...* fala sério.

Tenho certeza de que várias pessoas com quem estudei no ensino médio decidiram não ir para a faculdade; eu podia ver o que elas estavam fazendo.

Entrei no Facebook pela primeira vez em séculos (sete novas mensagens do Denny — ops, desculpa, Denny) e comecei a passar pela lista de antigos colegas de turma com quem eu não falava havia anos.

Depois de passar por alguns perfis com faculdades, casamentos e bebês — sério? Nós mal saímos da adolescência, pessoal, aproveitem enquanto dura! —, uma coisa chamou minha atenção.

A Casey, uma menina que estudou comigo no ensino médio e que eu conhecia desde a época em que éramos bandeirantes, estava morando em Nova York. Olhei sua página — dizia que sua ocupação era freelancer, mas todas as fotos eram de festas muito legais, então ela devia estar fazendo alguma coisa certa para sobreviver em NYC.

Mandei uma mensagem rápida:

> Oi, Casey! Não nos falamos há séculos, mas estou em Nova York visitando a minha irmã e tenho um tempo livre. Quer encontrar comigo?

Eu estava quase fechando a janela quando vi a indicação de que ela estava digitando uma resposta.

> Claro! Vc vai estar por aqui hoje à noite?

Bom, eu não tinha a Jane. A Shea parecia uma zumbi de biblioteca. A Allison estava... em algum lugar. Por que não fazer alguma coisa?

Não demorou muito para combinarmos um encontro, e eu fechei o computador da Jane, bem feliz comigo mesma. Apesar de saber que era improvável voltar para casa com um plano de vida, ainda que vago, eu estava um passo mais perto de descobrir o que poderia fazer como talvez-não-pós-graduada (além de ser mulher-sanduíche).

E isso me deu o resto do dia livre para ver coisas na Netflix. Meus pés iam me agradecer.

29
CASEY

Levei uns três minutos bebendo com a Casey para lembrar por que nunca saímos muito, depois da época das bandeirantes.

Eu não suportava a garota.

Tínhamos combinado de nos encontrar num lugar em East Village, perto de Alphabet City.

— Espera, Alphabet City é o nome do restaurante? — murmurei para mim mesma enquanto colocava o endereço no celular antes de sair do apartamento. Na minha cabeça, eles provavelmente serviam muita sopa.

— É o nome do bairro — a Allison disse do sofá. Ela estava, ao mesmo tempo, lendo um livro e vendo alguma coisa sobre hábitos de acasalamento de insetos no Discovery Channel, mas conseguiu desviar os olhos por tempo suficiente para revirá-los para mim com pena. — Porque lá as ruas não são números, e sim letras.

— Ah — respondi. — Entendi. Você sabe qual é o melhor jeito de chegar lá? Vou encontrar uma amiga do ensino médio.

— Está planejando chegar tarde, né? — Ela me lançou o mesmo sorriso que eu já tinha visto nela.

— Provavelmente não, mas não sei.

— Bom, tenta não se meter em encrenca. A Jane ia me matar se alguma coisa acontecesse enquanto estou de olho em você. — Seu sorriso não se abalou. — Ou, se você fizer isso, só... deixa tudo do lado de fora do apartamento. Quanto menos eu souber, melhor.

— Claro — murmurei, virando de novo em direção à porta.

— Ah! Hum, você trouxe alguma coisa menos... princesinha? — Franzi a testa enquanto a Allison analisava minha roupa. Eu não estava nem usando brilhos! — *Eu* acho que você está impecavelmente... fofa, mas o pessoal de Nova York sente o cheiro de gente de fora de longe. É melhor se misturar um pouco mais. — Ela riu, e eu não entendi por quê.

Alisei, nervosa, o vestido azul que eu estava usando.

— Esse vestido é da Jane — falei. — Peguei no armário dela.

A cabeça da Allison se inclinou para o lado.

— A Jane faz parte do mundo da moda — explicou.

Não sei o que ela quis dizer com isso, mas voltei para o quarto da Jane e peguei um cardigã antes de finalmente seguir para a porta.

— Lydia — surgiu uma voz do quarto escuro da Shea. Ela piscou por causa da luz do lado de fora. — Pegue a linha G até a L, que vai te deixar na Primeira com a Catorze. Esses metrôs são péssimos, mas esse é o ponto mais próximo.

— Obrigada — agradeci, surpresa. Mas não sei se ela me escutou, porque voltou como uma tartaruga para dentro do quarto-concha escuro.

Eu já estava cansada das colegas de apartamento, pensei enquanto ia até o metrô.

Cheguei dez minutos antes ao restaurante onde combinei de encontrar a Casey, mas o garçom se recusou a me deixar sentar até "o grupo todo chegar", então sentei num banco do lado de fora e resisti à vontade de jogar jogos que consomem muita bateria no meu celular totalmente carregado, preferindo imaginar o que significava a descrição de trabalho freelancer deliciosamente vaga da Casey.

Freelancer em quê? Escritora? Designer? *Assassina?*

— Lydia?

Reconheci a Casey se aproximando de mim, se bem que, se não tivéssemos marcado isso e eu simplesmente a visse na rua, talvez não a reconhecesse. Ela não usava mais as blusas de alcinha e as calças jeans de cores fortes, trocadas agora por um visual mais nova-iorquino, de roupas clássicas em cores escuras.

— Oi! Que bom te ver — falei, fazendo minha melhor interpretação da Jane enquanto me levantava para o abraço obrigatório.

— Olha só pra você! — ela gritou. — Mal posso esperar pra saber de tudo, vem!

Eu não estava preparada para esse nível de entusiasmo.

Ela abriu a porta do restaurante com um puxão, e nós entramos, prontas para conseguir de fato uma mesa desta vez, obrigada, sr. Garçom.

Era um lugar badalado com iluminação fraca e muita arte nas paredes, claramente feita por moradores locais. Tudo em East Village parecia meio desleixado, mas um desleixado caro. Passamos pelo bar na frente e paramos numa pequena mesa no meio do restaurante. O espaço era meio apertado, e as pessoas estavam tão próximas que dava para encostar a ponta dos dedos nelas, mas ninguém parecia se importar.

— Então, como você está? — a Casey perguntou enquanto o garçom deixava na mesa dois copos de água sem gelo. — Você disse que a sua irmã está morando aqui?

— A Jane — respondi. — Ela se mudou pra cá a trabalho faz alguns meses. Coisas da moda.

— É uma área difícil, mas, ei, ela está tentando.

— E está se dando muito bem — comentei.

— Muitos sonhos não dão em lugar nenhum. — Ela suspirou.

— E você? — continuei, desviando da pergunta original. — Vi no Facebook que está trabalhando como freelancer...?

— É, tipo, uma coisinha aqui e outra ali, sabe? — ela respondeu de um jeito indiferente.

— Deve ser um "aqui e ali" bem impressionante, se você ganha o suficiente pra morar em Nova York — falei, determinada a saber meu futuro potencial por ela.

Ela deu de ombros.

— O último trabalho que eu fiz foi de assistente num reality show. Quase três meses atrás. Tenho que conseguir outro quando a minha folga divertida terminar.

— Então você... trabalha na TV? — perguntei.

— Às vezes. Achei que eu seria atriz, mas... dá muito trabalho, sabe?

— E dá pra ser assistente sem diploma?

— Um assistente passa o dia todo andando pra lá e pra cá com um walkie-talkie, dizendo para as pessoas aonde elas têm que ir. Não precisa de diploma pra isso. Se bem que... — Ela se aproximou muito de mim, empolgada para compartilhar um segredo. — Não conta pro meu currículo, tá? Ele pensa que eu me formei em Georgetown.

Uau. Tá, essa não é a vida glamorosa de freelancer que eu tinha imaginado. Nem a vida glamorosa da TV. Nem... coisa nenhuma.

A vida da Casey parecia ser fragmentada. E o trabalho que ela estava fazendo era desanimador. É, houve um tempo em que "folga divertida" poderia colocar símbolos de dólar nos olhos de Lydia Bennet, mas agora... trabalhar apenas por tempo suficiente para ganhar algum dinheiro me parecia estranhamente fútil.

— Meus pais ficam ameaçando cortar minha grana, porque não sabem como é trabalhoso sobreviver nesta cidade. Mas em breve não vou precisar me preocupar com nada disso, porque tenho um trabalho perfeito em vista!

Eu me empertiguei.

— Sério?

Ela fez que sim com a cabeça, entusiasmada.

— Conheci um cara que é domador de animais. E parece o trabalho mais fácil do mundo, porque ele só tem um lagarto. Ele coloca o lagarto num tanque e ganha dinheiro com isso. Então eu comecei a treinar meus dois ratos...

— *Ratos?*

— Acho que todo filme gravado na cidade precisa de um ou dois ratos pra correr pelas ruas, pra dar emoção. E não vou ter que fazer nada: os ratos fazem todo o trabalho.

— Uau, isso é...

— Você quer conhecê-los?

— Seus... ratos?

— Podemos ir até lá depois do jantar.

— Hum, acho que não...

— Ou amanhã — a Casey disse, cada sílaba repleta de esperança. — O que você vai fazer no resto da semana?

Não conhecer seus ratos, pensei.

— Só... coisas... Você mantém contato com alguém da nossa turma? — perguntei.

— Na verdade, não — ela disse, fazendo careta. — As pessoas meio que se afastaram, sabe? Foi por isso que eu fiquei tããão feliz por você ter entrado em contato pelo Facebook. Tem uma tonelada de pessoas em Nova York, mas muito poucas valem a pena conhecer. Então, amanhã tem um lance de poesia falada no bar ao lado da minha casa, pode ser divertido...

Eu queria poder contar como foi o resto da conversa, mas basicamente fiquei divagando depois disso, pensando na possibilidade de um futuro que tinha eu, dois ratos e poesia falada. Ah, e nenhum plano para minha vida além de ser freelancer e mentir no currículo.

— Já volto — falei, me levantando de repente e indo para o banheiro sem esperar uma resposta.

Se o restaurante era minúsculo, o banheiro era ainda mais apertado, com apenas um reservado e um combo de pia/balcão que ocupava metade do espaço. O reservado estava ocupado, mas pelo menos eu tinha a área da pia, onde podia andar de um lado para o outro, me perguntando como essa viagem tinha se tornado um fracasso em tão pouco tempo.

Pelo que estou vendo, tenho duas opções. Posso aceitar a situação e ouvir a Casey falar sobre tentar conseguir um contrato de edição para um livro sobre treinamento de ratos para fazer truques diante das câmeras enquanto contemplo a possibilidade de um futuro deprimente e insatisfatório. Ou posso inventar uma "emergência" e ir ver documentários sobre insetos com a Allison. Enquanto contemplo a possibilidade de um futuro deprimente e insatisfatório.

Pelo menos a segunda inclui ver TV.

Ouvi a descarga do banheiro e virei para o espelho, fingindo verificar meu reflexo para não parecer que eu estava casualmente parada ali. O que, é claro, era exatamente o que eu estava fazendo.

Uma garota talvez um pouco mais nova que eu com cabelo cacheado escuro superadequado saiu, e eu dei um pulo em direção à parede para evitar ser atingida pela porta do reservado.

Ela foi até a pia, me obrigando a me espremer contra o canto. Quando ela viu que eu não me mexi para entrar no reservado, olhou para o meu rosto e deu um sorriso forçado.

— Evitando alguém?

Acho que estava na minha cara.

— Uma velha amiga do ensino médio. Com quem eu não tenho mais nada em comum. E que parece não perceber isso.

— Parece divertido.

— Tão divertido que eu poderia chorar — falei, entediada. — Ei, você acha que "Merda, esqueci totalmente que tenho um encontro neste exato segundo" é uma boa desculpa pra escapar?

Ela riu de um jeito debochado e balançou a cabeça devagar.

— Essa aí nem sempre funciona.

Suspirei e gemi ao mesmo tempo.

— É tão ruim assim? — ela perguntou.

— É. Não. É só que... não está sendo a primeira viagem maravilhosa a Nova York que eu esperava que fosse. Desculpa, estou acumulando decepções. E desabafando com uma desconhecida num banheiro minúsculo.

— Pra que servem banheiros minúsculos?

Tentei um meio-sorriso, mas provavelmente saiu como uma careta.

— Acho que posso testar minha desculpa no mundo real — falei, me afastando da parede. — Me deseje sorte.

Um minuto depois, eu estava de volta à mesa com a Casey, que imediatamente recomeçou a história do ponto onde tinha parado.

— Então, onde foi que eu parei? Ah, sim, eu tinha um teste para um comercial e pensei: *Não quero atuar em comerciais, quero atuar nos palcos*. E saí antes mesmo de ler...

— Desculpa — interrompi. — Eu esqueci totalmente que tinha combinado de encontrar uma amiga que está na cidade. Ela vai embora bem cedo amanhã, senão eu poderia remarcar, mas... — deixei a voz sumir, esperando que ela entendesse.

— Ah. Que horas você vai se encontrar com ela?

Droga, eu não tinha a menor ideia de que horas eram, e pegar o celular para verificar seria óbvio demais. Vamos ver... encontrei a Casey às sete e meia, e definitivamente acho que se passaram umas duas horas, então talvez...

— Dez?

A Casey apertou um botão no celular, e meu coração afundou quando ele acendeu sobre a mesa diante de nós.

— Perfeito! — ela disse, sorrindo. — São só oito e meia. Temos tempo pra pelo menos mais um drinque.

— Na verdade... — Eu me apressei, quando ela começou a se levantar. — Vou encontrá-la no Brooklyn. — *Que partes do Brooklyn são distantes? Pensa, Lydia! Droga de cidade que não conheço!* — Hum, tipo, bem longe... no Brooklyn...

— Desculpa pelo atraso. — Levei um segundo para perceber que a voz estava, ao mesmo tempo, próxima e conectada a um corpo que parou bem perto da nossa mesa. E que parecia familiar.

Levantei o olhar e me vi encarando o rosto do cara do parque.

Aquele da ponte de cabeça para baixo.

Ele me reconheceu, mas se recuperou mais rápido do que eu.

— Sou o Milo — ele disse, estendendo a mão para a Casey. — Namorado da Lydia.

O quê da Lydia?

— Hum... — comecei. — Essa é a Casey, Milo.

— Eu queria deixar vocês terminarem de conversar — o Milo (?) disse. — Mas a Kat jura que vamos nos atrasar se não formos embora agora. — Ele inclinou a cabeça na direção do bar, e eu girei na cadeira e vi a garota de cabelo cacheado escuro do banheiro acenando para nós.

— Ah... — falei, finalmente entendendo. — Certo! Ela está certa. Estávamos nos divertindo tanto, achei que podíamos tomar só mais um drinque. Mas ela está totalmente certa. Droga.

Eu me levantei, tirei a carteira da bolsa e peguei dinheiro suficiente para pagar a minha parte.

— Não, não, não — a Casey protestou. — É por minha conta. Ou dos meus pais.

— Não, isso é... — comecei.

— Muito legal da sua parte — o Milo me interrompeu. — E foi um prazer te conhecer, Casey. — Ele deslizou o braço pela minha cintura, mal encostando, e começou a me guiar pelo caminho para longe da mesa.

— Tá — ela respondeu, com um pouco de confusão ainda no ar. — Quem sabe a gente se vê antes de você voltar pra casa?

— É, estou meio ocupada com a Jane, mas a gente conversa pelo Facebook! — gritei enquanto seguia a orientação do Milo. Acho que ela disse mais alguma coisa, mas já estávamos na porta.

O Milo tirou o braço da minha cintura quando a Kat se juntou a nós.

— Você pareceu precisar de ajuda com aquilo — ela sussurrou para mim.

— Obrigada.

Saí para a calçada e parei, tentando conciliar os arredores com minha lembrança de chegar até ali.

— Você vai pegar o metrô? — a Kat perguntou.

— É, acho que sim — respondi.

— A linha da Lexington é por ali. — O Milo apontou com a cabeça na direção da qual eu tinha quase certeza que não tinha vindo, mas o metrô é todo conectado de algum jeito, certo?

— Você costuma andar por aí fingindo ser namorado de pseudodesconhecidas? — perguntei, acelerando o passo para acompanhá-los.

— Na verdade, sim — ele respondeu.

Abri a boca para começar a investigar melhor, mas mudei de direção.

— Desculpa, esqueci que você não gosta de perguntas.

— Não é que eu não goste de perguntas, só que eu gosto mais de pontes — ele disse.

— Eu perdi alguma coisa? — a Kat perguntou, olhando para mim e para o Milo.

— Sua amiga resgatada ficou me olhando desenhar no parque outro dia.

— Eu não estava te *olhando*. Você sentou bem na minha frente. Tentei ser educada e puxar conversa.

— Bom, estamos conversando agora, não estamos?

— Eu não achei que você ia me rastrear e fingir ser meu namorado.

— Ei, isso foi ideia da Kat.

— Não que eu não esteja agradecida pela escapada, mas isso está começando a parecer cada vez mais um golpe bizarro — observei, tateando minha bolsa para ver se estava fechada.

— É só uma coisa que a gente faz de vez em quando — a Kat disse. — Normalmente no metrô ou coisa parecida, quando um cara está importunando uma garota, você age como se a conhecesse e ele vai embora.

— Isso é... legal — falei, pensando em todas as vezes que isso teria sido útil no Carter's. Alguns caras bêbados não se afastam quando recebem um não.

— Tem muita gente babaca por aí. Temos que cuidar uns dos outros.

— Bom, a Casey não é babaca, só é... chata.

— Desculpa, você quer voltar? — o Milo provocou, apontando para o local de onde saímos.

— Só se você me deixar muito bêbada antes — respondi, depois percebi como soou. — Não que eu queira que você me deixe bêbada. Nem que eu queira que você me leve de volta. Estou bem aqui, e... sóbria.

— Se você está dizendo... — ele concordou.

Atravessamos a rua, e notei que já tínhamos chegado à estação de metrô. Olhei para a placa enquanto os seguia escada abaixo.

— Nós vamos para o sul. E você? — a Kat perguntou.

— Norte, eu acho — respondi, sabendo isso apesar de estar um pouco em dúvida quanto ao resto. Eu daria um jeito. Eu esperava. — Obrigada, mais uma vez, por terem me salvado.

— De nada — ela disse.

— E boa sorte com as suas pontes — falei para o Milo.

Ele fez que sim com a cabeça.

— Diz pra Jane que eu mandei um oi. — Uau, boa memória para nomes.

— Ela teve que sair da cidade a trabalho — respondi antes de tentar descobrir por que senti necessidade de falar isso para ele.

— Enquanto você está de visita? — ele perguntou.

Dei de ombros.

— É, foi uma coisa de última hora.

Ficamos parados ali por um segundo, e os olhos da Kat se alternaram entre mim e o Milo.

— Viu... — a Kat começou — nós estamos indo a uma festa. Nada de mais, mas parece que o seu nível de diversão em Nova York está meio baixo no momento. Quer ir com a gente?

Sei que eu meio que jurei parar de ir a festas depois da coisa toda com o Cody, mesmo que não fosse com todas as palavras. E sair com desconhecidos sozinha numa cidade grande provavelmente não era a coisa mais recomendável. Ainda mais depois daquele documentário. Mas minhas outras opções no momento eram péssimas, e não estávamos no meio de uma floresta, onde seria muito fácil me cortarem em pedacinhos e me comerem. Certo?

— Hum, tudo bem. Espera um instante. — Levantei o celular e tirei uma foto rápida dos dois. — Só por garantia — expliquei, digitando meu e-mail e enviando uma cópia da foto para mim mesma. — Se eu desaparecer, a polícia vai hackear meu e-mail e ver que vocês foram as últimas pessoas que me encontraram.

A Kat riu.

— Não posso argumentar com isso.

— Bom, lá se vai nosso brilhante plano de sequestro — o Milo disse, e a Kat deu um soco no braço dele. Ele piscou para mim enquanto pegava o cartão do metrô e ia em direção à catraca.

Levei todo o trajeto para lembrar que não gosto de carinhas piscantes.

30
UMA COISA DIFERENTE

Não vou mentir: quando eles disseram que iam a uma festa, esperei o dormitório de alguém com garotos de fraternidade tomando shots de gelatina no umbigo de garotas. Claro, eu sei que a faculdade devia ser um pouco diferente aqui, mas pensei apenas que isso significava que os garotos de fraternidade usariam óculos hipster e tomassem shots de gelatina no umbigo de outros garotos, em vez de garotas.

Em vez disso, quando chegamos ao oitavo e último andar — de elevador, graças a *Deus* — de um prédio numa rua silenciosa no que a Kat disse que era o distrito financeiro, fiquei um pouco nervosa quando percebi que não havia música escapando de nenhuma porta, indicando onde a festa estava acontecendo.

Garantindo a mim mesma que meu plano de foto-se-for-sequestrada era infalível, deixei os dois me conduzirem até uma porta no fim do corredor, onde o Milo parou.

— A gente devia te avisar que é meio que uma festa temática.

— Temática? — perguntei, olhando para minhas roupas e para as deles. Eu certamente não estava vestida de um jeito adequado para nenhum tipo de tema, e eles também não, pelo que percebi.

Antes que ela conseguisse responder, a porta se abriu e uma morena baixinha (também usando roupas normais, fiu) apareceu.

— Vocês conseguiram! — ela gritou, se adiantando para abraçar primeiro a Kat. — Bom, vocês sempre conseguem — e depois o Milo —, mas não apareciam há séculos.

— Você sabe como são os fins de semana no trabalho — ele respondeu.
— De algum jeito, essas coisas são sempre aos sábados.

— Ah, você está falando de pessoas normais dando festas? Não liga, estou feliz de conseguirmos fazer uma última bagunça na segunda-feira antes de as aulas recomeçarem.

— Hum, alguns de nós já voltaram às aulas, sabia? — a Kat observou, mas a garota a dispensou com um aceno antes de esticar a mão para mim.

— Oi! Sou a Stephanie — disse ela.

— Essa é a Lydia — a Kat me apresentou antes que eu pudesse fazê-lo. — Amiga nova.

— Legal! É bom ter gente nova pra isso.

Gente nova pra isso? É algum tipo de festa estranha com orgia sexual? É realmente um culto assassino? Tentei olhar para o apartamento atrás da Stephanie para ver se alguém estava pelado, ou entoando versos em latim, ou coisa parecida.

Mas, em voz alta, só falei:

— Oi.

— Agora... — Steph disse, colocando a mão no bolso traseiro e pegando um bloco e uma caneta. Ela percorreu lentamente a página com a caneta, olhando para nós de um jeito crítico de vez em quando e, por fim, fazendo três riscos no papel. — Pronto.

Ela deu um passo para o lado, e o Milo entrou no apartamento, se abaixando para Stephanie sussurrar alguma coisa em seu ouvido. Ele fez que sim com a cabeça e deu mais um passo à frente, para a Kat poder fazer a mesma coisa. Quando chegou a minha vez, hesitei.

— Eles te falaram as regras? — ela perguntou.

— Ainda não — a Kat respondeu.

— Eles vão falar — Stephanie disse. — Só guarda o nome que eu te der e não fala pra ninguém.

Franzi a testa quando ela sussurrou um nome em meu ouvido.

— O tema desta vez é a Disney — ela explicou para todos. — Tem papel perto da janela. Vocês conhecem o caminho. E não esqueçam: celulares desligados assim que chegarem ao telhado.

O apartamento estava praticamente vazio enquanto seguíamos por um corredor estreito (bem parecido com o da casa da Jane) e entrávamos numa sala de estar enorme (pelo menos o dobro da sala da Jane). Paramos na cozinha.

— Pra começar, celulares desligados — a Kat disse, pegando o dela e o desligando. — A regra da festa é socializar, não mídias sociais. A Asami, colega de apartamento da Steph, é muito rígida em relação a isso. Qualquer pessoa que usar o celular lá em cima recebe imediatamente uma tarefa de limpeza.

Hesitei. Uma festa sem celular? Como vou tirar fotos? Ou mandar mensagens quando as coisas ficarem esquisitas? Ou pedir ajuda quando estiver sendo assassinada num culto de orgias com tema da Disney?

Mas fazer limpeza também parecia bem horrível, então desliguei meu celular, sussurrando um adeus baixinho à internet.

— Depois, o nome que a Steph te disse: você é essa personagem hoje à noite. Não precisa ficar constantemente "no personagem". A maioria das pessoas não se compromete tanto, mas você pode fazer isso, se quiser. — Ela nos levou a uma janela na parede mais distante. Percebi que estava entreaberta e, como a Steph dissera, havia fichas e canetas no balcão ao lado, e ela pegou três de cada. — O negócio é viver na cabeça do seu personagem e, à meia-noite, escrevemos qual é o segredo mais profundo do personagem e o queimamos no telhado. Que fica... — Ela abriu a janela e revelou uma escada de incêndio. E o som não tão distante de música, finalmente. — Por aqui.

— Isso parece bem complicado pra uma festa — falei, seguindo o Milo pela janela. — De onde eu venho, as pessoas simplesmente compram um barril e chamam de festa.

— A Steph estuda teatro; isso é uma extensão de algum tipo de exercício de atuação — o Milo elaborou enquanto começava a subir uma escada de metal enferrujada. — Mas podemos queimar coisas.

— Isso não é... ilegal? — perguntei, olhando para baixo e imediatamente desejando não ter feito isso.

— Talvez, mas ninguém nunca impediu — ele disse, saindo para o lado oposto da escada e pulando no telhado. Quando a Kat e eu fizemos a mesma coisa, fiquei muito feliz por estar em terreno firme de novo. Eu nunca tive medo de altura, mas... observação para mim mesma: não fique bêbada hoje à noite, ou você provavelmente vai cair e morrer.

Também fiquei feliz porque o vestido da Jane era na altura do joelho e tenho quase certeza de que não mostrei a calcinha para ninguém.

— Na verdade, é só uma desculpa pra festas mensais a que as pessoas realmente compareçam — a Kat disse. — Mas é meio divertido. Ainda mais quando alguém leva *muito* a sério. Como você está prestes a ver.

Um cara grandão de camisa de flanela com barba por fazer no mesmo comprimento das laterais raspadas da cabeça veio até nós.

— Kat!

— Oi, Jay, como estão as coisas? — ela perguntou, sorrindo.

— A Kat é minha amiga. — Em seguida, o Jay se abaixou e começou a mastigar o braço dela, como se estivesse comendo milho na espiga. — Dominação mundial! — ele gritou e saiu correndo.

Quando o Jay se afastou, todos nos entreolhamos.

— Parece que agora eu estou com hidrofobia, então acho que ele deve ser alguém dos *101 dálmatas* — a Kat disse.

— Cara — respondi, balançando a cabeça. — Dominação mundial, com afeto evidente pela menina de cabelo escuro e um apetite infinito? Stitch, de *Lilo e Stitch*.

O Milo tocou o nariz e apontou para mim. A sobrancelha da Kat se ergueu, em reconhecimento.

— Bom, parece que eu preciso de uma vodca pra lidar com isso pelo resto da noite — a Kat disse, seguindo imediatamente até uma mesa grande de bebidas colocada na lateral.

— Qual é o seu veneno? — o Milo me perguntou quando a alcançamos. Ele pegou as garrafas e leu cada um dos rótulos. — São muitas opções. — Olhei para a mesa. Havia bebidas destiladas, vinho, cerveja, batatas chips, queijo e...

Peguei um garfo de plástico e tossi, hesitante.

— É, olha só essas coisas... não são bacanas...?

O Milo mal olhou para mim enquanto se servia de uma dose de uísque, mas vi a Kat me dar um sorrisinho por causa da minha tentativa desajeitada de acompanhar essa coisa toda de tema.

— Então, o que você vai beber? — o Milo perguntou de novo.

— Eu... estou bem por enquanto — respondi.

As palavras também me chocaram. Não se preocupe. Mas desconhecidos, telhados, fogo, *nada de celular* e o modo como esse verão tinha acontecido me deixaram estranhamente à vontade com essa decisão.

Enquanto o Milo e a Kat montavam seus drinques e enchiam pratos com diversas carnes e queijos, aproveitei para olhar ao redor. O telhado estava arrumado de um jeito muito legal — havia um fio de luzes formando um retângulo ao redor do espaço da festa, com cadeiras agrupadas aqui e ali. Mas a verdade é que o local não precisava de muita decoração, porque tinha a cidade como pano de fundo.

Era uma noite clara, mas não consegui ver nem uma estrela (tá, posso ter visto uma, mas aposto que era um avião), e os prédios mapeavam a fronteira do céu. Olhando para o norte, dava para ver pontos turísticos (o Empire State Building — ah, e aquele de *Annie*!) aparecendo em intervalos, marcando a extensão de Manhattan. Para o sul, se você desviasse o olhar de um dos arranha-céus esguios, dava para ver um pouco de água. Percebi que eu tinha estado ali ontem mesmo, na Estátua da Liberdade, com a Jane.

— É. — O Milo apareceu ao meu lado, enquanto eu observava a cidade. — Eu moro aqui desde que nasci, e nunca me canso.

— Milo! Oi, cara! — Um garoto que estava num grupo a alguns metros de distância ergueu o copo na nossa direção, e o Milo acenou para ele com dois dedos em resposta, antes de virar novamente para nós.

— Hora de dar uma volta. Encontro vocês daqui a pouco — ele disse e virou na direção dos amigos que o esperavam.

— Esse cara está sempre na fase de recuperar o tempo perdido — a Kat disse, balançando a cabeça. — Está sempre trabalhando, ou na faculdade, ou com a família. Eu e o colega de apartamento dele provavelmente somos os únicos que o vemos com mais frequência.

— Vocês são namorados? — perguntei.

— Eu e o Milo? — ela deu uma risadinha. — Não. Às vezes as pessoas acham que somos. Garotos e garotas não podem ser amigos etc., um monte de besteira etc. — Ela acenou com o drinque de um jeito indiferente. — Ele namorou a minha prima por um tempo quando me mudei pra cá. Eu estou no segundo ano, o Milo está indo pro último. A gente saía às vezes, e simplesmente continuamos próximos, mesmo depois...

Fiz um sinal de positivo com a cabeça, demonstrando empatia. Nunca fui amiga de nenhum namorado da Lizzie ou da Jane, mas, quando eu estava no terceiro ano, meus dois melhores amigos — a Courtney e o Blake — ficaram firmes por, tipo, três semanas, depois terminaram quando ele derramou suco de maçã na mochila nova dela. Escolher times no recreio virou um pesadelo, depois disso.

— Então — a Kat expirou. — Vamos ver quantas pessoas conseguimos apresentar pra você antes da meia-noite. Festas em que a gente não conhece ninguém são um saco.

Ela olhou ao redor do telhado, antes de se concentrar num grupo que estava no canto mais distante.

— Vem — ela disse e pegou minha mão, nos conduzindo pela pequena multidão.

* * *

Provavelmente conheci umas vinte pessoas novas até o momento em que a Steph falou que a cerimônia do fogo ia começar. E não era só "oi, prazer em te conhecer", mas, tipo, conhecer de verdade.

Parece que é muito mais fácil conhecer pessoas em festas quando elas não estão totalmente bêbadas desde o início.

Conheci a Carrie, amiga da Steph do ensino médio que tinha se mudado para o Queens há alguns meses e era muito apaixonada por dança do ventre e espanhol.

Conversei com o Roni, um aluno transferido que serviu no exército israelense antes de vir para cá, mas estava muito mais interessado em discutir história do cinema do que qualquer outra coisa.

Ouvi a Jess contar várias histórias de viagens de ácido com o ex-namorado, que não aconteceram mais, depois de uma muito ruim que resultou numa cicatriz na panturrilha por causa de uma lata de Coca-Cola destruída.

Vi todas as doze tatuagens da Asami e descobri o significado de cada uma.

Enquanto isso, acabei contando a eles sobre as minhas irmãs; a Kitty; o Eddie, o ex idiota da Mary; e até mesmo meus planos fracassados de me transferir para a Central Bay e estudar psicologia. Não falei nada sobre o Cody, a Harriet e, especialmente, o George, mas o pouco que contei pareceu mais sincero do que expressei para qualquer pessoa além da srta. W o verão inteiro.

E descobri que a Kat estuda na Universidade Nova Amsterdã.

— Nova Amsterdã? — perguntei, quase engasgando com minha bebida (não alcoólica). Você sabe, a faculdade com o incrível departamento de psicologia sobre a qual a Violet me contou quando eu achava que tinha meu futuro totalmente planejado? — Eles não têm um bom programa de psicologia?

— É — a Kat disse, surpresa. — Minha colega de apartamento no ano passado estudava lá. Ela dizia que o programa era puxado, mas gostava muito de tudo. Como foi que você descobriu isso?

— Uma amiga da minha prima estudou lá... e me recomendou.

— Você devia dar uma olhada lá enquanto está na cidade — a Kat sugeriu.

— Posso te mostrar o lugar, se você quiser — o Milo interrompeu. — Se você... — Ele virou para a Kat, e ela fez que sim com a cabeça. — Normalmente estou por lá durante o dia.

— Você também estuda lá? — perguntei, me esquivando. Eu não sabia se queria pensar no futuro agora. Mas, ao mesmo tempo, com que frequência eu vinha a Nova York? E eu não estava *em* Nova York para pensar no futuro?

Não que eu tenha pensado na UNA quando decidi vir aqui. Sinceramente. Tá, com mais sinceridade, isso pode ter ficado no fundo da minha mente, porque a Violet falou nessa faculdade, mas não como algo sério. Mas o fato de a Kat estudar lá era como uma coisa esquisita do destino. E eu nunca fui uma pessoa de ignorar coisas esquisitas do destino.

Ele olhou de relance novamente para a Kat.

— É. Eu estudo lá.

— Então... seria ótimo — concordei antes de mudar de ideia.

Bem nesse momento, a Steph gritou para os presentes.

— Pessoal! Hora de acender o círculo cerimonial!

Todos nos reunimos ao redor da fogueira, que a Steph acendeu com um daqueles acendedores de churrasco. O fogo pegou rápido, com uma chama azul dançando no metal.

O Jay, o cara que mordeu a Kat, foi o primeiro a se apresentar.

— Meu segredo é... tentei dominar o planeta, mas acabei gostando daqui.

A Kat me cutucou.

— Stitch clássico — ela sussurrou.

Outra pessoa se apresentou.

— E ele está trabalhando muito pra agradar todo mundo hoje à noite — falei.

— Cinderela?

Balancei a cabeça.

— Gênio.

Provei que eu estava certa quando ele leu:

— Meu melhor amigo só gosta de mim por causa do que eu posso fazer por ele.

O círculo continuou, com todos surpreendentemente respeitosos da cerimônia um pouco bizarra, e eu me senti cada vez mais caracterizada a cada pessoa que se apresentava com uma nova frase para queimar. Estranhamente ligada a desconhecidos que contavam segredos que não eram deles.

— Eu queria mais do que eu tinha, e eu tinha tudo.

— Este não é o meu lar desde que minha mãe morreu.

— Meus únicos amigos não conseguem falar comigo.

Eu me perguntei, por um breve instante, se é assim que cultos obtêm seu poder, mas dispensei a ideia quando o círculo chegou ao nosso pequeno grupo.

— Não tenho mais certeza se minhas opiniões continuam sendo minhas. — Kat.

— Eu nunca vou me encaixar aqui de verdade. — Milo.

E aí foi a minha vez. Eu não tinha escrito nada no papel.

— Abri mão da minha voz por alguém que eu mal conhecia.

Dei um passo à frente e joguei rapidamente o papel em branco no fundo da fogueira, esperando e observando enquanto as chamas o encontravam e o brilho aumentava, pelo menos por um instante.

✱ ✱ ✱

Em vez de terminar, a festa continuou depois disso. As coisas pareceram mais fáceis, agora. A música ficou mais alta, as bebidas continuavam surgindo na mesa (apesar de eu continuar apenas na soda) e houve até um pouco de dança.

E, quando digo isso, quero dizer basicamente eu e o Milo fazendo dancinhas mal sincronizadas ao som de música pop dos anos 90.

E, quando digo mal sincronizada, quero dizer a coisa mais incrível que você já viu. Claro.

— Gente branca... — ouvi a Kat murmurar depois da nossa imitação não-especialmente-coordenada de "Wannabe", das Spice Girls.

— Ei — o Milo disse, parando de repente. — Você sabe muito bem que eu sou um... — ele fez uma pausa, aproveitando para dar uma rebolada — ... go-go boy certificado.

— O quê? — exclamei, caindo na gargalhada.

— Eu sou! — ele disse, fingindo estar magoado. — E sou bom nisso.

— Espera, você é go-go boy de verdade? — perguntei.

— The Braveheart, toda quarta, sexta e sábado.

— Isso é... — balancei a cabeça, totalmente surpresa com a novidade — fantástico.

— Você pode pensar isso agora, mas espere até ver ele se cobrir de glitter e balançar a bunda diante de um monte de universitários — a Kat disse.

— Ei, esses "universitários" dão ótimas gorjetas. E alguns são até bonitos. — Ele piscou para mim, e a Kat revirou os olhos.

— Ai, merda — ela reclamou de repente, olhando para o relógio de pulso. — Eu falei pra minha mãe que ia sair hoje à noite... ela vai surtar se eu não ligar para ela. — A Kat levou a mão ao bolso, mas se interrompeu antes de pegar o celular. — Tenho que entrar... é rápido.

Ela saiu apressada e desapareceu na escada.

— Então... — o Milo começou.

— Quer saber? — falei. — Acho que mudei de ideia sobre aquele drinque. Ele sorriu para mim, e nós fomos até o que restou do bar.

— Você acha que alguém conta os próprios segredos, em vez dos segredos do personagem? — perguntei.

Ele inclinou a cabeça na minha direção.

— Acho que é possível. Nunca pensei nisso de verdade — ele disse. — Você fez isso? Contou um seu?

Levantei o garfo de plástico que tinha pegado na mesa mais cedo.

— Só se eu for uma sereia.

O Milo riu.

— É a cara da Steph te dar a princesa ruiva.

— E você? — perguntei. — Quem era o seu?

— Ah — ele disse, balançando o dedo. — Não podemos contar, lembra?

— Bom... seu segredo foi que você "nunca vai se encaixar aqui de verdade". Então alguns podem dizer Tarzan ou algo assim. Mas, como a Steph distribui os papéis de acordo com o que sabe das pessoas, e você é um despreocupado salvador de garotas em encontros ruins... eu diria Vagabundo, de *A dama e o vagabundo*.

— Você é boa nesse negócio de entender as pessoas.

— Ou eu vi *A dama e o vagabundo* um milhão de vezes — retruquei.

— É uma ótima animação — ele acrescentou. — Eu queria que eles continuassem fazendo filmes como esse.

— Humm... nostálgico por causa da animação tradicional... desenhando no parque... deixa eu adivinhar, você estuda artes?

— Arquitetura.

— Arquitetura? — repeti. — Se eles te fazem desenhar estruturas de cabeça pra baixo, isso não me deixa muito segura.

— Eles costumam preferir de cabeça pra cima — ele disse. — Mas, quando estou por minha conta, gosto de fazer as coisas do meu jeito.

— E o seu jeito é...

— Às vezes, de cabeça pra baixo.

Fiquei olhando, esperando uma explicação, e ele finalmente suspirou e esticou a mão para pegar mais vodca para servir no seu copo.

— Você está preparada pra me achar totalmente idiota?

— O que te faz pensar que eu já não acho isso? — perguntei, e ele sorriu.

— Quando você desenha as coisas de um jeito diferente de como olha normalmente pra elas, isso te faz prestar atenção no que está desenhando. Você vê coisas que não veria de outro jeito. — Ele olhou para trás de mim, e eu virei para seguir seu olhar. — Vem cá. — Eu o senti passar raspando por mim e o segui, chegando a uma área murada no centro do telhado.

Ele parou, deixando uns trinta centímetros entre nós.

— Olha pro meu rosto. Me diz como eu sou. — E ficou totalmente parado, me encarando com um olhar do qual era difícil desviar.

— Hum... olhos verdes — comecei antes de me obrigar a olhar para outro lado. — Cabelo castanho... barba rala... não é pálido como eu, mas também não é moreno...

Quando não acrescentei mais nada, ele fez que sim com a cabeça, ajeitando a camisa.

— Certo. Tudo verdade. Mas agora...

Ele se abaixou e deixou o copo de lado antes de colocar as mãos no cimento, plantando bananeira contra a parede.

— Senta na minha frente. E me diz como eu sou. Meu rosto.

Olhei ao redor para ver se ninguém estava observando o miniespetáculo, mas todo mundo estava cuidando da própria vida. Eu me ajoelhei diante dele, entrando na brincadeira.

— Bom, todo o sangue está correndo pra sua cabeça, então você parece um pouco mais vermelho...

— Olha direito.

Eu me aproximei e olhei de novo.

Percebi as diferenças primeiro. A vermelhidão, como eu disse. As veias saltando em sua testa enquanto ele se concentrava para continuar daquele jeito. Mas aí...

— Você tem uma cicatriz na testa. Em forma de v.

— Ótimo. O que mais?

— Seu nariz não é reto. É um pouquinho inclinado pra direita.

— Mais alguma coisa?

Vi seus olhos verdes, ainda encarando os meus, com manchas douradas ao redor do centro, uma dezena de fragmentos me olhando observá-lo.

— Você... está prestes a cair.

E ele fez isso. Caiu formando uma pilha sorridente.

— Te falei — ele disse, levantando e limpando as mãos na calça jeans. — Você me olhou a noite toda e achou que sabia qual era a minha aparência, por isso não olhou direito. Mas, de cabeça pra baixo...

— Eu não te olhei a noite toda — resmunguei.

— Mas entendeu o meu argumento — ele disse, sorrindo de novo.

Desta vez, percebi que ele só mostrava dois dentes quando sorria desse jeito, com um minúsculo espaço entre os dois.

— É, acho que você está certo.

De repente, seus olhos perderam o foco. Como se todo o sangue que estava em sua cabeça tivesse corrido até os pés e voltado.

— Opa — ele disse, instável. — Se importa se pegarmos um pouco de ar?

— Estamos ao ar livre — falei, mas o segui alguns passos até onde ele poderia se apoiar na grade.

Desse ângulo, dava para ver coisas novas no horizonte.

— Que ponte é aquela? — perguntei, apontando para o espaço entre dois prédios pequenos.

— A Ponte do Brooklyn — ele respondeu. — Você já foi lá?

— No Brooklyn? É onde estou hospedada.

— Não, na ponte.

Balancei a cabeça.

— Devia ir. À noite, de preferência. Com amigos ou algo assim. É maravilhosa.

— Parece mesmo — concordei. — Não acredito que dá pra ver isso daqui. Do prédio da minha irmã, só dá pra ver outra parede de tijolos.

— Uma vista como esta deve custar uma fortuna — ele disse. — Até mesmo um pedacinho dela. A mãe da Asami é uma produtora importante de uma estação de notícias em D.C.; acho que ela paga a maior parte.

— Deve ser legal não ter que se preocupar com dinheiro — falei dentro do copo de cerveja.

— Às vezes você dá sorte. Não posso culpá-la por isso. — Ele apontou para as pessoas presentes com o copo. — Além do mais, ela é generosa com o que tem. Minha experiência diz que é difícil encontrar generosidade sem exibição.

— Algumas pessoas nos surpreendem — falei, pensando no Darcy. Mas as lembranças de sua generosidade e de *por que* exatamente ele tinha que ser tão generoso comigo mexeu com sentimentos que eu queria manter distantes por enquanto.

Mas, quando os nervos no meu estômago começaram a borbulhar, eu sabia que as coisas tinham mudado, e o alívio temporário do álcool não era algo que eu queria prolongar ao longo da noite. Não com o Milo, a Kat e esse momento muito legal, nem com a Allison e seu "pedido" para deixar as encrencas para trás antes de voltar para a casa da Jane.

— Está ficando tarde — falei com o máximo de casualidade que consegui. — Não quero acordar as colegas de apartamento da minha irmã às três da madrugada, então talvez eu deva voltar pra casa.

— Claro — o Milo comentou. — Em que parte do Brooklyn você está hospedada?

— Humm. — Percebi que eu não tinha a menor ideia de onde a Jane morava. Eu simplesmente a segui todas as vezes que saímos. — Tenho o endereço no meu celular.

— Você conhece o bairro?

— Humm — repeti, parecendo uma idiota. — Sei que tem, tipo, uma delicatéssen na rua dela.

Percebi que o Milo estava fazendo o máximo para afastar um sorriso cínico e admirei seu controle.

— Não se sinta mal. É preciso um tempo pra se acostumar com Nova York. Especialmente com o metrô. Pessoas que não são daqui se confundem porque não dá pra saber aonde você está indo se estiver no subsolo. Posso te levar em casa, se você quiser. Não é muito fora do meu caminho.

Hesitei. Eu não queria me perder — e até estava disposta a admitir que havia uma boa chance de isso acontecer enquanto eu tentava seguir de metrô até o apartamento da Jane —, mas não queria dar a impressão errada para o Milo.

Ele semicerrou os olhos para mim por cima do copo, finalmente deixando-o de lado sobre o muro.

— Kat! — gritou.

Vi uma cabeça com cabelos cacheados escuros virar na nossa direção, e ela veio até nós.

— Você vai embora logo? — ele perguntou. — Achei que podíamos pegar o mesmo metrô. Essa moça ainda não conhece a cidade. — Ele inclinou a cabeça na minha direção.

A Kat olhou para o Milo, depois para mim. O que havia nesses dois que me fazia pensar que eles estavam constantemente tentando abrir um buraco na minha cabeça? Isso era uma coisa de Nova York?

— Claro — ela respondeu, com os olhos brilhando. Mas pode ter sido o álcool, porque ela engoliu o resto da bebida. — Vamos embora.

TROCA DE MENSAGENS COM A JANE

Jane: Oi, espero que você esteja bem. Desculpa por ter tido que viajar.

Lydia: Não, eu entendo. Como está Miami?

Jane: Abafada. Mas é legal conhecer. O que você, a Allison e a Shea fizeram ontem à noite?

Lydia: A Shea tinha que estudar, e a Allison tinha umas coisas pra fazer. Mas tudo bem, encontrei minha amiga Casey do ensino médio pra jantar.

Jane: Ah, que bom! Nova York é cheia de gente estranha... Fico feliz por você ter encontrado alguém que já conhecia.

Lydia: É.

31
PASSEIO NO CAMPUS

Fui até o campus da Universidade Nova Amsterdã com a certeza de que estava indo para o lugar errado.

Na noite passada, depois que cheguei à casa da Jane, não consegui dormir, então pesquisei um pouco no computador dela (duas mensagens da Casey no Facebook, que ótimo) e fui parar no site da UNA.

Nunca fiz um passeio na Central Bay. Eu só sabia que podia ser aceita lá, e que a Lizzie e a Mary estariam perto. Mas era bem bonita no site — se bem que esse meio que é o objetivo dos sites, certo?

Bom, a Universidade Nova Amsterdã também parecia bonita. E bem grande. Na verdade, eles têm vários campus, e o principal é no Bronx.

A única coisa que eu sei do Bronx é que os Yankees jogam lá (minha mãe tem um lance com "aquele Derek Jeter bonitão" — e com a bunda dele) e que os transgressores de *Law & Order* sempre são de lá.

Antes de nos separarmos na noite passada, a Kat e o Milo me levaram até a porta da Jane, e combinamos de nos encontrarmos hoje para meu passeio na UNA, no campus principal. Assim, hoje de manhã (tá bom, de tarde, porque eu realmente voltei tarde para casa), entrei no metrô e saí do Brooklyn, atravessei Manhattan e cheguei ao Bronx. Isso levou mais de uma hora.

O que significa uma dessas duas coisas: ou eu estava indo para o lugar errado ou de jeito nenhum eu estava "no caminho da casa deles" quando os dois me deixaram em casa ontem à noite.

Saltei no meu ponto e, com muita sutileza, verifiquei no celular a direção que eu deveria seguir. Eu não sabia o que esperar. No site, o campus parecia um parque, com prédios antigos e importantes ladeados de árvores. Mas aqui eu estava passando por prédios comuns espremidos, uma estrada terrível, até que finalmente virei à esquerda para...

Ah.

O belo parque, os prédios antigos, as árvores. Estava tudo aqui, mas com um portão de ferro separando essa terra de conto de fadas da cidade ao redor.

— Oi.

Virei a cabeça de repente, e o Milo estava apoiado no portão. Relaxei e tirei os fones de ouvido.

— Oi. Achei que estava indo pro lugar errado.

— Não. Você pega as coisas bem rápido — ele disse. — Aposto que, se te jogássemos no meio do oceano, você daria um jeito de atravessar sem problemas.

— Hum — falei, corando. — Não vamos testar essa teoria.

— Tá bom, mas, antes de começarmos, você precisa estar equipada.

— Equipada? — Analisei minhas roupas. Achei que estava normal para Nova York, com calça jeans e camiseta cinza (neutra!) com um tigre amarelo bordado (tudo bem, nada neutra).

— Você tem seu mapa do campus, sua garrafa de água oficial da UNA — ele me deu uma garrafa com as letras UNA escritas com caneta pilot — e essa incrível sacola de suvenir.

— Você quer dizer essa sacola plástica de compras? — perguntei, erguendo uma sobrancelha.

— Sacola *de suvenir* plástica de compras — ele corrigiu, sorrindo para mim. — Está preparada para um passeio personalizado pela maravilhosa Universidade Nova Amsterdã? — Ele estendeu o braço para mim.

— Mais preparada do que nunca — respondi, pegando o braço dele e passando pelos portões.

* * *

Como nas fotos do site, o campus era incrível. Os prédios, bacanas daquele jeito de castelos em ruínas. Mas o passeio foi... esquisito.

— Tem alguma coisa específica que você queira saber? — o Milo perguntou quando estávamos no terreno do campus.

— Hum, não sei — respondi. — O que acontece em passeios normais em faculdades?

Ele inclinou a cabeça.

— Principalmente fatos históricos. Tipo, aquele prédio foi o primeiro construído, em, hum, 1835. — E apontou para uma coisa parecida com uma capela no centro da quadra. — Esta faculdade foi fundada como uma escola jesuíta para treinar padres.

— Sério? — perguntei, olhando de perto quando nos aproximamos do prédio. — Porque a placa diz "EST. 1904".

Ele se aproximou e analisou.

— Hum. É verdade.

— E no site diz que sempre foi uma faculdade mista. Nada sobre padres.

— Ah, é. Sim, isso foi quando a *universidade* foi fundada. Eles tiveram que restabelecê-la quando mudaram de escola jesuíta para universidade. O site é só uma versão compacta, sabe? O que você acha de irmos ver o prédio de psicologia?

— Tudo bem — concordei, e fiz uma curva fechada à esquerda para segui-lo até o outro lado da quadra.

— Posso ver rapidinho o mapa que eu te dei? — ele perguntou, e eu lhe estendi. — Nunca estive no departamento de psicologia, só quero... certo, é esse aqui.

Chegamos a um prédio, e ele pegou a carteirinha de registro acadêmico para abrir as portas.

— Acho que este é o prédio de artes — falei, apontando para a pedra acima de nós, que era esculpida com as palavras FACULDADE DE BELAS-ARTES.

Ele olhou para cima, depois voltou ao mapa.

— Certo. Bom, estamos passando por todos. O prédio de psicologia é do outro lado, eu acho.

— Você acha? — perguntei.

— Temos que chegar até o outro lado pra descobrir. — Ele sorriu e passou a carteirinha.

E passou de novo.

— Deixa eu tentar; tenho um bom carma com portas — falei, pegando a carteirinha da mão dele e passando na coisa eletrônica ao lado da porta. Uma, duas, três vezes. — Hum, ela não quer...

Olhei para a carteirinha.

— Isso... não é seu — falei, olhando para ele de um jeito meio desconfiado. — É da Kat.

Seus lábios se comprimiram numa linha fina.

— É, eu perdi a minha, e a Kat me emprestou a dela por hoje, então...

— O que está acontecendo? — perguntei, dando um passo para trás. Minha mente entrou em estado de alerta total, porque, para começar, eu estava no Bronx, que é repleto de transgressores, e depois, ah, sim, eu tinha conhecido o Milo *ontem*. Ou alguns dias atrás, mas mesmo assim. — Você não sabe nada do campus... um estudante de arquitetura que não sabe onde fica o prédio de artes... Será que esta água está envenenada? — Levantei a garrafa de água e a balancei de um jeito que escapou um pouco.

— Tá bom, você me pegou. — Ele levantou as mãos, num gesto de rendição. — Mas a água não está envenenada. Eu juro, está vendo? — Ele pegou a garrafa da minha mão e tomou um gole. Tudo bem. Se as opções são veneno ou água da torneira, acho que aceito a água da torneira.

Ele enfiou as mãos nos bolsos e suspirou.

— *Digamos* que eu não estudo... aqui.

— Por que você me disse que estudava?

— Achei que já tinha visitado o suficiente pra saber andar por aqui, e você meio que achou que eu estudava aqui quando conversamos ontem à noite, e... — Ele fez uma pausa, reavaliando. — Você acreditaria se eu dissesse que só queria que você gostasse de mim?

Franzi a testa.

— Mentir é um jeito terrível de fazer alguém gostar de você.

Ele pareceu momentaneamente envergonhado, como se estivesse pensando nisso por um segundo antes de fazer que sim com a cabeça.

— Você está certa — ele disse, mordendo o lábio. — Não pensei nisso desse jeito, mas você está totalmente certa. Desculpa.

— Você pelo menos é estudante de arquitetura?

— Sou. Só que eu... estudo na Columbia, não na UNA — ele admitiu.

— Sério? — perguntei, sem me preocupar em disfarçar minha desconfiança.

— Juro — ele disse, em seguida pegou a carteira no bolso traseiro e a abriu, me mostrando seu cartão de RA.

— Por que você quer que as pessoas pensem que você estuda na UNA quando estuda na maldita Columbia?

Ele suspirou.

— A parte da cidade onde eu cresci... as pessoas te tratam diferente quando sabem que você estuda numa "boa faculdade". Não importa que eles me conheçam a vida toda. Só me acostumei a manter tudo em segredo, eu acho.

— Você está me dizendo que seus pais não gritam nos telhados que você está numa faculdade da Ivy League? — retruquei.

— Minha mãe... talvez. — Ele deu de ombros. — Mas meu pai provavelmente gritaria nos telhados se eu me juntasse ao sindicato dos motoristas. Arquitetura, Columbia... nada disso faz parte do mundo dele.

— Bom, Columbia é impressionante. E buscar alguma coisa com a qual você se importa nunca é algo que você deveria manter em segredo.

Ele meio que sorriu para si mesmo.

— Bom, desculpa por ter estragado seu passeio falso numa ótima faculdade.

— Tudo bem, eu acho — falei, com um sorriso um pouco mais triste que o dele. — Eu nunca vou conseguir ser aceita aqui, de qualquer maneira.

— Por que você está dizendo isso? — ele perguntou.

Dei de ombros.

— A matrícula provavelmente depende de... você sabe... notas. E eu não fui bem na faculdade. Quer dizer, fui mais ou menos, mas nunca me esforcei de verdade até o verão passado. E só me esforcei porque finalmente encontrei algo que eu gosto.

— Psicologia — ele disse. — Então, do que você gosta nela?

— Não sei, acho... que as pessoas me interessam. Como o cérebro funciona. O que torna as pessoas quem elas são. O que as destrói. Como consertá-las. Esse tipo de coisa. — Pelo menos, era isso que eu pensava. Parece que, quanto mais eu falava isso em voz alta, mais parecia vago e menos certeza eu tinha.

Mas o Milo estava sorrindo para mim, de um jeito que me lembrava quando ele ficou de cabeça para baixo ontem à noite. Eu tinha olhado para ele de um jeito diferente, e talvez ele também tivesse me olhado de um jeito diferente.

— Essa é uma resposta melhor do que eu esperava — ele disse.

— O que você esperava?

Ele simplesmente balançou a cabeça, ainda sorrindo.

— Não faço ideia.

Ficamos parados ali por um tempo, deixando o ar quente da cidade fingir que era uma brisa de verão enquanto observávamos o campus. As aulas tinham começado há pouco tempo, então metade dos alunos estava vagando sem rumo, consultando mapas. Como eu. Mas também havia barulho, empolgação e uma sensação de expectativa. Pelo que vem a seguir.

Depois de alguns minutos, o Milo soltou um suspiro.

— Vamos procurar o prédio de psicologia.

* * *

— A gente *não* devia fazer isso — adverti.

— Relaxa — o Milo sussurrou, colocando a cabeça na abertura da porta. — Está vazio. Vem.

Não precisamos usar a carteirinha estudantil da Kat para entrar no prédio, já que as pessoas estavam entrando e saindo num fluxo constante. Depois que entramos... parecia um prédio normal de faculdade. Corredores, portas, salas de aula com carteiras, esse tipo de coisa

Mas aí enfiamos a cabeça num dos auditórios... e estava *lotado*.

— Podemos entrar pelos fundos, se você quiser — o Milo sussurrou, mas eu balancei a cabeça. E, mesmo que eu não soubesse por que não queria ficar e escutar, o Milo parecia saber.

— Está bem — ele disse, semicerrando os olhos, pensativo. — Vem comigo.

Ele espiou em todas as salas de aula, até encontrar essa. Um auditório vazio.

Três vezes maior que a sala de aula do professor Latham — e, mesmo vazio, era intimidante pra caramba.

— Se você vai estudar aqui, precisa ficar confortável no ambiente — ele disse, me arrastando pelos degraus até a tribuna no centro. — Então, professora, sobe aqui.

— Você está falando sério? — perguntei.

— Sentar no fundo da sala é fácil, depois de ficar em pé na frente. — Ele sentou na primeira fila.

Coloquei a garrafa de água na tribuna e imediatamente a derramei sobre uma das pilhas de papel que estavam ali. Vários escritos borraram e viraram nada. Ótimo começo.

— Hum, que tal falarmos sobre... controle de impulsos? — comecei enquanto pegava o caderno ensopado e o colocava na sacola de plástico. Mantive os olhos no Milo. Não na enorme sala maluca.

— Controle de impulsos?

— É, sabe como algumas pessoas tomam decisões no calor do momento, como idiotas, e acham que vão funcionar, como idiotas? Tipo... fazer um passeio numa faculdade que elas não conhecem ou dar uma aula de psicologia totalmente improvisada. Minha teoria — falei, meio que entrando no clima — é que a impulsividade é, na verdade, o resultado de ser impressionante demais.

— Impressionante?

— É, aquela sensação impressionante que você tem quando alguma coisa está para acontecer. Aquela agitação quando você diz "que se dane" e mergulha de cabeça. Coisas impressionantes demais te fazem querer mais coisas impressionantes, o que leva a mais e mais impulsividade.

— Sua teoria poderia ser mais trabalhada. — Uma voz veio da porta lateral. Ali, um homem magro com cabelo grisalho estava apoiado na porta. Parecia que ele nunca tinha sorrido na vida e não começaria agora. — Sou o professor Malikov, e essa tribuna que você está bagunçando é minha.

— Desculpa — falei, pegando a garrafa de água e saindo da tribuna. — Só estamos...

— A parte "impressionante", como você definiu apropriadamente, é a dopamina, e já se provou que ela tem picos durante comportamentos baseados em recompensa. Você precisa provar cientificamente que essa impulsividade é recompensada.

Ele nem olhou para mim, mas alguma coisa no jeito seco como ele falava fez com que eu me sentisse menos como uma criança pega em flagrante brincando de adulta e mais como alguém que poderia debater com ele.

Ideia idiota, eu sei.

— Isso não é a recompensa em si? — perguntei. — Quer dizer, a dopamina? Você faz coisas pra se sentir melhor e...

— Onde está meu caderno de anotações? — ele perguntou de repente. — Havia um caderno de anotações em cima dessa pilha. Tinha todas as minhas anotações para a próxima aula. Onde está?

Aí ele olhou para mim, e eu sabia que tentar envolvê-lo num debate era uma decisão impulsiva da qual eu me arrependeria.

— Desculpa, professor, estávamos apenas trabalhando em umas questões baseadas no medo, mas vem comigo, Lydia, é hora de ir! — o Milo agarrou minha mão, e corremos para fora dali antes que o vulcão Malikov explodisse.

— Isso foi... — falei entre uma respiração e outra quando saímos por uma porta lateral do prédio de psicologia e voltamos à quadra.

— Impulsivo?

— Será que a gente devia voltar? — perguntei. — Estou com o caderno de anotações dele... Talvez esteja seco agora.

— Acho melhor deixar passar — o Milo respondeu. — Vem, tem mais passeio falso pra fazermos.

Eu esperava que ele estendesse a mão para mim, mas não precisou — ele ainda estava segurando a minha.

* * *

Depois que o Milo admitiu que não conhecia nada da UNA, foi muito mais divertido inventar o que era cada coisa no campus, e isso me ajudou a esquecer da impulsividade com Malikov. No fim da tarde, nossa Universidade Nova Amsterdã da realidade alternativa tinha sido fundada por padres jesuítas da Austrália, que viajaram no tempo até aqui, vindo do futuro, porque o mundo acabaria, a menos que eles criassem uma faculdade cujo mascote fosse um peixe-boi.

Você meio que precisava estar lá.

O sol era uma bola laranja baixa quando voltamos ao portão de entrada

— Então, o que você vai fazer agora? — ele perguntou.

— Voltar pro Brooklyn, eu acho. — Dobrei o mapa do campus e o guardei na bolsa.

— Quer jantar comigo?

Meus olhos se ergueram para encontrar os dele.

Um encontro.

Meu coração começou a bater duas vezes mais rápido, mas respirei duas vezes antes de responder.

— Eu... não estou fazendo isso no momento. Encontros.

— Tudo bem — ele disse imediatamente. — Sem problemas.

— É só... bagagem... antigas experiências.

— Lydia, eu entendo. Tudo bem.

— Sério?

Ele deu de ombros.

— Todo mundo tem bagagem. Acho que é exigência pra morar em Nova York... tipo, você tem que pagar o primeiro e o último aluguel e ter pelo menos uma bagagem de tamanho médio. — Ele fez uma pausa. — Mas espero que isso não signifique que você não vai sair de novo comigo e com a Kat... ela te achou muito legal.

Fiquei empolgada com o elogio e com o alívio por ele aceitar minha decisão.

— Vou gostar disso.

— Posso te levar até o metrô?

— Achei que você tinha dito que eu aprendia rápido. Me jogar no oceano e tudo o mais.

— Tenho certeza que você consegue encontrar o caminho de volta. — Ele sorriu, enquanto começamos a caminhar. — Só não sei se eu consigo.

※ ※ ※

Quando voltei ao apartamento, quase me arrependi de ter dito não para o jantar com o Milo. Mas, depois do Cody, ficou bem claro que não estou preparada para sair com ninguém, e estou supercomprometida com isso. Além do mais, só vou estar em Nova York por mais uns dias. Começar alguma coisa com um cara que vai ser deliciosa e rápida e depois acabar não é, pela primeira vez, atraente.

Pelo menos não com o Milo.

Além do mais, eu devia dar uma chance a passar um tempo com a Allison e a Shea.

É, provavelmente eu devia ter esclarecido isso com elas, porque uma estava estudando e a outra tinha planos importantes de ver um documentário do Ken Burns. Adivinha quem é quem.

Então, comprei um sanduíche na delicatéssen para jantar e me conformei em ficar no quarto da Jane e usar seu computador. E, mais uma vez, acabei indo parar no site da UNA.

Cliquei preguiçosamente em "Como se inscrever".

Mesmo que eu nunca conseguisse ser aceita e mesmo que um professor quisesse me congelar com o olhar, qual seria o mal de ver como era a ficha de inscrição? Nada de mais.

Tudo bem... parecia o de sempre. Histórico escolar, recomendações, informação sobre bolsas de estudo, pergunta de ens...

Congelei.

"Conte um incidente ou um momento em que você vivenciou um fracasso. Como isso o/a afetou? Que lições você aprendeu? O que faria de diferente agora?"

De.

Jeito.

Nenhum.

Como diabos é possível que eu seja perseguida por essa pergunta idiota da redação?

O universo inteiro está dizendo: "Ei, não torturamos a Lydia há algum tempo, vamos nos divertir!"

Nunca pensei muito nisso, mas deve ser uma pergunta padrão de fichas de inscrição de faculdades. O que significa que não fui feita para *nenhuma* faculdade, eu acho.

Fechei o computador. Meus olhos caíram na sacola plástica da loja de presentes da UNA, aparecendo dentro da minha bolsa. Mesmo que nunca fosse sério, mesmo que meu passeio tenha incluído especulações sobre peixes-boi e viagens no tempo, foi um sonho legal que durou um dia.

Acho que vai ser apenas isso.

32
CENTRADA

Na manhã seguinte, eu mal tinha acordado e estava pensando em me esconder das minhas quase colegas de apartamento no quarto da Jane quando meu celular vibrou.

— Alô? — atendi, grogue.

— Oi, Lydia! — A voz suave e animada do Bing ecoou no meu ouvido. — De que tipo de bagel você gosta?

— Hum... passas e canela.

— Ótimo! — ele disse. — Comprei um desses. E café. Está pronta?

— Pronta pra quê?

— Achei que você ia gostar de ir até o centro comigo hoje.

O centro? Mas eu tinha planejado um grande dia vendo Netflix.

— Vamos lá, Lydia, você não veio até Nova York pra ficar em casa vendo Netflix, né? — o Bing disse.

Observação para mim mesma: outras pessoas têm a senha da conta da Jane e conseguem ver quando você está vendo coisas. Mesmo assim, o Centro de Crise para Adolescentes onde o Bing era voluntário não representava exatamente um dia de folga.

— Você vive dizendo que quer ajudar as pessoas — o Bing comentou. — Então vamos ajudar. Café e um bagel te esperam aqui embaixo.

— Tu... do bem — falei, me inclinando na janela da Jane e olhando para baixo. Sim, um carro de luxo estacionado em fila dupla na frente do prédio. Um Bing acenando para mim com uma sacola de bagels na mão. — Desço em dez minutos.

— Perfeito. Se você não descer em dez minutos... vou continuar aqui, mas não prometo que o bagel ainda esteja.

* * *

Nove minutos e meio depois, eu estava com um bagel numa das mãos e uma xícara de café na outra. Vinte e três minutos depois disso, paramos diante de uma fachada de pedra muito bonita na parte legal do Brooklyn.

— O prédio foi deixado pro fundador do centro no testamento do antigo dono — o Bing explicou. — Os vizinhos não adoram, mas as crianças, sim... elas se sentem muito mais seguras neste bairro.

Subimos os degraus. A fachada era igual à de qualquer outra casa na rua — só que essa tinha um discreto "CENTRO DE APOIO PARA ADOLESCENTES" pintado em letras douradas na janela sobre a porta. Mas, por mais que fosse discreto por fora, o lado de dentro era como uma colmeia.

Havia pessoas em todos os cômodos — algumas sentadas conversando com crianças em mesas de trabalho, outras sentadas em grupos, fazendo artesanato. Um grupo de meninas caiu na gargalhada quando passamos, e o Bing enfiou a cabeça na sala.

— Olá, meninas — ele as comprimentou, sorrindo daquele jeito que diz que ele não faz a menor ideia do efeito que ser bonito, legal e rico tem sobre as pessoas. Mas esse era um grupo de meninas, adolescentes. E, sim, apesar de estarem numa idade de se apaixonar, todas elas pareciam muito mais espertas que o Bing. Não havia florzinhas frágeis em crise no grupo.

— Estávamos só dizendo que o senhor tem uma queda por ruivas, sr. Lee — disse uma das meninas, fazendo as outras abafarem o riso.

— Cuidado, essa é minha futura cunhada — ele esclareceu, sorrindo, e me empurrou para a frente. — Lydia, a sessão em grupo das dez da manhã; grupo, Lydia.

Acho que meu café ainda não tinha sido absorvido, porque levei um segundo para...

— Espera, sou o quê? — soltei, mas ele já estava na metade do corredor. Dei tchau para o grupo e corri para alcançar o Bing, que estava destrancando a porta de um armário de vassouras.

Só que não era um armário de vassouras.

Lá dentro havia uma mesa de trabalho coberta de papéis, prateleiras cheias de arquivos e quase nada mais. Não havia muito espaço para mais nada, exceto uma foto do Bing e da Jane numa festa, no centro da parede.

— Você tem uma sala aqui? — perguntei. — Achei que você era só, tipo, voluntário.

— Foi assim que eu comecei — o Bing respondeu, tirando a mochila do ombro. — Fiz o treinamento para conselheiro, estava trabalhando no disque--auxílio de apoio psicológico três vezes por semana, e aí... simplesmente passei a vir todos os dias. Fazia o que precisava ser feito. A Dottie, a fundadora do centro, viu que eu era bom nisso e me deu mais responsabilidades. Depois, quando ela descobriu sobre a minha família...

— Que você é rico?

— Mais, tipo, que eu tenho os contatos certos pra colocar o centro no radar de pessoas influentes — ele explicou, mostrando mais autoconhecimento do que achei que seria capaz. — É a primeira vez que isso realmente tem sido útil, então não me importo de usar.

Uau, autoconhecimento e esperteza. Talvez ele e sua irmã manipuladora, a Caroline, sejam parentes, no fim das contas.

— Mas é uma boa experiência, pra quando eu abrir o meu próprio centro.

— Você vai abrir um centro? — perguntei. — Quando? Onde? Como?

— O "quando" é depois que eu conseguir o mestrado em serviço social... Estou planejando me inscrever nas universidades no próximo outono. Meus pais não estão muito felizes por eu trocar a faculdade de medicina pelo trabalho social, mas a Caroline diz que eles vão aceitar.

Ele tirou um arquivo da prateleira e o abriu.

— O "como" é mais complicado. Mas eu tenho as minhas reservas. E o Darcy já falou que faria uma grande doação e que poderia unir isso ao setor beneficente da empresa dele.

Lá está o Darcy de novo, pensei. *Sempre aparecendo para salvar o dia.*

— E o "onde" é... para onde o trabalho da Jane a levar.

— É — falei. — Quanto a isso... você disse alguma coisa sobre futura cunhada? — Pisquei inocentemente para ele.

Ele corou um pouco.

— Ainda não houve nenhum pedido, se é isso que você quer saber. Mas eu espero...

Ele deixou a frase sumir, porque o que mais precisava ser dito? Ele esperava. E, considerando o ponto onde eles estavam seis meses atrás — o Bing vindo para a cidade com a Jane para consertar um relacionamento que ele quase estragou para sempre —, o fato de ele ter algo a esperar era tudo.

— Ei, hum... você pode me fazer um favor? — o Bing pediu.

— Ah, não vou falar nada pra Jane.

— A Jane não me preocupa. Mas talvez não falar nada para a sua mãe.

* * *

Depois que o Bing tirou um monte de papéis e coisas da sala — e comeu o terceiro bagel da manhã; onde é que esse menino coloca tantos carboidratos? —, ele me levou para conhecer o centro e explicou o que eles fazem aqui.

No fundo, eles fazem muita coisa.

— Temos uma linha telefônica para adolescentes em crise, com atendentes vinte e quatro horas por dia, sete dias por semana, então, a qualquer hora que alguém ligar, sempre tem com quem conversar — o Bing disse enquanto desviava das pessoas no corredor. — Também temos terapia individual e sessões em grupo, como a que você viu. — Ele apontou para um quadro de avisos. — Temos até aconselhamento de carreira e um serviço de classificados de emprego.

— Emprego? Tipo, depois da escola?

Ele anuiu devagar.

— Às vezes. Mas muitas vezes essas crianças não estão mais na escola. Não estão morando em casa nem em lugar nenhum. Elas precisam de um jeito de se sustentar. Ou, às vezes, só precisam de um lugar para dormir à noite e uma refeição quente, e fazemos o possível pra garantir que também tenham isso.

Um fluxo de gratidão pelos meus pais percorreu o meu corpo. Eles sempre nos apoiaram muito. Mesmo quando eu estraguei tudo... exceto, talvez, o meu pai, quando eu falei que passaria uma semana em Nova York.

Afastei esse pensamento preocupante e sorri animada para o Bing.

— Então, o que você quer que eu faça? Atenda os telefones? Sente num grupo? Ah! Eu podia fazer artesanato com eles! Onde vocês guardam o glitter?

O Bing sorriu.

— Nada de glitter nem de sessões de grupo pra você. E, para atender as ligações, você tem que passar pelo treinamento, que dura muito mais do que uma tarde. Mas precisamos de ajuda na cozinha pra fazer o almoço.

Almoço? Eu estava aqui para fazer o *almoço*?

— Sério? — Fiz uma cara feia. — Mas eu sou muito boa em dar conselhos, minha professora disse isso. — Tudo bem, foi a professora de literatura gótica, mas mesmo assim. — Eu poderia, tipo, falar para eles sobre mim e mostrar que eu entendo...

— Lydia — o Bing disse, em seu tom mais firme. Que é tipo um coelhinho sendo firme com você. — Como eu disse, você tem que passar pelo treinamento para fazer essas coisas. Mas, se você fosse falar com alguém, não seria sobre a sua história, e sim para entendê-los. O que as crianças mais precisam aqui é de alguém para ouvi-las.

— Ah. — Olhei para os meus pés, me sentindo meio pequena. Claro que não seria sobre mim. Passei tempo demais dentro da minha cabeça nos últimos meses, e era meio difícil me lembrar disso. — Então, o que temos pro almoço hoje?

Passei o restante da manhã preparando e servindo bandejas enormes de macarrão com queijo. E não sou muito ruim nisso. Não sou a sous-chef preferida da minha mãe sem motivo. Mas normalmente minha mãe faz uma caçarola para cinco pessoas, então isso foi... diferente. Luvas e aventais de plástico não são exatamente fashion.

Mas não me importei. Os outros voluntários da cozinha eram legais e trabalhavam juntos num ritmo que eles tinham aperfeiçoado ao longo do tempo. Tentei fazer o que me mandavam e não atrapalhar.

O Bing apareceu algumas vezes — sempre pegando um pouco de comida; sério, onde ele guarda tudo isso? — para saber se eu estava bem e para falar com uma das cinquenta pessoas, mais ou menos, que entravam no refeitório enquanto servíamos o almoço. E o tempo voou — não porque carregar essas bandejas do fogão quente até a frente e depois recolhê-las e garantir que os porta-condimentos e porta-guardanapos estivessem cheios fosse exaustivo (agora eu sei por que a Mary estava sempre cansada quando voltava para casa depois de um dia na cafeteria), mas porque eu fiz o que o Bing falou.

Eu escutei.

Escutei quando o Malik, o cozinheiro-chefe, contou à sua prima, a Layna, a outra cozinheira, como sua mãe estava se saindo na reabilitação. Escutei quando algumas meninas da sessão em grupo das dez da manhã vieram almoçar, conversando sobre um baile que ia acontecer. Escutei quando um cara incrivelmente magro entrou e perguntou se o Bing sabia dar nó na gravata. Ele estava indo para uma entrevista no abrigo da cidade e, se tudo desse certo, ele finalmente teria um lugar para morar.

E isso me fez perceber que o Bing estava certo. Como eu pude pensar que poderia dizer "Oi, é, eu entendo totalmente o que vocês passam porque, uma vez, meu namorado filmou a gente transando e tentou vender o vídeo na internet" ou "Uma vez eu perdi o prazo para entregar uma ficha de inscrição, então entendo totalmente como a vida de vocês é difícil".

Isso também fez com que eu sentisse mais respeito pelo Bing. Ele costuma parecer muito legal e tranquilo, mas trabalhar num lugar como esse não era para os fracos.

Mas será que era para mim?

Quer dizer, minha versão de ajudar as pessoas sempre envolvia meu próprio escritório chique com vasos de junco e música relaxante na sala de espera. Mas isso... isso também é ajudar as pessoas. E, se eu *realmente* quisesse tentar entrar na psicologia de novo (e isso de jeito nenhum é certo, porque... né), isso poderia fazer parte.

Se bem que, neste momento, "isso" é apenas lavar bandejas de metal e levar o lixo para fora. E não exatamente uma superajuda incrível.

Os sacos de lixo eram pesados, então eu os arrastava porta afora. Minhas costas estavam meio viradas, e eu não vi a menina logo de cara.

Ela estava sentada na parte inferior da escada, encolhida como uma bola. As costas enroladas e um casaco verde do exército a faziam parecer uma tartaruga, virando a cabeça e me espiando por trás do casco. Quando passei por ela para chegar às latas de lixo, falei:

— Oi.

— Oi — ela murmurou.

— Você está aqui... procurando alguém? — perguntei, ao fechar a tampa das latas.

— Não — ela respondeu, mal levantando a cabeça. Os braços estavam enrolados sobre a barriga e, pela primeira vez, percebi que ela parecia estar grávida.

E era muito jovem.

— Tudo bem. — Esperei algum sinal do que eu deveria fazer agora. — Hum... acabamos de almoçar. Mas tem muita sobra. Posso pegar um prato pra você.

Ela deu de ombros, e eu entendi como um sim.

— Legal. Já volto. — E subi correndo os degraus. — Não desapareça, está bem? É um... macarrão com queijo muito gostoso.

Encontrei o Bing conversando com a Dottie e o puxei.

— Tem uma menina lá fora. Acho que ela não quer entrar, mas falei que eu ia levar um prato de macarrão pra ela.

O Bing foi imediatamente até a janela da frente e espiou lá fora, depois fez um sinal de positivo para a Dottie.

— Lydia, pegue o prato.

Corri até a cozinha e servi o macarrão com queijo. Mas, quando voltei, o Bing já estava sentado nos degraus perto da menina.

— Vai lá — a Dottie me incentivou.

Desci os degraus, abraçada ao prato. O Bing virou quando pigarreei.

— Obrigado — ele disse, pegando-o da minha mão. — Lydia, essa é a Vicki. Vicki, Lydia.

— Já falei que não quero conversar com uma terapeuta — a Vicki murmurou.

— Ah, não se preocupe, a Lydia também não é terapeuta. Então não podemos fazer muita coisa além de sentar aqui, comer um pouco de macarrão com queijo e escutar. Se você quiser falar.

Passamos alguns minutos apenas sentados ali, com a Vicki remexendo a comida, depois comentando sobre as péssimas habilidades de estacionar em paralelo do cara que estacionou na nossa frente, antes de ela começar a falar. Sobre o cara da escola que a engravidou, e que ele agora não fala mais com ela, e que ela não tem para onde ir.

O Bing foi apenas uma presença acolhedora para a Vicki, um espaço aberto a quem ela poderia dizer qualquer coisa. Ele nunca se intrometeu com outros assuntos, nem a pressionou, simplesmente deixou que ela contasse sua história.

Quando ela chegou ao motivo para estar na porta do centro, ela se convenceu a entrar. Quando nos levantamos para entrar, o Bing se aproximou de mim e sussurrou no meu ouvido:

— Bom trabalho, Lydia.

— Eu não fiz nada — sussurrei de volta, e ele balançou a cabeça.

— Você fez mais do que imagina.

33
O RETORNO DE JANE

— Jane! — gritei da área pouco depois da porta de saída do terminal, acenando meu cartaz com adesivos brilhantes de unicórnio e o nome BENNET.
Sim, eu reciclei. Mas, pensa bem, é legal demais para não usar de novo.
— Pessoal! — a Jane acenou de volta, se aproximando, apressada. — Que bom ver vocês!
Ela me abraçou brevemente, mas tudo bem. Depois ficou com os olhos brilhando quando viu o Bing atrás de mim, e eu sabia que eles queriam se agarrar.
Eu os separei depois de um tempo.
— Vamos lá, pessoal! — falei. — Esperei três dias pra ter minha irmã de volta em Nova York e não vou perder nem mais um minuto.

* * *

No carro de luxo a caminho do apartamento, a Jane nos contou histórias de Miami, como lá é ainda mais quente que aqui (impossível) e como ela trabalhou com os tingidores de tecidos para conseguir uma estampa perfeita para a coleção de inverno. Ela nos contou tudo sobre todo mundo que conheceu (sempre que a Jane vai a algum lugar, ela volta com pelo menos cinquenta novos amigos de Facebook), todas as comidas deliciosas que comeu (ela agora tem receitas de pamonha no Pinterest) e como ela acredita de verdade que o padrão de cores tropicais que eles criaram vai dominar a moda no próximo ano.
Mas, quando chegamos ao apartamento e o Bing subiu conosco os quatro lances de escada de novo e os dois tiveram mais um tempo de demonstração pública de afeto, a Jane virou para mim.
— Então... — ela disse, se jogando no sofá ao meu lado. Era o meio do dia, então a Shea estava na biblioteca e a Allison estava no trabalho, e tínhamos o lugar só para nós. — Como você está? Tem... alguma coisa que você quer me contar?
Ah, não. Ela queria ter a conversa agora? A conversa "o que você vai fazer da sua vida"?

Se bem que eu estava um pouco mais preparada do que três dias atrás. Mais ou menos. Talvez.

Mas o que saiu da minha boca me surpreendeu.

— Na verdade, não.

O sorriso da Jane hesitou por um milímetro.

Eu poderia ter contado a ela. Poderia ter dito: "Bom, na verdade, estou pensando na faculdade... mas não em San Francisco. Adivinha onde?!" E poderia imaginar a resposta dela: completamente entusiasmada, totalmente querendo ajudar e compartilhando a alegria com o Bing e com todo mundo porque a Lydia Tem um Plano de Vida.

O que é ótimo...

Mas e se não acontecer?

E se eu estragar tudo de novo?

E se aquela redação idiota sobre fracasso for meu castigo para sempre?

Eu decepcionaria todo mundo. Mais uma vez. Então... tenho que guardar isso só para mim. Até me sentir mais segura.

É diferente compartilhar isso com o Milo e a Kat. Eles não têm expectativas. A única coisa que eles veem quando olham para mim é... possibilidade.

E, quando saio com eles, também consigo ver essa possibilidade em mim.

— Tá bom — a Jane disse, disfarçando qualquer sentimento que pudesse ter com uma voz animada e se levantando num pulo para ir à cozinha. — Quer chá? Eu trouxe uns biscoitos cubanos deliciosos, chamados *torticas*.

Assim como a minha mãe, a Jane acalmava e evitava as coisas com comida.

— Claro — respondi.

— O Bing disse que você se divertiu no centro — ela gritou enquanto colocava a água para ferver.

— É verdade. Eles são ótimos.

— São mesmo — ela concordou. — O Bing disse que eles também gostaram muito de você.

Em pouco tempo, ela voltou com uma chaleira de chá e um prato de biscoitos — que, basicamente, eram biscoitos doces com um pouco de lima, mas totalmente deliciosos.

— Sei que a Shea está sempre estudando, e a Allison está sempre trabalhando, mas achei que elas iam pelo menos... — A Jane pareceu um pouco decepcionada, mas disfarçou isso com um sorriso. — De qualquer maneira, estou muito feliz porque você saiu com sua amiga Casey. Tive medo de você acabar sozinha na cidade ou virar vítima de estranhos.

Comecei a brincar com a barra da capa do sofá.

— Estranhos nem sempre são maus, sabia?

A Jane só balançou a cabeça.

— Claro que não, mas você tem que tomar cuidado. Quer dizer, o Bing foi assaltado...

— ... duas vezes. É, eu sei.

Um silêncio constrangedor se esgueirou pela sala. Não sei se a Jane percebeu, porque ela apenas gemeu um pouco para si mesma enquanto tomava o chá.

E aí, de repente...

— Tenho que redigir uns e-mails de trabalho, mas o escritório me deu a tarde livre, então podemos passar o dia juntas.

— Ah. — Pisquei. — Ótimo.

— O que você ainda não viu? — ela perguntou, empolgada. — Você foi até a Macy's? É enorme, muito maior que a do shopping da nossa cidade. Ou que tal o Cloisters? É muito bonito.

— Também não vi — respondi.

Enquanto a Jane começava a cuidar dos e-mails para podermos curtir a tarde fazendo compras e indo ao museu, sorri e fingi que concordava, mas estava com uma sensação esquisita no estômago.

Agora que a Jane voltou, é como se eu tivesse voltado a ser irmã dela. Voltei a ser a turista, carregada para todo lado. Não que isso seja ruim! Mas, nos últimos três dias, não fui uma turista. Fui parte da cidade. Parte de um grupo.

Eu gosto dessa versão de Lydia. Mas, agora que a Jane voltou... tenho que voltar à versão antiga.

Ou talvez não.

> Oi, o que vc vai fazer hoje à noite? O Milo e eu vamos ver Wicked com amigos e um deles desistiu, então temos um ingresso sobrando. Interessada? — Kat

Um tremor percorreu meu estômago. Eu adoraria passar mais uma noite sendo a outra Lydia... mas estava preocupada que as coisas ficassem meio esquisitas com o Milo e a coisa de me-chamar-para-sair.

Por outro lado, mais uma mensagem surgiu no meu celular.

> Vc vai embora no sábado, certo? Vc não pode ir embora sem se despedir! Podemos até fazer alguma coisa divertida :)

Eu realmente me diverti muito na outra noite. E no passeio com o Milo, apesar da esquisitice.

— Ei, Jane — chamei, tirando sua atenção dos e-mails. — Você acha que vamos ficar fora a noite toda?

— Hum... — Ela semicerrou os olhos, pensando, e juro que os vi se fecharem algumas vezes. — Podemos, se você quiser. De novo, desculpa por ter sumido metade da semana... Tem alguma coisa específica que você queira fazer hoje à noite?

Quer saber a verdade? A velha eu — a famosa na internet — teria adorado arrastar minha irmã mais velha para uma noite na cidade, usando sua culpa por ir a Miami a meu favor para ficar na balada até as três da manhã e entrar em lugares vip e qualquer outra coisa que a Jane nunca faria se eu simplesmente pedisse.

Mas, agora, eu queria outra coisa.

— Não, tudo bem! — falei. — Na verdade, a Casey me convidou pra ver *Wicked* mais tarde. Ela tem um ingresso sobrando. E a gente provavelmente vai sair depois. Pode ser?

A Jane pareceu aliviada quando disse:

— Claro! Parece divertido. E é um ótimo espetáculo; você vai adorar.

Sorri e digitei uma resposta rápida:

— Mas, até lá... — a Jane apertou algumas teclas no computador e se levantou, pegando a bolsa. — Está pronta pra ir? Nossa aventura em Nova York nos espera!

34
PONTES

Terminamos nosso penúltimo dia de turismo de irmãs mais cedo (conforme esperado, a exaustão atingiu a Jane ferozmente antes do jantar), e eu encontrei o Milo na estação do metrô perto do apartamento dela naquela noite.

— A Kat vai nos encontrar no teatro — ele disse, quase parecendo que pedia desculpas. — Ela tinha uma aula até tarde hoje, era mais fácil assim.

Qualquer preocupação que eu tivesse naquele momento de que sair sozinha com o Milo, mesmo que só no metrô, seria complicado ou estranho foi rapidamente apagada.

— E aí, como estão seus pés?

— Meus pés?

— Sua irmã voltou, certo? Achei que vocês tinham continuado o passeio pela cidade.

— Ah, sim. Meus pés estão melhores, desta vez — respondi. — Estou me acostumando a andar pelos quarteirões da cidade.

— Ótimo. — Ele sorriu. — Logo, logo você pega o jeito.

— Isso significa que vou ser uma nova-iorquina que anda rápido e usa cores neutras antes de ir embora no sábado?

— Espero que não — ele respondeu. — Sábado, é? Você conseguiu ir à Ponte do Brooklyn nos seus passeios? — ele perguntou.

— Não — respondi. Verdade seja dita, a Jane tinha sugerido, mas, quando perguntei se poderíamos esperar para ir na noite seguinte, ela fez uma cara preocupada e insistiu que era muito mais seguro ir durante o dia.

Então não fomos.

— Mas estou meio cansada dessas coisas de turista, de qualquer maneira. — Dei de ombros. — Não é tão legal quanto eu achei que seria.

O Milo me olhou, continuando firme enquanto eu agarrava o poste de metal para evitar cair em cima dele quando o metrô começou a diminuir a velocidade até a próxima estação.

— As partes turísticas de Nova York são legais. Você só tem que saber olhar pra elas. — Ele se afastou de mim e foi em direção à porta.

— Essa não é nossa estação, é? — perguntei, olhando para o mapa para ver onde estávamos.

— Agora é. Vem.

A porta apitou para abrir, e ele olhou para trás para garantir que eu o seguia, antes de sair para a plataforma.

Uma plataforma com placas apontando na direção da Ponte do Brooklyn. Saímos quando o sol estava se pondo lentamente, viramos uma esquina e lá estava ela.

— Achei que você tinha dito que era melhor ver à noite — comentei.

— Vai estar escuro quando terminarmos de atravessar.

— Não vamos nos atrasar?

— Não, temos tempo. Além do mais, isso é importante.

Começamos a caminhar, a trilha no centro da ponte lotada de pessoas de terno indo para casa depois do trabalho, famílias, turistas com câmeras. Em vez de desviarmos da multidão (algo em que sou habilidosa) como sempre, andamos devagar, cada passo vacilante e deliberado. Tipo a nossa conversa.

— Pontes, hein? — perguntei, olhando ao redor enquanto andávamos lado a lado pela trilha. — Do que você gosta tanto nelas?

A vista era bonita, com todos os carros passando abaixo de nós e a água correndo ao lado deles. Os turistas eram divertidos de observar, escutar, como em todos os outros lugares. A ponte em si era legal, meio velha para o meu gosto. Mas, até o momento, não entendi por que ele achava que era o suprassumo das coisas a fazer em Nova York.

— Sabe todas aquelas coisas de que você gosta na psicologia? — ele perguntou, e eu fiz que sim com a cabeça. — É isso que eu gosto na arquitetura. Descobrir como as coisas são montadas, como são feitas.

— Pontes também são pessoas? — provoquei.

— Não são só as pontes — ele disse, passando a mão delicadamente na grade. — Eu gosto da ideia de fazer alguma coisa que vai durar décadas, talvez até séculos. Lugares significam alguma coisa, mesmo que apenas... se misturem ao pano de fundo de uma lembrança pra maioria das pessoas. Continuam sendo parte disso, sabe? Eu posso fazer alguma coisa que faria parte da vida de tantas pessoas, mesmo que elas não saibam. E talvez o que aconteça seja em outra ponte, ou outro arranha-céu, ou em um túnel que alguém construiu naquele ponto... quem sabe, não importa. O que importa é que eu saberia que fiz aquilo.

— Objetivos grandiosos — falei, no mínimo porque não sabia o que dizer para algo tão... definido.

— Se é pra sonhar, é melhor sonhar alto — ele disse. — Acho que eu li isso numa caneca em algum lugar.

— Certo — concordei, sorrindo. — De qualquer maneira, se esse... — acenei no ar, indicando a extensão da ponte — ... é o pano de fundo para a minha lembrança da última grande noite em Nova York, acho que eu deveria saber mais sobre a ponte.

— É? Tipo o quê?

— Coisas que um aluno de arquitetura/entusiasta de pontes deveria saber. Tipo... quem a construiu?

— Eu poderia inventar todas as respostas... sou muito bom nisso, você sabe.

— Poderia — concordei.

Ele fez uma pausa, e eu vi um indício de sorriso breve antes de ele fazer um sinal de positivo com a cabeça e responder à minha pergunta.

— John Augustus Roebling. Ele projetou a ponte. Mas, tipo, mil pessoas a construíram.

— Quando?

— Terminaram em 1883.

— Como? Eles tinham guindastes ou alguma coisa do tipo pra mover as pedras enormes naquela época? Acho que essas coisas em formato de torre são feitas de pedras muito grandes, certo?

Um sorriso se espalhou pelo seu rosto, e eu corei, percebendo que estava fazendo várias perguntas seguidas de novo.

— Desculpa.

— Não precisa se desculpar — o Milo disse, ainda sorrindo. — Eu gosto do fato de você fazer muitas perguntas.

— Achei que você não gostava de perguntas quando está olhando para pontes.

— Posso ter mudado de ideia — ele retrucou, desviando o olhar de mim para o céu.

Lembrei às borboletas do meu estômago que elas não deveriam estar ali, não podiam estar ali.

— Para aqui um segundo — ele disse de repente, e nós paramos. — O sol vai estar atrás dos prédios daqui a poucos minutos, e este é o melhor lugar de toda Nova York pra ver o pôr do sol.

Franzi a testa.

— O ideal não é ir a um lugar alto pra ver o sol nascer ou se pôr? Não devíamos estar no Empire State Building ou coisa parecida?

O Milo riu.

— Por que você faria isso quando pode estar no meio de tudo? Simplesmente... observe.

E eu observei.

Observei o céu se separar em três bandas distintas de azul, amarelo e rosa quando um menininho bateu palmas enquanto o pai o colocava sobre os ombros para ele poder ver por cima da grade.

Observei as luzes se acenderem por toda a cidade enquanto uma mulher parava para tirar uma selfie com o pôr do sol, depois virava e ficava olhando para o céu.

E observei o Milo observando o pôr do sol. Observei o sorriso de boca aberta em seu rosto, enquanto ele observava a última luz flutuando sobre os cabos esticados diante de nós, refletindo aquelas manchas douradas em seus olhos arregalados.

Ele observou o pôr do sol. Eu observei as pessoas. Mas, de algum jeito, acho que vimos a mesma coisa.

De qualquer maneira, ele estava certo. A ponte certamente era o melhor lugar da cidade para estar neste momento.

— Uau — falei enquanto o sol desaparecia por trás dos prédios de Manhattan.

O Milo obrigou seu olhar a desviar do céu e olhou para mim.

— Valeu a pena?

— É — falei. — Valeu a pena.

Eu estava olhando para os seus olhos, ainda brilhando apesar de não haver luz para fazê-los reluzirem em mim, mas meus olhos seguiram o mesmo caminho que o sol tinha percorrido no céu atrás dele, descendo pelo seu nariz levemente torto, passando pela barba malfeita logo abaixo e caindo em seus lábios.

Eu me perguntei se eram macios como soavam quando ele falava das coisas que amava. Eu me perguntei se seus dedos tinham calos pelas longas horas segurando o lápis enquanto ele desenhava coisas do jeito que só ele as via. Eu me perguntei, se ele me beijasse, se o cabelo dele roçaria na minha têmpora, fazendo cócegas na minha pele o suficiente para me obrigar a me afastar, dando uma risadinha, até ele me puxar de volta.

Eu me perguntei se estava errada. Se isso estava certo, no fim das contas.

Meu olhar voltou para seus olhos, que ainda estavam grudados nos meus, e eu me perguntei se deveria me inclinar para a frente, se eu deveria...

Mas ele desviou o olhar tão de repente que a única coisa que sobrou para eu me perguntar foi se aqueles poucos segundos tinham acontecido ou não.

— Estou muito feliz por você ter visto isso — ele disse, voltando a andar pela ponte. — Não seria uma viagem sem isso.

— É. Eu também.

35
NENHUMA BOA AÇÃO

O céu ficou mais escuro, e as luzes da cidade mais fortes enquanto atravessávamos a ponte até Manhattan. Não conversamos muito pelo resto do caminho — um silêncio surpreendentemente fácil —, antes de entrarmos em outro metrô, que nos levaria o mais perto possível do teatro.

— Duas chamadas perdidas da Kat — o Milo comentou quando saímos do subsolo e voltamos à terra com sinal de celular. — Você?

— Uma, e uma mensagem — respondi, olhando o celular como de costume. — Ela disse que deixou nossos ingressos na portaria, porque o espetáculo já vai começar. Droga.

— Tudo bem, ainda temos alguns minutos — ele me tranquilizou. — A Kat é paranoica com pontualidade. Estou recebendo mensagens de "Onde vocês estão?" desde meia hora antes do horário. Ops. — Ele guardou o celular no bolso, meio sem graça, e acelerou o passo.

Tenho que admitir que parte de mim tinha ficado um pouco decepcionada porque essa versão da última farra da Lydia com os novos amigos seria usada para fazer alguma coisa tão turística e não apenas para se misturar à cidade, mas primeiro houve a ponte, e agora, mesmo enquanto corríamos pelas redondezas da Times Square — o lado mais turístico de Nova York — para chegar ao teatro a tempo, essa sensação tinha quase desaparecido. O Milo sabia exatamente onde estávamos, exatamente como desviar das multidões e contornar obstáculos, e eu estava bem ali com ele.

Pegamos nossos ingressos, entramos no teatro no instante em que as luzes estavam diminuindo e chegamos até o balcão.

— Olha só quem apareceu — a Kat sussurrou quando sentamos ao lado dela. Um cara que eu reconheci da festa se inclinou para a frente e acenou para nós do outro lado da Kat, e eu acenei também, sussurrando para os dois.

— Desculpem o atraso, nós...

A explosão súbita do som da orquestra me interrompeu quando o espetáculo começou. Dei uma olhada rápida para o Milo e para a Kat, e ambos já olhavam para o palco. Naquele momento, percebi que, mesmo que isso fosse terrível e horrivelmente turístico, o que me importava agora era que eu estava vivendo toda essa experiência com pessoas que faziam com que eu não me sentisse turista. Eu me recostei no assento, e toda a decepção desapareceu quando nos perdemos no espetáculo diante de nós.

* * *

— Uau! — exclamei, girando na calçada várias horas depois. — Isso foi incrível. Agora eu sei por que a Jane ama tanto esse espetáculo.

— A turista *tinha* que adorar *Wicked* — o Milo provocou, direcionando o comentário por cima da minha cabeça, para a Kat, que andava ao meu lado.

— Ah, não começa! Eu definitivamente vi lágrimas na última música — observei.

— Ei! — ele protestou. — Sim, eu choro em cenas tocantes. Sou homem o suficiente pra admitir isso.

— Você tem a trilha sonora — a Kat disse. — Já vi no seu iTunes.

— Tá bom, tá bom — ele concordou, sorrindo.

Depois do espetáculo, nos despedimos do amigo da Kat e pegamos o metrô para... bom, não tenho certeza para onde, mas simplesmente compramos as melhores batatas fritas que eu já comi e, aparentemente, há uma promessa de bar no nosso futuro. Um que não peça identidade, já que a Kat não tem uma falsa (morrendo de inveja porque seu eu de dezenove anos mora perto de bares que não pedem identidade), e foi por isso que terminamos em outra parte da cidade.

Depois de crescer numa cidade com um bar, uma lanchonete e uma farmácia/pet shop/loja de material escolar, eu estava começando a duvidar se era possível ver tudo que esta cidade tinha a oferecer. As pessoas aqui nunca devem ficar entediadas.

— Eu me pergunto como seria se eles contassem todas as histórias do ponto de vista do vilão — comentei, ainda pensando em *Wicked*.

— Claro, mas você não preferia que o malvado simplesmente não fosse babaca? — o Milo perguntou.

— Tem certeza que você não é o vilão da história de alguém? — perguntei a ele.

— Você está me chamando de vilão? — ele provocou.

— Não — falei, balançando a cabeça. — Pelo menos, não na minha história. Mas não existe uma situação em que você seria considerado o malvado? Ninguém que te veja de um jeito *diferente* do que eu vejo, ou a Kat?

Ele pareceu entender minha ênfase, parando para pensar por um segundo.

— Lee Newman. Ele estava reunindo coragem pra chamar uma garota da nossa turma pra sair desde o sétimo ano, mas, no dia em que ele finalmente conseguiu, ela concordou em ir ao baile comigo. E nós namoramos durante dois anos.

— Viu? Aí está — falei.

— Acho que é isso que a gente consegue por sair com uma estudante de psicologia — o Milo riu.

— Não, minha mãe vê muito a novela *Days of Our Lives*. Todo mundo está sempre declarando seu amor altruísta por alguém numa cena e planejando matar outra pessoa na próxima — contei. Uma pequena parte do meu cérebro registrou que ele me chamou de estudante de psicologia, e eu não me preocupei em corrigi-lo. Eu meio que gostei de ouvir isso.

— Ei, Lydia — a Kat disse, parando numa barraca pela qual estávamos passando e pegando um chapéu da prateleira. — Acho que você precisa de um suvenir da viagem. Uma coisa elegante. Isso é a sua cara.

Ela colocou o chapéu na minha cabeça e me conduziu até um espelho colado ao lado da barraca.

Era um chapéu peludo feito para parecer um tigre branco. Pedaços de pano compridos com listras em branco e preto caíam da parte superior, e o negócio me dava coceira. Olhei no espelho e ri.

— Perfeito, mas acho que ninguém ia me levar a sério como universitária se eu usasse isso em todos os lugares.

— Você ficaria surpresa — o Milo disse. — Além disso, é tarde demais, já paguei. Essa é você, agora. Garota do chapéu de tigre.

— Não percebi que éramos íntimos o suficiente para apelidos — brinquei.

— Ah, sim, somos todos melhores amigos, agora, você não percebeu isso? — a Kat disse, entrando na brincadeira.

Olhei ao redor quando começamos a caminhar de novo, absorvendo todas as lojas pela primeira vez. Havia mais algumas barracas como essa, umas lojas de roupas bagunçadas e muitas lojas de piercing e tatuagem.

— Onde estamos, afinal? — perguntei.

— Na Saint Mark's Place — a Kat respondeu.

— Minha prima ia adorar essa rua — falei, pegando o celular no bolso e tirando uma foto rápida do lugar. — Ela adora coisas sombrias.

Fiz o Milo e a Kat pararem para uma selfie rápida com uma loja cujas vitrines estavam cobertas de decalques de caveiras e ossos cruzados.

— É difícil imaginar alguém que seja sua parente e da Jane gostar de "coisas sombrias" — o Milo observou enquanto eu salvava a foto.

Fiz que sim com a cabeça.

— Confie em mim, eu sei. Mas ela é legal. Espera, vou mandar isso pra ela rapidinho. — Por mais que eu adore mandar mensagens enquanto ando, descobri do jeito mais difícil que isso não é muito fácil numa cidade lotada. Esbarrei em pelo menos seis pessoas desde que cheguei aqui, e num poste.

Passeando pelas minhas fotos, acrescentei à mensagem uma do teatro — a Mary adora teatro, arte e essas coisas, então eu sabia que ela gostaria disso — e outra que tirei da paisagem de prédios enquanto atravessava a ponte mais cedo. Tentei lutar contra a pontada de dor que senti quando lembrei que não sabia se ela responderia e que, mesmo se respondesse, provavelmente seria algo do tipo "legal" ou "tá", e apertei o botão de enviar mesmo assim.

— Pronto — falei, tirando os olhos da tela do celular e recuperando o ritmo da caminhada. — Foto da rua de lojas góticas enviada. Mandei pra ela a foto que tirei na Ponte do Brooklyn também.

Vi o rosto do Milo desabar e logo percebi que tinha falado algo terrivelmente errado, mesmo antes de a Kat diminuir o passo até parar e não virar para trás.

— Vocês foram até a ponte?

O silêncio durou alguns segundos, e todo mundo se moveu devagar na nossa pequena bolha do mundo, mesmo enquanto todos ao redor continuavam acelerados.

Por fim, ela acabou virando para nós, me olhando de cima a baixo e se concentrando no Milo.

Ele balançou a cabeça e deu um passo à frente.

— Kat, desculpa, não era pra você descobrir...

— Não é uma questão de *descobrir*, Milo — ela disse, com os olhos se arregalando e o peso caindo para trás, se afastando de nós, se afastando do Milo. — Você não me disse que vocês iam se atrasar. E não respondeu às minhas mensagens. Pelo que eu sei...

Ela interrompeu as palavras, engolindo em seco e balançando a cabeça.

O Milo abriu a boca para tentar de novo, mas a Kat não lhe deu chance.

— Não quero falar com você agora. — Sua voz estava baixa e trêmula, apesar de ela tentar parecer autoritária. Mesmo assim funcionou, porque o Milo calou a boca e ficou imóvel enquanto ela virava para o outro lado e, em pouco tempo, desaparecia na esquina.

— O que aconteceu aqui? — perguntei, quase mais para mim mesma do que para o Milo, que simplesmente balançou a cabeça, passando os dedos no cabelo.

Observei seu maxilar travar, e ele parecia com vontade de chutar a parede de tijolos ao nosso lado, mas não fez isso.

— A gente devia... — Olhei para onde a Kat tinha ido, mas, quando voltei o olhar, o Milo ainda estava balançando a cabeça, andando de um lado para o outro.

— Ela não vai me ouvir agora — ele disse para mim, depois para si mesmo. — Eu devia saber que isso ia acontecer.

— Ei. — Eu me aproximei dele e coloquei a palma da mão em seu peito, fazendo-o olhar para mim. — Eu falo com ela. Tudo bem?

Ele mexeu o maxilar para cima e para baixo, e eu achei que fosse falar alguma coisa, mas acabou apenas fazendo que sim com a cabeça.

— Espera aqui.

* * *

Depois que virei a esquina, alcançar a Kat não demorou tanto quanto eu havia pensado. Ela só tinha andado um pouco, antes de se sentar numa escadinha de concreto e encostar no corrimão de ferro ao lado.

Hesitei quando a vi. Dizer que eu ia segui-la e falar com ela parecia a coisa certa a fazer no momento, mas, agora que estava encarando a realidade... eu nem sabia o que estava acontecendo, muito menos como consertar.

Fechei os olhos e respirei fundo, lembrando o que havia acontecido no centro de apoio com o Bing, e até minhas sessões com a srta. W.

Eu não precisava consertar a situação. Não podia, provavelmente. Não era para isso que eu serviria aqui.

Eu me aproximei devagar, para ela poder me ver. Ela não levantou o olhar nem mesmo quando sentei ao lado dela em silêncio.

Ela estava mexendo no corrimão, a tinta saindo em pequenas lascas. Fazia um levíssimo barulho metálico quando ela encostava a unha nele. Ela estava tremendo um pouco e muito quieta. Mantive distância.

— Você não tem que falar comigo se não quiser — falei baixinho. — Eu queria pelo menos ficar sentada aqui, se você não se importar. Mas, se quiser conversar...

Ting. Ting. Ting.

O metal cinza sob a tinta preta formava um desenho abstrato, que me lembrou da arte que a Jane e eu vimos quando fomos ao Met. Tínhamos visto um cara olhando fixamente para uma tela ao entrarmos e, quando fomos embora, vi de relance que ele ainda estava parado no mesmo ponto, observando a mesma tela. Pareceu bobo ficar olhando para uma coisa durante tanto tempo, mas a Kat estava concentrada em descascar essa tinta com a mesma intensidade com que aquele homem olhava para a obra de arte diante de si.

Por fim, percebi que o som parou e, pelo canto do olho, vi que ela colocou as mãos no colo.

— Minha prima foi assassinada lá.

Meu cérebro começou a trabalhar, fazendo o máximo para interpretar o que ela estava dizendo.

"Prima" — a que namorou o Milo?

"Lá" — a Ponte do Brooklyn?

O local aonde fomos, que fez com que nos atrasássemos, quando a Kat não conseguiu fazer contato com nenhum de nós dois.

Esperei.

— Tinha outra garota lá, dizem. — Sua voz estava rouca, e ela tentou pigarrear ao continuar, mas ainda estava trêmula. — Um cara estava assediando a garota, e a Nikki viu quando estava indo pra casa. Atravessando a ponte. Ela ficou no caminho, tentou impedir. O cara a esfaqueou. E fugiu. Eles, hum... eles não conseguiram ajuda a tempo.

— Eu... sinto muito — falei.

— Eu vim estudar aqui porque... sempre achei que estaria onde ela estivesse. Não consegui entrar em Columbia, como ela e o Milo, mas eu estava na mesma cidade, pelo menos. Depois que ela morreu, o Milo era a única pessoa que eu realmente conhecia aqui. E que entendia. Que compreendia por que eu não queria sair à noite, nem sozinha, nem em nenhum lugar ... *nenhum lugar* perto daquela ponte, sem agir de um jeito estranho, como se eu estivesse maluca ou coisa parecida. Porque ele também se sentia assim.

Pensei em todas as coisas que eu poderia dizer naquele momento.

Juro que eu não sabia.

Tenho certeza que ele não quis te chatear.

Estamos bem, então está tudo bem, viu?

Sei como a gente se sente quando todo mundo te olha diferente.

Mas guardei minhas superficialidades e me aproximei um pouco, enquanto colocava a mão no ombro dela.

A Kat finalmente virou e olhou para mim, e vi sinais de lágrimas em seus olhos, apesar de ela tentar impedi-las de escorrer.

— Desculpa — ela sussurrou, secando os olhos.

Balancei a cabeça.

— Não precisa se desculpar.

— Eu acho... acho que eu já devia ter superado isso.

— Você superou? — perguntei.

Ela balançou a cabeça devagar, e eu dei de ombros.

— Então não superou. E tudo bem.

— Obrigada — ela agradeceu depois de um instante, tão baixo que quase não pude escutar.

— Pra que servem os amigos?

Sorri. Ela também sorriu. E ficamos ali por um tempo, ela contando histórias sobre as confusões que ela e a prima aprontavam quando eram crianças. Fiquei só ouvindo.

— A gente devia encontrar o Milo — ela disse finalmente. — Quero pedir desculpas por surtar com ele. Ele não devia se sentir mal por ir lá, se é isso que ele quer fazer.

— Kat... — comecei quando nos levantamos. — Talvez eu esteja bem fora da realidade, mas, se eu não estiver, talvez não seja a pior ideia do mundo você ir lá também. Criar uma nova lembrança. Um dia, pelo menos.

Ela mordeu o lábio e olhou para o lado, e, por um segundo, fiquei preocupada de ter falado alguma coisa errada de novo.

— Talvez você esteja certa — ela disse, concordando com a cabeça. Depois levantou um pouco mais o olhar. — Acho que não é difícil te levar a sério nesse chapéu ridículo, no fim das contas.

Minhas mãos voaram até a cabeça, encostando no chapéu de tigre, porque eu tinha esquecido completamente que ele ainda estava na minha cabeça.

Dei um sorriso tímido.

— Ops. — Mas acho que o Milo estava certo.

Num gesto mais que louvável, ele estava bem onde o deixamos. Tinha sentado no chão, encostado na parede, e se levantou nervoso quando nos aproximamos. Não vi como estava o rosto da Kat, mas sorri, tentando garantir a ele que as coisas estavam bem e, ao fazer isso, ela jogou os braços ao redor dele. Ele pareceu surpreso, mas se ajustou rapidamente, deixando-a abraçá-lo, com um arrependimento silencioso entre os dois.

Observei e, depois que ele superou o choque, seus olhos grudaram nos meus, com uma sinceridade que até então eu jamais vira ali.

— Obrigado — ele disse sem emitir som.

Sorri para ele.

Talvez eu não estivesse tão despreparada para ajudar, afinal.

* * *

Decidimos desistir do bar e encerrar a noite, levando a Kat de volta para a faculdade antes de pegar o metrô até o apartamento da Jane. A Kat me fez prometer que manteria contato e avisaria se eu voltasse para visitar ou se eu decidisse me mudar para cá.

— Não sei o que você fez — o Milo disse —, mas foi bom. Nunca consegui fazer a Kat se abrir quando ela fica daquele jeito.

— Eu só escutei — respondi.

Ele me analisou antes de fazer um sinal de positivo com a cabeça.

— Eu sabia que ela ainda estava chateada com tudo. Que inferno, eu também estou. Sei que não é a mesma coisa, mas... — Ele balançou a cabeça, afastando o que ia dizer. — Não sei como dizer a ela que eu vou até lá às vezes.

— Por que você faz isso? — perguntei com cuidado.

— Acho que não quero esquecer o que aconteceu — ele disse depois de um instante. — Aquilo me marcou muito. Foi importante para eu me tornar o que sou hoje, para a Kat se tornar o que ela é hoje. E... não foi a única coisa que aconteceu ali. Tenho muitas lembranças boas daquela ponte, também. Coisas ruins acontecem o tempo todo. Mas... por mais que às vezes seja muito ruim, não posso deixar que isso me impeça de viver.

— Você nem entraria no metrô — concordei, pensando nas aventuras do Bing sendo assaltado.

— Exatamente. Eu... não consigo fazer isso.

— Acho que ela sabe — falei. — Às vezes tem um certo espaço entre descobrir alguma coisa na sua cabeça e *entender* de verdade, sabia?

— Ãhã.

Chegamos à minha estação, e o Milo insistiu em me acompanhar até em casa.

— Não moro muito longe — ele explicou. — Acho que quero andar um pouco, de qualquer maneira.

Fiz que sim com a cabeça, e caminhamos até o apartamento da Jane em silêncio, os sons da cidade preenchendo os espaços entre nossos passos.

— Chegamos — o Milo disse, parando diante dos degraus do prédio da Jane.

— Chegamos.

— Fiquei muito feliz por te conhecer, Lydia — ele disse. — As duas vezes.
— Eu também — concordei.
— E todas aquelas coisas que a Kat disse, manter contato e tal, você sabe... se quiser.
— Eu quero — falei. — E vou fazer.
— Está bem, boa noite — ele disse.
— Boa noite — retribuí.

Subi os degraus e digitei o código da porta no teclado, empurrando a porta pesada quando a campainha tocou. Virei, e o Milo ainda estava parado no início da escada, me observando.

Ele acenou.

Eu acenei.

Eu me perguntei se deveria dizer alguma coisa, mas não sabia o que acrescentar. Parecia um fim insatisfatório para uma grande aventura, mas, para meu constante desalento, a vida não era um musical épico, e talvez acenar fosse o jeito como as coisas às vezes terminavam na vida real. A história um pouco enrolada, as pessoas um pouco mudadas, mas nenhum final orquestral para tocar na última troca de palavras significativas.

Deixei a porta se fechar quando entrei.

36
ÚLTIMO DIA

Infelizmente, a Jane teve que voltar ao trabalho no dia seguinte. Ela pediu desculpas, tipo, cinquenta vezes, mas falei que eu ainda tinha alguns pontos turísticos para visitar e que estava tudo bem.

E era verdade. Também era verdade que eu queria saber se conseguia pelo menos me virar sozinha na cidade depois de passar uma semana aqui.

Andei pela rua da Jane e tomei café da manhã numa cafeteria familiar fofa que eu tinha visto algumas vezes quando passei por ali, mas nunca entramos. Sentei perto da janela, vendo crianças passarem a caminho da escola, pessoas com trinta e poucos anos passeando com os cachorros, um músico que vi tocando na estação de metrô carregando o violão naquela direção.

Peguei o metrô até a Grand Central. Tirei fotos para o meu pai, sabendo que ele provavelmente imprimiria uma para emoldurar e colocar na sua sala de trens. Depois de tirar várias, andei um pouco por ali, mantendo um ritmo suficiente para não ser atropelada pelas pessoas agitadas que iam para o trabalho, mas devagar o suficiente para absorver tudo ao redor.

Andei de lá até a parte sul do Central Park, depois pelo lado leste, observando as pessoas, os pássaros e os carros, olhando para todos os prédios. Eu me perguntei quem os tinha projetado, quando ficaram prontos e que tipo de lembranças as pessoas tinham construído ali.

Meus fones de ouvido estavam na bolsa, como sempre, uma proteção contra qualquer silêncio potencial que eu poderia encontrar nos passeios, mas não os peguei.

Cheguei até o Met, apesar de ficar surpresa por não reconhecer os arredores como o local que a Jane e eu tínhamos visitado no meu primeiro dia de verdade aqui. Se não fossem as placas gigantescas na frente, nem tenho certeza se eu saberia que era o Met. De algum jeito, o lugar parecia diferente, mas eu não conseguia lembrar como achava que ele era antes.

Depois disso, voltei para o metrô. Havia mais uma coisa que eu queria fazer hoje, antes que ficasse muito tarde.

Eu queria visitar a UNA novamente.

* * *

Entrei de novo no prédio de psicologia com a mesma facilidade que o Milo e eu tivemos no outro dia (depois que descobrimos onde ele ficava, claro), passando pela porta enquanto os alunos de verdade entravam e saíam.

Vaguei pelo prédio meio sem rumo, verificando as coisas, mas tendo muito cuidado para não parar em algum lugar onde eu não devia entrar. Voar fora do alcance do radar; não ser percebida. Fiz muito mais disso no verão do que eu estava acostumada, então não foi tão difícil.

Acabei passando por um grupo de alunos sentados a uma mesa no centro de uma sala aberta que parecia ser um salão de estudos e ouvi uma coisa que chamou minha atenção.

— Vou me atrasar pra psicologia do desenvolvimento. Te vejo mais tarde?

Observei a garota seguir pelo corredor em direção a um auditório e a acompanhei alguns passos atrás. Espiei na sala depois que ela entrou e vi uns trinta alunos agrupados em diversas partes da sala, conversando.

O Milo e eu teríamos conseguido nos esgueirar para a outra aula porque não havia tantas pessoas, mas isso... não era o momento.

Eu estava quase me afastando da porta para descobrir se havia mais coisas para ver quando esbarrei em alguém.

A mulher era um pouco mais nova que meus pais e carregava uma pasta numa das mãos e, na outra, uma pilha de papéis, que caiu imediatamente quando nos esbarramos.

— Desculpa — murmurei, me abaixando para pegar os papéis.

— Você não me parece familiar — ela disse. — É aluna nova?

— Eu... — Meu primeiro instinto foi mentir, dizer que eu estava perdida ou procurando uma amiga. — Não estudo aqui, mas estava pensando em tentar uma transferência no próximo semestre. Quero estudar psicologia, e ouvi alguém dizer que aqui era a aula de psicologia do desenvolvimento, então eu...

— Eu o quê, exatamente? Qual era o meu plano aqui? — Desculpa se te atrasei.

— Estamos fazendo uma síntese do próximo semestre hoje, mas se você quiser assistir à minha aula...

— Sério?

— Claro! Se você está interessada em estudar psicologia na UNA, eu estou interessada em fazer você descobrir se é isso o que você quer. Qual o seu nome?

— Lydia — respondi.

— Sou a professora Cutkelvin; muito prazer. — Ela virou e marchou para dentro da sala de aula, e eu a segui, hesitante. — Pessoal — ela disse enquanto seguia para a mesa, na frente da turma. — Essa é a Lydia. Ela está pensando em pedir transferência para cá no próximo semestre, por isso vai ficar na sala hoje. Pode se sentar onde quiser, mas, se precisar sair antes que a aula acabe, daqui a duas horas, eu pediria para você se sentar mais perto do fundo, por favor.

Alguns alunos viraram e fizeram um sinal com a cabeça para mim, e eu me sentei num ponto do corredor perto dos fundos, só para garantir.

Mas, poucos minutos depois do início da aula, eu sabia que de jeito nenhum eu iria embora antes do fim. A professora Cutkelvin era tão envolvente, e os alunos tão interessados. Havia muito mais troca do que na minha turma da faculdade comunitária. E muito mais discussão, mais ou menos como era a aula de literatura gótica, e sobre coisas que descobri imediatamente que eram importantes para mim. Habilidade na solução de problemas, desenvolvimento da moral, formação da identidade... era tudo que eu queria aprender. Duas horas voaram e, depois de agradecer à professora pela oportunidade de assistir à aula, eu sabia que, por mais que a pergunta da redação fosse difícil, eu tinha que achar um jeito de conseguir responder.

É aqui que quero estar.

* * *

Quando encontrei o George em Vegas — não quando o conheci, mas depois da Lizzie, quando ficamos juntos de verdade —, ele foi um perfeito cavalheiro. Eu estava chateada, sozinha, fui deliberadamente imprudente e estava muito, muito mais bêbada do que deveria estar.

Tinha um cara com quem eu conversei algumas vezes ao longo da noite, que comprava shots para mim e ficava por perto. Ele era divertido, bonito e legal, eu acho; não me lembro de muita coisa. O que eu lembro, apesar de vagamente, é ele tentando me fazer sair do bar com ele e ir até seu quarto de hotel.

E o George o impediu.

Ele descobriu onde era meu hotel e me levou de volta para meu quarto, para minha cama, e dormiu no chão para garantir que eu não sairia sozinha de novo, como sempre tentava fazer.

Naquela época, lembro de pensar que aquilo podia ter dado muito errado. Não a parte do George, mas a outra. O George fez a coisa certa. Ele cuidou de mim.

Era essa a ideia que eu fazia dele e do nosso relacionamento: que ele não era a pior pessoa que eu conhecera em Vegas. Que ele não se aproveitou do fato de eu estar muito bêbada. De modo que, se havia gente pior, isso significava que ele pelo menos era decente o bastante.

E às vezes ele era.

Às vezes, não.

Mas o George e eu sempre existimos naquela pequena bolha, isolados do mundo exterior. Nos momentos em que estávamos juntos, tudo era ou isso ou aquilo. O George ou aquele cara. Eu ou a Lizzie. Minha família ou nosso relacionamento. Nossa felicidade ou o dinheiro e a vingança dele.

Não conseguimos sobreviver num mundo exterior coeso porque nunca estivemos juntos em nenhum mundo exceto o nosso.

Ainda não sei por que a bolha estourou, não de verdade. Mas eu sabia que não queria viver numa bolha de novo.

O Milo tinha olhado para o pôr do sol na ponte do mesmo jeito que o George me olhava nos bons tempos, quando éramos apenas nós dois contra o mundo. Do mesmo jeito que o Cody me olhou quando perguntou do meu passado, preso na própria cabeça, pensando no excelente gancho para o seu livro.

Enquanto eles só conseguiam ver o que estava diante deles, e nada além, achei que o Milo talvez conseguisse ver mais longe. Um mundo mais amplo, com mais do que apenas uma ambição egoísta ou uma dependência.

Eu também queria ver isso.

* * *

Por isso, liguei para ele.

Quer dizer, não, eu não liguei para ele. Mandei uma mensagem, como uma pessoa normal faria. Perguntei se haveria uma chance de ele ter alguns minutos para me encontrar hoje à noite.

> Estou voltando do trabalho, mas posso passar na sua casa. Vc está em casa? — Milo

Ele apareceu na porta da Jane ao mesmo tempo em que eu estava voltando do metrô, sem fôlego e... coberto de glitter.

— Desculpa — ele ofegou, apontando para seu brilho total. — Costumo colocar isso na boate, mas o pacote explodiu no meu apartamento, então eu meio que... deixei assim mesmo.

— Deixou mesmo — falei, sem me preocupar em controlar o riso. — Espera...

Vasculhei minha bolsa e peguei o chapéu de tigre branco da outra noite, feliz por ainda não ter guardado na mala.

— Agora estamos quites.

Ele sorriu, satisfeito.

— Então, o que foi?

— Por que você não me beijou lá na ponte? — perguntei.

— Era sobre isso que você queria conversar?

Eu me senti um pouco boba agora, fazendo com que ele viesse até aqui por causa disso. Mas, por mais que eu adore mandar mensagens, algumas conversas são melhores pessoalmente, porque você consegue interpretar o que a pessoa está pensando pelo rosto dela, em vez de tentar decodificar emojis. E esta pode ser minha última chance.

— É — confirmei. — Por quê? A ponte, o pôr do sol, tudo parecia...

— Certo? É, eu sei — ele disse. — Teria sido. Pra mim, pelo menos. Você disse que não queria sair, e eu achei que isso incluía... você sabe, beijar. — Ele deu de ombros, chutando um papel de bala que alguém tinha deixado nos degraus.

Pensei no George e em Vegas. Ser decente não era suficiente, mas, como começo, também não era *insuficiente*.

— O motivo pelo qual eu não quis sair com você não é porque eu não gosto de você. Você sabe disso, né?

— Você não me deve nenhuma explicação, Lydia — ele continuou.

— Eu sei. Mas meu último namorado... — comecei, depois me lembrei do Cody e do verão que tivemos. — Meu último namorado de verdade, acho... ele não era quem eu pensava.

Olhei para o Milo, esperando seu rosto se iluminar de expectativa do jeito que aconteceu com o Cody ou um leve revirar de olhos ao pensar em mais uma garota maluca contando uma história sobre um ex supostamente péssimo, mas ele simplesmente me olhava, esperando, mas sem expectativa.

Respirei fundo, sem saber por que estava contando isso para ele e percebendo, em algum lugar no fundo da minha mente, que essa seria a primeira vez que alguém ouviria essa história da minha boca. A primeira vez que eu contava e via a verdadeira reação inicial de alguém.

— Fizemos um vídeo erótico — falei, sem me preocupar em medir as palavras. — E ele tentou vender na internet. O namorado da minha irmã o impediu, mas... — Dei de ombros. — Todo mundo sabia. E, mesmo que esse não fosse o caso... eu confiava nele.

O Milo franziu a testa e continuou olhando diretamente para mim. Senti que eu devia estar prendendo a respiração enquanto esperava sua resposta, mas não estava.

— Isso é péssimo — ele disse por fim, e eu ri inesperadamente, surpresa pela simplicidade da sua resposta.

— "Isso é péssimo" — repeti. — É péssimo mesmo.

A testa dele continuou franzida, a boca contraída numa linha fina até falar de novo.

— Não entendo o que leva alguém a fazer algo assim.

— Nem eu. — Pisquei e balancei a cabeça. — Mas esse é o motivo de eu... ou *parte* do motivo de eu dizer que não sei se estou preparada pra alguma coisa agora.

Ele fez que sim com a cabeça.

— Faz sentido.

— Mas... — comecei, me preparando. — Também não quero que isso me impeça de criar novas lembranças nem de viver a vida. Mesmo que a vida que eu tenho aqui dure apenas mais doze horas.

— Então, o que você está dizendo? Quer dizer, não posso te levar pra sair se você tiver voltado pra Califórnia.

— Não mesmo — concordei. — Mas pode ser que eu não fique lá. Não sei o que vai acontecer e não quero que você entenda isso como um sinal de que eu sei, mas, nesse meio-tempo... o que eu sei é que, por mais que pareça horrível, este prédio atrás da gente é inesquecível. E existem pelo menos três cores diferentes de céu neste momento.

Ele olhou para cima, o sorriso em seu rosto se ampliando, e eu vi aquele espaço entre dois dentes como vira na festa. Parecia há tanto tempo, agora.

— Hum. Parece que sim.

Dei um passo à frente e me ergui na ponta dos pés bem quando ele estava inclinando a cabeça de volta, depois de olhar para o céu.

Seus lábios não eram tão macios quanto eu pensara. E seus dedos no meu pescoço não eram calejados. Seu cabelo roçou na minha testa, mas não fez cócegas.

Tudo parecia certo.

— Bom — ele disse quando nos separamos. — Vou ter que escrever um bilhete de agradecimento à pessoa que projetou esse prédio.

Sorri e me inclinei para encontrá-lo de novo.

— Lydia?

Ou não.

— Jane! — gritei, me afastando do Milo.

Ela e o Bing estavam a poucos passos de distância... observando... constrangidos...

O choque no rosto dela durou vários segundos, até ela voltar a ser a doce e delicada Jane — ou, pelo menos, um clone externo dela. Internamente, eu não estava tão convencida.

— Quem é o seu amigo? — ela perguntou, se aproximando e o inspecionando. — Já nos conhecemos?

— Sim, no parque, eu sou... — Eu o cutuquei sem muita delicadeza, mas não rápido o suficiente.

— Ah — ela disse, reconhecendo-o.

Ele olhou para mim, sem saber o que fazer agora, mas finalmente conseguiu dizer apenas:

— Sou... o Milo.

— Milo. Certo. Bing! Você já conhece o Milo, o novo amigo da Lydia?

O Bing deu um passo à frente e estendeu a mão, totalmente amigável, mas sem esconder uma camada de perguntas e raiva sob o sorriso, como a Jane muito provavelmente estava fazendo.

— Olá, Milo — ele disse.

— Oi...

— Você tem glitter — a Jane disse, com a voz tensa, olhando para mim. — No rosto.

Limpei o rosto. Claro que eu acabaria ficando com a cara cheia de glitter por causa de um garoto brilhante na porta de casa enquanto minha família observava, desaprovando. Adeus, filmes de TV a cabo de baixo orçamento — isso estava se tornando um livro juvenil bizarro. Eu não sabia o que era pior.

— Acho que é melhor entrarmos para jantar — a Jane continuou. — Foi muito bom te ver, Milo.

Ela não me esperou responder enquanto marchava para dentro, com o Bing a seguindo e parecendo um pouco perdido.

— Tchau — sussurrei para o Milo, sem conseguir impedir o sorriso que passou pelo meu rosto, apesar do confronto que me esperava dentro do apartamento da Jane.

— Te vejo mais tarde, Lydia — ele disse, e eu desejei que ele estivesse certo.

Se bem que, se a Jane conseguisse o que queria, talvez eu nunca mais visse ninguém, depois de hoje à noite.

37
ISSO VEM DA NOSSA MÃE

— Lydia, tudo bem, de verdade — a Jane disse quando entramos no apartamento. — Eu só queria que você tivesse me contado, só isso.

— Não sei qual é o problema — respondi, pisando duro atrás dela. — O Milo é legal. Eles são um grupo bacana de pessoas...

— Ah, então existe um grupo? — ela perguntou, seu sorriso cada vez mais tenso.

— Sim, conheci muitas pessoas bem legais — falei. — Eles são ótimos. Eles...

Eles o quê? Não me tratam como se eu fosse frágil, para começar. Eles me aceitaram de cara.

O Bing nos deixou quando chegamos à porta. A Jane implorou para se livrar do jantar, dizendo que estava um pouco cansada e que queria passar a última noite com a irmã. Ele aceitou isso como verdade, ou foi inteligente o bastante para perceber a tensão. De qualquer maneira, ele me deixou nas mãos dos artifícios da Jane. Seus artifícios doces e superpreocupados.

— Tenho certeza que sim — a Jane respondeu, estendendo a mão para tocar no meu braço. Depois... — Você quer um chá?

Lembra que eu disse que a Jane usa comida para acalmar e evitar as coisas? Estamos na etapa de evitar.

— Não, estou bem — respondi.

— Eu quero — a Allison disse do sofá.

Ah, que bom. Havia uma plateia. Claro que a plateia estava assistindo a um programa de comentários políticos e lendo o tablet ao mesmo tempo, mas aposto que a visão da Jane um pouco desconcertada era mais interessante que qualquer coisa na TV.

— Claro! — a Jane exclamou, animada demais.

Ela foi até a cozinha por alguns minutos e voltou com um chá para ela e para a Allison.

— Então — ela continuou, sentando-se à mesa minúscula. — Me conta do Milo. E dos amigos dele. Você devia ter convidado o Milo para subir; eu adoraria poder conversar com ele.

— Por quê?

— Porque ele é seu amigo, querida — ela respondeu. Ela não tinha parado de sorrir desde que entramos no apartamento. Não do jeito normal "sou muito feliz" dela, mas de um jeito "meu rosto está congelado porque não sei o que vai acontecer se eu mudá-lo". — E tenho certeza que a Allison e a Shea também não o conheceram.

Ela virou o sorriso esquisito para a Allison, que balançou a cabeça.

Ou talvez não estivéssemos na etapa de evitar. Estávamos na etapa passivo-agressiva.

Ai, ai.

O negócio é que a Jane não fica com raiva. Ela não briga. Simplesmente fica cada vez mais tensa, até dar a impressão de que vai explodir.

Não entendi por que ela estava tensa comigo. E não entendi por que ela estava tensa comigo *agora*, por esse motivo.

E, sinceramente, isso me irritava.

— É, mas eu não preciso que você, tipo, aprove as minhas amizades. Nem que as suas colegas de apartamento aprovem. Todo mundo me diz que eu sou adulta, tomando decisões de adulta.

A Allison *finalmente* percebeu que havia uma briga e se levantou do sofá.

— Bom, vou terminar de ver isso mais tarde...

Mas a Jane não pareceu perceber que a Allison não entrou no próprio quarto, e sim no da Shea.

— Claro que você é. Eu só... — ela disse. — Eu queria muito não ter ido pra Miami.

— Isso não tem nada a ver!

— Se eu não tivesse te abandonado, talvez você não sentisse necessidade de mentir pra mim sobre os seus amigos.

— Você está brincando?! — perguntei. — Você não está falando dos meus "amigos". Se fosse a Kat ou outra amiga minha lá embaixo, você não teria se importado. O problema é que o Milo é homem. — Um cara coberto de glitter.

— Bom... pra ser sincera — a Jane disse —, você precisa ter cuidado. Estamos em Nova York; essa cidade é muito intimidante. É mais seguro se as pessoas souberem com quem você está. E você não saiu com ninguém desde...

— Desde o George? — disparei. — Na verdade saí, sim.

— Você... você saiu?

— Saí.

— Tudo bem — a Jane aceitou, levantando as mãos. — Por que você não me contou? Sobre o Milo, ou sobre esse outro cara, ou sobre... alguma coisa? Achei que você tinha vindo aqui pra...

— Eu vim aqui pra te ver, Jane. Pra descobrir o que fazer da vida, mas não pra você tentar resolvê-la por mim. E não pra você ter pena de mim e me abraçar. — Joguei minha bolsa no sofá. — Nem tudo se resolve com uma xícara de chá!

— Tudo bem... — a Jane levantou as mãos de novo, com os olhos arregalados. Nesse ponto, aposto que ela percebeu que estávamos prestes a brigar de verdade e, como nunca esteve numa briga, ela estava recuando.

Eu, no entanto, estava vendo as bordas da minha visão ficando vermelhas e, para o bem ou para o mal (o mal), mergulhei de cabeça.

— E quer saber? Eu *andei* tentando descobrir o que fazer da vida... e eles me ajudaram nisso. Foram eles que me levaram para um passeio na faculdade, e não para pontos turísticos idiotas. Foram eles que me fizeram sentir bem-vinda, não suas colegas de apartamento... Definitivamente não aquela que acha que eu vou ligar pra pedir dinheiro de fiança.

Ouvi uma arfada vinda do quarto da Shea, mas não me importei.

— Bom, sinto muito se você não queria ver pontos turísticos — a Jane disse, com a voz tremendo um pouco. — Se você tivesse me falado, poderíamos ter feito outras coisas. Eu só queria que você falasse comigo. Eu me preocupo com você, Lydia. Não estou com raiva, estou preocupada.

— *Bom, eu queria que você estivesse com raiva!*

Agora eu tinha *certeza* de que ouvi sussurros vindos do quarto da Shea. Mas lá estava a Jane sentada na minha frente, parecendo que eu tinha lhe dado um tapa. Ou um tapa no seu cachorrinho.

— Por que ninguém nunca fica com raiva de mim? — gritei para o quarto. — Você, a mamãe, o papai, a Lizzie. Todo mundo é *cuidadoso*, que saco. Você suspira, fica decepcionada, fica triste, e é como se estivesse subindo uma montanha e me carregando, mas tudo bem, porque você está acostumada. Vocês não me culpam! Mas fui eu que estreguei tudo este verão. Fui eu que não preenchi a ficha de inscrição. E fui eu que fiz você ir embora pra...

— Já te pedi desculpas por Miami.

— Não Miami, San Fr...

San Francisco.

Congelei. Cobri a boca, com medo de que mais palavras saíssem de repente.

Ela simplesmente foi embora. A Mary, quero dizer. Fiz uma coisa terrível com ela, e ela simplesmente foi embora. Até me colocou na cama depois que eu voltei para casa bêbada e não ficou para gritar comigo de manhã. Ela simplesmente se afastou. Decepcionada. Triste. Mas não com raiva.

Até suas mensagens — não são irritadas nem tensas. São só... resignadas.

E, se alguém merecia ficar com raiva de mim, esse alguém era a Mary. Em vez disso, ela simplesmente seguiu seu caminho.

E me deixou para trás, completamente arrasada.

— Ai, meu Deus — murmurei, balançando a cabeça.

— Lydia? — A voz da Jane estava baixa. — Desculpa, mas... não sei do que você está falando.

— Não, Jane, me desculpa — falei, me aproximando para abraçá-la. — Eu não queria brigar com você. Na verdade... acho que eu devia ter essa briga com outra pessoa.

Ela me abraçou, um pouco hesitante no início, mas depois me apertando com força.

Ficamos ali por um tempo; não sei quanto. Tempo suficiente para minha respiração voltar ao normal e meu nariz começar a escorrer com as lágrimas não derramadas.

Finalmente, ouvi, abafado no meu ombro:

— Você acha que quer um pouco de chá agora?

Dei uma risada molhada.

— Claro. — Funguei. — E vou te contar tudo sobre o Milo.

— E a faculdade? — a Jane perguntou. — Você disse que fez um passeio?

— É... hum, estou pensando em me candidatar para a Nova Amsterdã. Eles têm um bom departamento de psicologia.

— A Central Bay também — ela disse. E não a culpo. Tenho recomendação do Darcy lá.

— É, mas a UNA parece diferente. — Não sei por que parece diferente, mas parece. Talvez seja a cidade. Talvez porque, em Nova York, eu poderia ser outra coisa que não a irmã mais nova de alguém (apesar de a Jane estar aqui), ou a prima, ou um caso de caridade. E não parece tanto que estou sendo observada. O ato de observar uma coisa muda automaticamente como essa coisa se comporta, afinal. Quero ser capaz de crescer, sem tudo isso. — Parece... mais certa pra mim, agora, do que qualquer outro lugar.

— Bom. — A Jane sorriu; seu sorriso verdadeiro, desta vez. — Mal posso esperar pra saber de tudo.

38
CASA

Esperto como era, o Bing mandou o carro de luxo comigo e a Jane sozinhas até o aeroporto. Ele deve ter percebido que precisávamos de um tempo de irmãs.

Ficamos em silêncio a maior parte do caminho, depois de conversar a noite toda. Sobre todas as coisas que estavam acontecendo, e também sobre nada, e bebemos uma tonelada de chá. Ficamos encostadas uma na outra no carro. Mantive os olhos na janela, observando a cidade passar de aglomerada para cada vez mais espaçada, até pararmos no meio-fio do aeroporto.

— Você cuida das malas? — a Jane perguntou.

— É, eu dou um jeito — falei, esperando que houvesse um daqueles carrinhos, porque lidar com quatro malas não é brincadeira.

— Então...

— Então...

Silêncio.

— Me desculpa por perder a cabeça às vezes. Acho que herdei isso da mamãe — soltei, e a Jane me abraçou.

— Me desculpa por me conter às vezes — ela disse. — Eu também herdei isso da mamãe.

— Estou surpresa por ela ter guardado o fato de que eu estava saindo com o Cody — falei, me afastando e tirando o cabelo dos olhos. — Achei que ela ia ligar pra toda a árvore genealógica dos Bing por causa disso. Acho que ela não queria espalhar minha decepção para os outros.

— A mamãe não faria isso. Ficar decepcionada com você. Eles te apoiam; você sabe disso, né? Não importa o que seja. — Ela me abraçou pela última vez. — E eu também.

Tive um voo longo, com uma parada em Denver, para pensar no que a Jane dissera.

E isso me fez perceber que a Mary não era a única pessoa com quem eu precisava conversar.

Por sorte, quando atravessei a porta da frente de casa, antes mesmo de deixar as malas de lado, tive minha chance.

— Bebê, vem cá, me deixa olhar para você! — minha mãe gritou quando entrei. Ela se movimentava um pouco devagar, mas, depois que passou pelas minhas malas, me abraçou.

— Oi, mãe. Cadê o papai?

— Ele foi buscar o seu carro, que está parecendo novo.

Ótimo. Vou precisar dele amanhã.

— É bom ter você em casa — minha mãe disse. — A Kitty sentiu sua falta. Eu ficava tentando fazê-la vir para a sala de estar quando víamos TV à noite, mas ela só queria sentar na sua cama e encarar a janela.

— Ahhh, pobre Kitty — lamentei, passando as unhas delicadamente nas suas costas enquanto ela ronronava de prazer. — Ela vai ter que ficar triste por mais um tempinho — falei à minha mãe. — Vou pra San Francisco amanhã.

— Ah, que maravilha! Você vai ver a Lizzie?

— Provavelmente. Mas preciso conversar com a Mary sobre algumas coisas; só queria fazer isso ao vivo — respondi.

— Você podia fazer um passeio pela faculdade enquanto estiver lá. Ver se alguma coisa... se encaixa — minha mãe sugeriu.

— Talvez — concordei. — Mas não sei se vou ficar tanto tempo lá.

— Bom, sem pressão, querida — ela disse.

Mais cascas de ovo. Mais disfarce do que as pessoas realmente queriam me dizer.

Estou totalmente preparada para falar tudo com a Mary quando for vê-la amanhã. Sei quais feridas cutucar para fazê-la admitir que está chateada comigo. Mas não quero fazer isso com a *minha mãe*. Irritar os pais não é divertido.

E talvez minha mãe tenha descoberto que irritar a filha também não é divertido.

— Mãe?

— Humm?

— Eu sei que você e o papai não estão exatamente... felizes por eu ter estragado minha ida pra faculdade no outono. Especialmente por tudo que aconteceu esse ano. Sei que vocês queriam que todas nós já estivéssemos fora de casa agora — falei baixinho. — Estou tentando descobrir o que eu preciso fazer pra isso.

Mantive o foco na Kitty durante meu minimonólogo, acariciando suas costas. Às vezes é mais fácil falar as coisas quando você finge que está ensaiando. De qualquer maneira, eu ensaio muitas conversas com a Kitty. Quando finalmente levantei o olhar, minha mãe estava com a testa franzida.

— Lydia — ela começou. — Seu pai e eu queremos que você faça o que acha que é melhor para você. Se for uma faculdade, isso é maravilhoso. Se não for, tenho certeza de que, no momento certo, você vai encontrar alguma coisa. Você é uma moça inteligente. Contanto que você e suas irmãs me deem netos no futuro, você sabe que eu vou ficar feliz.

Dei um meio-sorriso.

— Eu sei disso. Na minha cabeça, pelo menos. Sei que vocês só querem que eu seja feliz, que você e o papai sempre vão me apoiar. E foi por isso que eu achei tão estranho quando você praticamente me empurrou porta afora pra Nova York. E o papai não ficou feliz.

E você tem dormido muito, eu queria dizer.

E o papai estava sentado na cozinha no escuro.

E vocês dois desaparecem toda hora, para fazer "coisas no clube".

Achei que eles estavam me evitando. Que era tudo por minha causa. Mas, mais uma vez, quando vasculho o cérebro e realmente vejo dentro de mim, as coisas se encaixam.

— O que está acontecendo, mãe? — Eu a observei com atenção.

Ela suspirou profundamente e, um segundo depois, sua mão interrompeu meu carinho incessante na Kitty.

— Seu pai queria te contar, mas eu o fiz prometer que não... — ela começou.

Fiquei agitada. Algo parecia errado.

— Me contar o quê? Mãe, você está me assustando.

— Lembra da dorzinha no cotovelo? Bom, quando fomos ao médico, ele percebeu alguma coisa... a mais.

— Alguma coisa a mais. Alguma coisa... ruim? — perguntei.

— Alguma coisa que *podia* ser ruim. Então eles fizeram mais exames, e mais exames, e... na semana que você foi para Nova York, eles precisaram fazer uma cirurgia exploratória. — Ela levou a mão para o lado, apertando o cotovelo de leve.

— Mãe! — soltei, chocada. — Você fez uma cirurgia? Por que não nos contou?

— Vocês têm tanta coisa para se preocupar que eu não quis que meu corpo bobo e velho atrapalhasse — ela disse, afastando a mão da minha e alisando a coberta da cama sob nós.

— Mãe... — comecei.

— Eu sei, eu sei. — Ela levantou a mão em defesa. — Seu pai discordou de mim. Mas não sabíamos se era alguma coisa, e eu só queria que tudo ficasse bem por mais um tempo.

Eu me rendi. Acho que minha queda por fingir que tudo está bem mesmo quando está desmoronando ao meu redor vem de algum lugar.

— Não gosto disso — falei. — Mas entendo o que você quer dizer.

Minha mãe sorriu, de um jeito um pouco triste, entendendo o que eu queria dizer.

— Você está bem? — perguntei, quando ela não retomou a conversa.

— Estou ótima, querida — ela disse. Olhei para minha mãe, desejando que meu olhar dissesse que eu queria a verdade. Nada de disfarces ou segredos. — Eu juro. Os médicos me garantiram que está tudo normal.

Soltei um suspiro de alívio.

Mas não consegui impedir que minha mente se deixasse levar pelas dúvidas. E se as coisas não ficassem bem? E se eles descobrissem alguma coisa ruim de verdade? Eles teriam nos contado? Ou teriam apenas continuado fingindo que tudo estava ótimo até que não fosse mais possível esconder que nada estava bem? E como eu poderia ficar chateada por ela ter feito a mesma coisa que eu fiz? E continuava fazendo?

Pelo menos minha mãe fez alguma coisa a respeito, pensei. Ela só escondeu a verdade de mim e das minhas irmãs, mas pediu ajuda mesmo assim. Eu, por outro lado, menti para mim mesma em relação a tudo, deixando as coisas me devorarem por dentro como uma doença desconhecida, até os sintomas ficarem evidentes demais para todo mundo ignorar.

Uma escolha que poderia ser perigosa para minha mãe, mas que estou começando a perceber como poderia ser perigosa para mim também.

— Nós não somos mais crianças — falei.

— Não são, não.

— Me promete que vai me contar se acontecer alguma coisa importante de novo.

Ela me olhou nos olhos, mais séria do que eu jamais a vira.

— Prometo. Se alguma coisa importante acontecer, você vai ser a primeira a saber. Depois do seu pai, é claro. Mas preciso que você faça o mesmo.

É justo.

— Vou fazer. Chega de segredos.

— Chega de segredos.

— Bom, alguns segredos, porque, dã, você é minha mãe, não posso te contar *tudo* — me corrigi rapidamente. — Mas não segredos que mudam a vida da gente.

— Isso me parece bom — ela concordou.

— Eu te amo, mãe. — Estendi a mão por cima da Kitty e a puxei para um abraço. — Estou feliz por você estar bem.

— Eu também te amo — ela disse. Em seguida se afastou e segurou meu rosto. — Não importa o que aconteça. Espero que você saiba disso.

Fiz que sim com a cabeça. Eu sabia — eu sei — disso. Minha mãe pode passar o jantar inteiro fazendo fofoca dos vizinhos e se perguntando se a Jane e o Bing, ou a Lizzie e o Darcy, serão os primeiros a dar o grande passo, e se eles vão fazer o casamento aqui ou onde eles moram agora — mas é um jantar que ela fez para nós, toda noite. As coisas que ela sempre fez para mostrar a mim e às minhas irmãs que ela nos ama significam mais do que apenas palavras. E espero... espero que todos os membros da família Bennet melhorem nessa coisa de comunicação. Sinto que estamos tentando. Milagres não acontecem da noite para o dia, você sabe.

— Bom, diz para a Lizzie que eu mandei um "oi" quando encontrar com ela. — Minha mãe se levantou, ajeitando os amassados que deixou no meu edredom. — Para a Mary também. E veja se elas estão comendo direito. Ouvi dizer que a couve anda em alta hoje em dia, talvez um pouco disso. E muita água, porque o calor anda terrível ultimamente.

Ela continuou tagarelando durante alguns minutos sobre coisas que eu deveria fazer para cuidar da minha irmã e da minha prima — coisas demais para lembrar, mas prometi fazer o possível — e finalmente me deixou sozinha com a Kitty.

* * *

Fui para San Francisco bem cedo na manhã seguinte. Eu ainda estava no horário de Nova York, o que significava que tinha acordado antes das nove num domingo e que não fazia muito sentido voltar a dormir.

A maior parte da viagem foi ouvindo rádio — algo do qual eu sentia muita falta em Nova York sem um carro. Mas também passei uma parte do tempo criando estratégias.

Eu não queria mais evitar a conversa com a Mary, fingindo que tudo estava bem e que estávamos simplesmente superbem. Porque ela faria isso. "Ótimo" é seu jeito de sempre. "Ótimo" é ela não estar com raiva porque eu estraguei tudo para ela. "Ótimo" é ela simplesmente ir embora.

Eu precisava aumentar as apostas. Precisava fazer a Mary sentir raiva de mim para fazê-la admitir que já estava com raiva de mim. Olha, isso faz sentido quando você conhece a Mary. E eu conheço. E sei que um dos melhores jeitos de fazer isso é invadir a privacidade dela.

Então, quatro horas depois de sair da minha casa, estacionei o carro, fui até a porta do prédio da Lizzie, cruzei os dedos para não ter errado o endereço e entrei direto no apartamento.

Direto em... alguma coisa.

A Mary soltou um gritinho incoerente assim que a porta se abriu, correndo para se soltar de outro corpo que estava no sofá com ela.

Um corpo ligado a um cabelo loiro-platinado com pontas roxas e um corte assimétrico.

— Lydia! — a Mary gritou, brigando com os botões da frente da sua blusa. — O que você está fazendo aqui?

Pisquei. E depois voltei ao normal.

— Por que você não está com raiva de mim? — exigi saber. Vi a Violet alisando o cabelo e olhando intensamente para o nada na lateral do sofá onde a Mary não estava sentada, mas mantive o foco na minha prima.

— O que você... O quê? — a Mary começou, confusa. — O que está acontecendo? Por que você... Espera, que diabos você está fazendo aqui?

Ótimo. Lá estava a trégua na constante frieza de Mary Bennet. Eu precisava disso para chegar a algum lugar nessa conversa.

— Acho que vou dar o fora — a Violet interrompeu o silêncio, alternando o olhar entre nós duas. Em seguida se virou para a Mary. — Te vejo amanhã?

A Mary fez que sim com a cabeça.

A Violet se inclinou na direção da minha prima, mas pareceu pensar melhor e se levantou, contornando a mesa de centro na outra direção. Ela passou por mim e me deu um sorriso desconfortável como cumprimento e despedida sem palavras enquanto saía. Ouvi a porta se fechar e fui em direção à Mary, que agora estava de pé.

— Tudo bem, e aí? O que está acontecendo? — ela perguntou, balançando a cabeça.

— Você devia estar com raiva de mim. Por que não está?

— Espera. Você veio até aqui e invadiu o apartamento da sua irmã pra... tentar me deixar com raiva?

— O quê? Não! — respondi. — Bom, mais ou menos. Mas só pra te fazer falar. Onde está a Lizzie, afinal?

— Ela... saiu — a Mary disse. Ãhã. Mais tarde eu ia dar uma olhada rápida na geladeira, mas, se não estivesse lotada de queijos artesanais, acho que a Lizzie não morava ali *de verdade*, e o travesseiro dela estava em cima da cama do Darcy.

Minha mãe ia surtar.

— Tá bom — falei. — Mas onde eu estava? Ah, sim, eu aparecendo pra ficar com raiva de você por não estar com raiva de mim não é o motivo pra você estar com raiva de mim.

— Literalmente, não tenho ideia do que você está falando.

Respirei e comecei a falar do real assunto em questão.

— Eu estraguei tudo. Prometi que ia me mudar pra cá com você e, em vez disso, estraguei seus planos, *nossos* planos, e você não ficou com raiva de mim. Por quê?

A Mary suspirou e sentou de novo no sofá.

— Lydia... já falamos sobre isso. Você teve muitas coisas para lidar esse ano...

— Não! Isso não basta! Não aguento as pessoas inventando desculpas por mim o tempo todo! Nem eu inventando desculpas pra mim mesma! Eu. Estraguei. Tudo. Você tem todo o direito de estar com raiva. Fica com raiva de mim!

— Tá... Estou com raiva de você — ela tentou. — Não sei o que você quer que eu diga.

— Raiva é a segunda etapa do luto, aprendemos isso na aula. Segunda, então você não pode pular a raiva e passar pras outras. Isso não é certo. Alguma coisa não está certa. É isso que acontece quando as pessoas erram com você. Você sente raiva delas. Tem algo errado se você não consegue sentir raiva. Certo? Eu errei com você. Foi culpa minha. Então você deveria...

Ouvi enquanto estava dizendo. Mas, ao mesmo tempo, acho que eu sabia o tempo todo.

Sim, eu queria que a Mary admitisse que estava chateada comigo e que as coisas voltassem ao normal entre nós, em vez dessa porcaria de distância desconfortável.

Mas havia outra pessoa com quem eu estava mais chateada: eu.

— Por que eu não consigo ter raiva dele, Mary?

Ela franziu as sobrancelhas numa confusão contínua antes de eu ver a percepção vindo à tona.

O George.

— Todo mundo queria que eu ficasse com raiva dele. Eu quero ter raiva. Acho que eu deveria. Mas não consigo. Não entendo.

Todos os músculos do meu corpo que tinham ficado tensos minutos atrás em preparação para essa discussão ficaram frouxos, e eu me larguei no sofá ao lado da minha prima, que provavelmente estava sofrendo de açoitamento emocional neste momento.

— Você não é obrigada a se sentir de determinado jeito — a Mary disse. — Cada pessoa lida com o luto de um jeito diferente. Tenho certeza que você também aprendeu isso. Se você não está com raiva, não está. Tudo bem.

Eu me pergunto o que a srta. W me diria neste momento. Queria ter pensado nessas coisas antes, porque aí eu poderia ter falado com ela sobre isso. Não que eu realmente me permitisse pensar em nada além dos trabalhos escolares e do Cody, e de como eu supostamente estava *ótima* o verão todo.

— Eu sinto que deveria. Sinto como... se houvesse alguma coisa que eu deveria estar sentindo, algo que estou perdendo, que não estou fazendo.

A Mary mordeu o lábio. Percebi que ela estava procurando alguma coisa reconfortante para dizer. Alguma coisa útil.

— Quando descobri que você não vinha pra cá comigo, eu não fiquei... decepcionada — ela começou. — Quer dizer, fiquei, mas, acima de tudo, eu me senti uma idiota.

— Por quê?

— Em parte, por acreditar que nossos planos iam funcionar de verdade. Você estava me abandonando de novo, e parte de mim pensou que eu era burra de achar que você queria vir pra cá, dividir apartamento e tudo o mais...

Abri a boca para interromper, mas ela me impediu.

— Eu sei, é idiota. Eu sei. Foi por isso que eu não te falei — ela continuou. — E outra parte de mim se sentiu burra por não te pressionar quando você começou a faltar à aula e à terapia. Eu sabia que alguma coisa estava acontecendo, mas acho que eu não queria saber. E isso é uma merda. E acho que eu estava ocupada demais sentindo raiva de mim mesma pra pensar em ter raiva de você.

Pensei nisso durante um minuto.

Passei muito tempo com raiva de mim mesma por tudo que acontecera com o George. Eu... acho que ainda sinto, de algum jeito. Às vezes eu me pergunto se poderia ter previsto tudo. Ouvi pessoas dizerem que ele não prestava. Eu sabia que era horrível pegar o ex da Lizzie pelas costas dela. Eu sabia que algumas coisas que ele dizia e fazia pareciam... erradas.

Todo mundo diz que não é culpa minha. A Lizzie, a Mary, a srta. W... tá, não pessoas como a Harriet, mas isso não importa. As pessoas que importam sempre dizem que não é culpa minha. E eu sei que isso é verdade. Pela lógica, eu sei que é verdade.

Mas às vezes as emoções demoram um pouco para alcançar a lógica, se é que alcançam.

Eu queria pensar que não me sentia mais assim, mas isso ainda mexe comigo.

Porque às vezes eu penso nas coisas boas. Que, quando estávamos juntos, nenhum alerta importava. Éramos só nós. E eu adorava a bolha em que vivíamos. O nosso mundo.

Eu me sinto culpada por isso.

Não faz sentido. Os dois George Wickham. Porque existiam dois dele. Dois lados. E o lado com o qual eu passava a maior parte do tempo... não faz sentido com tudo que aconteceu.

Raiva, culpa, confusão. Senti muitas coisas diferentes pelo nosso relacionamento e pelas consequências com as quais tive que lidar sozinha. E senti quase tudo isso por mim mesma.

Mas não tive a chance de sentir isso por ele, não é?

— Eu sei onde ele está.

Eu a escutei, mas não tinha certeza. Ou não queria. Nem sei.

— O quê?

— Eu sei que o Darcy mandou ele ficar longe, mas eu queria ter certeza. Não queria que ele simplesmente aparecesse de novo em casa ou em Nova York e te surpreendesse, mesmo que por acidente. Por isso eu rastreio onde ele está, de vez em quando.

Eu me recostei no braço do sofá. Muita coisa estava acontecendo ao mesmo tempo.

— Por que você não me contou? — perguntei, mais para ganhar tempo para processar tudo do que qualquer outra coisa.

— Eu não estava escondendo isso de você — a Mary me garantiu. — Só não queria falar no assunto e... fazer você reviver o passado, eu acho.

Fiz que sim com a cabeça. Fazia sentido. Eu sabia que precisava seguir em frente depois do George, e isso significava não pensar nele o tempo todo, nem me perguntar onde ele estava, nem lembrar como éramos. Mesmo assim...

Ainda faço isso. Ele ainda está sempre por perto, não é?

Isso não mudou só porque não vejo o rosto dele todo dia.

Ele foi a coisa que mudou minha vida mais do que qualquer outra. Tudo que eu fiz e aprendi no passado tem origem direta no fato de conhecê-lo. E eu nunca vou conseguir seguir em frente, se não souber... por quê.

— Onde ele está?

Ela olhou para as mãos, mas eu vi sua testa franzir antes da resposta.

— Lydia...

— Mary — mantive a voz baixa, mas firme. — Eu preciso saber.

Seus olhos finalmente vieram até os meus, e ela fez que sim com a cabeça.

— Mais ou menos uma hora ao norte daqui.

Sei que ofegar ao ouvir uma informação surpreendente é clichê, mas eu fiz algo parecido com isso. Não consegui evitar. O George estava tão perto o tempo todo? Tentei entender. Por que ele ficou perto, quando o Darcy o mandou ir embora? Por que ele não tinha entrado em contato comigo? O que eu ia fazer?

Eu me empertiguei, deixando os pensamentos de lado. Meus olhos viajaram do ponto do carpete onde tinham se fixado inadvertidamente e pousaram na Mary.

— Lydia... — ela começou de novo, a voz com um alerta, desta vez. Eu quase sorri. Ela me conhecia bem demais. Não respondi, e ela suspirou. — Tem certeza?

Fiz que sim com a cabeça.

— Eu preciso fazer isso.

Ela passou as unhas pretas pelo cabelo preto enquanto balançava a cabeça.

— Sua irmã vai me matar.

— Isso não tem a ver com a Lizzie — retruquei. — É escolha minha. Eu preciso fazer isso.

— Tudo bem — a Mary disse, se levantou e pegou as chaves sobre a mesa de centro. — Vamos lá.

Eu a encarei e, como não fiz nenhum movimento, ela continuou.

— O quê? Não vou deixar você ver aquele babaca sozinha. Vem!

— Senti saudade de você — falei, sem conseguir impedir um sorriso de verdade, desta vez. A Mary era a prima mais esquisita, mas também a melhor.

— Claro que sentiu — ela disse, revirando os olhos.

— Ahh, cuidado, Mary — alertei enquanto me levantava do sofá. — Você está soando um pouco como *moi*.

Ela revirou os olhos.

— Bem que você queria.

Peguei minha bolsa no chão, onde a tinha largado, e a Mary abriu a porta da frente.

— Eu dirijo — ela disse.

— Claro. — Parei diante dela na porta aberta. — Mas é bom você terminar de abotoar essa blusa. — Seu rosto desabou, e eu abafei uma risada enquanto a deixava atrás de mim, mais uma vez mexendo nos botões.

É legal fazer piada com a Mary de novo. É legal fazer piada de qualquer maneira.

Especialmente sabendo que, daqui a uma hora, a única piada será comigo.

39
GEORGE

A Mary parou o carro numa vaga ao longo do meio-fio e colocou a marcha em estacionar.

Ficamos em silêncio quase a viagem toda até aqui. Depois ela colocou numa estação de rádio que tocou os quarenta maiores hits da música pop, enquanto eu verificava compulsivamente os mapas no celular, como se isso fosse nos fazer chegar mais rápido. Ou mais devagar; não sei bem o que eu queria. Ainda não sei. Mas estamos aqui.

— É a casa da esquerda, com a caixa de correio vermelha. — Ela apontou para uma casa de dois andares com estuque cor de creme e grandes janelas arredondadas no topo.

— Uau, ele comprou uma casa — murmurei. A ideia do George criando raízes em algum lugar me incomodou um pouco, e fiz uma anotação mental para analisar melhor esse pensamento quando tudo terminasse.

— Alugou — ela corrigiu, e eu me senti um pouco melhor. Depois lembrei que a Mary dissera que ele não esteve aqui o tempo todo, e o desconforto voltou.

Eu tinha tentado pensar no que diria durante a viagem, mas nada que eu pensava parecia certo. Normalmente, sou muito boa com essas coisas, mas acho que eu entendia bem as pessoas, o que sempre tornava mais fácil imaginar o lado delas da conversa. Achei que eu entendia o George, mas não parecia mais desse jeito. Eu sabia detalhes sobre ele, e isso não era a mesma coisa. Só era possível prever um pouco do futuro com o passado.

— Só porque estamos aqui, não significa que você tenha que fazer isso — a Mary disse. — Podemos ir embora.

— Não podemos, não.

Soltei o cinto de segurança e saí do carro. Ela fez a mesma coisa.

— Até onde você quer que eu vá? — perguntou.

— Não tenho certeza — respondi, fechando a porta do carona. — Eu aviso.

Ela fez que sim com a cabeça e esperou que eu fosse na frente. Saí para a rua, atravessando o asfalto até o lado da casa dele. Chegamos ao meio-fio diante do seu quintal, e eu olhei para a Mary, avisando que ela podia esperar ali. Olhei para a porta — parecia tão longe — e pensei em mais uma coisa.

Minhas mãos tremeram quando peguei o celular no bolso. Destravei a tela — a foto do Milo e da Kat comigo na minha última noite em Nova York, usando aquele tigre ridículo na cabeça — e lembrei como me senti quando estava lá. Sem medo. Sem fardos. Sem limites. Eu queria poder me sentir assim o tempo todo, não só quando eu estava longe e cercada de pessoas que não sabiam nada de mim. Eu queria a liberdade de ser quem eu quisesse, onde quer que eu estivesse. Eu precisava disso.

E precisava incluir o outro membro do nosso relacionamento. A câmera.

Abri o app da câmera e mudei para o modo de gravação de vídeo. O celular soou baixinho quando apertei o botão de gravar e, depois de respirar fundo mais uma vez, comecei a seguir o caminho até a porta da frente.

Então parei.

Vi os músculos abdominais dele primeiro, se é que você acredita nisso. O sol se refletia neles como num comercial de colônia masculina, ou chiclete, ou alguma coisa igualmente ridícula. Ele estava vindo na minha direção pela lateral da casa, olhando para trás enquanto desenrolava uma mangueira de jardim.

Minha garganta estava seca, mas engoli e preparei seu nome. Eu não esperaria até que ele me visse; isso aconteceria nos meus termos.

— George.

Seus ombros ficaram tensos. A mangueira parou de desenrolar. Ele estalou o pescoço para o lado, como eu já o vira fazer muitas vezes, e estendeu a mão para pegar uma camiseta branca na varanda, que eu não havia notado. Ele virou para mim enquanto a vestia.

Lá estava ele. George Wickham.

Ele estava igual. Mesmo cabelo, mesmo corpo, mesma boca, mesmos olhos. Só que seus olhos não estavam olhando para mim, como sempre faziam. Ele olhou atrás de mim, para a Mary, e depois... para o meu ombro, para alguma coisa. Mas não para mim.

— Você não devia estar aqui — ele disse finalmente, sem nenhuma emoção discernível por trás das palavras. Em seguida apontou com a cabeça para o celular que eu ainda segurava diante de mim, apontado para ele. — O que você está fazendo?

— Achei que você gostava de ser filmado.

As palavras saíram com mais facilidade do que pensei. Por outro lado, o George não disse nada. Só mexeu o maxilar, ainda evitando contato visual.

— Você não respondeu as minhas mensagens, ligações e e-mails, então te procurar foi o único jeito de chamar sua atenção.

— Ainda está pensando em mim depois de todo esse tempo, hein. — Não havia provocação nem desdém em sua voz. Parecia algo ensaiado, como num filme da TV a cabo que passa de madrugada, e os atores não queriam estar ali.

Deixei pra lá e esperei mais alguma coisa. O George era como eu, nesse sentido. Ele precisava falar para preencher o silêncio quando as coisas ficavam desconfortáveis. E, se você fala demais, em algum momento uma verdade escapa.

— De qualquer maneira — ele continuou depois de um instante —, não posso falar com você. Faz parte dos termos do meu acordo com o velho Darcy.

— Você não decide isso — ecoei o que a Mary tinha dito mais cedo. — Nem o Darcy. Nem as minhas irmãs. Só eu.

— É, porque suas decisões sempre resultaram em coisas maravilhosas. — O sarcasmo agora estava fortemente presente, e machucava. Comecei a me perguntar se essa tinha sido uma boa ideia, no fim das contas, ou se eu estava apenas esperando um fechamento que nunca ia conseguir.

Mas eu precisava saber o motivo. Por que as coisas deram errado. Se houve alguma coisa ou se todo mundo estava certo em relação a nós o tempo todo. Se eu deveria ter sido diferente. Eu precisava saber.

— Olha pra mim.

O George finalmente virou os olhos na minha direção depois de um instante de hesitação. Eu o encarei, tentando achar as respostas sem perguntar.

— O que você quer, Lydia? — Nunca ouvi meu nome parecer tão frio. *Esse não é o George que eu conhecia*, falei para mim mesma. Mas, no fundo, era. Só que agora ele estava falando comigo com a mesma voz que usava quando falava sobre o Darcy, a Gigi ou até mesmo a Lizzie, às vezes.

— Você foi embora, sem explicação. Você me traiu, sem explicação. Quer falar sobre o que eu quero de você, George? Começa por aí. — Falei mais baixo do que eu queria. Eu queria estar com raiva. Ainda não estava com raiva. Por que eu não conseguia sentir raiva?

— Respostas? — Ele riu, e voltamos àquele filme idiota. — É pra isso que você está aqui? Quer uma *explicação*? Uma *justificativa*? — Ele exagerou as palavras como se eu não passasse de uma criança boba, e eu quase me senti assim. — Caramba, eu pelo menos achei que você ia pedir uma parte do meu dinheiro.

— Eu te amava.

Uma professora de inglês no ensino médio nos fez escrever uma redação sobre um momento em que o mundo todo parecia diminuir o ritmo até o ponto em que conseguíamos perceber cada detalhe ao nosso redor — qual era a sensação do chão, qual era o cheiro do ar, todos os sons que escutávamos ao fundo. Pareceu idiota na época, mas agora eu entendo o tipo de momento do qual ela estava falando.

Eu te amava — as palavras escaparam da minha boca sem querer, e tudo parou.

Um carro passou apressado numa rua ali perto. Alguém a algumas casas de distância estava fazendo churrasco no quintal. Havia um pequeno rasgado no meu sapato direito que eu não tinha percebido até agora. O George tinha uma cicatriz na parte de trás de dois dedos que não existia antes. E seus olhos não se desviavam dos meus, neste momento.

Seus lábios se separaram, e eu o vi engolir em seco, vi sua língua se mexer como se tentasse empurrar uma palavra alojada no fundo da garganta.

Instintivamente, dei um passo em direção a ele, e o momento se dissipou.

Ele balançou a cabeça, e a frieza retornou ao seu olhar.

— E eu te usei. É isso que as pessoas fazem. Aceita que dói menos.

— Eu não acredito em você — falei, por mais que me sentisse em dúvida de repente. — O que nós tivemos...

— Eu não me importo com você! Está bem? Isso nunca foi por sua causa. Tira isso da sua cabeça. Você e eu terminamos antes mesmo de começarmos! Eu recebi o meu dinheiro. O Darcy conseguiu bancar o herói e triunfar sobre o vilão malvado. É assim que a história acontece. Você estava no meio, mas, ei, até mesmo a dama em apuros consegue a reconciliação há muito esperada com a irmã negligente e distante. Era isso que você queria, certo? Todo mundo saiu ganhando. Aceita e segue em frente.

Dei um passo para trás, assustada com o surto agressivo. Eu esperava que ele continuasse falando besteiras e evitando as perguntas, mas não esperava isso. Em algum momento, ouvi a Mary subir no meio-fio atrás de mim, mas sem se aproximar. Tentei processar as palavras dele, mas alguma coisa estava errada para mim. Alguma coisa não se encaixava.

Quando consegui me concentrar novamente na cena diante de mim, o George tinha voltado para a mangueira de jardim que soltara quando me ouviu falar seu nome pela primeira vez.

— Tchau, Lydia — ele falou, determinado, mais numa tentativa de me fazer ir embora do que se despedir.

Mas aí eu percebi o que ele dissera. *Uma reconciliação há tempo esperada.* O único jeito de ele saber disso era... se ele tivesse visto.

Apertei o botão de gravar no celular, desligando a câmera, e o guardei no bolso.

— Por que você viu os vídeos?

Ele virou de novo, como antes, e tive vontade de gritar para ele parar de tentar ir embora e simplesmente ter uma conversa idiota comigo.

— Do que você está falando?

— Eu e a Lizzie. Você sabe o que aconteceu com a gente depois... — Eu ainda não conseguia me obrigar a dizer em voz alta o que ele fizera e, se o que estava acontecendo agora não fosse mais importante, eu teria ficado irritada comigo mesma. — Por que você viu, se nunca se importou?

— Eu queria ter certeza de que o meu investimento ia dar lucro — ele disse depois de um instante. — Se as pessoas ficarem mais envolvidas com o resultado, têm mais possibilidade de comprar, certo?

— Mentira. — Revirei os olhos. Seu maxilar se mexeu, e seus músculos ficaram tensos sob a camiseta. Agora eu o pegara, e nós dois sabíamos disso. E eu conheço o George como conheço a mim mesma. Preparando a resposta para mudar de assunto em três... dois...

— Escuta, eu não tenho tempo pra essa briguinha de quinta série...

— Você está se fazendo de vítima, como se a vida tivesse te ferrado, e agora vai fazer o que for preciso pra conseguir o que acha que a vida te deve. Mas quer saber? Existem mais do que apenas vítimas, heróis e vilões no meio de uma tragédia, George. As pessoas são apenas pessoas. Tentando ao máximo fazer alguma coisa decente com a merda que foi jogada nelas. Juntas. Espero que um dia você perceba isso.

Eu o conhecia, agora. Não só o que ele tinha feito, mas o que ele tinha sido. Eu o conhecia. O garoto imaturo que se sentia negligenciado e mal-entendido pelas pessoas por quem ele se importara, que não conseguia lidar com os próprios erros, que tinha medo demais para pensar que algum dia haveria alguma coisa boa para ele, por isso decidiu optar por ser mau. Sempre conheci o George, e eu era parecida. E, depois de tudo, comecei a me preocupar que nossas semelhanças fossem além do que eu sabia.

Mas o George estava preso no papel que sentia que a vida tinha lhe dado. Eu não.

Ele se remexeu, desconfortável, os olhos indo até a Mary, até o celular no meu bolso, depois de volta para mim.

— E eu achei que simplesmente levaria um belo tapa. Era o que os seus fãs dedicados queriam, você sabe.

Atravessei o terreno que nos separava, percebendo que eu tinha me aproximado em algum momento durante tudo isso. Coloquei a mão em seu rosto e ele se encolheu. Eu me lembrei de todas as vezes que senti a superfície áspera da sua pele na palma da minha mão, num contexto diferente, numa vida diferente, e me perguntei se ele se lembrava de todas as vezes em que sentiu o calor da minha mão em seu rosto e se percebia o que tinha perdido.

— Seria mais fácil, não é?

Ele engoliu as palavras que poderia ter dito e estendeu a mão, passando os dedos na corrente pendurada no meu pescoço. Começou a puxar, a levantar o resto do colar que estava embaixo do colarinho da minha blusa, para ver se era o dele, não tenho dúvida.

Peguei seu punho, e seu olhar se desviou do colar para o meu rosto. Ele agora estava mais manso. Curioso. Perdido. Mas era tarde demais para isso.

— Não. Agora é você que vai questionar tudo.

Deixei sua mão escapar da minha, caindo sem esforço na lateral do corpo. Virei de costas para ele, para seu mundo, e, dessa vez, fui eu que me afastei.

40
OK

Não sei o que dizer sobre tudo isso. Não sei se foi certo ou se existe um "certo" para algo desse tipo. Não sei se vou me arrepender das coisas que disse, ou não disse, daqui a uma semana, um mês ou alguns anos. Não sei se o encerramento — se é que foi isso — vai fazer diferença quando eu começar a namorar alguém (de verdade, dessa vez) ou se as coisas simplesmente vão parecer desconfortáveis e um pouco assustadoras, até que um dia não serão mais.

A única coisa que eu sei é que me sinto... OK.

Por enquanto, exatamente agora, me sinto OK.

— Você quer conversar sobre isso? — a Mary perguntou depois que já estávamos na estrada há alguns minutos.

— Acho que não — respondi. — Ainda não. Mas obrigada.

Seguimos mais um pouco, sem nenhum som além da música ocasional que vinha de outros carros que passavam por nós com as janelas abertas e as rádios no volume máximo. O nosso ficou desligado.

— Você fez bem, sabia? — a Mary finalmente falou de novo. — Tudo bem se não quiser conversar sobre isso. Mas você fez bem.

Sorri.

— Não implorei pro meu ex-namorado de merda me aceitar de volta, então podemos considerar uma vitória.

— Aqueles músculos abdominais eram como um farol perigoso, atraindo marinheiros para uma morte miserável — a Mary continuou. — É preciso ter uma grande força de vontade pra resistir.

— Acho que você está misturando as metáforas de farol com as de sereias — falei. E, ei, eu acabei de desafiar a Mary por causa de uma coisa que tem a ver com leitura e livros!

— Não sei se gosto dessa versão da Lydia-que-presta-atenção-nas-aulas — ela disse.

— Só lamento. — Pensei em contar a ela meus planos de estudo naquele momento, mas não tive certeza se era uma conversa que eu queria começar logo depois de lidar com o George. Eu me sentia OK, é verdade, mas estava um pouco exausta. Essa brincadeira pareceu agradável depois daqueles minutos de confronto e das horas de ansiedade que me fizeram vir até aqui e visitar a Mary. A conversa sobre a faculdade podia esperar um pouco.

— Então... — ela começou, hesitante. — Sobre antes...

Fiquei impassível durante um minuto, depois desviei o rosto da Mary para disfarçar o sorriso que surgiu no meu rosto. *Antes*. Certo. Eu estava me perguntando quando chegaríamos a isso.

— Acabamos de falar sobre o George — comentei, fazendo o máximo para parecer confusa.

— Não. — Ela suspirou. — Quero dizer... *antes*. No apartamento.

— Você está falando da nossa briga? Estamos bem agora, né?

— Ai, meu Deus, Lydia! A Violet!

— Ahhhhh, a Violet. — Vi a Mary suspirar de alívio, pensando que não teria que falar sobre isso em voz alta, no fim das contas. Desculpa, prima. — Estou feliz por vocês ainda serem amigas.

Uma das histórias que lemos na aula de literatura gótica no verão falava de um basilisco, que é uma criatura muito nojenta parecida com uma cobra que pode transformar as pessoas em pedra só por encará-las. A Mary virou a cabeça de repente para o meu lado, e eu percebi que havia uma boa chance de o lado da mãe dela na família ser descendente dessas criaturas. Ooops. Talvez seja hora de parar de provocá-la.

— Uau, você tirou os olhos da estrada por, tipo, três segundos inteiros. Isso deve ser sério.

Ela não falou nada, voltando o foco para a estrada, e eu me senti meio mal. Vi seus olhos virando para mim de vez em quando, esperando para ouvir o que eu ia dizer em seguida.

— Você gosta dela? — perguntei.

— Ãhã.

— Ela é mais legal com você do que o Eddie?

— Ãhã.

— Que bom, então.

Coloquei os pés no painel e puxei alguns fios soltos ao redor de um buraco no joelho da minha calça jeans. A Mary fez uma pausa, depois olhou para mim. Um olhar muito mais curto e menos transformador-em-pedra, desta vez.

— É só isso? — ela perguntou.

Droga, onde foi que eu errei? Fiz uma grande comemoração quando ela começou a namorar o Eddie, será que eu deveria fazer uma grande comemoração por isso também?

— Posso me esforçar mais, se você quiser que isso seja, tipo, uma coisa importante.

Ela balançou a cabeça.

— Não, tudo bem, eu não... eu só... Não é tipo uma fase nem nada assim.

Não consegui evitar rir. Era com isso que ela estava preocupada? Que eu não a levasse a sério? Bom, menos a sério.

— Mary. Você toca baixo e acabou de se mudar pra San Francisco. Não estou supondo que seja uma fase.

— Estereótipos! — ela gritou, mas eu vi sua boca meio que se contorcer num sorriso. E estamos falando da Mary. Isso é o equivalente a um gritinho de alegria, sério.

— Quando o coturno calça bem... — provoquei, e ela revirou os olhos.

Estou feliz pela Mary. Sim, tá bom, uma parte de mim está aliviada porque alguma coisa ficou bem depois de eu abandoná-la na mudança para uma nova cidade sozinha, claro. Mas também estou feliz porque ela não está enfiada sozinha numa caverna escura de vampiro, mastigando números e lendo livros até perder lentamente o juízo e começar a alucinar com demônios amigos ou algum outro cenário completamente possível. Minha família pode se preocupar comigo, mas eu também me preocupo com eles. E a Violet certamente não sou eu, mas, se a Mary a acrescentou à minúscula lista de pessoas com quem ela consegue conviver sem querer pintar num diorama grotesco de cena de assassinato, deve haver alguma coisa boa nela.

— Você sabe que agora eu tenho que conhecê-la — observei.

— Você já encontrou com ela um monte de vezes.

— Primeiro, hoje não conta, a menos que você considere a mão dela na sua blusa um aceno casual na minha direção. — A Mary rosnou e provavelmente teria enterrado a cabeça no volante se o olhar de vários segundos anterior para mim não tivesse representado sua cota de direção perigosa do ano. — E, segundo, eu preciso conhecê-la de novo, agora como sua namorada. Tenho que ter a conversa de prima.

— Isso não existe — ela argumentou imediatamente.

— Existe, *sim*.

— Não.

— Vocês estão transando?

— Ai, meu *Deus*, LYDIA!

O carro oscilou um pouco, e eu fiquei feliz porque a estrada não estava lotada. Mas... também fiquei feliz por ter provocado uma direção perigosa na Mary duas vezes num só dia. Cumprimento imaginário comigo mesma!

— Eu sei, tipo, tudo sobre sexo entre meninas. Posso te dar dicas, se você quiser — continuei, e a Mary nem precisou olhar para mim para eu sentir sua confusão. — Que foi? Eu fiquei presa numa espiral esquisita do YouTube, uma vez.

— Isso foi uma péssima ideia.

— Você me ama.

— Estou reconsiderando.

Tirei o celular do bolso e digitei uma mensagem rápida.

— O quê, nada de resposta? — a Mary desafiou.

— Pausa — respondi. Um segundo depois, meu celular apitou, e eu sorri. — Bom, espero que você também esteja reconsiderando minha conversa franca com a sua namorada, porque nós todas vamos nos encontrar no Rusted Tip daqui a duas horas.

A Mary gemeu.

— Como foi que você marcou isso? Espera. — Ela olhou para o meu celular. — Como você conseguiu o número da Violet?

— Peguei no seu celular antes de você se mudar. Dã — falei. Sério, como é que ela não esperava isso? — Não se preocupe, eu nunca mandei mensagens pra ela. Mas você não achou que eu ia te deixar mudar pra uma nova cidade sem outras maneiras de entrar em contato com você, né? E se você desaparecesse e ninguém soubesse aonde você tinha ido e, na verdade, você tivesse ido andar na floresta e um urso tivesse comido seu celular e você estivesse presa numa caverna em algum lugar, camuflando seu corpo pra parecer uma pedra, e a *única* pessoa que soubesse aonde você tinha ido fosse a Violet? Hein? Como é que íamos conseguir te encontrar?

— Você pegou o número da banda toda. — Não era uma pergunta. Melhor assim.

— Ãhã!

— E eu que achava que você tinha descoberto pelo menos vagamente o significado da palavra "privacidade" — ela reclamou, mas percebi também a aceitação na sua voz. A Mary precisava mergulhar em sua bolha pessoal, ou ela continuaria ali, protegendo-a de todas as coisas legais do mundo.

— Às vezes, um pouco de invasão não faz mal — respondi. E, depois de uma fração de segundo... — Você gosta da Violet.

Ela resmungou baixinho, e eu entendi que estava concordando.

— Você gosta de mim.

— Discutível. — Isso é um sim.

— Então você provavelmente quer que a gente se goste — concluí.

A Mary deu um dos suspiros mais dramáticos que eu já ouvi, e eu entendi que a vitória era minha.

— Tá bom — ela cedeu. — Mas nada de falar sobre sexo... entre meninas ou qualquer outro.

— Oba! — Não consegui me impedir de bater palmas, animada. — Vou me comportar muito bem. Eu juro.

— Por que isso não me tranquiliza nem um pouco? — a Mary resmungou, entredentes.

Estendi a mão e liguei o rádio do carro, deixando numa estação de rock indie. Ela me deixou escolher a música na ida, mas tenho quase certeza de que ela vai precisar das suas músicas preferidas na volta. Eu me pergunto se teremos mais coisas para conversar mais tarde. Ah, e me pergunto se ela contou para a Lizzie. Vou ter que descobrir. Alguém precisa ficar de olho na Mary quando eu não estiver por perto, para garantir que ela não se meta em muitas encrencas. Ou que a Violet não acabe sendo outro Eddie. O que a Mary vê nesse pessoal de banda, afinal?

Melhor bandas do que equipes de natação, eu acho.

Eu me pergunto se futuros arquitetos caem no espectro de "pessoas que acabam não sendo tão boas para namorar". Se bem que é bobo juntar todo mundo de um grupo de atividades num grupo de tipos-de-pessoas. Provavelmente existem traços semelhantes que atraem as pessoas para uma atividade, mas existem mais níveis do que isso. As pessoas são complicadas, e nem todas são iguais. Dã. Mas, por mais que às vezes seja uma merda, é meio divertido arrancar essas camadas e descobrir o que e quem elas são, e até mesmo por quê.

E depois? Bom, depois você vai realmente chegar a algum lugar.

— Ei, Lydia? — Virei para a Mary e esperei que ela continuasse. Eu estava perdida demais nos meus pensamentos psicológicos, de qualquer maneira. — Sei que hoje foi pesado, mas estou feliz por você estar aqui.

Desviei o olhar para a janela e para a estrada diante de nós. O sol estava começando a se pôr à minha direita, e o céu estava assumindo todo tipo de cores incríveis. Sempre adorei a noite — em casa, era a hora das festas, dos segredos e das coisas que você poderia esquecer de manhã, se quisesse, e, em Nova York, era tranquila e reflexiva —, mas percebi que nunca tinha prestado muita atenção à transição do mundo para chegar até ela. Não era a mesma coisa que assistir ao nascer do sol. Mas também havia algo muito lindo nisso.

— É. Eu também.

41
RECONHECIMENTO

Quando chegamos ao bar, estávamos meia hora atrasadas para o horário combinado com a Violet, mas era bem cedo, então conseguimos duas bebidas em tempo recorde, em comparação ao tempo que sempre demorava no Carter's (já falei: carma de bar), e fomos para os fundos, onde a Mary disse que a Violet estava nos esperando. Era um bar bem discreto. Um pouco mais "biblioteca particular" do que o Carter's, isso é certo. Havia um palco pequeno e vazio no momento num canto, e eu me perguntei se os Mechanics às vezes tocavam aqui. Ah, e, se tocavam, será que nós ganhávamos bebidas por estarmos com a banda? Isso seria bem legal. Definitivamente um ponto a favor dela.

Vi a Violet — ou melhor, vi seu cabelo primeiro, depois a Violet — sozinha numa mesa com bancos de couro vermelho, embaixo de uma estátua de cabeça de cavalo preto assustadora na parede. Ela não nos viu nem pareceu estar nos procurando, e não consegui decidir se eu não gostava do fato de ela não estar esperando a Mary ansiosamente ou se a admirei por não ser supergrudenta e/ou estar tentando parecer tranquila e não ansiosa pelo nosso encontro.

— Oi — a Mary disse quando chegamos à mesa. A Violet olhou para cima, finalmente nos vendo, e sorriu para minha prima.

— Oi! — respondeu, se afastando para a Mary sentar ao seu lado. — Desculpa por eu não ter visto vocês, mas eu estava repassando uma nova letra na minha cabeça.

Continuei em pé na ponta da mesa, arquivando esse argumento como "talvez aceitável". A Violet finalmente desviou o olhar da Mary e olhou para mim.

— Oi! Sou a Lydia — me apresentei, estendendo a mão para a garota que, como a Mary dissera mais cedo, eu já encontrara várias vezes. — Você deve ser a Violet.

A Mary interrompeu a Violet antes de ela conseguir fazer alguma coisa além de parecer súbita e totalmente confusa.

— Ela está fingindo que não te conhece porque acha que a pessoa que trabalhou comigo na cafeteria é uma pessoa diferente da que... não trabalha comigo na cafeteria — ela disparou. — Pode ignorá-la.

— Ah, tudo bem, entendi — a Violet disse. — Mas tem uma falha na sua lógica. O eu que você encontrou mais cedo no apartamento da Mary é o mesmo — ela deu uma olhada para a Mary antes de continuar — que não trabalha na cafeteria. Então você já me conheceu. E nem se apresentou.

Encarei a Violet.

Ela me encarou também.

— Gostei dela! — anunciei e sentei diante das duas. — Mas vocês duas têm uma vergonha bizarra de dizer que estão namorando.

— Você contou pra ela — a Violet percebeu. — Legal.

— Você não contou pra ela que me contou? — perguntei para a Mary.

— Achei que você tinha contado quando roubou o número dela no meu celular e mandou uma mensagem pra gente se encontrar aqui.

— Primeiro, eu roubei o número dela meses atrás, explica direito. E, segundo, isso parece um problema de comunicação — observei. — A comunicação é essencial para um relacionamento de sucesso.

— Ai, meu Deus, para de tentar analisar a gente — a Mary resmungou.

— Na verdade, ela está fazendo isso muito bem — a Violet disse, piscando para mim.

— Eu só quero que vocês duas tenham muitas chances de fazer isso dar certo — falei.

— Não somos cobaias da sua turma de introdução à psicologia.

— Bom, se você preferir, podemos falar sobre o que eu aprendi numa espiral esquisita do YouTube.

— NÃO! — a Mary gritou. Não consegui evitar sorrir e percebi que a Violet estava fazendo o mesmo.

— É tão fácil irritar a Mary — falei para ela.

— É mesmo — a Violet respondeu. — Mas é fofo.

Envergonhada, a Mary inclinou a cabeça sobre a mesa, e eu poderia jurar que ouvi um "me mata agora" abafado vindo de baixo da massa de cabelos escuros e dos braços cruzados protetores.

— Então, Violet — comecei de novo, pronta para tirar vantagem total do estado de confusão e distração da Mary. — Sei que já nos conhecemos, tanto essa encarnação sua como a anterior, mas agora é hora de eu realmente te conhecer.

Ela virou a atenção total para mim e semicerrou os olhos, parecendo analisar a situação.

— Tudo bem — ela concordou. — Pingue-pongue?

— Pingue-pongue.

Eu me ajeitei enquanto a Mary continuou a resmungar em protesto, ainda de cara sobre a mesa.

— Quantas namoradas você já teve?

— Três.

— Namorados?

— Um e meio.

— Violet é seu nome de verdade?

— De acordo com meus pais.

— Você já foi condenada por algum crime?

— Negativo.

— Já cometeu um crime e escapou?

— Não sei dizer.

— Já se envolveu em esquema de pirâmide?

— Só se você contar uma cola na prova de história no quarto ano.

— Quais são suas intenções com a minha prima?

— Tudo bem! — a Mary gritou, finalmente levantando a cabeça. — Já chega.

— Essa é sua segunda amiga não amiga na vida! Como sua prima e melhor amiga, tenho o direito de investigar — insisti.

A Mary ergueu uma sobrancelha.

— Amiga não amiga?

— Bom, não posso dizer segunda namorada por causa do Eddie e não posso dizer segundo namorado, porque, dã, a Violet não é menino. Isso é muito complicado.

— As palavras são a parte complicada — a Violet comentou. — O resto... nem tanto. — Ela colocou o braço ao redor da Mary e a puxou para perto, fazendo cócegas em seu ombro. Vi a Mary ficar vermelha, e acredite em mim quando digo que precisei de toda a minha energia para não soltar um gritinho de "ai, que fofo". A Mary tinha ficado bem mais leve depois que nos aproximamos no último ano, mas já dava para perceber que esse era um lado dela que eu nunca tinha visto.

— Está bem — cedi. — Você passou no teste. Só... não seja babaca, tá certo?

— Vou fazer o possível — a Violet prometeu.

Virei para a Mary.

— Isso serve pra você também!

— Ei! — ela protestou. — Você devia estar do meu lado.

— Sempre — garanti. — Mas eu gosto dela. Não estraga tudo.

— É melhor ela não fazer isso — a Violet provocou. — Não quero ser obrigada a substituir mais uma baixista.

— Espera, o quê? — falei, e a Mary sorriu.

— Eu estava planejando te contar hoje à noite, mas... — Ela deu de ombros. — Estou oficialmente assumindo o papel de baixista da banda.

— Ai, meu Deus! — gritei de verdade, desta vez. — Que legal!

— Obrigada — a Mary respondeu, levando o dedo ao ouvido. Acho que exagerei. Acontece. Mas isso é superemocionante! — Vai ser legal fazer alguma coisa além de contabilidade. Eu gosto, mas é meio chato ficar no computador o dia todo.

Minha prima nerd quer fazer alguma coisa além de apenas coisas nerds. Caramba, a que ponto chegamos.

— Então... — comecei, sem nenhuma reação. Ou, pelo menos, não rápida o suficiente. Essas meninas estão calmas demais diante de coisas tão empolgantes e fantásticas. — Quando vocês vão tocar? Vocês vão gravar um álbum? Têm patrocínio? Vocês precisam voltar e fazer um show no Carter's!

— Um passo de cada vez, Lydia — a Mary tentou me acalmar. Como se fosse possível. — Tenho que terminar de aprender todas as músicas, e depois disso a gente pensa no que fazer.

— Ah, por favor — a Violet protestou. — Ela aprendeu todas as nossas músicas em, tipo, uma semana. A Mary é muito melhor do que o Duke jamais poderia pensar em ser. E não estou puxando saco da minha namorada. Esperamos conseguir um show na Central Bay no próximo mês, durante uma das festas de outono.

— Isso é incrível — elogiei.

— Eu queria que você estivesse lá — a Mary respondeu rapidamente.

— Não é longe — falei. — É claro que viagens de carro são meio que a minha preferência, portanto não vou perder você tocando numa banda de rock supermaneira! Vou ser uma daquelas fãs antes-da-fama.

— Legal. — Só uma palavra, mas eu conheço a Mary o suficiente para saber que isso significava muito para ela. Supondo que, você sabe, eu consiga ir. E eu iria. De jeito nenhum eu perderia isso. Exceto...

— Mas eu preciso te contar... — comecei. — Acho que não vou estar muito por aqui no próximo ano.

— Ah, é?

— Tem uma faculdade em Nova York, da qual alguém me falou — olhei para a Violet —, com um excelente departamento de psicologia. Fui conhecer enquanto estava visitando a Jane e... vou me candidatar na primavera.

— Sério? — a Mary perguntou. Percebi que ela estava empolgada, mas um pouco hesitante. Não posso dizer que a culpo.

— É, quer dizer, tenho que preencher a ficha de inscrição. Mas acho que tenho uma boa ideia do que escrever, desta vez.

— Isso é maravilhoso, Lydia! — O entusiasmo da Mary ficou um pouco mais evidente, agora. Ou, pelo menos, o que se considera entusiasmo quando se trata da Mary.

— Sabe, eles usam muito preto lá, então você tem que ir me visitar — falei. — É tipo o chamado do seu povo.

— Estou planejando voltar lá na primavera, de qualquer maneira — a Violet interrompeu. — Vou fazer o possível pra arrastar a Mary. Supondo que a gente não tenha uma daquelas brigas terrivelmente dramáticas que destroem não só o relacionamento, mas todo o futuro da banda também.

A cor sumiu do rosto da Mary enquanto ela pensava nisso por um segundo.

— Brincadeira. Totalmente brincadeira. Exagerei?

— Não se preocupe — falei. — Ela sempre fica pálida assim. Vai funcionar bem, quando vocês forem me visitar na cidade.

— E, falando nisso, acho que vou comprar a próxima rodada de bebidas, já que vocês duas parecem ter muita coisa pra comemorar — a Violet disse, fazendo sinal para uma Mary levemente recuperada para deixá-la sair da mesa.

— E você quer que eu goste de você, então a melhor maneira de fazer isso é comprar bebidas pra mim — acrescentei.

Ela riu.

— É, eu lembro.

A Mary a observou abrindo caminho pela multidão em direção ao bar, e eu observei a Mary olhando para ela.

— Você realmente gosta dela? — minha prima perguntou.

— Ai, meu Deus, você é tão carente da minha aprovação. — Ela me deu um chutinho por baixo da mesa, e nós duas sorrimos. — Mas eu gosto, sim. Você sabe muito bem que eu nunca ia parar de te encher, se não gostasse.

— Isso é verdade. — Ela mexeu o restante do gelo derretido no copo com o canudo minúsculo. — Estou muito feliz por você com essa coisa da faculdade, Lydia, se é isso que você quer fazer. Mas uma cidade totalmente nova? Tem certeza? Nova York é muito grande.

— Foi disso que eu gostei — falei, pensando em todas as coisas legais que eu tinha visto com a Jane, o Milo e a Kat. E em quanto ainda havia para fazer. — Além do mais, a Jane está lá, se eu precisar dela, e o Bing também. E fiz duas novas amizades. Amigos que me conhecem apenas como Lydia, sabe? Não a Lydia que morou na mesma cidade a vida toda, nem mesmo a "Lydia Bennet". É meio bacana.

— Eu sabia que te reconhecia!

Virei para ver uma garota que parecia uns dois anos mais velha que eu se aproximar da nossa mesa. Ela estava usando uma camiseta da banda Belle and Sebastian e um colar de contas que dizia "P-A-R-I-S". Eu não tinha ideia se era uma referência à cidade, se era seu nome, ou se ela simplesmente pegou um colar bem horroroso de uma criança de quem ela estava cuidando como babá, mas, independentemente de qualquer coisa, não gostei do rumo que isso estava tomando.

— Lydia Bennet — ela repetiu enquanto um cara de camisa social e óculos parecidos com os da minha avó se aproximava por trás dela e colocava o braço em sua cintura. — Lembra, Jordan? Dã nã nã nã nã nã nã nã nã nã nã, yeah!

Uau, ela acabou de cantar a música tema dos meus vídeos. Eu havia esquecido completamente que tinha uma música tema.

As pessoas da faculdade sabiam que eu fazia vídeos, e também outras pessoas da nossa cidade que já me conheciam ou a minha família, mas eu nunca tinha encontrado alguém que me *reconhecesse*. Um ano atrás, eu teria adorado. Agora, era meio bizarro, para ser sincera. Como abrir uma cápsula do tempo enterrada no quintal. E o conteúdo mal dá para reconhecer.

— Ah, sim! — Jordan disse. — A gente via seus vídeos toda semana. Eu adorava a estética bruta. Nada daquela porcaria superproduzida e superestilizada de Hollywood que anda infectando o YouTube. Apenas... bruto, cara. Era demais.

— Hum, obrigada — falei.

— É, e o seu último vídeo foi tão... — começou a garota, e eu congelei. Triste? Patético? Anticlimático? Esperei. Será que eles iam perguntar pelo George? Será que eles iam querer saber por que eu não dei ouvidos ao que todas as pessoas na internet me disseram na época? Claro, eu tinha enfrentado demônios e tudo o mais hoje, mas isso não significava que eu estava preparada para falar deles na frente de um grupo totalmente aleatório de pessoas num bar. Afinal, eu não era mais uma youtuber. — ... meigo — ela terminou. — Que pena que aquele cara era tão babaca. Espero que você encontre alguém mais merecedor da "fofura".

— É — o Jordan interrompeu de novo. — Sabe, meu irmão tinha uma amiga que tinha uma amiga que namorou um nadador durante, tipo, uma semana uns anos atrás, e ela jura que era o mesmo cara. A amiga do meu irmão, quer dizer. Ela não lembrava do nome dele, mas o cara era um completo babaca.

— Então, conta pra gente, a fama subiu totalmente à cabeça da Kitty ou ela continua com os pés no chão?

Dei um sorriso. Talvez nem tudo sobre essa coisa toda de ser uma ex-estrela do YouTube fosse tão terrível.

— O que eu posso dizer? A Kitty nasceu pra ser estrela.

— Sério? Não mente pra mim sobre a minha gata preferida da internet.

— Sinto que cheguei atrasada na festa — a voz da Violet atravessou o pequeno bloqueio que o Jordan e a talvez-Paris tinham formado na ponta da mesa enquanto me ouviam falar da fama da minha gata. — O que foi que eu perdi?

Ela sentou de novo ao lado da Mary, chamando atenção para aquele lado da mesa.

— Ah! — exclamou a garota. — Mary! A prima Mary dos vídeos! Nem tinha te visto aí.

Abafei um riso debochado usando todas as minhas habilidades e vi a Mary tentar fazer o mesmo com sua clássica revirada de olhos. A Violet deu uma bebida para ela, e a Mary voltou a fazer o que faz melhor — ignorar que existem outras pessoas. Ou tentou, pelo menos.

— Cara, isso é um screwdriver? — o Jordan apontou para o copo diante da Mary. — Achei que você não bebia.

— Agora eu bebo. Mas não fico bêbada — a Mary esclareceu. — O excesso de álcool destrói neurônios, e eu gosto do meu cérebro do jeito que é.

— Mesmo assim — ele disse, rindo —, aposto que um pessoal certinho que te admirava ficaria decepcionado.

— Bom, talvez eles devessem reconhecer que cada um de nós só consegue conhecer uma parcela finita de qualquer outro ser humano e, no fim das contas, pensar em criar seus próprios caminhos e ser seu próprio "modelo" em vez de atribuir esse título a outro ser humano que, inevitavelmente, vai decepcioná-los, já que as pessoas e nosso conhecimento delas estão num fluxo constante de mudança — a Mary tagarelou calmamente. — Ainda mais pessoas que você só conhece pela internet.

— Caramba — ele disse, rindo. — Você é exatamente como nos vídeos.

Dessa vez, a Mary nem se preocupou em tentar disfarçar a revirada de olhos, e até a Violet encarou o cara com mais do que um toque de incredulidade.

Antes que qualquer um de nós pudesse interromper o momento constrangedor, alguém acenou para o casal do outro lado do salão, e eles saíram com um "prazer em te conhecer" e um "diz pra Kitty que adoramos ela".

— Amigos de vocês? — a Violet perguntou para nós duas uma vez que a provavelmente-Paris e o Jordan não podiam mais nos escutar.

— Com essa total falta de noção? — a Mary disparou. — Definitivamente não.

— Logo imaginei. Então, Lydia — a Violet mudou de assunto, empurrando a bebida na minha direção. — Eu estava pensando: meu professor preferido da Nova Amsterdã foi promovido a chefe do departamento no ano passado, e nós ainda nos falamos de vez em quando. Posso fazer uma recomendação, se você quiser.

Tomei um gole da bebida: amaretto sour, igual ao último. Se isso não fosse apenas sorte e a Violet conseguisse identificar bebidas só de olhar, eu definitivamente obrigaria a Mary a continuar com ela. Qualquer truque de festa envolvendo álcool era o melhor tipo de truque de festa, de acordo com o meu livro. E, sim, eu estava enrolando a resposta, e a Violet pareceu entender isso.

— Não quero ultrapassar nenhum limite — ela continuou. — Não vou ficar ofendida se você quiser que eu fique fora disso, juro. Só que respeito ver pessoas descobrindo o que querem fazer e dou uma força quando posso. E, pelo que a Mary falou, você é bem inteligente nessas coisas.

Pensei no fato de ter perdido o prazo para a Central Bay. Não achei que algo assim fosse acontecer de novo. As coisas agora pareciam diferentes. Eu me sentia diferente. Claro que era só um sentimento, mas isso é um começo, certo? No entanto, não consegui evitar pensar que, se eu tivesse pedido ajuda para alguém — para a Mary, para a srta. w ou até mesmo para o Darcy — em vez de esconder os problemas que eu estava tendo e fingindo que estava tudo bem, as coisas poderiam ter sido diferentes. Eu não tinha certeza se queria isso, não agora, mas acho que aprender a pedir ajuda era uma lição que eu precisava aprender. De novo. Quantas vezes você tem que aprender a mesma coisa?

Até grudar, eu acho.

E, de qualquer maneira, eu não estava pedindo nada. A Violet estava oferecendo. E tive a sensação de que realmente não era por pena, nem obrigação com a Mary, nem nada assim.

— Obrigada — agradeci a Violet. — Seria muito legal da sua parte.

— Ótimo! — ela disse. — Me avisa quando mandar a ficha de inscrição e eu falo para o professor Malikov que ele vai receber uma ficha especial.

Resmunguei.

— Professor Malikov?

— É... — a Violet respondeu, claramente confusa. — Você o conhece?

— É uma longa história. — Suspirei. — Melhor você não perguntar. Agora, odeio ser essa pessoa — comecei, sem dar chance para elas questionarem — Na verdade, não. Eu adoro ser essa pessoa: acho que esta noite merece um brinde!

— Argh, brindes são tão idiotas e exageradamente alegres — a Mary resmungou. — Não podemos apenas demonstrar que estamos felizes por você comprando bebidas?

— Ah, vocês duas conhecem tão bem o caminho pro meu coração! — falei. — Mas não. Esse não é um brinde só pra mim. É por todas nós! Tem tantas coisas novas e épicas acontecendo na nossa vida que precisamos reconhecer e comemorar. Não vai te matar, Mary, eu juro.

— Ela está certa. Nunca ouvi dizer que um brinde matou alguém — a Violet disse.

— Viu? É claro que estou certa. E vou começar. — Levantei o copo. — A mim, por ter escolhido uma nova faculdade, por ter confrontado meu ex babaca e por voltar de Nova York sem ter me juntado a um culto de orgias sexuais bizarro enquanto estava lá.

A Mary me deu uma olhada, mas deixou passar.

A Violet ergueu seu copo também, acrescentando:

— Aos Mechanics, por terem conseguido uma nova baixista maravilhosa.

— À Mary, por namorar alguém que tem um cabelo bem melhor do que o do Eddie — incluí, e ela riu.

— Parece que um sentimento geral de "adeus, coisas velhas; olá, coisas novas" teria funcionado muito bem pra esse brinde, se querem saber — a Mary observou.

— A se livrar de coisas velhas que são terríveis e começar novas aventuras legais sem esquecer as coisas velhas que ainda são muito boas pra ter por perto — falei, olhando para minha prima. Ela se mexeu desconfortavelmente enquanto um sorriso abria caminho em seu rosto de mal-humorada e finalmente também levantou seu copo.

— É, acho que isso é bom o suficiente — ela concordou, e todas nós brindamos.

Ainda havia muita coisa a fazer. Amanhã, eu tinha que falar com a Lizzie e contar a ela sobre o George, sobre a faculdade, e fazer o máximo possível para não contar sobre a Mary e a Violet, porque essa não era minha função. Eu tinha que ir para casa e fazer a mesma coisa com meus pais. Tinha que passar o resto do ano descobrindo várias coisas sobre a minha vida e sobre mim.

E tinha, você sabe, que realmente escrever a redação da ficha de inscrição, desta vez.

Mas foi ótimo simplesmente curtir esta noite. E, pela primeira vez em algum tempo, mesmo com tantas coisas para fazer, eu não me sentia como se estivesse enterrando a cabeça na areia e evitando tudo. Agora, quando eu pensava comigo mesma no *amanhã*, não tinha uma sensação iminente de pavor. Na verdade, eu me sentia bem animada.

※ ※ ※

Conte um incidente ou um momento em que você vivenciou um fracasso. Como isso o/a afetou? Que lições você aprendeu? O que faria de diferente agora?

Tentei escrever esta redação muitas vezes.

Na primeira vez, eu teria dito que meu fracasso foi ter um poder de julgamento tão ruim que não fui capaz de enxergar que alguém em quem eu confiava só estava me usando para seu próprio jogo.

Na outra vez em que tentei, eu teria dito que meu fracasso foi deixar essa situação ter um impacto tão profundo sobre mim que não consegui manter a vida nos trilhos, não consegui nem escrever esta redação e entrar para a faculdade e esquecer o passado, e isso me custou toda a fé que as outras pessoas tinham em mim.

Muita coisa mudou desde então. Eu mudei, mesmo que não dê sempre para ver essas mudanças por fora.

Estou escrevendo esta redação agora, não é?

Posso falar alto e ser atrevida. Gosto de festas, às vezes demais, e nem sempre consigo evitar confusões. Implico com a minha irmã e com a minha prima também, e às vezes esqueço que o mundo não gira ao meu redor. Acho que estou ficando melhor nisso.

Às vezes tenho medo de não saber dizer a coisa certa. Às vezes tento de qualquer maneira, e acerto. Às vezes erro. Estou aprendendo que, às vezes, a melhor coisa a fazer é não dizer nada.

Tudo que eu sou é resultado dos meus fracassos e dos meus sucessos. Das minhas tentativas e dos meus tropeços. Aprendi que, para se reerguer depois de um fracasso e seguir em frente, você precisa reconhecer que fracassou, para começar.

Mas eis a questão de todos esses fracassos: eles são meus.

A pessoa que traiu minha confiança fez isso porque já tinha traído a si mesma anos antes, ao não analisar os próprios defeitos e continuar se recusando a fazer isso, mesmo quando eles ficam no caminho dela a vida toda.

Isso, e tudo que ele fez para me magoar, não foi um fracasso meu. Foi dele.

Parece óbvio, quando coloco no papel desse jeito. É uma estrutura frasal básica — sujeito, verbo, objeto. Mas, às vezes, o que parece muito evidente é impossível de ver quando você está envolvido.

Agora eu sei disso.

E sei que, apesar de todas as coisas que estão sob meu controle, essa não estava. Não foi culpa minha. E assumir como se fosse não mudou nada, nem poderia. Não é algo a ser consertado, é apenas algo que aconteceu e agora faz parte de mim.

Meu maior fracasso foi quando tentei me responsabilizar pelos fracassos de outra pessoa. Meu maior fracasso foi quando decepcionei a mim mesma.

Aprendi a pedir ajuda. Aprendi que cair não significa que você não pode se levantar novamente.

Mas, quanto àquele relacionamento, eu não faria nada diferente, porque o motivo do fracasso não fui eu.

Se você procurar meu nome no Google, vai encontrar minha história.

Lydia Bennet.

Não digo isso para você sentir pena de mim nem para pensar que tenho mais discernimento pelas coisas que vivi.

Na verdade, prefiro que você não faça isso. Não porque eu tenho vergonha do que você vai ver. Mas porque não sou mais aquela pessoa. Ela faz parte de mim, e sempre vai fazer, mas não sou *eu*.

Mas você pode procurar, se quiser.

Porque outra coisa na qual ele fracassou foi tirar minha identidade e minha voz. Elas são minhas. E, com elas, sempre posso transformar meus fracassos em pontos fortes.

Esse é o objetivo, certo?

O EPÍLOGO ÉPICO

— Bem-vinda à Livros, Grãos e Ervas. Vamos lá, Pioneers. Não. Vendemos. Maconha. Aqui. Posso lhe oferecer uma bebida herbal?

— Não estou aqui pra comprar maconha, bobinha — a Mary disse, me encarando.

— Sério? — perguntei, toda inocente. — A nota de vinte que você vai colocar no pote diz outra coisa.

Ela simplesmente cruzou os braços sobre o peito.

— Por que diabos eu faria isso?

— Porque eu sou sua prima, você me ama e sabe muito bem quanto eu ganho aqui.

Ei, sabe quando eu disse que a ideia de trabalhar numa cafeteria do campus da faculdade comunitária onde você se formou era realmente superdeprimente?

Na verdade, não é tão ruim assim. Claro que eu tenho que dizer a fala idiota, e às vezes as pessoas parecem me reconhecer, mas depois eu percebo que fiz aula de psicologia com elas ou as vi no campus durante o verão.

Mas, agora que estávamos nas festas de fim de ano, começaram a aparecer pessoas que podem me reconhecer por outros motivos. E podem achar que é deprimente trabalhar na cafeteria do campus.

Mas, ei, posso beber muitos mocaccinos.

— Café puro. E, por favor, me diz que você não está vendendo maconha de verdade.

Dei a ela um olhar patenteado de Mary. Claro que eu não estava. Mas o engraçado era que alguns clientes pareciam não saber disso. Mais ou menos uma vez por semana, alguém aparecia, colocava uma nota de vinte no pote e pedia um café puro pequeno.

Tenho que perguntar à sra. B o que ela põe na mistura da casa.

Estou trabalhando aqui para aumentar minha poupança, mas isso (e outras coisas) ajuda a passar o tempo. Enquanto eu espero.

— Está empolgada? — a Mary perguntou, enquanto eu servia seu café.

— Com sua interpretação de "Jingle Bells" no baixo este ano? Claro. Vai ser épico — falei, concordando com a cabeça. — Ainda mais porque você vai trazer uma colaboradora.

— Diminui suas expectativas, por favor — a Mary disse, ficando vermelha. Ah, ela e a Violet estão namorando há meses, e ela ainda fica vermelha. — A Vi só vai chegar aqui amanhã, então você tem que esperar. Perguntei se você está empolgada com a UNA.

Meu estômago deu uma cambalhota quando ela disse as letras.

— Não tive notícias ainda.

— É, mas você vai entrar.

— Não sabemos. — E, desta vez, não vou criar muitas expectativas. Quer dizer, sim, a Violet me recomendou ao seu antigo professor. E o Darcy fez uma ligação (apesar de não ser benfeitor da UNA), e o Bing também (ele conseguiu usar seus contatos para conseguir uma reportagem no *Times*, então pensou em tentar usá-los a meu favor também) *e* a srta. W ligou para o departamento de psicologia sem conhecer ninguém, mas não tenho ideia se isso ajudou. As únicas coisas que vão garantir minha entrada são meu histórico escolar (argh) e minha ficha de inscrição.

E, se eu não entrar, não é o fim do mundo — desta vez. Eu teria um plano C. Ainda não sei qual é, óbvio, mas desta vez sei que fiz absolutamente tudo que eu podia.

Então é isso. Estou esperando. E fazendo cafés. Porque é isso que você faz enquanto está esperando.

— E aí, você veio direto pra cá ou passou em casa? — perguntei. — Porque minha mãe estava num surto de embrulhar presentes hoje de manhã e, se você apareceu lá nessa hora, temo pela sua alma.

— Não, a gente sabia que era melhor vir direto pra cá.

— A gente? — Minha cabeça se ergueu enquanto eu estava pegando o troco da Mary (infelizmente, ela não tinha me dado uma gorjeta de vinte dólares). — Achei que você tinha dito que a Violet só vinha...

— Oi, irmã! — A voz da Lizzie ecoou pela cafeteria quando ela entrou. — Bom te ver!

— Lizzie! — gritei. — Você só ia chegar daqui a dois dias!

— Bom, eu dei folga pra minha CFO e pensei: por que não aproveitar a folga também?

Se não houvesse um refrigerador cheio de cake pops com temas natalinos entre nós, eu a teria abraçado. Do jeito que estava, ela pulou por sobre o balcão e quase me estrangulou.

— O Darcy não vai entrar por aquela porta também, né? — perguntei.

— Ele vem com a irmã, Gigi, amanhã. Preciso de uma noite pra preparar a mamãe... você sabe, fazê-la deixar de lado a conversa sobre casamento e filhos — a Lizzie respondeu. — E aí... empolgada com a UNA?

— Estou empolgada pra você pedir um café — falei, e apontei com a cabeça para a fila que se formava atrás da minha irmã.

— Ah, certo! Desculpa — ela disse, tímida, e pediu um latte de menta. Alguém estava no espírito de Natal. Depois, ela deu um passo para o lado para deixar a fila andar enquanto eu fazia sua bebida. — E aí... já teve alguma notícia? A mamãe disse que o departamento de matrículas mandaria as cartas de aceitação ou rejeição esta semana.

Minha mãe ligou para o departamento de matrículas. E contou para todo mundo. Claro.

— Não, nenhuma notícia — respondi. — Cara, só precisamos do Bing e da Jane aqui e teremos o trio da preocupação.

— Bom... — a Lizzie disse, numa tentativa de parecer inocente.

— De. Jeito. Nenhum.

— Eles chegam hoje à noite. Desculpa, estamos todos empolgados.

— Não tem nada pra se empolgar — falei. *Ainda*, sussurrou meu cérebro. *Para, cérebro. Você está se adiantando.*

— Pelo menos podemos nos envolver na maior tradição dos Bennet hoje à noite — a Lizzie sugeriu. — Engolir nossos sentimentos enquanto vemos filmes ruins. Normalmente comédias românticas, mas você pode escolher.

A Mary olhou para a Lizzie, horrorizada.

— Por favor, não me faz ver uma comédia romântica.

— Hoje à noite não posso — falei. — Estou de serviço.

— De serviço? — a Lizzie franziu a testa. Se ela continuasse a fazer isso, haveria consequências muito, muito tristes.

— No disque-auxílio de apoio — respondi e observei o queixo da Lizzie cair.

— Desde quando você trabalha num disque-auxílio de apoio?

Dei de ombros, supercasual.

— Nas últimas duas semanas. É legal. Eu gosto.

E gostava mesmo. A chefe do Bing, a Dottie, tinha me indicado para eles. É uma linha telefônica nacional, mas tem centros locais, então você conversa com pessoas que são da sua região, e eu respondo a uma região que fica a meia hora de distância. Tive que passar por sessenta horas de treinamento (sério, acho que nunca fiz nada por sessenta horas, a menos que você conte dormir, estudar ou fazer compras) e finalmente comecei a cumprir turnos há umas duas semanas.

E tenho me sentido muito bem. Muito... certa. O que me deixa mais nervosa ainda em relação à UNA, porque agora eu *sei* que esse é o meu caminho. E é claro que estou tentando não pensar no assunto, o que faz com que minha prima e minha irmã pareçam muito, muito irritantes.

Eu as amo, mas... irritantes.

— Isso é tão legal — a Lizzie disse, e eu percebi, pela camada reveladora de umidade em seus olhos, que ela ia começar a fungar. Ai, meu Deus.

— Sério, não é nada de mais. — Revirei os olhos para a Mary, mas ela também estava com uma camada suspeita nos olhos.

Felizmente, o cara atrás da Lizzie pigarreou, esperando que a fila andasse.

— Certo — ela disse. — A gente vai... pegar uma mesa. Dar tempo pra mamãe terminar a festa dos embrulhos.

Fiquei feliz de receber o pedido do próximo cara, e o seguinte, e o próximo. Descobri que espumar o leite é uma atividade muito calmante. Uma tarefa automática que me ajuda a afastar o nervosismo no estômago, até eu quase me esquecer dele.

Quase.

> Oi, alguma notícia? — Milo

Meu celular vibrou no bolso traseiro enquanto eu ia até os fundos da cafeteria pegar mais creme para as latas na geladeira. Então eu não estava em total privacidade quando respondi à mensagem. (Você tem que ficar de olho na sra. B. Ela não gosta que use celular durante o trabalho e tem espiões por toda parte.)

> Ai, meu Deus, vc também?

> Ei, só quero saber quando devo fazer a reserva na sua barraca preferida de pretzels no parque.

Não consegui evitar um sorriso. Desde que voltei para casa, o Milo e eu temos trocado mensagens. Nada sério, nem mesmo romântico. Só... amizade. E, se eu pensava nele mais do que na maioria dos amigos (cara, ainda devo uns dezessete e-mails para o Denny), bom... é uma possibilidade.

E eu gosto que haja possibilidades. Não tenho possibilidades há algum tempo.

Talvez eu precise planejar uma viagem para visitar a Jane, independentemente de receber ou não notícias no futuro próximo.

Mas, quando voltei dos fundos, com novas latas de creme na mão, me esqueci imediatamente do celular no bolso e da fila de clientes prestes a engolir meu colega Harrison, porque, na porta da Livros, Grãos e Ervas, estavam meus pais.

É verdade. Minha mãe estava parada no meio da Livros, Grãos e Ervas, usando seu suéter de Natal preferido e segurando a bolsa como se tivesse entrado num esconderijo de ladrões e hippies, meu pai guiando-a pelo cotovelo.

Seu rosto se transformou num sorriso aliviado quando ela me viu e se aproximou rapidamente. Saí de trás do balcão.

— Mãe, pai, o que vocês estão fazendo aqui?

— Então é aqui que você trabalha, docinho? Ah, eu precisava ver. É tão... rústico.

Minha mãe deu uma risadinha, e meu pai a firmou.

— Desculpe, docinho, mas não podíamos esperar.

— Esperar? — perguntei, alarmada. — O que há de errado? Você foi ao médico ou alguma coisa assim?

— Não, não, nada disso...

— Mãe? Pai? — a Lizzie disse, aparecendo atrás deles. — O que vocês estão fazendo aqui?

— Lizzie! Ai, meu Deus, por que você está aqui? Eu não esperava que você chegasse antes de quarta e, ah!... Seu quarto não está pronto! — minha mãe disse, abraçando-a.

Perfeito, agora éramos quatro — não, espera, a Mary também se aproximou, então cinco — pessoas paradas em grupo no meio da cafeteria. O Harrison me lançou um olhar do tipo: *Que diabos está acontecendo?*

Eu também gostaria de saber, camarada.

— Tudo bem, mãe. — Pigarreei. — Por que vocês estão aqui? — Eu duvidava que ela tivesse sentido um desejo súbito por um livro ou um arranjo de flores.

— Bom, docinho, tivemos que vir assim que o correio chegou — ela respondeu.

— O correio...?

Ela enfiou a mão na bolsa e pegou um envelope. Um envelope com remetente: Universidade Nova Amsterdã.

Por algum motivo, não consegui mais sentir meus pés. Isso não era um grande problema, só algo digno de nota. Peguei o envelope da mão dela, segurei e senti o peso.

— Uau, uma carta de verdade — falei baixinho. — Achei que eles iam mandar um e-mail.

Isso é um bom sinal? Tipo, um envelope de carta de verdade chega com uma papelada que você precisa preencher e devolver, certo? Mas, por outro lado, um e-mail também serviria para isso, não é? Além do mais, esse envelope era grande o suficiente para um monte de papelada? Ou era uma carta de rejeição de uma página? Era impossível dizer.

— E aí? — a Lizzie disse, se inclinando por sobre o ombro da minha mãe, as duas com uma expressão ansiosa idêntica. — Abre!

Respirei fundo. Duas vezes. Não vai ser nada, pensei enquanto passava o dedo sob a aba.

Levei um minuto para entender o que diziam as palavras na folha.

Mas começava com "Parabéns".

— Eu... fui aceita — falei, finalmente tirando os olhos do papel.

A comemoração da minha família ao meu redor me deixou surda. Provavelmente deixou o salão todo surdo. Mas era muito difícil me importar com isso. Porque, no semestre da primavera, eu seria aluna da Nova Amsterdã. Começaria uma vida nova. Comeria aquele pretzel com o Milo. E tudo começava agora, nesta cafeteria, cercada pela minha família enlouquecida — sério, minha mãe estava passando de mesa em mesa mostrando a carta para as pessoas — e um monte de desconhecidos, que se perguntavam que diabos estava acontecendo e lentamente começaram a bater palmas, num parabéns épico.

E isso meio que fazia sentido. Tudo tem sido um redemoinho total na minha vida, por que não ter um final maluco para tudo?

Mas é isso que acontece quando você é Lydia Bennet. Para o bem ou para o mal, quase tudo acaba sendo um tipo de aventura. E, quando tudo termina, acho que não poderia ter sido de outro jeito.

Eu gosto da pessoa que estou me tornando.

Gosto da minha família, dos meus amigos, da minha vida. Do meu futuro.

Agora estou preparada para ver o que vem pela frente. As coisas nem sempre aconteceram de acordo com os planos — na verdade, raramente aconteceram —, e isso pode não acontecer assim também. Mas acho que estou aprendendo a lidar melhor com isso. Seguir o fluxo ou qualquer coisa assim. O importante é colocar um pé diante do outro e só olhar para trás para aprender com o que aconteceu.

E, neste momento, um pé está me levando para Nova York. E para todas as suas possibilidades.

E que grande aventura será.

AGRADECIMENTOS

As épicas aventuras de Lydia Bennet é resultado direto de pessoas que se importaram tanto com uma personagem secundária que ela precisou de uma chance para contar a própria história. Portanto, todos que tuitaram, postaram no Tumblr ou falaram alguma coisa sobre como a história de Lydia era importante são o motivo pelo qual este livro existe.

Um agradecimento especial à nossa editora, Lauren Spiegel, por acreditar que a história de Lydia poderia ser um livro, e a Annelise Robey, por ser nossa representante e por torcer por nós o tempo todo. Assim como ao marido de Kate, Harrison, e ao novo bebê — sem o qual este livro teria sido terminado muito antes. E a Lars, amigo de Rachel, porque *du jour* significa manter a sanidade contra todas as possibilidades.

Agradecemos também à maravilhosa equipe por trás da websérie *Os diários de Lizzie Bennet* e, especificamente, aos atores cujos personagens aparecem neste livro: Ashley Clements, Laura Spencer, Briana Cuoco, Christopher Sean e Wes Aderhold, que criaram pessoas com quem nos importamos e de quem quisemos saber mais.

Finalmente, Lydia não existiria sem o talento de Mary Kate Wiles. Ela pegou uma personagem que a maioria das pessoas detesta em *Orgulho e preconceito* e lhe deu vida, tornando-a uma fofa. Sua voz soava em nossa cabeça enquanto escrevíamos. Esperamos ter feito justiça à sua Lydia.

Impresso no Brasil pelo Sistema Cameron da Divisão Gráfica da
DISTRIBUIDORA RECORD DE SERVIÇOS DE IMPRENSA S.A.